金學叢書
第二輯 25

吳 敬
胡衍南 霍現俊
主編

霍現俊《金瓶梅》研究精選集

霍現俊 著

臺灣學生書局 印行

金學叢書第二輯序

　　2013 年 5 月第九屆（五蓮）國際《金瓶梅》學術討論會期間，胡衍南、霍現俊忙裏偷閒，時而小聚，漢書下酒，就中便有本叢書編輯出版一事。當時即擬與吳敢商談，以期盡快成議。只是吳敢當時會務繁多，此議終未提及。2013 年 7 月 3 日，胡衍南到徐州公幹，當晚至吳敢舍下小酌，此事即進入操作程序。此後電郵往來，徐州、臺北、石家莊三方輾轉，叢書編撰框架日漸明朗。2013 年 11 月 23 日，胡衍南再度到徐州公幹，代表臺灣學生書局與吳敢詳盡商談編輯出版事宜，本叢書遂成定案。

　　此「金學叢書」之由來也。

　　中國古代小說研究，重大課題眾多。近代以降，紅學捷足先登。20 世紀 80 年代，金學亦成顯學。明代長篇白話小說《金瓶梅》是中國文學史上一部里程碑式的重要作品，其橫空出世，破天荒打破以帝王將相、英雄豪傑、妖魔神怪為主體的敘事內容，以家庭為社會單元，以百姓為描摹對象，極盡渲染之能事，從平常中見真奇，被譽為明代社會的眾生相、世情圖與百科全書。幾乎在其出現同時，即被馮夢龍連同《三國演義》《水滸傳》《西遊記》一起稱為「四大奇書」。不久，又被張竹坡譽為「第一奇書」。《紅樓夢》庚辰本第十三回脂評：「深得《金瓶》壼奧」。魯迅《中國小說史略》認為「同時說部，無以上之」。

　　自有《金瓶梅》小說，便有《金瓶梅》研究。明清兩代的筆記叢談，便已帶有研究《金瓶梅》的意味。如明代關於《金瓶梅》抄本的記載，雖然大多是隻言片語的傳聞、實錄或點評，但已經涉及到《金瓶梅》研究課題的思想、藝術、成書、版本、作者、傳播等諸多方向，並頗有真知灼見。在《金瓶梅》古代評點史上，繡像本評點者、張竹坡、文龍，前後紹繼，彼此觀照，相互依連，貫穿有清一朝，形成筆架式三座高峰。繡像本評點拈出世情，規理路數，為《金瓶梅》評點高格立標；文龍評點引申發揚，撥亂反正，為《金瓶梅》評點補訂收結；而尤其是張竹坡評點，踵武金聖歎、毛宗崗，承前啟後，成為中國古代小說評點最具成效的代表，開啟了近代小說理論的先聲。明清時期的《金瓶梅》研究，具有發凡起例、啟導引進之功。

　　20 世紀是人類歷史上可足稱道的一個百年。對中國人來說，世紀伊始，產生了驚天動地的兩件大事：1911 年封建王朝的終結，1919 年「五四」新文化運動的興起。中國人

心裏承接有豐富的傳統，中國人肩上也負荷著厚重的擔當。揚棄傳統文化，呼喚當代文明，這一除舊佈新的文化使命，在中國用了大半個世紀的時間。觀念形態的更新、研究方法的轉變、思維體式的超越、科學格局的營設一旦萌發生成，便產生無量的影響，具有劃時代的意義。《金瓶梅》研究即為其中一例。

以 1924 年魯迅《中國小說史略》出版，標誌著《金瓶梅》研究古典階段的結束和現代階段的開始；以 1933 年北京古佚小說刊行會影印發行《金瓶梅詞話》，預示著《金瓶梅》研究現代階段的全面推進；以 30 年代鄭振鐸、吳晗等系列論文的發表，開拓著《金瓶梅》研究的學術層面；以中國大陸、臺港、日韓、歐美（美蘇法英）四大研究圈的形成，顯現著《金瓶梅》研究的強大陣容；以版本、寫作年代、成書過程、作者、思想內容、藝術特色、人物形象、語言風格、文學地位、理論批評、資料彙編、翻譯出版、藝術製作、文化傳播等課題的形成與展開，揭示著《金瓶梅》的研究方向。一門新的顯學——金學，已經赫然出現在世界文壇。

20 世紀 70 年代以來的當代金學，中國的吳曉鈴、王利器、魏子雲、朱星、徐朔方、梅節、孫述宇、蔡國梁、甯宗一、陳詔、盧興基、傅憎享、杜維沫、葉朗、陳遼、劉輝、黃霖、王汝梅、周中明、王啟忠、張遠芬、周鈞韜、孫遜、吳敢、石昌渝、白維國、陳昌恆、葉桂桐、張鴻魁、鮑延毅、馮子禮、田秉鍔、羅德榮、李申、魯歌、馬征、鄭慶山、鄭培凱、卜鍵、李時人、陳東有、徐志平、陳益源、趙興勤、王平、石鐘揚、孟昭連、何香久、許建平、張進德、霍現俊、陳維昭、孫秋克、曾慶雨、胡衍南、李志宏、潘承玉、洪濤、楊國玉、譚楚子等老中青三代，辨章學術，考鏡源流，營造了一座輝煌的金學寶塔。其考證、新證、考論、新探、探索、揭秘、解讀、探秘、溯源、解析、解說、評析、評注、匯釋、新解、索引、發微、解詁、論要、話說、新論等，蘊含宏富，立論精深，使得金學園林花團錦簇，美不勝收，可謂源淵流長，方興未艾。中國的《金瓶梅》研究，經過 80 年漫長的歷程，終於在 20 世紀的最後 20 年登堂入室，當仁不讓也當之無愧地走在了國際金學的前列。

此「金學叢書」之要義也。

本叢書暫分兩輯，第一輯為臺灣學人的金學著述，由魏子雲領銜，包括胡衍南、李志宏、李梁淑、鄭媛元、林偉淑、傅想容、林玉惠、曾鈺婷、李欣倫、李曉萍、張金蘭、沈心潔、鄭淑梅，可說是以老帶青；第二輯為中國大陸 20 世紀 80 年代以來學人的《金瓶梅》研究精選集，計由徐朔方、甯宗一、傅憎享、周中明、王汝梅、劉輝、張遠芬、周鈞韜、魯歌、馮子禮、黃霖、吳敢、葉桂桐、張鴻魁、陳昌恆、石鐘揚、王平、李時人、趙興勤、孟昭連、陳東有、孫秋克、卜鍵、何香久、許建平、張進德、霍現俊、曾慶雨、楊國玉、潘承玉、洪濤諸位先生的大作組成，凡 31 人 30 冊（其中徐朔方、孫秋克，

傅憎享、楊國玉，王平、趙興勤，因字數兩人合裝一冊），每冊 25 萬字左右。

　　天津師範學院（今天津師範大學）朱星是中國大陸金學新時期名符其實的一顆啟明星，他在 1979 年、1980 年連續發表多篇論文，並於 1980 年 10 月由百花文藝出版社結集出版了中國大陸新時期《金瓶梅》研究的第一部專著《金瓶梅考證》。朱星的研究結論不一定都能經得住學術的檢驗，但朱星繼魯迅、吳晗、鄭振鐸、李長之等人之後，重新點燃並高舉起這一支學術火炬，結束了沉寂 15 年之久的局面，這一歷史功績，應載入金學史冊。遺憾的是，朱星先生 1982 年逝世，後人查訪困難，只能闕如。

　　香港夢梅館主梅節可謂《金瓶梅》校注出版的大家，1988 年由香港星海文化出版有限公司出版《全校本金瓶梅詞話》；1993 年由梅節校訂，陳詔、黃霖注釋，香港夢梅館出版《重校本金瓶梅詞話》（該本後由臺灣里仁書局 2007 年 11 月初版，2009 年 2 月修訂一版，2013 年 2 月修訂一版八刷）；1998 年梅節再為校訂，陳少卿抄寫，香港夢梅館出版《夢梅館校定本金瓶梅詞話》。前後三次合共校正詞話原本訛錯衍奪七千多處，成為可讀性較好的一個本子。梅節由校書而研究，關於《金瓶梅》作者、傳播、成書、故事發生地等問題的認識，亦時有新見。可惜的是，梅節先生的論文集《瓶梅閒筆硯──梅節金學文存》2008 年 2 月由北京圖書館出版社出版，版權協商匪易，未能入選。

　　上海音樂學院蔡國梁 20 世紀 50 年代末即開始研習《金瓶梅》，寫下不少筆記，1980 年前後即依據筆記整理成文，1981 年開始發表金學論文，1984 年出版第一部專著[1]，累計出版金學專著 3 部[2]、編著 1 部[3]，發表論文多篇，內容涉及《金瓶梅》的思想、源流、人物、作者、評點、文化等諸多研究方向，是早期《金瓶梅》研究的主力成員。無奈聯繫不上，不得已而割愛。

　　國人研究《金瓶梅》的論著，最早是闞鐸的《紅樓夢抉微》[4]，但其只是一個讀書筆記。天津書局 1940 年 8 月出版之姚靈犀《瓶外卮言》，嚴格說也只是一個資料彙編。香港大源書局 1961 年出版之南宮生著《金瓶梅》簡說，算得上是一個原著導讀。臺北時報文化出版公司 1978 年 2 月出版之孫述宇著《金瓶梅的藝術》，可說是第一部文本研究的學術著作。該書全文收入石昌渝、尹恭弘編選的《臺港金瓶梅研究論文選》[5]。2011 年 3 月上海古籍出版社再版，增加了一篇作者自序，更名為《金瓶梅：平凡人的宗教劇》。

1　《金瓶梅考證與研究》，西安：陝西人民出版社，1984 年。

2　另兩部為：《明清小說探幽──明人、清人、今人評金瓶梅》，杭州：浙江文藝出版社，1985 年；《金瓶梅社會風俗》，天津：百花文藝出版社，2002 年。

3　《金瓶梅評注》，桂林：灕江出版社，1986 年。

4　天津大公報館 1925 年 4 月鉛印。

5　南京：江蘇古籍出版社，1986 年。

孫述宇先生本已與上海古籍出版社洽商同意編入金學叢書，並授權主編代理，忽中途撤稿，原因還是版權問題。

還有其他一些因故未能入選的師友：或已作仙遊[6]，或礙於本輯叢書的體例[7]，或因為版權期限，或失去聯繫等。凡此種種，均為缺憾。

儘管如此，第二輯連同第一輯 14 人 16 冊總計所入選的此 45 人 46 冊，已經是中國當代金學隊伍的主力陣容，反映著當代金學的全面風貌，涵蓋了金學的所有課題方向，代表了當代金學的最高水準。

此「金學叢書」之大略也。

臺灣學生書局高瞻遠矚，運籌帷幄，以戰略家的大眼光，以謀略家的大手筆，決計編撰出版「金學叢書」，實金學之幸，學術之福。主編同仁視本叢書為金學史長編，精心策劃，傾心編審。各位入選師友打造精品，共襄盛舉。《金瓶梅》研究關聯到中國小說批評史、中國小說史、中國文學史、中國文學評點史、中國文學批評史等諸多學科，是一個應該也已經做出大學問的領域。為彌補本叢書因為容量所限有很多師友未能入選的不足，特附設一冊《金學索引》[8]，廣輯金學專著、編著、單篇論文與博碩士論文，臚列學會、學刊與所舉辦之金學會議，立此存照，用供備覽。本叢書的編選，既是對過往的總結，也是對未來的期盼。本叢書諸體皆備，雅俗共賞，可以預測，將為金學做出新的貢獻。

此「金學叢書」之宗旨也。

金學已經不是一座象牙塔，而是一處公眾遊樂的園林。三百多部論著，四千多篇學術論文，二百多篇博碩士論文，既有挺拔的大樹，也有似錦的繁花，吸引著越來越多的研究者與愛好者探幽尋奇。不容置疑，傳統的金學，加上以文化與傳播為標誌的、以經典現代解讀為旗幟的新金學，必然展示著甯宗一先生的經典命題：說不盡的《金瓶梅》。

此「金學叢書」之感言也。

吳敢、胡衍南、霍現俊（吳敢執筆）

2014 年元旦

6　如王啟忠、鮑延毅、孔繁華、許志強諸先生等，駕鶴西去的徐朔方先生的精選集由其高足孫秋克代為編選，劉輝先生的精選集由其摯友吳敢代為編選。

7　本輯叢書乃論文精選集，字典、詞典與小塊文章結集便未能入選，《金瓶梅》語言研究的幾位專家如白維國、李申、張惠英、許仰民等因此失選。

8　吳敢編著，分上下兩編。

霍現俊《金瓶梅》研究精選集

目　次

附　錄

試論《金瓶梅詞話》的創作緣起

《金瓶梅詞話》借《水滸傳》「武松殺嫂」中西門慶和潘金蓮的故事演化成近百萬言的大書,這是眾所周知的不爭事實。但《詞話》為什麼要選取西門慶和潘金蓮這兩個形象而不選用別的人物,換句話說,在《金瓶梅》之前,已有不少的長篇和短篇小說,但作者都沒有選取,這確是一個值得深入探討而過去又被學術界普遍忽略的問題。例如,幾乎所有的文學史、小說史以及《金瓶梅》研究的專著和論文都未曾涉及。筆者在對這一問題進行認真深入的思考後認為,作者之所以這樣精心選擇,是因為西門慶和潘金蓮的名字、行事與作者所要表達的思想內容有切入點。這是一種移花接木法,名同實異,內涵全殊。

一

筆者在拙著《金瓶梅新解》和拙文〈西門慶原型明武宗考〉中詳盡論述了西門慶的原型就是明武宗[1],那麼,作者是如何將西門慶與明武宗這兩個本不相涉的人物聯繫起來的呢?我認為最關鍵的一點,是因為這兩人的名號中都有一「慶」字,這正是作者選擇的最佳契合點。

明武宗朱厚照篤信佛教,自稱「大慶法王」。《明武宗實錄》卷六四,正德五年六月:

> 命鑄「大慶法王西天覺道圓明自在大定慧佛」金印,兼給誥命。「大慶法王」,蓋上所自命也。及鑄印成,定為「天字一號」云。[2]

《明史》卷十六「武宗紀」:

---

1 參見拙著《金瓶梅新解》,石家莊:河北教育出版社 1999 年;拙文〈西門慶原型明武宗考〉,《河北師範大學學報》2001 年第 3 期,亦可參見本書。

2 《明武宗實錄》卷六四,中央研究院歷史語言研究所校印本。

（正德五年）六月庚子，帝自號「大慶法王」，所司鑄印以進。[3]

「法王」，是佛的一種尊號，佛教指一教的說法之主。崇奉佛法的統治者有時也被稱為法王。元明兩代對西藏喇嘛教中一些教派首領也給以法王的封號。明朝規定：法王階位在國師之上。明永樂五年（1407），封噶瑪噶舉派得銀協巴為「大寶法王」。永樂十一年（1413），封薩迦派昆澤思巴為「大乘法王」。宣德九年（1434），封格魯派釋迦也失為「大慈法王」。

武宗時，「帝好習番語……由是番僧復盛。封那卜堅參及劄巴藏卜為法王，那卜領占及綽即羅竹為西天佛子……大慶法王，即帝自號也。……帝時益好異教，常服其服，誦習其經，演法內廠。」[4]清毛奇齡《明武宗外紀》中亦有類似的說明。[5]

「大慶法王」這一稱呼中有一「慶」字，西門慶這一名字中也有一個「慶」字，作者就是選取這個相同點來大做文章的。在《水滸傳》中，西門慶並不是一個主角，他和潘金蓮的私通不過是一個小小的插曲而已。一個小插曲，一個小人物，鋪張揚厲，變成了洋洋灑灑的傳世名著，作者的嘔心瀝血，於此可見真情。有人或許要問，單單一個「慶」字，就能把《詞話》和《水滸傳》關係的實質說清楚嗎？當然不是。可是反過來說，《水滸傳》中前有「武松殺嫂」，後有「石秀殺嫂」，楊雄之妻潘巧雲也是因通姦而被殺，情節和西門慶、潘金蓮之事有相似之處，但《詞話》的作者卻選擇了西門慶而沒有選擇楊雄，究其原因，是因為這個名字中沒有「慶」字，與作者所要表達的主旨沒有共同點，情節上無法切入，所以被排斥了。

凡是讀過《水滸傳》的人都知道，西門慶的頭和潘金蓮的頭是拴在一起的，都是打虎英雄武松的刀下之鬼。《詞話》中潘金蓮的腦袋還是讓武松砍了下來，而西門慶卻是「善終」了。作者對二人的結局為什麼做如此截然不同的處理？這是因為「慶」字在作怪，西門慶變成了明武宗，本質上已完全不同於《水滸傳》中原來那個形象了。對於這一點，我們從《詞話》中對西門慶之父、之祖的命名中，可以得到充分的證明。

在《水滸傳》中，西門慶既沒有爹，也沒有爺，可在《詞話》中，他不但有了父親，也有了祖父，且兩人名字的寓義正好就是「大慶」，試析如下：

西門慶之父叫西門達，在《詞話》中共出現二次（第二十五回和第三十九回）。作者之所以選用這一個「達」字而不用其他的字，是因為，「達」字在古代是一個入聲字，在《平水韻》中屬於曷韻。到元代，北京一帶的語音發生了變化，入聲沒有了，凡是過去讀

3　《明史》卷六，北京：中華書局簡體字本 2000 年。

4　同前書，卷三三一，〈西域傳〉。

5　參見《明武宗外紀》，中國歷史研究社編，上海：上海書店 1982 年。

做入聲的字，都分別念成了陰陽上去四個聲調。元代周德清的《中原音韻》就把「達」字歸併到了「家麻」韻中，念陽平，和現在普通話的讀音是一致的。「達」和「大」都屬於同一個韻部，不過聲調有些不同罷了，「大」念去聲。[6]

一個「達」，一個「慶」，合起來不就是「大慶」嗎？「大慶」者，「大慶法王」也，西門慶者，明武宗也。作者為什麼不直接選用一個「大」字而採用諧音呢？太明顯了，在專制時代是要被殺頭的。

西門慶的祖父叫西門京良，這是《詞話》中的又一個密碼。試看古代典籍對「京良」二字的解釋：

京：

《爾雅·釋詁上》：「京，大也。」[7]

《左傳·莊公二十二年》：「八世之後，莫之與京。」杜預注：「京，大也。」[8]

良：

《說文·畕部》：「良，善也。」[9]

《詩·小雅·角弓》：「民之無良，相怨一方。」鄭玄箋：「良，善也。」[10]

慶：

《書·呂刑》：「一人有慶，兆民賴之。」孫星衍疏曰：「……言天子有善，兆民享其利，寧靜可致久長也。」[11]

《詩·大雅·皇矣》：「則友其兄，則篤其慶。」毛傳：「慶，善。」[12]

從文字釋義來看，我們很清楚地知道，「京良」的意思是「大善」，而「大慶」的意思也是「大善」。西門京良就是「西門大慶」，正是「大慶法王」的暗喻。由此我們可以清楚地看出《詞話》的作者為什麼要選取《水滸傳》中的西門慶而不選用別的人物作為切入點的真正用意所在。

6　周德清《中原音韻》，《中國古典戲曲論著集成》本，北京：中國戲劇出版社 1959 年。

7　《爾雅注疏》卷一，《十三經注疏》本，北京：中華書局 1980 年。

8　《春秋左傳正義》，卷九，同前書。

9　段玉裁《說文解字注》，上海：上海古籍出版社 1988 年。

10　《毛詩正義》卷十五，《十三經注疏》本，北京：中華書局 1980 年。

11　孫星衍《尚書今古文注疏》，北京：中華書局 1986 年。

12　《毛詩正義》卷十六，《十三經注疏》本，北京：中華書局 1980 年。

二

《金瓶梅詞話》之所以選取《水滸傳》中西門慶和潘金蓮故事的第二個切入點是因為兩個金蓮——鄭金蓮和張金蓮問題，因為這牽涉到明武宗和明世宗兩朝的重大歷史事件。

明孝宗朱祐樘有一宮女名叫鄭金蓮，因她引起了一場有關明武宗朱厚照身世的公案。《明武宗實錄》卷三一，正德二年十月：

> 初，武成中衛軍餘鄭旺有女名王女兒者，幼鬻之高通政家，因以進內。弘治末，旺陰結內使劉山，求自通。山為言：今名鄭金蓮者，即若女也，在周太后宮，為東駕所自出。語寖上聞，孝廟怒，磔山於市，旺亦論死，尋赦免。至是又為浮言如前所云。居人王璽，覬與旺共厚利，因潛入東安門，宣言：國母鄭，居幽若干年，欲面奏上。東廠執以聞，下刑部鞫治，擬妖言律。兩人不承服，大理寺駁讞者再，乃具獄以請。詔如山例，皆置之極刑云。[13]

明陳洪謨《治世餘聞》下篇卷之四、明沈德符《萬曆野獲編》卷三「鄭旺妖言」條、清毛奇齡《明武宗外紀》所述內容與《實錄》大同小異。

這一事件的背景並不複雜，鄭旺因私心重而引起了一場禍害，結果是三人被處死。鄭金蓮結局如何，史無明文，因為一個宮女在最高統治者的眼中那是無所謂的。筆者所要強調說明的是這個宮女的名字引起了《詞話》作者的聯想、比附，因「金蓮」想到《水滸傳》中的「潘金蓮」。這個鄭金蓮事件因與宮廷問題有關，所以作者將潘金蓮嫁給了「西門慶」，成了「妃子」，而不再是一位民婦，《詞話》中之潘氏也不再是《水滸傳》中之潘氏了。研究《金瓶梅》，如果弄不清作者這一用意，小說的實質問題恐怕就難以徹底揭開。

明武宗時的鄭金蓮是怎麼死的，現存資料無從查實。無獨有偶，明世宗時也有一位宮女名叫金蓮，不過她姓張。這個張金蓮是被處死的，受了磔刑，死得很慘，和潘金蓮之慘死一樣。我們看一下史籍中的記載。

《明世宗實錄》卷二六七，嘉靖二十一年十月丁酉（十月二十一日）：

> 宮婢楊金英等共謀大逆，伺上寢熟，以繩縊之，誤為死結，得不殊。有張金蓮者，知事不就，走告皇后，后往救獲免。乃命太監張佐、高忠捕訊之，言金英與蘇川藥、楊玉香、邢翠蓮、姚淑翠、楊翠英、關梅秀、劉妙蓮、陳菊花、王秀蘭，親

13　《明武宗實錄》卷三一，校印本。

行弒逆。甯嬪王氏首謀，端妃曹氏時雖不與，然始亦有謀。張金蓮事露，方告徐秋花、鄧金香、張春景、黃玉蓮，皆同謀者。詔不分首從，悉磔之於市，仍剉屍梟示，並收斬其族屬十人，給付功臣家為奴二十人，財產籍入。諸以異姓收繫者，審辨出之。時諸婢為謀已久，聖躬幾危，賴天之靈，逆謀不成。當是時，中外震惶，次日始知上體康豫，群心乃定。[14]

這一事件稱為「宮闈之變」。在封建專制時代，一夥宮女想縊死皇帝，的確是件驚天地的了不得的事情。《實錄》的記載不夠詳細，明沈德符《萬曆野獲編》卷十八「宮婢肆逆」條敘述較為具體。《明史》卷一七「世宗紀」、卷一四四「孝烈方皇后傳」等多處都提及這件大事，可參看。

朱厚熜真是「大難不死」，特遣成國公朱希忠等文武大臣，告謝天地、宗廟、社稷及應祀神祇。他並沒有因此事下「罪己詔」，從本身方面來檢討事變的原因，而是敕諭中外，美化自己，欺神欺民。[15]從此之後，嘉靖帝就移居於西苑，不再回宮中了。

張金蓮等人的事比鄭金蓮的事要複雜得多，影響也大得多。就拿這次宮闈之變來說，一夥宮女合起來想弄死嘉靖帝，這不能完全歸罪於主謀王甯嬪，也不完全是后妃中間的爭寵、嫉妒，似應有更為深層的原因。試想，一兩個人合謀比較容易，十六個人共謀大事，沒有共同的深仇大恨怎能聯絡到一起？筆者揣測，這群柔弱的宮人恐怕是實在忍受不了嘉靖帝的蹂躪才痛下這個決心的。

現存的明代檔案材料很少，因而《明實錄》就成為明朝歷史的最原始的記錄，它比《明史》所提供的史料要豐富、真實得多。但是，封建社會官修的史書避諱的很多，許多真情實相都被掩蔽了，就連沈德符、朱國楨等人也認為《明實錄》並不完全真實，這在《野獲編》和《湧幢小品》中都是有說明的。《公羊傳》中不是就說要「為尊者諱」嗎：

　　《春秋》為賢者諱。[16]⋯⋯《春秋》為尊者諱，為親者諱。[17]

官修史書的隱諱究竟有多少，誰也說不清楚，這次「國惡」，如果遮掩，把人秘密處死，「實錄」不錄，恐怕知道的人也不會太多。但嘉靖帝卻聽信了嚴嵩的建議，竟然佈告天下，使人人盡知了。

14　《明世宗實錄》卷二六七，校印本。
15　同前書，參見卷二六八。
16　《春秋公羊傳注疏》卷六，《十三經注疏》本，北京：中華書局1980年。
17　《春秋公羊傳注疏》卷九，《十三經注疏》本，北京：中華書局1980年。

三

《詞話》的作者之所以選取《水滸傳》中西門慶和潘金蓮的故事，目的是為了引起所要表達的思想內容，是個「引子」。這個「引子」選擇得非常巧妙，既不露真相，又能大量地含括所要表達的內容，達到自己的創作目的。「一個大慶」「兩個金蓮」的聯想簡直是妙不可言。世間的事有時就是那麼巧，明武宗時有個鄭金蓮，明世宗時又有個張金蓮，又都是宮內的人，巧就巧在這裏。民間女子叫金蓮的確實不少，但不是宮女。這兩個宮女又都引起了一場風波，作者正是發現了這一奇特的現象，所以才借《水滸傳》排演了一場「大戲」。

《詞話》的作者雖借用了《水滸傳》中西門慶和潘金蓮的名字，但如何巧妙而不露痕跡地過度到「大慶」（大慶法王明武宗）、「金蓮」（鄭金蓮、張金蓮，二人牽涉到武宗、世宗兩朝的史實），即作者所要表達的主題上，的確是件不容易的事。比較來看，由《水滸傳》中的西門慶切入到《詞話》中的西門慶（大慶法王朱厚照）要比由潘金蓮切入到鄭、張二金蓮要隱晦得多。試析如下：

《詞話》對《水滸傳》最直接的改動是把西門慶的籍貫由陽穀縣改為清河縣，韓南先生在其《金瓶梅探源》中不知作者作出這一改動的動機[18]，實際上，作者若不作這樣的改動，就無法切入到他所要表達的故事上。另外，兩個「西門慶」比較，形似較少，單從結局來看就大不相同，這就給人們一種「明顯」的暗示，新的「西門慶」，其內涵實質都發生了徹底的裂變，已經完全「脫胎換骨」了。這即是說，從表面上看還是西門慶，實際上作者已把他改鑄成「西門大慶」，成為「大慶法王」，成了明武宗朱厚照的化身。這個西門「皇帝」是從真實的皇帝寶座上拉下來的人物，雖然在其身上依然殘留有《水滸傳》中西門慶形象的某些特點。當然，這並不是說西門慶就等於明武宗。作者經過改鑄後的西門慶已成為一個整合形象，其內涵則較前要豐富深刻得多，是一個獲得了永久生命力的獨特的「這一個」，他容納了諸多人的行事——流氓、地痞、無賴、淫棍、商人、四品以上權貴勢要和皇帝等，但其骨架的主要點還是明武宗。作者改鑄的關鍵點，一是依據《易》學理論及歷史事實等，設計了西門慶的年齡，意在暗射明武宗；二是上文提到的西門達、西門京良的命名，暗喻了「大慶法王」即明武宗；三是西門慶之「藏春塢」，實為明武宗「豹房」的對譯；四是《金瓶梅》中「會中十友」的情節並非虛構，它來源於宦官張忠自稱與明武宗等為「十弟兄」的史實，以及其他的諸多證據。筆者對

---

18 韓南〈金瓶梅探源〉，《金瓶梅西方論文集》，上海：上海古籍出版社 1987 年。

此有詳盡的論述，此不贅[19]。

如果說由西門慶切入到「大慶法王」明武宗的確是很隱晦的話，那麼，由潘金蓮切入到鄭金蓮，雖然作者採取了高超的藝術手法，但相比之下，還是要明顯得多，這個密碼就隱藏在來旺（鄭旺）與宋惠蓮的故事中。若讀者仔細解讀，就會注意到，在《詞話》的第九十回，作者簡直是在實話實說了。

來旺的命名，乍看起來，與來興、來保、來安、來定等一樣，表面上只不過是西門慶希冀事業興旺、家庭安定的封建性心理的反映，其實作者之意遠不是如此，大有深意存焉。來旺的出場在《金瓶梅》的第九回，《詞話》中共有 13 回提到了他的名字。但其主要故事是在第二十五回、二十六回和第九十回。他在被遞解徐州之時，作品並未交代他姓什麼。直到《金瓶梅》的故事快要交代完的第九十回，作品才給以詳細的介紹：

> （來旺、孫雪娥）到了屈姥姥家，屈姥姥還未開門。叫了半日，屈姥姥才起來開了門兒，來旺兒領了個婦人來。原來來旺兒本姓鄭，名喚鄭旺。

作者取來旺之名是手段，最後交代他原姓鄭才是目的。鄭旺，這是一個真實的歷史人物，關於其人其事，上文《明武宗實錄》已交代過。後來他娶了宋惠蓮做妻子，《詞話》第二十二回是這樣介紹的：

> 那來旺兒，因他媳婦自家癆病死了，月娘新近與他娶了一房媳婦。娘家姓宋，乃是賣棺材宋仁的女兒。……月娘使了五兩銀子，兩套衣服，四匹青紅布，並簪環之類，娶與他為妻。月娘因他叫金蓮，不好稱呼，遂改名惠蓮。

從這一段的介紹來看，宋惠蓮原名金蓮，後來嫁給來旺。而來旺本姓鄭，名鄭旺。按中國古代婦女稱謂之傳統，女性幼時多以乳名相稱，出嫁後又隨夫姓稱之，如班昭，因嫁扶風曹世叔，故後世稱為曹大家。而在廣大的農村，直到建國初年，女子出嫁後仍以夫姓稱之。如「張王氏」，即是夫家姓張。由此看來，宋惠蓮者，鄭金蓮也；來旺者，鄭旺也。孝宗、武宗朝鄭旺、鄭金蓮的那一段史實，作者就是以這樣巧妙的手法隱含在宋惠蓮與來旺的故事之中的。

《詞話》的第二十五回、二十六回和第九十回三回，正是這樁公案的形象注腳。歷史上的鄭旺因揚言明武宗是其女兒所生，被孝宗收監論死，旋又放出。孝宗死，武宗立，鄭旺又提起此事，結果被武宗處以極刑。試想，鄭旺此舉是衝著皇帝來的，他不能不考

19　參見拙著《金瓶梅新解》，石家莊：河北教育出版社 1999 年；拙文〈西門慶原型明武宗考〉，《河北師範大學學報》2001 年第 3 期，亦可參見本書。

慮事件的嚴重後果，弄不好，那是要被殺頭的。《詞話》中的來旺，作為僕人，對其主子西門慶極為痛恨，要白刀子進去，紅刀子出來，甘冒「破著一命剮，便把皇帝打」（第二十五回）的危險來與西門慶相鬥。如果說，這句俗諺是形容人的膽量大，不怕死，是泛指的話，在《詞話》中，它卻是特指。作者在這裏顯然是實話實說了。這正是《金瓶梅》慣用的手法，我們豈能上當？

來旺被西門慶栽贓陷害後，押往提刑院。夏提刑、賀千戶因受了西門慶的賄賂，自然將來旺打得皮開肉綻、鮮血淋漓。按西門慶之殘忍，手中又有權力，「名正言順」地整死一個家奴，當不費吹灰之力，但結果又把來旺從監牢裏放了出來，只是遞解原籍徐州為民了事。這與歷史上的鄭旺雖被監，旋又被放了出來的結果何其相似呵！

武宗正德二年十月，鄭旺與同居人王璽想發財，又重布前言，結果被武宗處以極刑。《金瓶梅》第九十回偏偏就設計了來旺與某老爹一起上京想做官的情節。俗語云「升官發財」，《詞話》只不過是把《武宗實錄》中的「厚利」改為「做官」，不致太明顯直露，招致殺身之禍罷了。其實，此處的「做官」，恰好是「厚利」的對譯，名不同而實相同罷了。

後來，來旺因盜拐孫雪娥與西門慶家的財物，被官府判處極刑，其結局與歷史上的鄭旺是相同的：

> 不想本縣知縣當堂問理這件事……向鄭旺名下追出銀三十兩……就將來旺兒問擬奴婢因奸盜取財物，屈鐿係竊盜，俱係雜犯死罪……

從上述的分析中，我們可以清清楚楚地看出《金瓶梅》是如何借《水滸傳》中西門慶與潘金蓮的故事並加以精心改鑄的，也可以看出作者選取的切入點是多麼地巧妙。《金瓶梅》是一部形象的歷史，是武宗、世宗朝的「實錄」。我們切不可單單把它作小說看，那會辜負作者之良苦用心的。

《金瓶梅詞話》的主旨
及其表達的特殊方式

自從《金瓶梅詞話》問世之後，關於它的創作主旨，在作品流行之初，就有了種種不同的猜測，有所謂「指斥時事的政治寓意說」「勸懲說」「復仇說」等等。到了清代，影響最大的、也最流行的觀點是張竹坡的「苦孝說」。上個世紀二十年代，魯迅先生在其《中國小說史略》中稱其為「世情書」之最。隨後吳晗先生則認為其主旨是「暴露新興商人階級的醜惡生活」。七十年代末，隨著思想的解放和學術環境的寬鬆，學者們對《金瓶梅》的考證與研究投入了非凡的熱情，人們從不同的角度對其主旨進行了探討，在對舊說進行重新審視的同時，又提出了不少新見。如「性惡說」「變形說」「商人悲劇說」「黑色小說說」「憤世嫉俗說」「人性復歸說」等等十幾種。從某種角度上看，這固然不錯，但我認為，《金瓶梅詞話》的最根本主旨則是諷刺辱罵嘉靖皇帝，換句話說，這是一部對封建制度的最高統治者皇帝的謗書。

《金瓶梅》的確是一部「奇書」，奇就奇在它的主旨表達和一般小說不同。一般小說，通過對主要人物的描寫來體現主旨，而《金瓶梅》則不然，它的主旨卻是間接地通過對主要人物的描寫反映出來的。這裏的關鍵問題在於西門慶的原型、玳安的隱寓和宋徽宗究竟影射何人等。這些問題搞清楚了，作品的主旨也就比較容易得以解決。

一、借武宗罵世宗

西門慶的原型就是明武宗，筆者曾有詳細的分析，此不贅[1]。從表面上看，作品鞭撻了西門慶，實際就等於鞭撻了明武宗，但這還不是作品的真正主旨。罵武宗的目的在於罵世宗，這才是作者的真正目的。《金瓶梅》的「奇」也就「奇」在這裏。作者使用的藝術手法的確是很高明的。那麼，《詞話》的作者是如何將兩者聯繫起來的呢？試析如

---

[1] 參見拙著《金瓶梅新解》，石家莊：河北教育出版社 1999 年；拙文〈西門慶原型明武宗考〉，《河北師範大學學報》2001 年第 3 期，亦可參見本書。

下：

西門慶的正妻吳月娘所生的兒子叫孝哥兒，這是一個暮生兒。《詞話》第七十九回寫西門慶死的同時，吳月娘便生了孝哥兒：

> 原來西門慶一倒頭，棺材尚未曾預備。慌的吳月娘，叫了吳二舅與賁四到根前，開了箱子，拿出四定元寶，教他兩個看材板去。剛打發去了，不防月娘一陣就害肚裏疼，急撲進去看床上倒下，就昏運不省人事。……不一時，蔡老娘到了，登時生下一個孩兒來。……就把孩子改名叫孝哥兒……與老頭同日同時，一頭斷氣，一頭生了個兒子，世間少有蹺蹊古怪事。

西門孝哥兒這一名字在小說十五個回目中出現過，雖然作者不曾寫他有什麼活動，但他確是一個十分重要的人物。開始都是奶子如意兒抱著他露面的，《詞話》最後一回寫吳月娘因金國侵犯，「領著十五歲孝哥兒」，恓恓惶惶，男女五口人前往濟南府逃難。這是突兀之筆，孝哥兒一下子變成了十五歲，真是「小說家言」。

孝哥兒、吳月娘等人在半路上遇見了普靜和尚，把孝哥兒「度脫」了。普靜對吳月娘說：「當初你去世夫主西門慶，造惡非善。此子轉身托化你家，本要蕩散其財本，傾覆其產業，臨死還當身手（首）異處。……」接下去寫孝哥兒還睡在床上，「老師將手中禪杖，向他頭上只一點，教月娘眾人（看），忽然翻過身來，卻是西門慶，項帶沉枷，腰繫鐵索；復用禪杖只一點，依舊還是孝哥兒睡在床上。」原來孝哥兒即是西門慶托身。月娘養活孝哥兒到十五歲，被普靜「幻化」而去，法名喚做「明悟」，「化陣清風」，作辭月娘而去。

從作者設計的意圖來看，孝哥兒顯係一個「幻化」的人物。何謂「幻化」？簡言之，所謂「幻化」就是變化、奇異地變化的意思。

《列子·周穆王》：

> 有生之氣，有形之狀，盡幻也。造化之所始，陰陽之所變者，謂之生，謂之死。窮數達變，因形移易者，謂之化，謂之幻。……知幻化之不異生死也，始可與學幻矣。[2]

幻化也是一個佛教用語。《景德傳燈錄》卷三十〈一缽歌〉：「也曾策杖遊京洛，身似浮雲無定著。幻化由來似寄居，他家觸處更清虛。」又同卷〈魏府華嚴長老示眾〉：「幻化色身，憑何為實？」虛幻不實、變化無常，即萬物了無實性，這是佛家對萬事萬物、

2　《列子集釋》卷三，北京：中華書局 1979 年。

人身人生的認識。

〈演密鈔〉曰：幻者化也。無而忽有之謂也。

通俗地說，作者在《金瓶梅詞話》中所謂的「幻化」，實即佛教中所說的「轉生」「生死輪迴」的意思。

孝哥兒的幻化，還不是說去當和尚，實質上是「轉生」「轉化」了。「轉」成了誰？轉成了明世宗朱厚熜。朱厚熜是十五歲時登基的，孝哥兒的「幻化」也恰好是十五歲。設計這樣一個年齡，目的就是用來影射嘉靖。朱厚照十五歲時登上了皇帝的寶座，明世宗也是這個年齡，歷史的「主宰者」真是會安排。作者也讓孝哥兒在同樣的年齡幻化，顯然是用心良苦，有針對性的。這裏涉及到孝哥的年齡問題。按西門慶死，孝哥兒生，是在同一個時間，紀年為宋徽宗重和元年戊戌（西元 1118）。《詞話》寫到宋欽宗靖康二年丁未（1127 年）止。從 1118 年到 1127 年不過十年，可第一百回卻寫的是「領著十五歲孝哥兒」，許多「金學」研究者指責此處不合情理，屬於明顯的漏洞。殊不知，這是作者的有意安排，而絕不是作者的疏忽大意，這就叫「幻化」，奇幻莫測的變化。如果你硬要依據常理去辨析這一問題，反倒失去了藝術的真實。換句話說，如果讓孝哥變成十歲，這個人物就成了「多餘」的人，沒有任何意義了。

孝哥兒的年齡，很有點像現代的模糊數學，在敘述中，模糊與精確始終是交織在一起的，模糊之中有精確，精確之中攙雜著模糊，或者說是多變中有不變，不變中又往往蘊含著變化的因素。作者是借孝哥來詛咒嘉靖帝的，最終也要叫這位「皇帝」掉下腦袋，雖然是種虛幻的結局，但復仇的心理總算得到了平衡。你看吳月娘在夢中的情景：雲離守大怒，罵到：「賤婦，你哄的我與你兒子成了婚姻，敢笑我殺不得你的孩兒！」向床頭提劍，隨手而落，血濺數步之遠。月娘見「砍死孝哥兒」，不覺大叫一聲。卻原來是南柯一夢。

借武宗罵世宗，《金瓶梅》的作者巧妙地縫綴了一條聯繫的「紐帶」，這條紐帶是什麼？就是上面提到的孝哥兒。通過孝哥兒這條紐帶，借武宗罵世宗的答案，就清清楚楚地擺在了你的面前。不然的話，說指著甲來罵乙，總是沒有充分的根據。

這個奧秘的極巧妙處還是在於孝哥的年齡。上文提到，孝哥兒是個暮生子，西門慶死，孝哥兒生，一頭是嗚呼哀哉，一頭是呱呱墜地，時間為宋徽宗重和元年戊戌年，即西元 1118 年。按十二生肖來說，戊戌年是狗年，孝哥兒的屬相當為狗。孝哥兒通過幻化，「轉化」成了明世宗。孝哥兒屬狗，明世宗自然也就是「屬狗」了。狗有了「定性」，作品罵的對象也就對準了標的。

借武宗罵世宗，世宗這一頭算是落實了。武宗呢？還得從年齡上來尋找答案。明武宗的生辰，《明史》上沒有說，但《武宗實錄》卷一卻記載得非常清楚：

武宗承天達道英肅睿哲昭德顯功宏文思孝毅皇帝，諱厚照，……以弘治四年九月
二十四日生。[3]

弘治是明孝宗的年號。弘治四年，查陳垣先生的《二十史朔閏表》，為西元 1491
年，這一年的干支是辛亥。戌狗亥豬，可見明武宗朱厚照的屬相是豬。「豬」也有了，
「狗」也有了，《詞話》的作者又是怎樣把這二者聯繫在一起呢？請看作者絕妙的設計：

《詞話》第十一回寫到：「西門慶……早起來等著要吃荷花餅……使春梅往廚下說去。
那春梅只顧不動身。金蓮道：『你休使他。有人說我縱容他，教你收了，俏成一幫兒哄
漢子。百般指豬罵狗，欺負俺娘兒們使。』」

作品第一次出現了「指豬罵狗」這個詞。

《詞話》第二十五回又寫到：「金蓮正和孟玉樓一處坐的，只見來興兒掀簾子進來。……
金蓮道：『你有甚事，只顧說不妨事。』來興兒道：『別無甚事，叵耐來旺兒，昨日不
知那裏吃的稀醉了，在前邊大噯小喝，指豬罵狗，罵了一日。』」

這是第二次出現「指豬罵狗」這個詞。

「指豬罵狗」在《金瓶梅》中具有特殊的含義，「豬」就是明武宗，因為他生肖是豬；
「狗」就是孝哥兒，因為他的生肖是狗，同時也就是明世宗，孝哥兒經過「幻化」，變成
了這位帝王。「指豬罵狗」的內涵就是借武宗罵世宗，它是把二者拴在一起的紐帶。

《詞話》的作者在眾多的人物中添了一個孝哥兒，讓他的屬相是狗，真正的用意就在
這裏。《金瓶梅》的這種超乎尋常的構思真可謂「神」，不禁使人拍案叫絕！毫不誇飾，
它是中國乃至世界文學史上一部偉大而不朽的作品。

借武宗罵世宗，在小說中就是借西門慶的形象來罵世宗。西門慶有一妻五妾，這一
妻五妾也是有來源的，沒有寫成六妾或四妾，作者多方影射，人物、情節的設計都是為
表達主旨服務的。查《明世宗實錄》，嘉靖十五年九月，朱厚熜因得子晚，生了一個哀
沖太子也只活了一個多月，輔臣建議，「慎選貞淑，以充妃嬪，用廣嗣續」，因此，一
天之內就進封了五位妃子。而《武宗實錄》沒有同日封「五妃」的記載。《詞話》為什
麼寫西門慶有五妾，這不是明顯的影射嗎？另外，明世宗的第一個皇后姓陳，西門慶的
第一個妻子也姓陳，你說作者是無意寫的，還是有意地挖苦？

明武宗是「豬」，「豬」「朱」音同，「朱」又是明王朝的國姓，所以明武宗特別
忌諱「豬」，《明武宗實錄》載，正德十四年十二月，「上至儀真，時上巡幸所至，禁

3　《明武宗實錄》卷一，中央研究院歷史語言研究所校印本。

民間畜豬，遠近屠殺殆盡。田家有產者，悉投諸水。是歲儀真丁祀，有司以羊代之。」[4]
《詞話》的作者「指豬罵狗」，還不是單單抓住明武宗屬相是豬，而是還有如此的史實根據。你越忌諱「豬」，我就越拿「豬」來開刀。

作者設計孝哥的年齡屬相或許還有更為深層的寓意。因為據《世宗實錄》載，朱厚熜生於正德二年丁卯年，屬相為兔，而孝哥屬狗，用老百姓的傳統話語來說，這叫做「狗攆兔子」。《戰國策·齊策三》有一則寓言故事：「韓子盧者，天下之疾犬也。東郭逡者，海內之狡兔也。韓子盧逐東郭逡，環山者三，騰山者五，兔極於前，犬廢於後，犬兔俱罷，各死其處。田父見之，無勞倦之苦，而擅其功。」指著豬，罵著狗，再叫狗追趕著兔子，孝哥兒這條「狗」就起了一個中介作用，豬——狗——兔連成一線，作者為什麼寫孝哥這個人物，答案就清清楚楚了。

「豬」也好，「狗」也好，「兔」也好，最後都沒有好下場，明王朝的統治就像韓盧逐兔一樣，滅亡的命運是註定改變不了的。

二、玳安隱寓嘉靖

在《金瓶梅詞話》中，玳安是西門慶的貼身小廝，頗受西門慶的「賞識」。西門慶死後，被吳月娘收為義子，繼承了西門香火，使西門氏之產業得以平安地延續下去……。

細按作者之態度，可以看出，玳安是比其主子西門慶更壞的一個惡奴。但恰恰就是這樣的一個人，卻在眾多的奴僕中被選中。作者為什麼要安排這樣的情節，其深刻的用意是什麼？

和《金瓶梅》的作者同時代的沈德符在《萬曆野獲編》中說：「聞此為嘉靖間大名士手筆，指斥時事，如蔡京父子則指分宜，林靈素則指陶仲文，朱勔則指陸炳，其他各有所屬云。」幾乎所有的「金學」研究者對此都無異議。問題是，沈德符只是提出了蔡京、林靈素、朱勔所指是何人，但《金瓶梅》的第一主角西門慶和繼承西門氏之產業的玳安隱指何人，他卻未明確指出。既然「其他各有所屬云」，這說明，沈德符心裏是清楚的，只是他不敢明言。如筆者所述，西門慶隱指的就是明武宗朱厚照，那麼，我認為，《金瓶梅》中的玳安，影射的就是明世宗嘉靖。

我們可以從玳安和嘉靖兩個名字的字面意義上來破解他們之間的關係。「玳」字不見於《說文》。《玉篇》玉部：「玳，俗以瑇瑁作玳。」實際是「瑇」的俗字。古代「玳」字一般不單用，常組成「玳瑁」一詞。但有時也可單獨使用，如「玳筵」，指的是以玳

4　同前書，卷一八一。

瑱裝飾坐具的宴席，即盛宴之意。「玳瑁梁」，指的是畫有玳瑁斑文的屋樑，如「海燕雙棲玳瑁梁」。[5]也可省作「玳梁」，如「玳梁翻賀豔，金坪倚晴虹。」[6]故「玳」者，華麗精美也，是「玳」有「美」義。

再看「嘉靖」二字。「嘉」：《說文》壹部：「美也」。「靖」：《說文》立部：「立竫也」。段玉裁注：「謂立容安竫也。安而後能慮，故釋詁、毛傳皆曰靖，謀也。」是「靖」有「安」義。又《廣雅·釋詁一》：「靖，安也。」這樣看來，「嘉靖」意為「美安」，「玳安」亦即「美安」。所以說，玳安者，嘉靖也。

再從史實和修辭的角度看，明世宗嘉靖帝和明武宗正德帝是堂兄弟關係，嘉靖做皇帝，顯然不屬於嫡傳，故云代也。又「玳」「代」同音，「玳」，按古代析字格，可拆為「代王」二字，嘉靖代正德為王（帝）四十五年沒有發生什麼問題，故云代王而安。由此可見作者起「玳安」之名，其用意是非常深刻的。

明武宗雖一生風流，但很遺憾，他沒有留下皇嗣。臨死前曾下遺詔曰：

> 朕紹承祖宗丕業，十有七年。有孤先帝付託，惟在繼統得人，宗社生民有賴。皇考孝宗敬皇帝親弟興獻王長子厚熜，聰明仁孝，德器夙成，倫序當立。遵奉祖訓「兄終弟及」之文，告於宗廟，請於慈壽皇太后，與內外文武群臣合謀同辭，即日遣官迎取來京，嗣皇帝位。[7]

當時朝廷內閣首輔楊廷和是極力主張朱厚熜繼承帝位的。但當朱厚熜繼承皇位以後，圍繞他父親朱祐杬的封號，朝中大臣卻發生了激烈的爭執。以楊廷和為代表的一批恪守禮法的大臣，認為朱厚熜雖然做了皇帝，但因不是嫡傳，只能稱明孝宗（嘉靖之伯父）為皇考，對其父興獻王朱祐杬稱皇叔父。嘉靖帝當然不幹，逆之者或被杖死，或被戍邊，或被削職為民。持續了三年之久的「大禮議」一案，最終以世宗嘉靖的勝利而告終。

《金瓶梅》中的西門慶雖曾有二子，但李瓶兒所生官哥，只活了一年零兩個月，吳月娘所生之孝哥，十五歲時被「幻化」，離月娘而去，實際等於無子。最後，吳月娘收玳安為「義子」，賜姓西門，人稱「西門小官人」，繼承了西門慶的家業。顯而易見，世宗嘉靖帝之於武宗正德帝，與小說中玳安之於西門慶，都不屬於嫡傳，故只能稱之為「代」。

5　唐沈佺期〈古意呈補闕喬知之〉：「盧家少婦鬱金堂，海燕雙棲玳瑁梁」。《全唐詩》卷九六，北京：中華書局 1960 年。

6　見《宋之問集》下〈宴安樂公主宅〉詩，《沈佺期宋之問集校注》，北京：中華書局 2001 年。

7　《明史紀事本末》卷五十〈大禮議〉，北京：中華書局 1977 年。

《金瓶梅》中的玳安，其身分雖是西門慶的貼身小廝，但作者卻有意識地把他塑造成西門慶的倒影。如果說，西門慶是大壞蛋，玳安就是小壞蛋；西門慶是「大醜」，玳安就是「小醜」，其為人行事與西門慶同出一轍。比如，當西門慶與李桂姐鬧翻時，他也就跟著大罵李桂姐，以至於潘金蓮都看不過眼：「賊囚根子，他不揪不采，也是你爹的表子，許你罵他？想著迎頭兒，俺每使著你，只推不得閒，『爹使我往桂姨家送銀子去哩』，叫的桂姨那甜。如今他敗落下來，你主子惱了，連你也叫起淫婦來了。」這時，玳安才交出實底：「莫不爹不在路上罵他淫婦，小的敢罵他？」但當西門慶和李桂姐又「和好」起來時，玳安的態度隨即就變了過來。更有甚者，他與他的主子西門慶共同占有賁四嫂，並公開調戲他主子的男寵書童，罵出來的話與西門慶的淫詞浪語幾乎沒有什麼不同。他到蝴蝶巷嫖下層妓女的氣勢，與當年西門慶大鬧麗春院的派頭一模一樣，並學著他主子的口氣，以勢欺人，「好不好，拿到衙門裏去，交他試試新夾棍著。」顯然，他比他的主子更壞，但就是這樣一個惡奴，恰恰又被吳月娘選中，繼承了西門慶的產業。作者安排這樣的情節，其寓意，讀者自然可以體會出其中的況味。

三、借宋徽宗罵明世宗

《金瓶梅詞話》借宋寫明，借宋徽宗罵明世宗，使小說的主旨達到了明朗化。

宋徽宗和明世宗的相似有如下五個方面：

二人都崇尚道教；都好舞文弄墨；都缺乏治國能力，朝政腐敗；都有禪位於太子的舉動和念頭；二人的帝位都是兄終弟及的。

以宋徽宗比明世宗，不但從作品本身能夠看出來，而且從歷史事實中完全可以得到證明。我們說借徽宗罵世宗使小說的主旨明朗化，主要的意思指的就是這一點。

明世宗統治時期，許多人都說他像宋徽宗，明世宗自己也非常清楚這種說法。

嘉靖三年十月，六科十三道趙漢、朱衣等，交章彈劾給事中陳洸之奸，御史張曰韜、戴金也上章論之。御史藍田亦上言：陳洸本來是（禮部）尚書席書之黨，席書以自己資望淺，躐等上升，因此交結陳洸等，作為羽翼，植私市權，罪惡暴著。席書曾經上疏陳時政得失，把皇上比成是梁武帝、唐玄宗、宋徽宗，……

嘉靖像宋徽宗，在他登基才三、四年，人們就看出了這個問題。

嘉靖二十一年十月：

> 癸未雪，百官表賀。上報曰：朕以時屬有秋，祗修大報，乃荷上天垂祐，瑞雪應期而降，朕心不勝感仰，與卿等共之。朕為民祈禱，非梁武、宋徽比。卿等宜益

竭忠誠，上承帝眷，庶不負朕保民之意。[8]

這真是不打自招，欲蓋彌彰。明世宗是個宋徽宗，他自己也清楚自己。

嘉靖二十七年六月、三十二年正月，《實錄》上都有把他比做宋徽宗的記載。現在的問題已經很清楚，如果明世宗沒有宋徽宗的行跡，為什麼臣民說他是個宋徽宗，他又何必不止一次加以掩飾呢？「與宋徽、梁武大不同」，的確有不同，朱厚熜崇奉道教簡直到了發狂的地步，趙佶比他，恐怕是「自愧不如」的。

我們說《金瓶梅》是借宋徽宗來罵明世宗，這裏我們引了《實錄》中的四條證據，證明明世宗就是一個宋徽宗，別人說他不算，連他自己都承認這一點，作為證據來說，還有比這更有說服力嗎？

宋哲宗趙煦死後無嗣，由其弟趙佶繼位，是為宋徽宗；明武宗死後也無嗣，由其堂弟朱厚熜繼位，是為明世宗，都是「兄終弟及」。宋徽宗生前禪位於兒子趙桓（宋欽宗），明世宗雖然沒有這樣做，但產生過這樣的念頭：嘉靖四十一年五月，嚴嵩父子得罪去位，朱厚熜「意忽忽不樂」，對大學士徐階等說，欲傳位，退居西內，專祈長生。徐階等極言不可，於是作罷。宋徽宗統治時期，任用蔡京、童貫等人，貪污橫暴，吏治腐敗，窮奢極欲，掊克下民；農民起義，金國入侵，北宋滅亡，當了俘虜，死於異域。明世宗在位期間，深居內宮，二十餘年不見朝臣，重用嚴嵩等，也是吏治腐敗，貪污成風；賦役苛重，帑藏匱竭；南倭北虜，終無寧歲；雖不是亡國之君，但危機四伏，也是滅亡的前奏。

我們再結合《詞話》中的具體描寫，看看作者是如何借宋徽宗來罵明世宗的。作品中這樣的描寫非常多，如第一回、第十八回、第七十回、第七十八回等等。但最集中、最強烈、最明顯的，莫過於第七十一回「提刑官引奏朝儀」中的一段：

> 這帝皇果生得堯眉舜目，禹背湯肩。若說這個官家，才俊過人：口工詩韻，目類群羊；善寫墨君竹，能揮薛稷書；道三教之書，曉九流之典。朝歡暮樂，依稀似劍閣孟商王；愛色貪杯，仿佛如金陵陳後主。

這一段文字，基本上抄自《宣和遺事》，但稍有改動。改動的關鍵是開頭兩句，《詞話》把《遺事》中「哲宗崩，徽宗即位」改成了「這帝皇果生得堯眉舜目，禹背湯肩。」這一改動，可謂「點鐵成金」。有人說，文有「文眼」，詩有「詩眼」，雖沒有「書眼」一詞，但「帝皇」一詞的是《詞話》的主旨所在，是作品的「靈魂」。

8　《明世宗實錄》卷二六七，校印本。

　　明世宗篤信道教，自稱是「太上大羅天仙紫極長生聖智昭靈統三元證應玉虛總掌五雷大真人玄都境萬壽帝君」。見《明史》卷三百七「陶仲文傳」，又見《弇山堂別集》卷六、《明史紀事本末》卷五二。

　　「帝皇」就是「帝君」。

　　《爾雅·釋詁上》：「林、烝、天、帝、皇、王、后、辟、公、侯，君也。」郝懿行《義疏》云，「《詩》『有皇上帝』，毛傳：皇，君也。」[9]

　　孫星衍《尚書今古文注疏》，《呂刑》「皇帝哀矜庶戮之不辜，報虐以威」，「疏」云：「皇者，《釋詁》云，君也。此皇帝，鄭以為顓頊也。」[10]

　　「帝皇」是「帝君」的對譯，正是對著明世宗來說的。宋徽宗自稱「教主道君皇帝」，是「皇帝」而不是「帝皇」，顛倒一下，意思全變。《詞話》是借宋徽宗來罵明世宗的，作者在這裏給讀者留下了一個非常重要的信息符號。讀《金瓶梅》稍一粗心，還是「皇帝」，便「差以毫釐，失之千里」了。

　　《金瓶梅詞話》的主旨是諷刺、漫罵嘉靖，這是千真萬確的，所以，作品中除了上面所論述的外，還有很多地方都透露了罵的信息，有時是一個大的情節，有時是一句話，有時甚至是一個詞，都隱含著辱罵「今上」的意蘊。有時罵得比較明顯，而有時又相當隱晦，如果我們不去細細地推敲，就很難發現問題，甚而會辜負作者的良苦用心。傳統上都把《金瓶梅》作為「世情小說」看待，這固然不錯，但《金瓶梅》把矛頭指向了嘉靖帝，則顯然是帶有強烈的政治性的，也就是說，它的指向不僅在於「世情」，而且還指向了最高統治者。如果把它僅僅視之為「世情小說」，那會大大降低它的社會和文化批判價值的。

9　　《爾雅義疏》卷上之一，《清人注疏十三經》本，北京：中華書局 1998 年。

10　《尚書今古文注疏》卷二七，同前書。

《金瓶梅詞話》中
「借支馬價銀」時代考

　　《金瓶梅詞話》的內容是「借宋寫明」，「金學」界對此已無任何異議。但問題的癥結在於，其一，它寫的是明代哪個時期的事情，是正德、嘉靖朝還是萬曆朝，到目前為止，「金學」界還在爭論，未能達成共識。其二，它是以什麼方式反映明代現實的，它和其他寫前代歷史的小說的主要區別點在哪裏？這是《金瓶梅》研究必須首先要解決的兩個問題。筆者經過深入的研究，根據明代大量可靠的原始史料，證實了《金瓶梅詞話》所寫的內容是明代正德、嘉靖時期的事情，而絕不是萬曆時期的事情，這一點則是毋庸置疑的[1]。

　　認為《金瓶梅詞話》寫的是萬曆中年的社會情形，最主要的是已故歷史學家吳晗先生。吳晗先生早在 20 世紀 30 年代就寫了一篇著名的論文，題目叫作〈金瓶梅的著作時代及其社會背景〉[2]。這篇論文發表後，產生了很大影響，幾十年來，很多人都堅信文章中的觀點，直至現在，有些人對其中的結論還是深信不疑。吳晗先生的最大功績在於充分地證明了《金瓶梅》是「借宋寫明」，這是非常正確的。但「金學」越來越發展，研究越來越深入，隨著時間的推移和新材料的不斷發現，吳晗先生斷定《金瓶梅》寫的是「萬曆中年的社會情形」的觀點，現在看來是根本站不住腳的。

　　吳晗先生的主要根據是對「馬價銀」「佛教」「太監」「皇莊」「皇木」「番子」等問題的考證。徐朔方先生認為，在所有這些證據中，「只有馬價銀成為他（指吳晗）的惟一有力證據」，其他（指嘉靖時番子不敢放肆、嘉靖時無皇莊之名等）則屬於想當然之詞，缺乏證據，至於「佛道興衰、太監專權」則不可一概而言[3]，筆者對此也有詳細的考證，此不贅。下面就朝廷爺違法借支「馬價銀」這一最重要的問題加以探討。

1　參見拙著《金瓶梅發微》，北京：中國社會科學出版社 2002 年；《金瓶梅人名解詁》，石家莊：河北人民出版社 2005 年。

2　《文學季刊》創刊號 1934 年 1 月。

3　徐朔方《論金瓶梅的成書及其他》，濟南：齊魯書社 1988 年。

《金瓶梅詞話》第七回張四（張龍）與孟玉樓有這樣一段對話：

> 張四道：「我見此人，有些行止欠端，在外眠花臥柳。又裏虛外實，少人家債負。只怕坑陷了你。」
>
> 婦人道：「四舅，你老人家又差矣！他就外邊胡行亂走，奴婦人家只管得三層門內，管不得那許多三層門外的事。莫不成日跟著他走不成？常言道：世上錢財儻來物，那是長貧久富家？緊著起來，朝廷爺一時沒錢使，還問太僕寺借馬價銀子支來使。休說買賣的人家，誰肯把錢放在家裏？各人裙帶上衣食，老人家到不消這樣費心。」[4]

整部《金瓶梅》寫朝廷爺違法借支「馬價銀」就這麼一句話，作品既沒有寫是哪位朝廷爺借的，也沒有寫是何時借的，更沒有寫借了多少，其來龍去脈甚不清楚，似乎作者故意在作品中留下這麼一椿無頭無尾的、沒有答案的懸案，其實作者是有嚴格界定的，只是寫得非常的巧妙隱晦，讀者不容易輕易看出罷了，這就是《金瓶梅》的獨特的藝術手法。

我們知道，《金瓶梅》的表層故事寫的是西門氏家庭的興亡史，又把它放在宋徽宗政和二年至宋欽宗靖康二年之間，作者之所以採取這種故事結構，顯見作者是非常洞悉中國傳統社會是「家國」同質同構的，也就是說，「家」是「國」的縮小形態，而「國」則是「家」的擴大形態，「家國」一體，由家看國，以小看大，所以，《金瓶梅》描寫的這個「家」，實際指的是十六世紀的整個中國社會。不過，作品的這種特殊結構，自然決定家庭要成為整個故事的描寫中心，因而，整部《金瓶梅》描寫最多的則是西門氏家庭的關係——家族關係，這個家庭最多的事——家事，以及這個家庭與社會各階層極為複雜的社會關係，等等，涉及到了整個社會的方方面面，真可謂是晚明社會的一部百科全書。

作品對發生在西門氏家庭的種種事件的描寫是非常細膩完整的，又因作品把故事放置於宋代，作者當然可以毫無顧忌地寫宋代的人和事。但一涉及到明代的重要史實，作者顯然就換了另一種寫法。我們從作品中看不到對明代重大事件的完整的敘述，上文所引「朝廷爺借支馬價銀」就充分證明了這一點。換句話說，《金瓶梅》中凡涉及到明代的重大歷史事件，作者往往採用了一個詞——或人名、或官名、或事件名——類似於我們現在的「新聞標題詞」的形式來揭示其寫「明」的意圖。雖然只是一個簡要的「標題詞」，但卻是一個巨大的信息載體，因為它關聯到明代許許多多的人和事，並為讀者提

4　蘭陵笑笑生《金瓶梅詞話》，臺北：天一出版社影印本，1975 年。

供了無限的想像空間，這就是《金瓶梅》的獨特的藝術手法。

我們在明白了這種獨特的手法後，就可以對《金瓶梅》中「朝廷爺借支馬價銀」的時代作出準確判斷了。太僕寺，明官署名，「掌牧馬之政令」。太僕寺貯存馬價銀是從明憲宗成化四年（1468）開始的。《明史》上說：

> 成化二年以南土不產馬，改徵銀。四年始建太僕寺常盈庫，貯備用馬價。……太僕之有銀也自成化時始，然止三萬餘兩。及種馬賣，銀日增。[5]

史料上提到萬曆時，「國家有興作賞賚，往往借支太僕銀」，「崇禎初，核戶兵工三部借支太僕馬價至一千三百餘萬。」

從史實上說，萬曆、崇禎時借支太僕寺馬價銀之數量的確驚人，但不能說萬曆以前就沒有借支過。《明史·食貨志》中說，「隆慶中……數取光祿、太僕銀，工部尚書朱衡極諫不聽。」

吳文中也說「隆慶時雖曾借支太僕銀，尚以非例為朝臣所諫諍。」「嘉隆時代的借支處只是光祿和太倉，因為那時太僕寺尚未存有大宗馬價銀，所以無借支的可能。到隆慶中葉雖曾借支數次，卻不如萬曆十年以後的頻數。……即使借支太僕，其次數決不甚多，……其借支數目亦不能過大。……張居正當國，……無借支之必要……亦無借支之可能。」吳晗先生最後的結論是，「由此可知《詞話》中所指『朝廷爺還問太僕寺借馬價銀子來使』必為萬曆十年以後的事。」「必為」者，一定是也，非常肯定。且不論歷史事實究竟怎樣，就文論文，吳文實在也是「自語相違」的。一方面說隆慶時借支過，還不止一次，又說借馬價銀必為萬曆十年以後的事，這豈不是自相矛盾嗎？借的概念是不能以次數多少和數量多少來論的，借一次也叫借，借一分錢也叫借。

前引《明史》的說法，自從成化四年開始貯存馬價銀，以後由於賣種馬，銀量日增。憲宗以後，經孝宗、武宗到世宗，這期間馬價銀的貯存是與日俱增的，雖然沒有萬曆時多，但總有一定數量。既然有一定數量，就有借支的可能。吳文中只引《明史》的說法，沒有徵引其他史料，所下結論自然是片面的，並不符合實際。

《明實錄》是目前所能見到的明代最原始的史料，讓我們看看《明世宗實錄》上的記載吧。

明世宗在位四十五年，借支馬價銀至少不下十次（實際遠不止此數），《明會典》上也有相關的記載。茲把明世宗所借支「馬價銀」的情況一一縷述如下：

嘉靖三年九月：

5　《明史》卷九二，北京：中華書局簡體字本 2000 年。

兵部言，太僕寺貯銀，預備買馬，以應邊方徵調之急，今以和糴借用，乃一時權宜。設復因循宜借，令馬價缺乏，卒有急，胡以處之？此大可慮也。請自今軍餉，各以職掌出辦，無更取之太僕，則事體一而馬政不廢。詔可。[6]

嘉靖四年八月：

工部會廷臣議：營建仁壽宮，工役重大。今世廟大工方興，四川、湖廣、貴州，山林空竭，海內在在災傷，材木料價，采徵甚難。請發內帑及借戶部鈔關、兵部馬價、工部料價各銀兩，查取兩京各庫顏料、各抽分廠木植及司府無礙官銀，又開納事例，以佐其費。[7]

嘉靖十五年六月：

時兵部覆武定侯郭勳議，擇團營官軍三萬於兩宮，三大營官軍四萬於七陵，修工人給月糧、行糧、賞米、冬衣、布花。戶部言……若並給之，歲當費銀百數十萬，非太倉所能給也。……勳因奏部臣推委誤事。且言：頃者查催積逋莊田子粒等銀，尚未解至，請將官軍糧賞、花布，先於太倉糧銀、馬價內如數借支，俟徵完前銀抵補。……上曰：修飭諸陵、建造兩宮，皆非得已，工程重大，所費數多，……准於太倉、馬價內借支。……戶部朦朧推託，堂上官姑不究，該司官奪俸三月。[8]

嘉靖十六年五月：

湖廣道監察御史徐九皋亦應詔陳言三事……酌工役各工經費不下二千萬兩，即今工部所貯不過百萬。借太倉則邊儲乏，貸僕寺則馬弛，入貲粟則衣冠濫，加賦稅則生民怨，此皆經用不核，管工諸臣負陛下也。[9]

嘉靖十七年十二月：

工部尚書蔣瑤以奉遷顯陵（筆者按：指明世宗生父之陵）條五事……動支馬價缺官柴薪銀三十萬兩，先送工所雇役支用。……詔從之。[10]

6　《明世宗實錄》卷四三，中央研究院歷史語言研究所校印本。
7　《明世宗實錄》卷五四，校印本。
8　《明世宗實錄》卷一八八，校印本。
9　《明世宗實錄》卷二○○，校印本。
10　《明世宗實錄》卷二一九，校印本。

嘉靖十八年閏七月：

> 癸丑，發太倉事故官軍班銀八十三萬八千六百兩，通惠河節省腳價銀三十萬兩，給濟泰享殿、慈慶宮等大工之用。仍借支貯庫及馬價銀四十萬有奇。令徵皇莊馬房逋負子粒銀抵之。[11]

嘉靖十九年四月：

> 宣府巡撫都御史楚書等言，宣府諸路墩台宜修置者一百二座，……因求工料。兵科都給事中馮亮亦為請。上詔出太僕馬價三萬兩給之。[12]

嘉靖十九年六月：

> 戶部又稱：太僕寺銀一百九十餘萬兩，堪以借支……上報曰：國家營建，舊規，止派撥官匠官軍就工，戶部支與糧賞。比緣崇建郊壇，工程重急，權議動支兵部馬價銀兩。……皇穹宇、慈慶宮、沙河行宮，即今將完，撥工並力，若尚不足，兵部自行動支太僕寺馬價。[13]

嘉靖二十年九月：

> 給事中王繼宗、蘇應旻、御史陶謨等以虜警，先後疏言邊事。上命兵部集廷臣議，至是條上十二事……先朝因大工告急，暫借五軍三千營軍兵充役，近年一既借撥，且並乞團營，而復借發馬價銀三十餘萬。[14]

嘉靖四十二年十二月：

> 太僕寺卿劉畿言：馬政廢弛日甚，乞敕兵部議處及查累借支馬價別費者，督令還寺，嗣是不繫買馬，不得借支。有詔下兵部，亟為查處。[15]

以上的材料足以說明嘉靖時期借支「馬價銀」不是一二次，而是多次。特別是嘉靖十七年十二月的那次借支很能說明問題。如果是國家大事，緊急需要，暫時動支一下馬價銀，雖有違明典，也未嘗不可。但嘉靖帝是遷移自家的陵墓，明知違背祖訓法典，卻

11　《明世宗實錄》卷二二七，校印本。
12　《明世宗實錄》卷二三六，校印本。
13　《明世宗實錄》卷二三八，校印本。
14　《明世宗實錄》卷二五三，校印本。
15　《明世宗實錄》卷五二八，校印本。

偏偏去挪借馬價銀,真是「御用不給」了。馬價銀的貯存,本是專用來買戰馬的,是國防大事,嘉靖帝隨便借支,為以後的亂挪亂用開了一個很壞的先例。明代「馬政」的破壞,日甚一日,正如《明史》「兵志」所說,「蓋明自宣德以後,祖制漸廢,軍旅特甚,而馬政其一云。」

在明代,借支「馬價銀」不只萬曆、隆慶、嘉靖三朝,也不數嘉靖最早。根據《明實錄》的記載,早在明武宗時期就曾借支過數次。

正德二年八月:

> 太監李榮傳旨:取太倉庫銀二十萬兩、太僕寺馬價十五萬兩,貯於內承運庫。[16]

這一年的八月丙戌,明武宗建立豹房,極盡淫樂荒唐。上述之事,不僅是借支,簡直是勒令動用了「馬價銀」。

正德三年四月:

> 兵部左侍郎兼左副都御史文貴,復請借太倉所貯者以濟急用。戶部執奏:詔特與太倉銀三十萬兩及太僕寺馬價銀十萬兩,待義民、僧道、農民、生員輸銀補還。……傳者謂,所借銀尚未出京而入瑾之門者,幾四分之一矣。[17]

正德三年六月:

> 兵部言,太僕寺寄收馬價,專備京營及各邊買馬之用。今各處借支奏給及支用羨餘之數,既已查明,合咨戶工二部,將借支者補還。行陝西……宣大鎮巡官,將買補過馬價查明奏繳。如支用未盡者,亦具數奏報。……見在者解部發寺,以候買馬。詔借支者亟還,奏給者亟報,支用有餘者亟送部交納。如有遲誤侵欺之弊,聽舉劾治罪。[18]

「金學」界對《金瓶梅》所反映的時代,一般界定在明武宗正德至明神宗萬曆這一段時期,(具體是哪一朝,金學界尚有不小的分歧)就這一時段而言,查《明實錄》朝廷爺借支「馬價銀」最早的記載就是上邊提到的正德二年八月。那麼,武宗、世宗、穆宗、神宗四朝都曾借支過「馬價銀」,若從武宗正德二年(1507)算起,到萬曆中期(萬曆十五一三十年,即 1587-1602),時間長達將近一個世紀,如果《金瓶梅》對借支「馬價銀」事件沒有

16　《明武宗實錄》卷二九,校印本。
17　《明武宗實錄》卷三七,校印本。
18　《明武宗實錄》卷三九,校印本。

一個嚴格界定的話，那就很難說清楚它的時代，這當然不符合《金瓶梅》的創作主旨。其實，作者對此是有明確界定的，這個界定詞就是「張龍」。

筆者在多年的研讀中發現，《金瓶梅》的藝術手法的確不同於前此的任何一部長篇通俗小說，它非常的獨特——往往選取明代不止一朝獨有的事件（例如上邊提到的「馬價銀」）或選取歷史上同名同姓的人物（例如張達，金代有，明代也有，且不止一個）來安排情節，古今雜糅，宋明雜糅，使讀者捉摸不定。但作者又在關鍵處加以嚴格界定，以表明他的創作意圖。若讀者不明白這種獨特的藝術手法，往往會上作者的當，辜負作者的良苦用心，借支「馬價銀」就屬於這種典型的表面上模棱兩可，而實際卻很明確的事件。

第七回所說的「朝廷爺借支太僕寺馬價銀」是孟玉樓與張龍在爭辨時由孟玉樓透露出這個信息的，可見孟玉樓與張龍是同時代的人。孟玉樓是小說中虛構的人物，但張龍卻是一個真實的明代人物。查《明實錄》《明史》及明代的其他史料，明代叫張龍的總共有六個人。一是明朱洪武時人，將軍，以軍功封鳳翔侯。《明史》卷一三〇有傳，這個張龍肯定不是《金瓶梅》中的「張龍」，因為太僕寺貯存「馬價銀」是從明憲宗成化四年（1468）開始的，所以，這個張龍需首先被排除。

另外五個張龍，有三個是明正德、嘉靖時人，兩個是明萬曆時人。其一是儀賓：

> 晉府方山王鍾鋌故嫡長子奇湦女確山縣君，選陽曲縣人張龍為儀賓，既而長史等官奏，龍母郝氏為晉懷王妃妹，倫序非宜，詔停婚別選。時龍已成婚，勿問，龍停祿米一年，長史等官各停俸三月。[19]

其一為宦官，《安徽通志》卷一百四十六：

> 明正德中廬州府巨惡張杲，瑯張龍兄也。

其一為軍餘，《甘肅新通志》卷七十二：

> （張）龍，明寧夏人，擒賊黨解靈州梟示，賊恨，捕龍至鎮，斬之。

其一為哨軍，《明神宗實錄》卷四〇九：

> 先是，天壽山守備太監李浚准、延慶衛哨軍張綱，訐告王大義接買哨軍張龍等板枋椽木，行昌平州審，無的據。復移文宣鎮撫按會查，……。[20]

19　《明武宗實錄》卷七五，校印本。
20　《明神宗實錄》卷四〇九，校印本。

　　以上這四個張龍，需要說明的是，《甘肅新通志》所載的張龍，其被殺的時間為萬曆二十一年（1593），這時，《金瓶梅》早已在社會上以手抄本的形式流傳了，這是「金學」界的普遍看法，其被排除則是無需多言的。另一個哨軍張龍，其盜賣天壽山木材的時間為萬曆三十三年（1605），時間更晚，根本不能作為考察的對象。

　　正德、嘉靖時還有一個張龍，曾做過山東登州府知府，後升為通政司右通政，以交通錢寧、誆取財物罪論斬。《明史》卷三〇六「閹黨傳」中「張綵傳」附有此人略傳：

> 張龍，順天人。官行人，邪媚無賴，與壽甯侯通譜系，應得交諸中人、貴戚，恃勢奪人田宅。正德三年夤緣為兵科給事中，出核遼東軍餉，得腐豆四石。請逮問監守諸臣，罰郎中徐璉以下米三百石有差，瑾以為能，擢通政參議。瑾敗，謫知灤洲。後又結朱甯為父，起嘉興同知，遷登州知府。言官彈射無虛日。與山西左布政使倪天民、右布政使陳達、右參議孫清並貪殘，天下目為「四害」。……嘉靖初，下獄論死。[21]

　　《明史》的這段記載是依據《明實錄》的，似太簡略，我們看看《明實錄》中對張龍的評價，或許這個問題看得更為清楚。

　　正德十一年六月乙丑：

> 六科都給事中呂經、十三道御史程昌等，皆疏論山西左布政使倪天民、右布政使陳達、右參議孫清、登州府知府張龍，為天下四害。……故劾疏日上而不報，排之甚力而處之益安。……今四臣者略無畏憚，不知果何所恃呼？朝廷留之，則為容奸長亂，大臣庇之，則為害正黨惡，使其依社憑城壞天下非小也。……四害中，清，樂工臧賢庇之；龍，朱甯庇之；天民、達，吏部尚書楊一清庇之。[22]

　　正德十二年春正月乙未：

> 六科給事中黃鍾、監察御史常在等，劾奏登州府知府、今升右通政張龍，行同禽獸，欲甚虎狼，黨逆宣淫，彰略亂法，公論謂何？……亟寘之法，以正其罪。不聽。[23]

　　正德十三年夏四月丙申：

21　《明史》卷三〇六，北京：中華書局簡體字本 2000 年。
22　《明武宗實錄》卷一三八，校印本。
23　《明武宗實錄》卷一四五，校印本。

戶科給事中李長劾右通政張龍，奸貪淫亂，冒名誆財，動以千計。[24]

正德十三年五月：

通政司右通政張龍，奸險夤緣，驟至通顯。招無賴以作爪牙，挾娼妓以縱淫褻。近又私開騙局，所得不貲。[25]

《明武宗實錄》中提到張龍的地方遠不止這些。如卷三九、卷五二、卷六十、卷一〇二、卷一二七、卷一四四、卷一六六、卷一七一等，另外，《弇山堂別集》卷九十五，都有較為詳細的記載。這是一個「行同禽獸、欲甚虎狼」的無恥之徒，其奸貪淫縱，為當時士類所不恥。

《金瓶梅詞話》第七回所寫的張龍，與《實錄》中的張龍，兩相對照，極為相似。《詞話》第七回寫到：「且說他母舅張四，倚著他小外甥楊宗保，要圖留婦人手裏東西。」「張四羞慚回家，與婆子商議，單等婦人起身，指著外甥楊宗保，要攔奪婦人箱籠。」難怪楊姑娘罵張龍「賊沒廉恥老狗骨頭。他少女嫩婦的，留著他在屋裏，有何算計？既不是圖色欲，便欲起謀心，將錢肥己。」楊姑娘罵張龍的話，正是《實錄》的藝術再現。由此我們可以斷定，《詞話》中的張龍，必是這個「奸貪淫亂，冒名誆財」的曾做過山東登州府知府、後升為通政司右通政的張龍，而不是別的張龍。這個張龍死在嘉靖元年十一月：

前通政司右通政張龍論斬。龍，交通錢寧，誆取財物數千。寧誅，御史發龍罪狀，下法司，比交結朋黨、紊亂朝政律，詔如擬。[26]

通過以上的分析，我們可以清楚地看出，通政司右通政的張龍主要活動於正德年間，但也活到了嘉靖朝，《金瓶梅》中由他和孟玉樓透露出「朝廷爺借支馬價銀」的信息，那麼，我們就可以斷定作品中借支「馬價銀」的時代必定指的是武宗正德和世宗嘉靖時期而絕不是隆慶、萬曆時期。退一步說，即使我們不能坐實「張龍」究竟指的是哪一個，但正德、嘉靖時的三個張龍（如上文所述，一為儀賓、一為宦官、一為通政司右通政），也足以表明「朝廷爺借支馬價銀」的時代。這就是《金瓶梅》的獨特的藝術手法——情節表面上的模棱兩可，關鍵處又嚴格界定，以表明作者的創作意圖。《金瓶梅》中的諸多懸案之所以遲遲不能得以解決，或者說，許多「金學」研究者往往是攻一點而不及其餘，自

24　《明武宗實錄》卷一六一，校印本。

25　《明武宗實錄》卷一六二，校印本。

26　《明世宗實錄》卷二〇，校印本。

認為對某一問題已經解決，而實際是失誤、偏差很大的結論，筆者以為，這是最主要的原因。

《金瓶梅詞話》中
「皇莊皇木番子」時代考

吳晗先生在〈《金瓶梅》的著作時代及其社會背景〉中認為《金瓶梅》寫的是「萬曆中年的社會情形」，其主要根據是對「馬價銀」「皇莊」「皇木」「番子」等問題的考證。「馬價銀」問題，筆者在〈《金瓶梅詞話》中借支「馬價銀」時代考〉一文中已做過詳細論證，讀者可參看。這裏就「皇莊」等問題做進一步的探討，看看吳晗先生究竟失誤在哪裏。

一、皇莊

皇莊指的是皇室直轄的田莊。漢朝時稱為苑，唐時稱宮莊，明初沿襲之，仍稱宮莊。明英宗天順八年（1464）以沒入太監曹吉祥地為宮中莊田，是為皇莊之始。明孝宗弘治二年（1489）畿內皇莊五處，共占地一萬二千八百餘頃。吳晗先生說，「皇莊之設立，前在天順景泰時代已見其端，正德時代達極盛期。」這本來是非常正確的，可筆鋒一轉說，嘉靖時「改稱官地，不復名皇莊」，「由此可知《詞話》中的管皇莊太監，必然指的是萬曆時代的事情。因為假如把《詞話》的時代放在嘉靖時的話，那就不應稱為管皇莊，應該稱為管官地的才對。」《詞話》之皇莊，實際上指的是正德時期的而不是萬曆時期的，因為「正德時代」是「極盛期」。

查《明武宗實錄》，關於正德時代皇莊情況的記載是比較詳細的，我們不妨縷述如下。

弘治十八年十二月（武宗已登基）：

> 以甯晉、隆平、南宮、新河等縣並德仁務、永安四號廠、大興等莊及板橋、麥莊、竹木廠、蘇家莊田，俱為仁壽宮皇莊。[1]

---

[1] 《明武宗實錄》卷八，中央研究院歷史語言研究所校印本。

正德元年二月：

> 監察御史王時中奏：真定、河間等府，設立兩官皇莊，又分遣官校管理。巡撫憲
> 臣論之，戶部及台諫爭之，府部諸大臣又會議而申請之，陛下以為奉順慈闈，事
> 非得已，似以是為孝也。臣以為孝莫大於得四海之歡心，若與民爭利，致其怨讟，
> 詎足以為孝乎？宜革皇莊之名，將地給民承佃，照例納銀，所在有司每年查收解
> 部，貯之太倉，以供餉邊賑饑之用。如兩宮有不時之需，請裁定數目，撥送內府
> 轉進。收用官校，止勿復遣。則國體以正，而聖孝俞光。
> 上不聽，命如前旨行之。[2]

王時中（《明史》卷二〇二有傳）請革近畿皇莊，反映了皇莊制度對人民的危害，濫占土地，侵漁百姓，必然導致矛盾的激化。他的建議雖然沒有被採納，卻真實地指明了當時的情況。

就在王時中上奏的第二天，大學士劉健、李東陽、謝遷又上奏，其中又提到皇莊踏勘、騷擾地方這一問題。

正德二年九月：

> 錦衣衛指揮史朱成，進大興縣田家莊地八頃五十四畝有奇。藁城縣民王增，進通
> 州墳莊地五頃四十七畝有奇、及神樹地十二頃四十七畝有奇為皇莊，且乞蠲其稅。
> 詔從之。令少監成玉管理。
> 凡以地獻官者，多非己業。朝廷不究其實，遽從而納之，以致小民互訟屢奏，皆
> 此類也。[3]

皇室的貪婪，官吏的欺詐，刁民的鑽營，上下一體，狼狽為奸，嫁禍於民，而武宗則聽之任之。正德朝的吏治腐敗，於此可見一斑。

《明史·食貨志》說，「武宗即位逾月，即建皇莊七，其後增至三百餘處。諸王外戚求請及奪民田者無算。」例如，僅順天等府就有三十餘處皇莊。這三十餘處皇莊占地共三萬七千五百九十五頃[4]。數字是相當驚人的。

土地是農民的命脈，皇室侵占，官吏掠奪，小民無地可耕，衣食無著，起而反抗，最終導致農民起義。正德五年（1510）爆發的「劉六、劉七起義」，正是由於當時的皇莊、

---

2 《明武宗實錄》卷一〇，校印本。

3 《明武宗實錄》卷三〇，校印本。

4 夏言《夏桂洲先生文集》卷一三，《四庫存目叢書·集部》，濟南：齊魯書社 1994 年影印本。

官莊制度，土地兼併劇烈，使得農民無法生活，然後才釀成的。

皇莊為明中葉後一大弊政，對農民極其暴虐，《實錄》《明史》中都談到了這一情況。

正德元年二月，巡撫都御史王璟請革皇莊，未有諭旨。廷臣議，也請革除。是時，大學士劉健等又上言：

> 皇莊既以進奉兩宮，止令有司照數收銀，亦足供用。若必以私人管業，反失朝廷尊親之意。且管莊內官，假託威勢，逼勒小民，其所科索，必逾常額。況所領官校，如餓豺狼，甚為民擾，以致蕩家產、鬻兒女，怨聲動地，逃移滿路。京畿內外，盜賊縱橫，亦由於此。[5]

大臣多次上奏，「然中人為漁利之計，錮蔽已深，竟不能盡革也」。

《明史·食貨志》也說：「管莊官校，招集群小，稱莊頭、伴當，占地土，斂財物，汙婦女。稍與分辨，輒被誣奏，官校執縛，舉家驚惶，民心傷痛入骨。」

到了嘉靖年間，情況也並沒有好轉多少。嘉靖初，兵科給事中夏言等，查勘莊田，「言極言皇莊為屬於民。自是正德以來投獻侵车之地，頗有給還民者。而宦戚輩，復中撓之。戶部尚書孫交，造皇莊新冊，額減於舊。帝命核先年頃畝數以聞。改稱官地，不復名皇莊。」（《明史·食貨志》）

其實，嘉靖時「皇莊」一詞仍在使用，這在《明世宗實錄》中多處可見。

嘉靖八年十二月，守備湖廣安陸州太監蕭洪言，「皇莊」田地湖池，近被軍民妄稱佃戶投獻，告爭侵奪。

十八年閏七月，為給濟慈慶宮等大工之用，仍借支貯庫及馬價銀四十萬有奇。令徵「皇莊」馬房連負子粒銀抵之。

十九年六月，工部尚書蔣瑤奏，近年營建，所費巨大，今帑銀告匱。扣省通惠河腳價、兩宮「皇莊」子粒及兵部團營子粒銀，俱未送到。戶部稱太僕寺銀一百九十餘萬兩，堪以借支。乞會議處分。

嘉靖二十五年十二月，湖廣守備太監廖斌，遣長隨夏忠進「皇莊」子粒銀，至河南新鄉，為盜所劫。忠以聞。上怒，令河南巡撫柯相戴罪捕賊。

從上面所引材料看，嘉靖時將「皇莊」改為「官地」，因為習慣成自然，人們說慣了「皇莊」一詞，所以這個詞有時還在使用。

明余繼登《典故紀聞》卷十七也談到了嘉靖時「皇莊」的一些情況，「嘉靖時，世

5 　《明武宗實錄》卷一〇，校印本。

廟因大學士楊一清言：『八府土田，多為各監局及戚畹勢豪之家乞討，或作草場，或作皇莊，使民失其常產。』有旨：『八府軍民徵糧地土，多為奸人投獻，勢家朦朧請乞，逼取地租，雖有勘斷，終不明白。民失常產，何以為命？京畿如此，在外可知。……不問皇親勢要……查冊勘還。……凡近年請乞及多餘侵占者，皆還軍民。各處勢要，亦有指軍民世業為拋荒獵而有之，皆宜處置。』」

《詞話》中有一個薛太監，管皇莊，在小說裏出現的次數也比較多，雖然沒有直接寫他的行跡，但從這個「信息符號」上，可以想到正德時代的皇莊情況。他是一個「勢家」代表，和西門慶是一丘之貉。

武宗有一個太監叫蕭敬，有時皇帝的諭旨就是由他傳達的，可見不是一般的太監。「蕭」和「薛」聲紐相同，都屬於「心」母，二字為雙聲。通假字中有「雙聲通假」。「蕭」和「薛」也形似，都帶「草」，又都是蒿類植物。《詞話》中的薛太監，可能就是依蕭敬之名而起的。另，把薛太監破解成魏彬也有道理。

一個劉太監，劉「磚廠（專廠）」，一個薛太監，薛「皇莊」，隱喻了正德時代。小說的作者好玩弄這種技法，不然的話，為什麼叫劉太監去管磚廠，而不去管葦場？薛太監姓薛而不叫他姓苟？也許是筆者在鑽牛角，強作解人，不過《金瓶梅》使用的手法，這種現象確實是有的。

就史實說，正德時代的皇莊是明朝的「極盛期」，那麼，《詞話》所反映的必定是武宗朝的情況。

二、皇木

皇木，修建皇宮時用的大木。

吳晗先生說，「明代內廷興大工，派官往各處采大木，這木就叫皇木。這事在嘉靖萬曆兩朝特別多，為民害極酷。」「也是明代一椿特別的惡政」。文章中列舉了嘉靖元年和二十六年的兩條記載，萬曆時的一條記載，最後說，「按萬曆十一年慈甯宮災，二十四年乾清坤甯二宮災，《詞話》中所記皇木，當即指此而言。」這個結論也是一個不準確的或然判斷。不用考慮《金瓶梅》整個內容，單拿「皇木」一詞來說，吳晗先生既沒有指明它的出處，也沒有說明「大木」為何就叫「皇木」，就判定是萬曆時期的事，理由顯係不足。

皇木一詞，清王士禛《池北偶談》中有說明：「談獻一·司徒公〈歷仕錄〉：『梁汝元』以侵欺皇木銀兩，犯罪拒捕，殺傷吳善五等六人。」

梁汝元即明泰州學派哲學家何心隱（1517-1579）。他「侵欺皇木銀兩」是不是真事，

需要另加考證。不過，何心隱到嘉靖登極時才六七歲，大概不會去「侵欺皇木銀兩」，而「皇木」一詞在《明武宗實錄》中就曾出現過。筆者才疏學淺，不知此詞最早出現在何時，敬請專家賜教。

明正德十二年七月：

> 大學士梁儲等言：今年四、五月以後，各處水患非常。南京，國家根本之地，陰雨連綿，歷雨三月不止……臨淮、天長、五河、肝眙等縣，軍民房屋，盡被沖塌，田野禾稼，淹沒無存，老稚男婦，溺死甚眾。……至若京城內外，順天、河間、真、保定等府驟雨，又數十年以來所未有者。通州張家灣一帶，彌望皆水，沖壞糧船，漂流皇木。不知其幾？且每年糧運，就使盡數俱到，京通二倉尚虛，不足供用。……6

這篇奏疏較長，主要目的是規勸明武宗的，但也提供了其他一些情況。

《明世宗實錄》中也提到「皇木」一詞。

嘉靖三十七年正月：

> 以順天、永平二府災傷，命均派河南一省及北直隸保、真定等府，每歲共出銀十萬兩，助挽皇木。從巡撫都御史馬珮奏也。7

由上可知，《金瓶梅詞話》中的「皇木」一詞，不是作者的杜撰，而是有來源的。

《詞話》中幾次提到皇木，例如：第三十四回就曾敘述劉百戶盜皇木蓋房：

> 西門慶告訴：「劉太監的兄弟劉百戶，因在河下管蘆葦場，撰了幾兩銀子。新買了一所莊子，在五里店，拿皇木蓋房。」

第四十九回，「蔡御史道：『安鳳山他已升了工部主事，往荊州催價皇木去了，也待好來也。』」這是對西門慶問「如今安老先生在那裏」的回答。

又第五十一回，安鳳山說，他督運皇木，前往荊州。在這一回內，「皇木」一詞就出現過三次。

如果正德、嘉靖時期沒有「皇木」一詞，《詞話》中怎麼會出現呢？可見《詞話》反映的恰是正德、嘉靖時期的現實而不是萬曆時期的。吳晗先生雖是明史專家，但他並未找出一條萬曆時期使用「皇木」的證據來，這不正好能說明問題的實質嗎？

6　《明武宗實錄》卷一五一，校印本。
7　《明世宗實錄》卷四五五，校印本。

明武宗好興修宮殿，明世宗更是有過之而無不及，比之萬曆可能略有「遜色」，但也稱得上是「奢靡」之君了。讓我們摘出一些史料來看一下。

正德元年三月：

> 六科十三道俱言：頻年以來，徵斂無藝，土地所產者既疲於額外之供，所不產者復困於陪納之苦。湖廣、四川杉楠大木宜停取。凡非土產者，宜勿浪派。他工料亦宜以荒旱暫停。工部會議言，近年工役繁興，民力甚困。今後凡不急之工，俱不許奏擾修理。其非得已者，聽本部酌量派辦。湖川木植已到水次者，可以漸解京。餘大木及尚在山中未出者，俱暫停止。[8]

正德九年冬十月：

> 工部以修乾清、坤〔甯〕宮，會計材物事宜上，請命尚書李鐩提督營建。升湖廣巡撫右副都御史劉丙為工部右侍郎兼右僉都御史，總督四川、湖廣、貴州等處，採取大木。而以署郎中主事伍全於湖廣，鄧文璧於貴州，李寅於四川，分理之。[9]

正德十年，設工部署郎中二人，催運大木。是時，「工役繁興。禁中自乾清大役外，如御馬監、鐘鼓司、南城、豹房新房、火藥庫，皆一新之。」務極華侈，所費不少。

明武宗朱厚照主要是荒唐於外，而明世宗朱厚熜則是「大興土木」於內。

《明史》卷八二〈食貨志〉六說：

> (嘉靖)二十年，宗廟災，遣工部侍郎潘鑒、副都御史戴金，於湖廣、四川採辦大木。

> 二十六年，復遣工部侍郎劉伯躍，采於川湖貴州。湖廣一省費至三百三十九萬餘兩。又遣管核諸處遺留大木，郡縣有司以遲誤大工，逮治褫黜非一，並河州縣尤苦之。

《明世宗實錄》載，嘉靖三十六年，工部查驗外地遺留大木解京。命工部右侍郎劉伯躍兼都察院左僉都御史，總督四川湖貴採辦大禾(木)。改戶部右侍郎張舜臣於工部，提督大石窩採石。不但采大木，還要采大石。采木工部右侍郎劉伯躍為此事還特意上奏，提出了一些具體建議，其他大臣也各陳己見，獻計獻策。嘉靖帝說，修建工費浩大，要

8 《明武宗實錄》卷一一，校印本。

9 《明武宗實錄》卷一一七，校印本。

斟酌民力而行。在此之前，還說，「采運大木，關係匪輕」，有司違誤者，定要「參究」。最高統治者是善於玩弄「君人南面之術」的，口頭上說要珍惜錢財民力，實際上是不顧人民死活。

《明史·食貨志》「采木」條中說，采木之事始自明成祖朱棣。除敘述嘉靖時采大木外，也提到了正德時的情形，不過較簡略罷了。我們說《詞話》中的皇木問題恰是反映了正、嘉時期的情況，和《實錄》《明史》的記載是相吻合的。

三、番子

吳晗先生的文章中還談到「女番子」這一個詞。

《詞話》第二十八回寫道：

> 經濟道：「你老人家是個女番子，且是倒會的放习……」

吳文引用了《明史》上的說法，然後說，「在萬曆初年馮保以司禮監兼廠事，建廠東上北門之北曰內廠，而以初建者為外廠，聲勢煊赫一時，至興王大臣獄，欲族高拱。但在嘉靖時代，則以世宗馭中宮嚴，不敢恣，廠權且不及錦衣衛，番子之不敢放肆自屬必然。」結論是，《詞話》的著作時代不能在「萬曆」以前。

《詞話》寫於什麼時候和寫的內容是什麼時候，這是兩碼事。《金瓶梅》寫於萬曆時期該是對的，但它寫的內容卻不是萬曆時期的。這正如一個當代作家寫了古代的事情，內容就是古代的，絕不能說內容也是當代的。

萬曆時期「番子」橫行是事實，可萬曆以前番子橫行也是事實。一口斷定《詞話》寫的是「萬曆中年的社會情形」，缺乏說服力，而吳文的中心目的就在於此。番子的橫行最典型的莫過於魏忠賢掌權時，但誰也不能說《詞話》寫的是這個時候的事情，這就變成了笑話。隆慶時，馮保、張居正、高拱互爭權力，馮與張聯合起來驅逐了高拱。萬曆元年有一個叫王大臣的人混入了乾清宮，結果被捕。馮保利用這一事件想置高拱於死地，但未能達到目的。當時馮保掌東廠，的確是聲勢「煊赫一時」，但比起明武宗時的「八虎」來，還是「小巫見大巫」。

正德三年八月：

> 下刑部郎中陳祿、陳棟，員外郎徐朴於都察院獄。先是霸州人徐振以商販，道出保定，番子手霍章等利其財，以為盜，捕送巡捕指揮王永。永考訊，欲令誣承，遂至死。振妻郭氏奏，下刑部，移保定府衛官勘問，日久不報。郭復擊登聞鼓。

適章亦赴錦衣衛自首，刑部乃請究府衛官違慢之罪，而改委他官逮永勘問。詔詰責刑部，命錦衣衛官校捕永及前後委勘官至京，送鎮撫司鞫之。於是刑部參朴經接管獄久不決，當逮問，而內批，乃並及祿、棟云。[10]

　　番子，番子手，又稱番役，是明代廠衛司緝捕的差役，是特務機構殘害人民的爪牙。這個詞究竟產生於何時，不得而知。明武宗時有番子這是無可懷疑的事實。這時，錦衣衛，東廠，西廠，內行長（內廠），廠衛特務的橫行霸道，叫人不寒而慄。《弇山堂別集》卷九十四，正德三年，「時既立西廠，以谷大用領之。瑾又立內廠，自領之。京師謂之內行廠，比東西二廠尤為酷烈。中人以微法，往往無得全者。」「西廠太監谷大用遣邏卒四出刺訪，江西南康縣民吳登顯等三家於端午競渡，以擅造龍舟捕之，籍其家。自是偏州下邑，見有華衣怒馬作京師語音，輒相驚告，官司密賂之，冀免其禍。自是人不帖席矣。」所謂邏卒也就是番子。番子的活動不僅限於京師，各地都有，窮兇極惡，使人聞風喪膽。人們把兇惡逞刁的人稱為「番子」，這是活生生的現實造成的。男性稱「番子」，刁鑽的女性稱「女番子」，上述史實完全可以證實這一問題。說這一個詞「被廣義地應用」不能在萬曆以前，顯然沒有充分的根據。《明史》中的文字是綜合性的，並沒有指明「番子」這個詞的最早來源，也沒有指明這個詞「被最廣義地應用」的情況，以萬曆時太監馮保「聲勢煊赫一時」為根據，就斷定「女番子」不是萬曆以前能出現的，實在難以使人接受。拿吳晗先生所舉的史料來和筆者所舉的史料對照來看，與其說「女番子」一詞產生在萬曆時期，不如說產生在正德時期，因為這個說服力較強一些。當然，這只是書面上的推理，歷史事實究竟怎樣，還需要有鐵證才行。嘉靖時代廠衛之人比較收斂一些，但世宗是明嚴暗寬，還是利用這些爪牙作為統治的工具。當大臣提出刑法應歸三法司時，嘉靖斷然不允，連詹事霍韜廠衛「勿典刑獄」之論也認為是「出位妄言」，拒絕採納。朱厚熜在位時「數興大獄」，《實錄》《明史》中不止一次提到過，如果只抓住嘉靖剛登基時裁減廠衛人員，不全面地來看他統治時期的情況，提出的論點就會帶片面性。

　　《金瓶梅詞話》寫於萬曆時期而不是嘉靖時期，筆者對這一問題還會有較深入的分析，這裏就此打住。吳晗先生的文章的主要錯誤是把《詞話》寫的內容斷然說成了全是萬曆中期的，這不符合小說的實際情況。馬價銀等問題，萬曆時期確如吳晗先生所說，但從筆者所列證據來看，這些史實在正、嘉時期也都有。如果不考慮別的因素，誰對誰非，實難判定。若從作品的主旨、西門慶的原型等多個角度來比照，《詞話》確實寫的

10　《明武宗實錄》卷四一，校印本。

是正德、嘉靖時期的事，而不是萬曆時的。雖然作品中有萬曆時期的某些史實[11]，但內容基本上則是隆慶以前的。

這一結論，筆者深信不疑。

反過來看，若說《金瓶梅》的內容是萬曆時期的，好多問題，例如，為什麼要選《水滸傳》中西門慶、潘金蓮的插曲而不選取別的情節？西門慶的年齡是三十三歲而不是三十五歲？他的祖、父取名西門京良、西門達，不叫西門有財、西門通？玳安為什麼不叫保安？為什麼要影射嚴嵩、陶仲文、陸炳？還有《詞話》的編年為什麼是十六年而不是二十年？主要的真實人物為什麼都是正、嘉時期的，吳月娘活了七十而不是六十，等等，都將無從解釋。

---

11 筆者按，這正是《金瓶梅》慣用的手法。作者常常選取歷史上同名同姓的人物（例如張達），或選取明代不止一朝獨有的事件（例如馬價銀）來安排情節，古今雜糅，使讀者捉摸不定。但作者又在關鍵處加以限制，點明他的創作意圖。若讀者不明白這種藝術手法，往往會上作者的當，辜負作者的良苦用心。

《金瓶梅詞話》中「立東宮」時代探考

一

《金瓶梅詞話》中有兩處寫到「東宮冊封」,原文如下:

> 單表武松,自從西門慶墊發孟州牢城充軍之後,多虧小管營施恩看顧。次後施恩與蔣門神爭奪快活林酒店,被蔣門神打傷,央武松出力,反打了蔣門神一頓。……施恩寫了一封書,皮箱內封了一百兩銀子,教武松到安平寨,與知寨劉高,教看顧他。不想路上聽見太子立東宮,放郊天大赦,武松就遇赦回家,到清河縣下了文書,依舊在縣當差,還做都頭。(第八十七回)

> 卻表陳經濟前往東京取銀子,一心要贖金蓮,成其夫婦。……經濟參見他父親靈座,與他母親張氏並姑娘磕頭。張氏見他長成人,母子哭做一處,通同商議,「如今一則以喜,一則以憂。」經濟便道:「如何是喜,如何是憂?」張氏道:「喜者,如今且喜朝廷冊立東宮,郊天大赦;憂則不想你爹爹得病,死在這裏……。」(第八十八回)

對於這兩處所寫的太子冊封事,臺灣學者魏子雲先生認為,「一定是指的萬曆二十九年冊封東宮的事。」[1]「關於常洛太子的冊封,自萬曆十四年(1586)開始,到萬曆廿九年十月要求皇帝速速冊立東宮的本章,不知凡幾,因此謫官譴戍的人,也不下數十人。所以到了廿九年十月方行草草完成冊封之禮。這種事故,不僅未見於神宗之朝,其他各代,亦絕少有此冊封太子而久久不予冊立太子的事情。……八十七、八十八兩回寫的這一記述,自是指的常洛太子的冊封之事。」[2]對於這個觀點,筆者是不敢苟同的。

---

1 《臺灣金瓶梅研究論文選》,南京:江蘇古籍出版社 1986 年。

2 同前書。

二

不可否認，萬曆冊封東宮，的是萬曆年間的一件大事。

萬曆十年（1582）八月，萬曆的第一個兒子降生，取名常洛，其生母是恭妃王氏。萬曆是在一個偶然的機會臨幸了她，並無意中使她懷上了孩子，對於此事，萬曆根本沒有放在心上，因為她只是一個宮女，沒有名分。無奈皇太后盼孫心切，在皇太后的一再催促下，萬曆帝才於十年（1582）年四月，封其為恭妃。

按「無嫡立長」的慣例，如果皇后沒有生養，則由長子來繼承皇位。所以，最初的幾年，從皇太后到諸臣，都認為朱常洛必定是法定的皇位繼承人。但麻煩棘手的問題最終還是發生了。萬曆十四年皇三子常洵出生（皇次子未滿周歲就夭折了），其生母是最受萬曆帝寵幸的鄭氏。鄭氏在常洵出生後，即被冊封為皇貴妃，在名分上高出恭妃兩級，僅次於皇后。這次晉封，群臣大嘩，認為神宗是在為「廢長立幼」做鋪墊。為國家計，守正的朝臣們紛紛上疏，要求早日確定朱常洛為太子。而一批神會萬曆帝意思並成為鄭貴妃朋黨的人卻在暗中極力阻撓。而萬曆帝實在不願立常洛為太子，便採用種種藉口一拖再拖，因此，朝中開始了長達十五年的建儲之爭。萬曆二十九年（1601）內閣首輔沈一貫再次提出立儲之事，心力交瘁的萬曆帝感覺到實在不能再拖下去了，才極不情願地於十月冊立皇長子朱常洛為太子，事情才算平息下來[3]。

這種久久不予冊封太子的事情，魏先生認為「其他各代，亦絕少有」。這種結論，未免太過武斷。稍微熟悉明朝史實的人都知道，嘉靖朝為立太子，爭論時間之長、之激烈，絕不亞於神宗朝，甚而有過激之處。即武宗朝為建儲之事，大臣上疏者，亦不知凡幾，豈能謂「絕少之有」？

《明史》卷一百二十，〈列傳〉第八載，明世宗八子。「閻貴妃生哀沖太子載基」，他是世宗第一子，但「生二月而殤」。第五子載㙞，「生未逾月殤」。第六子、第七字、第八子，「三王俱未逾歲殤。」這樣，世宗八子中，只有第二子載壡、第三子載垕（即明穆宗）、第四子載圳三子活了下來。

《明史》卷十七，〈世宗本紀〉：

> （嘉靖）十八年春二月庚子朔，立皇子載壡為皇太子，封載垕為裕王，載圳景王。辛丑，詔赦天下。[4]

3　關於立儲之事，可參考《明史》「神宗本紀」、《明史紀事本末》等。

4　《明史》卷一七，北京：中華書局簡體字本 2000 年。

被立為皇太子的載壑,無奈天命不祐,於嘉靖二十八年三月死去。

載壑死後,太子屬誰,自然就成為天下矚目的大事。按照「有嫡立嫡,無嫡立長」的祖訓,裕王朱載垕理應晉封為太子,但事情頗不順利。究其原因有二:一是嘉靖帝認為,以前曾立過兩位太子,但壽命不長,立太子之事宜遲不宜早;二是嘉靖帝是個道教迷,他十分相信道士陶仲文「二龍不能見面之說」,皇帝是龍,太子自是小龍,所以世宗嘉靖帝聽後乾脆不再立太子,但這只是表面文章。更為深層的原因是,景王載圳之母盧靖妃頗受世宗寵愛,且世宗亦喜景王,與裕王載垕「居處衣服無別」[5],雖已封國,但一直住在京城。這種種境況,無疑給景王載圳爭奪太子提供了可乘之機。他不斷地走動內宮,收買人心,以至引起朝廷內外不少人的異議。嘉靖四十年(1561),世宗才打發景王去封地德安居住,而把裕王留在京城,顯示了他要傳位於裕王載垕的意圖。可景王載圳離京後一天也沒有停止爭奪太子的活動。嘉靖四十一年(1562),內閣大學士徐階代嚴嵩成為首輔後,世宗又突然向徐階議論起明成祖朱棣一度打算廢太子,另立漢王繼承帝位的故事,顯然,這是一個極為危險的信號。多虧首輔徐階百般為裕王圓成,事情才化險為夷。載圳之國德安四年後,於嘉靖四十四年(1565)死去,朱載垕終於鬆了一口氣,因為他已成為世宗八子中惟一健在的皇位繼承人了。

對於載圳與裕王載垕爭奪太子之事,嘉靖帝是非常清楚的。載圳死後,他對大學士徐階說:「此子素謀奪嫡,今死矣。」[6]

從嘉靖二十八年皇太子載壑死到嘉靖四十五年世宗崩的十多年間,一批守正的大臣為立儲之事不斷地向世宗上疏,鬧得世宗十分惱火:

《明史》卷二百十三〈徐階傳〉:

> 一日獨召對,語及階,嵩徐曰:「階所乏非才,但多二心耳。」蓋以其嘗請立太子也。
> 嚴訥請告歸,命郭朴、高拱入閣,與春芳同輔政,事仍決於階。階數請立太子,不報。已而景王之藩,病薨。

同卷〈高拱傳〉:

> 世宗諱言立太子,而景王未之國,中外危疑。

《明世宗實錄》卷四八一,嘉靖三十九年二月:

5　《明史》卷一二〇,北京:中華書局簡體字本 2000 年。
6　《明史》卷一二〇,北京:中華書局簡體字本 2000 年。

> 郭希顏以失職家居，……遂上疏言：「臣往歲恭讀聖諭，欲建帝立儲者，道路相
> 傳，以立儲賀。臣度曰：立儲難，皇上誠欲立儲，則重臣有可與計者，如猶未也，
> 莫若安儲，臣願陳忠之日久矣。……」

郭希顏疏上後，「給事中藍碧等奏希顏怨望傾險，大逆不道，法司擬坐妖言惑眾律。上
從之。」由此可見，郭希顏的確刺痛了明世宗，世宗迫於中外輿論壓力，極不情願地讓
景王之國：

> 三十九年冬，帝忽諭禮部，具景王之藩儀。嵩知帝激於郭希顏疏，欲覘人心，諷
> 山留王。山曰：「中外望此久矣。」立具儀以奏，王竟之藩。司禮監黃錦嘗竊語
> 山曰：「公他日得為編氓幸矣；王之藩，非帝意也。」[7]

明世宗朝立儲之事如此。明武宗因無子，大臣為立儲之事上疏的，為數亦不少。
　　《明史》卷一百八十九〈黃鞏傳〉載鞏上疏曰：

> 一……崇正學……六，建儲貳。陛下春秋漸高，前星未耀，祖宗社稷之托搖搖無
> 所寄……伏望上告宗廟，請命太后，旁諏大臣，擇宗室親賢者一人養於宮中，以
> 繫四海之望。他日誕生皇子，仍俾出藩，實宗社無疆之福也。

《明史》卷一百九十〈梁儲傳〉：

> （正德）十年，楊廷和遭喪去，儲為首輔。……明年春，以國本未定，請擇宗室賢
> 者居京師，備儲貳之選，皆不報。

從以上材料來看，明代武宗朝、世宗朝、神宗朝都存在為立儲而長期爭執不下的局面，
魏先生何以武斷為除神宗朝外，其他各代絕少有呢？

三

　　魏先生之所以特別強調第一回卷首詞中劉邦寵戚夫人廢嫡立庶的故事是諷諫神宗皇
帝寵幸鄭貴妃，並依此作為神宗有廢長立幼企圖的鐵證，是因為他沒有把握住《金瓶梅》
的實質內容，即借明武宗罵明世宗這個最根本的主旨[8]。再者，劉邦寵戚夫人與萬曆帝寵

7　同前書，卷二一六〈吳山傳〉。
8　參見拙著《金瓶梅新解》，石家莊：河北教育出版社 1999 年；拙文〈西門慶原型明武宗考〉，《河
　　北師範大學學報》2001 年第 3 期，亦可參見本書。

鄭貴妃並不相類，倒和嘉靖帝遲遲不立太子非常切合。

據《史記》卷九〈呂太后本紀〉：

> 呂后最怨戚夫人及其子趙王，迺令永巷囚戚夫人，而召趙王。……孝惠元年十二
> 月，帝晨出射。趙王少，不能蚤起。太后聞其獨居，使人持酖飲之。犁明，孝惠
> 還，趙王已死。……太后遂斷戚夫人手足，去眼，煇耳，飲瘖藥，使居廁中，命
> 曰「人彘」。[9]

戚夫人和趙王如意都死得極慘，且趙王如意先孝惠帝而死。而朱常洛則最終繼承了帝位，
一個月後死去。與他爭奪太子的朱常洵，崇禎末年被李自成起義軍所殺。受神宗寵幸的
鄭貴妃，在神宗死後，並未遭遇任何迫害，於崇禎三年七月壽終正寢，其結局與戚夫人
是截然不同的。

明穆宗與景王載圳，一如漢惠帝與趙王如意之關係，漢惠帝做了七年皇帝，明穆宗
則是六年，趙王如意先惠帝而死，景王載圳於嘉靖四十四年死去，其結局都是弟先兄而
死。由此看來，其相類程度遠大於朱常洛與朱常洵。另外，《詞話》中兩次提到「立太
子」，而世宗嘉靖恰好有「哀沖太子載基」和十八年立為皇太子的載壑，明神宗則只立
過一個太子，這正是一種暗喻。

跟魏先生持相同觀點的有魯歌、馬征先生，魯、馬二先生認為：

> 《金瓶梅》選取的卻是宋徽宗與鄭貴妃及其從兄鄭居中（鄭皇親），罵他們做了不
> 少禍國殃民的壞事。作者為什麼要這樣取材呢？其用心當然與罵萬曆皇帝寵鄭貴
> 妃密切關聯。
> 作者既借罵宋徽宗寵鄭貴妃來罵明神宗寵鄭貴妃，那就不能不考慮到保護自己，
> 不能明顯地點出「鄭貴妃」來，而只能用曲筆和障眼法。曲筆如寫鄭居中———鄭
> 皇親，讓人們聯想到他和鄭貴妃與宋徽宗的關係，由此再聯想到明萬曆皇帝寵幸
> 鄭貴妃之事。障眼法主要有二，一是另寫了一個被宋徽宗所寵的安妃劉娘娘，還
> 寫了一個端妃馬娘娘，以免當權者識破作者憤罵萬曆皇帝寵溺鄭貴妃；二是寫喬
> 五太太所說的一番話，更可謂煙雲模糊，使人們很難弄清楚說的是喬貴妃還是鄭
> 貴妃。[10]

這種解釋純粹是憑空推理，相隔太遠。我們不禁要問：既然《金瓶梅》借宋徽宗寵鄭貴

9　　《史記》卷九，北京：中華書局簡體字本 2000 年。

10　　魯歌、馬征《金瓶梅縱橫談》，北京：北京燕山出版社 1992 年。

妃影射明神宗寵鄭貴妃，那為什麼《金瓶梅》不明確寫出「鄭貴妃」來，如果說這是「障眼法」的話，那麼《金瓶梅》中直接寫出韓邦奇、凌雲翼、狄斯彬等八十多位（不完全統計）明武宗、明世宗時的真實人物，難道作者就不考慮保護自己？其二，宋徽宗的妃子有幾十個，而《金瓶梅》卻偏偏寫出徽宗所寵幸的安妃劉娘娘和端妃馬娘娘，而其所寵幸的鄭貴妃在作品中卻沒有出現？究其原因，主要是由《詞話》的主旨所決定的。

無獨有偶，嘉靖帝的妃子中就有安妃和端妃。

《明史》卷一百十四：

> 初，曹妃有色，帝愛之，冊為端妃……

《明世宗實錄》卷一九一：

> 嘉靖十五年九月初九日，進封宸妃沈氏、麗氏（妃）閻氏俱為貴妃。端嬪曹氏為端妃，安嬪沈氏為安妃，康嬪杜氏為康妃。

作者單單拈出宋徽宗所寵幸的安妃、端妃，用以影射明世宗之安妃、端妃，其用意不是很明顯嗎？

又，嘉靖帝之妃嬪中確有一鄭氏：

> （嘉靖）十年三月，后與鄭氏、王氏、閻氏、韋氏、沈氏、盧氏、沈氏、杜氏同冊為九嬪，冠九翟冠……。[11]

既然遲遲不肯「立東宮」在明代不止一朝，既然萬曆、嘉靖甚而武宗朝都存在這種歷史現象，那麼，要斷定《詞話》中「立東宮」的時代究竟是嘉靖朝還是萬曆朝，最有力的證據莫過於作品所寫的時代和宋徽宗隱喻何人。我們知道，《金瓶梅》獨特的藝術手法是常常選取明代不止一朝獨有的事件（例如借支「馬價銀」，武宗、世宗、神宗三朝都有），歷史上同名同姓的人物（例如「張達」，明代就有好幾個）來組織情節，表面上模棱兩可，使人難以分辨清楚，但作者又在關鍵處加以界定，使讀者明白他的創作意圖。若讀者不明白這種獨特的藝術手法，往往會上作者的當，辜負作者的苦心。「立東宮」就屬於這種典型的事件。

根據《詞話》中所涉及到的明代歷史事件，如馬價銀、皇莊、皇木、番子、佛道二教的盛衰等以及作品中寫到的約八十多位真實歷史人物，這些基本上都是武宗、世宗兩朝而與神宗朝無涉，由此我們可以斷定，《詞話》中「立東宮」的時代是嘉靖朝而絕非

11　《明史》卷一百十四，北京：中華書局簡體字本，2000 年。

是萬曆朝,這點則是肯定無疑的。另外一條更為重要的證據就是《詞話》借宋徽宗來隱喻明世宗而不是隱喻明神宗,關於這一點,不但從作品本身能夠看出來,而且從歷史事實中也完全可以得到證明。

明世宗統治時期,許多人都說他像宋徽宗,明世宗自己也非常清楚這種說法。

嘉靖三年十月,六科十三道趙漢、朱衣等,交章彈劾給事中陳洸之奸,御史張曰韜、戴金也上章論之。御史藍田亦上言:陳洸本是(禮部)尚書席書之黨,席書以自己資望淺,躐等上升,因此交結陳洸等,作為羽翼,植私市權,罪惡暴著。席書曾經上疏陳時政得失,把皇上比成是梁武帝、唐玄宗、宋徽宗,⋯⋯嘉靖像宋徽宗,在他登基才三、四年,人們就看出了這個問題。

嘉靖二十一年十月、二十七年六月、三十二年正月,《明世宗實錄》上都有把他比做宋徽宗而他又加以辯解的記載。現在的問題已經很清楚,如果明世宗沒有宋徽宗的行跡,為什麼臣民說他是個宋徽宗,而他又何必不止一次地加以掩飾呢?《實錄》中的四條證據,足以證明明世宗就是一個宋徽宗,別人說他不算,連他自己都承認這一點,作為證據來說,還有比這更有說服力嗎?

綜上所述,《金瓶梅詞話》中「立東宮」事件指嘉靖朝而絕不是指萬曆朝,當是決然無疑的。

《金瓶梅詞話》中「南河南徙」時代考

　　《金瓶梅》第六十八回，「安郎中道：『蒙四泉過譽。一價寒儒，……備員冬曹，謬典水利。……今又承命修理河道，況此民窮財盡之時，……而今瓜州、南旺、沽頭、魚台、徐沛、呂梁、安陵、濟寧、宿遷、臨清、新河一代，皆毀壞廢北（圮），南河南徙，淤沙無水，八府之民皆疲弊之甚，又兼賊盜梗阻，財用匱乏……』」「南河南徙」猶如第七回孟玉樓與張四（龍）對話時所說：「世上錢財倘來物，那是長貧久富家？緊著起來，朝廷爺一時沒錢使，還問太僕寺借馬價銀子支來使」一樣，除此一處外，《金瓶梅詞話》中並沒有任何詳細的敘述。

　　這裏主要涉及到「南河南徙」的時間問題。香港學者梅節先生在〈《金瓶梅》成書的上限〉一文中，據天啟《淮安府志》，說淮安地區的百姓稱西北之泗水為「北河」，西南之淮水為「南河」。萬曆五年閏八月，淮河被迫南徙，督漕侍郎吳桂芳和管理南河工部郎中施天麟為此都有詳細的報告。官方的文書稱為「淮河南徙」，而《淮安府志》則稱「南河南徙」，由此梅節先生證明，「南河南徙」是發生在萬曆五年（1577）閏八月的事情，《金瓶梅》的成書上限亦不能早於此時。在 1989 年首屆國際《金瓶梅》研討會上，有位老先生發言時非常稱讚這一看法，指出：既然「南河南徙」發生於萬曆五年閏八月，那麼，《金瓶梅》當成書於此之後，已不可置疑。

　　事情並非如此簡單。現在有兩個問題需加以辨證。一是第六十八回「南河南徙」中的「南河」究竟指的是哪條河，是單指「淮河」，抑或還指別的河流？二是「南河南徙」是不是最早發生在萬曆五年閏八月？

　　《金瓶梅》是「借宋寫明」的，所以，作品中凡涉及到的歷史事件，必須既考查宋，又考查明，否則就會發生偏差。據史料記載，淮河入洪澤湖後，下游原有入海河道，宋光宗紹熙五年（1194）黃河奪淮後，河道淤高，淮河被迫南徙，漸以流入長江為主。看來，這是最早的「淮河南徙」。

　　明朝時的「淮河南徙」，主要是黃河南徙，奪淮入海，迫使淮河向南遷移的。《明史·河渠志一》「黃河上」載：「黃河，自唐以前，皆北入海，宋熙寧中，始分趨東南，一合泗入淮，一合濟入海。金明昌中，北流絕，全河皆入淮，元潰溢不時，至正中受害

尤甚，濟甯、曹、鄆間，漂沒千餘里。賈魯為總制，導使南，匯淮入海。」[1]可見明時的黃河是從開封即流向東南，匯淮入海的。即在明代，「淮河南徙」亦不數萬曆五年（1577）為最早。《明史》卷八十七「河渠五」「淮河」載：「萬曆三年三月，……黃水躡淮，……總漕侍郎吳桂芳言：『河決崔鎮，清河路淤。黃強淮弱，南徙而灌山陽、高、寶，請急護湖堤。』」[2]這次「南河南徙」的時間為萬曆三年，所以，以此確定《金瓶梅》成書時間的上限，是大有問題的。

梅節先生顯然沒有理解《金瓶梅》獨特的藝術手法。其實，「南河」在明代的官方文書中並非專指「淮河」，它是與「北河」相對而言的，不單指某一條河流。至於《淮安府志》中稱「淮水」為「南河」，那只不過是當地老百姓的稱呼而已。

在古代，稱黃河自今潼關以下由西向東流的一段為「南河」。又，清以前黃河自今內蒙古巴彥高勒鎮以下分為南北二支，南支即今黃河正流，當時為支流，稱為南河[3]。《漢語大詞典》《辭海》等都是這樣解釋的。所以，明代文獻中的「南河」稱呼不一，黃河、淮河都可稱為「南河」。那麼，《金瓶梅》中的「南河」到底指的是哪一條河？如果我們明白了它的獨特藝術手法，找出它的界定詞的話，這個問題就可迎刃而解。

《金瓶梅》的作者惟恐讀者不明白其意，特意在第六十九回作了明確的界定。夏提刑與西門慶商議，要差人往懷慶府同僚林蒼峰那裏打聽上司考察的消息，西門慶隨即喚一個走差答應的，吩咐道：「與你五錢銀子盤纏，即去南河，拿俺兩個拜帖，懷慶府提刑林千戶老爹那裏，打聽京中考察本示下，看經歷司行下照會來不曾。務要打聽的實來回報。」「懷慶府」屬河南布政使司，在黃河北岸，臨近黃河，西門慶差人去「南河懷慶府」，顯見《金瓶梅》中的「南河」必定指的是「黃河」而不是「淮河」，因為「淮河」兩岸絕沒有「懷慶府」，這是肯定無疑的。

既然《金瓶梅》中的「南河」指的是「黃河」，那麼，「南河（黃河）南徙」在明代是否曾經發生過呢？可以肯定地回答，有，而且還不止一次。

黃河的入海河道很複雜，自明洪武至嘉靖時又改道多次，本文不便縷述。簡言之，黃河自汴梁（開封）始分為南北二流。南流又分二道，皆入於淮。北分新舊五道，皆入漕渠（大運河）而南匯於淮[4]。從《金瓶梅》第六十八回所涉及到的幾個地名來看，「南河（黃河）南徙」當指北流，因為這些地名除「瓜州」外，都在明朝的大運河邊上，而宋時

1　　張廷玉《明史》卷八十三，〈河渠志一〉「黃河上」，北京：中華書局簡體字本 2000 年。

2　　張廷玉《明史》卷八十七，北京：中華書局簡體字本 2000 年。

3　　《漢語大詞典》，北京：漢語大詞典出版社 1997 年。

4　　參見《明史》卷八十三、八十四「黃河上、下」，北京：中華書局簡體字本 2000 年；《明史紀事本末》卷之三十四，北京：中華書局 1977 年。

的運河是不通過所有這些碼頭的。

上文已經斷定，《金瓶梅》的故事上限為明武宗，下限為明世宗，與萬曆基本無涉。據史料，明武宗正德「八年六月，河復決黃陵岡。……乃命管河副都御史劉愷兼理其事。愷奏，率眾祭告河神，越二日，河已南徙。」[5]「黃陵岡」在儀封和考城之間而靠近考城，黃河在此決口氾濫次數甚多。

嘉靖十三年、十四年、十七年、十九年、二十一年都有「南河（黃河）南徙」的記載。那麼，《金瓶梅》所寫到底指的是哪一年呢？筆者認為，《金瓶梅》是雜糅了正德、嘉靖時期的史實，泛指這一段時期的「南河（黃河）南徙」，而並非專指哪一年。何以為證？請看《明世宗實錄》卷一八二（嘉靖十二年十二月）的記載：

> 辛亥，總理河道都御史劉天和修議治河事宜。……其一，魯橋至沛縣東堤一百五十餘里，舊議砌石，以禦橫流。今黃河既已南徙，……臣等以為，黃河之當防者，雖北岸為重，且水勢湍悍，沖徙靡常，其堤岸之去河遠者，間獲僅存；而瀕河者，無不沖決。……坍者增修，缺者補完，斷絕者接築，使北岸七八百里間聯屬高厚。……但工役甚巨，而時詘民窮，須以漸修舉。工部以其議為當，上從之。[6]

又，正德六年二月，（李）堂言：「陳橋集、銅瓦廂，俱應增築，請設副使一人專理。會河南盜起，召堂還京，命姑已其不急者。」[7]

《金瓶梅》第六十八回所提到的那十一個地方，「皆毀壞廢北（圮）」，何況「八府之民皆疲弊之甚，又兼盜賊梗阻，財用匱乏」，故安郎中才說：「三年欽限河工完畢」。《詞話》中的這一段，正是上文《實錄》文字的藝術再現。當然，最有說服力的證據是與「安忱」同時期的那些明代真實歷史人物。治河之事從第六十五回寫起，到第六十八回「南河南徙」，這幾回涉及到的明代人物有王玉、王經、黃甲、黃元白、何其高、錢成、孫清、狄斯彬、徐嵩、韓邦奇、任廷貴、趙訥、周采、傅銘、溫璽等，這些人物都是明武宗、明世宗時期的，特別是韓邦奇、狄斯彬、傅銘三人，惟正德、嘉靖時有而明代別的時期沒有的特殊性的名字，而「安忱」的治河恰好與他們同時，這正好說明「南河（黃河）南徙」指的是正德、嘉靖時期而不是萬曆時期。

史料上還提到萬曆二十四年秋「黃河南徙」，這次持續的時間比較長，斷斷續續，明政府為此多次更換漕運尚書，但成效都不大。問題是，王世貞死於萬曆十八年，那時，

5　張廷玉《明史》卷八十三，北京：中華書局簡體字本 2000 年。

6　《明世宗實錄》卷一八二，中央研究院歷史語言研究所校印本。

7　張廷玉《明史》卷八十三，北京：中華書局簡體字本 2000 年。

他家已藏有《金瓶梅》的全本，這說明，至遲在萬曆十八年《金瓶梅》已全部成書，「黃河南徙」無論如何也不能和萬曆二十四年到三十四年掛上鉤。這正是《金瓶梅》獨特的藝術手法，如果不顧及它的內在聯繫，單單拈出其中的某一件事來加以斷定，往往會發生重大失誤。「南河（黃河）南徙」正如「朝廷爺借支馬價銀」一樣，明代幾個時期都有這樣的事件，但作者是有明確界定的。

《金瓶梅》中也寫到了淮河氾濫，但它是用「淮洪」一詞指稱的，而不是用的「南河南徙」。第十一回，孫雪娥道：「你看他嘴似淮洪也一般」。據天啟《淮安府志》卷二十三「祥異」記載：嘉靖三十一年、三十四年，萬曆元年五月十八日等，都曾發生大溢，致使「民多溺死」。故民間有「嘴似淮洪也一般」的比喻。

至於「新河」，並非是某一河流的專名，也就是說，沒有哪一條河就叫「新河」。明政府為防止黃河水溢入漕渠（運河），阻滯糧艘，或為使運河暢通，在大運河沿岸新開了不少河渠，即所謂「新河」也。大凡新開的河渠，都叫「新河」或「某某新河」，這在《明史》「河渠志」、《明史紀事本末》《實錄》中多處可見。

《明世宗實錄》卷十，嘉靖元年正月：

> 命工部主事江珊會同巡按御史、天津兵備督理新河工程。[8]

《明世宗實錄》卷一五三，嘉靖十二年八月：

> 順天府香河縣郭家莊自開新河一道。長一百七十丈，闊五十一丈有有（衍一有字）奇，路較舊河近十餘里，有司以聞，詔管河諸臣亟為繕治，並祭告河神。[9]

《明史》「河渠志一」：

> 三里溝新河者，督漕都御史應檟以先年開清河口通黃河之水以濟運。[10]

這條「新河」開鑿於嘉靖三十一年九月後，目的是引黃河之水以濟漕運。

《明史·盛應期傳》：

> 盛應期，字思徵，吳江人。……（嘉靖）六年，黃河水溢入漕渠，沛北廟道口淤數十里，糧艘為阻。侍郎章拯不能治。尚書胡世寧、詹事霍韜、僉事江良材請於昭陽湖東別開漕渠，為經久計。議未定，以御史吳仲言召拯還，即家拜應期右都御

8　《明世宗實錄》卷十，中央研究院歷史語言研究所校印本。

9　《明世宗實錄》卷一五三，中央研究院歷史語言研究所校印本。

10　張廷玉《明史》卷八十三，北京：中華書局簡體字本 2000 年。

史以往。應期乃議於昭陽湖東，北進江家口，南出留城口，開浚百四十餘里，……克期六月，工未成，會旱災修省，言者多謂開河非計，帝遽令罷役。……世寧言：「新河之議倡自臣。……」應期罷後三十年，朱衡尋新河遺跡成之，運道蒙利焉。[11]

梅節先生所指出的「隆慶元年五月己未，新河成」之「新河」，就是朱衡在盛應期所開「新河」未成的基礎上最後開鑿而成的那條河，也就是《明史紀事本末》卷之三十四「河決之患」所說的「浚舊河自留城達境山五十三里，役丁夫九萬餘，八閱月而成」的那條河。由此可見，嘉靖時期開鑿的「新河」並不止一條，《金瓶梅》中所說的「新河」，只是一個泛稱，並不像其他地名一樣是一個專稱。所以說，這些材料皆不能作為《金瓶梅》成書的證據。

《金瓶梅》正是採用這種簡要的「新聞標題詞」的形式，將正德、嘉靖時期的大事件基本都攝入到了作品中去，諸如「朱千戶」關聯到正德時的劉六、劉七起義；「番子」關聯到武宗時廠衛之橫行；「會中十友」關聯到「天子十弟兄」；「藏春塢」關聯到「豹房」；「寶應湖」關聯到武宗之南巡；「陳四箴」關聯到朱厚烷對嘉靖之規諫；「刊孝帖」關聯到「大禮議」；「立東宮」關聯到嘉靖立太子等等，幾乎把武、世兩朝的大事件都包括了[12]。《金瓶梅》中如果沒有這些「新聞標題詞」，單從所描寫的家庭故事來看，把它放在明憲宗之後的任何時期，似乎都可以，這肯定不符合《金瓶梅》的創作意圖。換句話說，正是這些簡要的「標題詞」，我們才得以判定它的時代。同時，也正是這些簡要的「標題詞」，才給我們提供了無限的想像空間。這種獨特的藝術手法，正是傳統史學「春秋筆法」在小說創作中的成功典範。張竹坡把《金瓶梅》看作《史記》，所言是不誣的。

11　張廷玉《明史》卷二百二十三，北京：中華書局簡體字本 2000 年。

12　參看拙著《金瓶梅發微》，北京：中國社會科學出版社 2002 年。

論《金瓶梅詞話》中的「陳四箴」時代

　　《金瓶梅詞話》借宋寫明，這是「金學」界所有同仁都公認的一個不爭事實。問題是，《詞話》究竟寫的是明代哪一個時期，是嘉靖朝還是萬曆朝，學者們對此的看法是頗有分歧的，甚至是針鋒相對的。筆者認為，造成這種狀況的最主要原因是《詞話》的作者所採用的獨特的藝術手法，即作者常常選取歷史上有，明代也有，且不止一個的同名同姓的人物（例如張達），或選取明代不止一朝獨有的事件（例如借支馬價銀等）來安排情節，古今雜糅，使讀者模棱兩可。但作者又在關鍵處加以限制，點明他的創作意圖。若讀者不明白這種獨特的藝術手法，往往會上作者的當，辜負作者的良苦用心。「陳四箴」就屬於這種典型的「模棱兩可」事件。

一

　　「陳四箴」是一個假造的人名，在《詞話》中出現過兩次，一在第六十五回，一在第七十七回。第六十五回「宋御史結豪請六黃」，黃太尉「人馬過東平府，進清河縣，縣官黑壓壓跪於道旁迎接，左右喝叱起來」，前往迎接的有：「山東巡撫都御史侯蒙、巡按監察御史宋喬年」；「山東左參政何其高、右布政陳四箴」；「兗州府凌雲翼、徐州府韓邦奇、登州府黃甲」等。第七十七回，山東巡按監察御史宋喬年奏本中提到「山東左布政陳四箴」，「操履忠貞，撫民有方。」

　　一個假造的人名在作品中就這麼簡單地出現過兩次，第一次出現是「右布政」，第二次出現變成「左布政」，並且沒有任何關於他的行動的描寫，這就明顯地暗示人們，這個人名是假造的，其用意是要告知世人他所寫的作品的時代。

　　作者為什麼要起「四箴」這樣一個名字，而不是「五箴」「六箴」，這主要是因史實決定的。

　　最早注意到這個問題的，當是臺灣學者魏子雲先生。他認為《詞話》作者杜撰的這位名叫「陳四箴」的官員，與萬曆十七年大理寺評事雒于仁向皇帝上疏並附「四箴」有密切關係。也就是說，先有雒于仁的上「四箴疏」，才有作品的「陳四箴」，並以此證明《詞話》反映的是萬曆朝而不是嘉靖朝。

雒于仁上「四箴疏」於史有徵。據《明史》卷二百三十二〈雒于仁傳〉，大意謂：「臣知陛下之疾，所以致之者有由也。……嗜酒則腐腸，戀色則伐性，貪財則喪志，尚氣則戕生。……四者之病，膠繞身心，豈藥石所可治？」疏後附有「酒、色、財、氣四箴」，言詞大為不敬。萬曆帝看後極為震怒，欲從重懲處雒。在閣臣申時行的勸說下，雒于仁於萬曆十八年春去位，被斥為民。

從上引史料來看，雒于仁以「四事」向皇帝上的疏稱之為「四箴」，這本是無可非議的。但要說《詞話》中的「陳四箴」是在雒于仁上「四箴疏」後，作者才據此擬出這個人名，這個觀點則是根本站不住腳的。

這裏首先需要對「四箴」進行正名。「四箴」是一個詞組而不是一個詞，《辭源》《辭海》《漢語大詞典》都沒有「四箴」這個詞。「酒色財氣」就是酒色財氣，把它看成是人生四戒、四貪有道理，要說它就叫「四貪」「四戒」那是沒有道理的。《金瓶梅詞話》用「酒色財氣」四個字寫了四首詞，起名叫「四貪詞」，四貪詞是一個詞組而不是一個詞。萬曆時的雒于仁是以酒色財氣四項來箴諫明神宗的，但酒色財氣並不叫「四箴」。也就是說，「四箴」的內容不限於酒色財氣四個方面，不管是什麼內容，只要夠四項，以此來規諫別人的就都叫「四箴」。史籍上不僅有「四箴」，而且還有二箴、五箴、六箴、八箴、九箴、十箴、凡百箴等。《宋史》卷四二五〈趙景緯傳〉：「景緯進權禮部侍郎兼侍讀，進四箴。一曰惜日力以致其勤，二曰精體認以充其知，三曰屏嗜好以專其業，四曰謹行事以驗其用。」他這四箴講的就不是酒色財氣。由此可見，「四箴」這一詞組早已有之。《詞話》中起了「陳四箴」這個名字，不是在雒于仁進「四箴疏」後才擬出來的，就是根據趙景緯的說法即能起出「陳四箴」這個名字來。趙景緯是「進聖學四箴」的，進四箴即陳四箴，進者，陳也；陳者，進也。

「酒色財氣」的說法，早已有之。《後漢書》卷五四〈楊震傳〉就有「酒色財」之說：「秉性不飲酒，又早喪夫人，遂不復娶，所在以淳白稱。嘗從容言曰：『我有三不惑，酒色財也。』」「酒色」一詞產生更早，《史記》《漢書》中就有。到宋時又加上了一個「氣」，便成為「酒色財氣」。錢鍾書先生論之甚詳，見《管錐編》[1]。「酒色財氣」連舉，北宋已然。嗜酒、好色、貪財、逞氣，以此為人生四戒。元馬致遠《黃粱夢》：「一夢中十八年，見了酒色財氣，人我是非，貪嗔癡愛，風霜雨雪。」元末明初陶宗儀《南村輟耕錄》「院本名目」中就有「酒色財氣」院本[2]。

《金瓶梅詞話》中用「酒色財氣」四字是用來刻畫西門慶形象的。西門慶的原型就是

1　錢鍾書《管錐編》第五冊，北京：中華書局 1986 年。
2　陶宗儀《南村輟耕錄》卷二五，北京：中華書局 1959 年。

明武宗，《詞話》的主旨是罵嘉靖，所以，通過西門慶的形象鞭撻了明武宗，實際上也就是鞭撻了明世宗[3]。作者把酒色財氣寫成了四貪詞，放在開篇之前，就是看出了統治者的罪惡本質不外乎就是這些東西，哪個統治者不是酒色財氣之徒？哪個統治者不是貪財如命？哪個統治者不是頤指氣使，欺壓別人？皇帝「逞氣」發怒，動不動就要殺人，甚至可以挑起戰爭，叫你「伏屍百萬，流血千里」。

正德九年四月，都察院右副都御史王縝以乾清宮災，陳言四事：一、正大本以安天下，建儲貳，固根本；二、省內臣以慰民望，南京織造提督太監，通行取回；三、處驛遞以蘇民困，管取鰣魚等內官，乞盡行禁止，庶窮民少蘇；四、廣延納以開壅蔽，延訪治道，庶下情能通。這也是以四件事來箴諫皇上的，也可以叫做「陳四箴」。王縝，《明史》卷二〇一有傳。世宗時曾陳「正本十事」，這又可以叫做「十箴」了。

「四箴」這一詞語，除了前邊指出的外，還有宋張方平也有四箴，唐姚崇也有四箴。明黃瑜《雙槐歲鈔》「中都閱武」條稱：「蜀獻王諱椿，高皇帝第十子也。最有賢德，博通經藝，旁及內典，上所鍾愛。……召詩文名僧來復與之講論，因諭作四箴以自警，曰『正心』，曰『觀道』，曰『崇本』，曰『敬賢』，來復為之箴焉」。

由上述材料可知，明代以前早就有了「酒色財氣」之說，早就有了「四箴」「五箴」等詞語，《金瓶梅》的作者以「酒色財氣」寫成「四貪詞」，以「進四箴」擬了人名「陳四箴」，有「詞源學」和史實兩方面的根據，怎麼會到萬曆時雒于仁上「四箴疏」後才能寫成「四貪詞」，才能擬出「陳四箴」的名字來呢？不是《金瓶梅》的作者蹈襲雒于仁，倒是雒于仁在前人的基礎上才進獻了「四箴疏」。

二

從以上所列舉的「四箴」來看，即使在明代，也絕不是萬曆朝所獨有。但這些「陳四箴」事件，與《詞話》中的「陳四箴」似沒有多少直接的關係。那麼，《詞話》中的「陳四箴」究竟依據的是什麼？筆者認為，嘉靖二十七年出現的一次轟動朝野的「陳四箴」事件，是作者據以命名的最主要的史實來源[4]。

嘉靖二十七年七月：

3　參見拙著《金瓶梅新解》，石家莊：河北教育出版社 1999 年。拙文〈西門慶原型明武宗考〉，《河北師範大學學報》，2001 年第 3 期，亦可參見本書。

4　卜鍵〈「陳四箴」辨正——與黃霖先生商榷《金瓶梅》成書時代問題〉，《北京師範大學學報》1987年第 6 期。

辛巳，鄭王厚烷疏，請上「修德、講學」，並進「居敬、窮理、克己、存誠」四
箴，及「演連珠」十首，以簡禮、怠政、飾非、惡諫、神仙、土木為規。上手批
其疏曰：爾探知宗室有謗仙者，故茲效尤。彼勤熨細物，一無賴子耳，爾真今時
之西伯也，請欲為為之。[5]

《明史·諸王四》：

（朱厚烷）嘉靖二十七年七月上書，請帝修德講學，進〈居敬〉〈窮理〉〈克己〉
〈存誠〉四箴，《演連珠》十章，以神仙、土木為規諫。語切直。帝怒……厚烷遂
獲罪。[6]

這次「陳四箴」事件，在《明書》《國朝獻徵錄》《藩獻記》《萬曆野獲編》等史籍中
都有記載。

這又是一次「陳四箴」事件。如果讀者不能把握住《金瓶梅》獨特的藝術手法，單
從字面來推理，就很難準確判斷《詞話》所寫「陳四箴」究竟是指嘉靖朝還是指萬曆朝。
上文說過，《詞話》的作者在選取明代不止一朝獨有的事件時，往往在關鍵處加以限制、
界定，以表明他的創作意圖。「陳四箴」事件指嘉靖朝而不是指萬曆朝，可從作品中的
內證來得到證實。

沈德符在《萬曆野獲編》中曾直言不諱地指明小說中的蔡京父子影射嚴嵩父子，林
靈素影射陶仲文，朱勔影射陸炳。從作品的具體描寫來看，這是千真萬確的。嚴嵩、陶
仲文、陸炳都是嘉靖時人，如果作品是寫萬曆時的事，能這樣寫嗎？

「陳四箴」這個名字出現在第六十五回、第七十七回，最能說明問題的，則是這兩回
所涉及到的人物的時代。

第六十五回，參見六黃太尉的官員除「陳四箴」外，還有「山東巡撫都御史侯蒙」
「巡按監察御史宋喬年」「山東左布政龔共」「左參政何其高」「右參政季侃」「左參議
馮廷鵠」「右參議汪伯彥」「廉訪使趙訥」「採訪使韓文光」「提學副使陳正匯」「兵
備副使雷啟元」「東昌府徐崧」「東平府胡師文」「兗州府凌雲翼」「徐州府韓邦奇」
「濟南府張叔夜」「青州府王士奇」「登州府黃甲」「萊州府葉遷」。這些「官員」，侯
蒙、宋喬年、汪伯彥、陳正匯、胡師文、張叔夜用的是宋朝的人名，但實際寫的是明嘉
靖時的某個人。以侯蒙為例，歷史上的侯蒙（1054-1121），宋密州高密（今屬山東）人，

5　《明世宗實錄》卷三三八，北京：中央研究院歷史語言研究所校印本。
6　《明史》卷一百十九，北京：中華書局簡體字本 2000 年。

字元功,元豐進士。官戶部尚書、中書侍郎。以忤蔡京,罷知亳州。知東平府,未赴任而卒,見《宋史》卷三五一。但《詞話》中的侯蒙,其官職是「山東巡撫、都御史,升太常正卿」。「巡撫」「都御史」是明朝才有的官職,可見是在寫明。查《明世宗實錄》,小說中的侯蒙實際指的該是侯綸。侯綸在嘉靖二十年三月,由陝西布政使司左參政升為山東右布政使。二十一年又升為都察院右副都御史,整飭薊州邊備,兼巡撫順天。一在宋,一在明,作者只是取二人姓氏相同這一共同點,但事蹟卻是全不同的。這正是《金瓶梅》又一獨特的手法,在作品中,這樣的人物很多,限於篇幅,此不贅。

韓邦奇、凌雲翼、何其高、徐崧、黃甲,還有第七十七回中出現過的葉照,都是《明世宗實錄》中提到的。趙訥是嘉靖三十八年的進士。第七十七回中,周秀、吳鎧、溫璽都是正德、嘉靖時的人。「龔共」「葉遷」「王士奇」、季侃、馮廷鵠、韓文光、雷啟元、荊忠這些人,暗指的都是正德、嘉靖時的實際人名。

《詞話》中「陳四箴」這位「官員」,是與上邊那些人一起出場的。他們都是正德、嘉靖時人,顯見作品中的「陳四箴」,絕不是指萬曆時期,這一點則是毋庸置疑的。

鄭王朱厚烷的「進四箴」就是「陳四箴」,小說的作者取用這一名字就是從這裏來的。把「陳四箴」的名字和「何其高」的名字並列,一虛一實,虛中帶實。何其高是嘉靖十一年進士,後為御史,因劉東山、張延齡案件牽連而被捕下獄。寫何其高,旨在界定「陳四箴」是嘉靖時期的,他絕不是「何其高明」的意思。

三

持「陳四箴」事件為萬曆朝的論者提供的另一最主要的證據是認為《詞話》中大寫特寫宋徽宗寵幸鄭貴妃,正是對明神宗寵幸鄭貴妃的影射,這是不顧歷史事實的純屬想當然的錯誤結論。

宋徽宗寵幸鄭貴妃和明神宗寵幸鄭貴妃都是歷史事實,但《詞話》中借宋徽宗是用來影射明世宗嘉靖而絕不是用來影射明神宗萬曆的,這從史實中可以得到確切證明。

明世宗和宋徽宗的相似有如下五個方面:

二人都崇尚道教;都喜歡舞文弄墨;都缺乏治國能力,朝政腐敗;都有禪位於太子的舉動和念頭;二人的帝位都是兄終弟及的。

明世宗統治時期,許多人都說他像宋徽宗。明世宗自己也非常清楚這種說法。

嘉靖三年十月,六科十三道趙漢、朱衣等,交章彈劾給事中陳洸之奸,御史張曰韜、戴金也上章論之。嘉靖說,陳洸升用,出自朝廷,趙漢等挾私奏擾,暫不查究。御史藍田亦上言:陳洸本來是(禮部)尚書席書之黨。席書以自己資望淺,躐等上升,因此交結

陳洸等，作為羽翼，植私市權，罪惡暴著。席書曾經上疏陳時政得失，把皇上比成梁武帝、唐玄宗、宋徽宗……。

嘉靖像宋徽宗，在他登基才三、四年，人們就看出了這個問題。

嘉靖二十一年十月：

> 癸未雪，百官表賀。上報曰：朕以時屬有秋，祗修大報，乃荷上天垂祐，瑞雪應期而降，朕心不勝感仰，與卿等共之。朕為民祈禱，非梁武、宋徽比。卿等宜益竭忠誠，上承帝眷，庶不負朕保民之意。[7]

這真是不打自招，欲蓋彌彰。

據《明世宗實錄》，嘉靖二十七年六月、三十二年正月，都有把明世宗比作宋徽宗的記載。現在的問題已經很清楚，如果明世宗沒有宋徽宗的行跡，為什麼當時的許多臣民都說他像宋徽宗，而他又何必一次次地為自己加以掩飾呢？

證實了《詞話》中借宋徽宗是用來影射明世宗這個關鍵問題後，認為「陳四箴」事件與萬曆帝寵幸鄭貴妃有密切聯繫的其他一切證據顯然都是不能成立的。如八十七回寫武松在「路上聽見立東宮，放郊天大赦」，八十八回借張氏之口云：「喜者，如今且喜朝廷立東宮，郊天大赦」，等等，這「立東宮」事件也是指嘉靖朝立太子而絕不是指萬曆帝欲立鄭氏之子朱常洵為太子，這一點則是不辨自明的。

至於《詞話》回目前的四首「行香子」詞和「鷓鴣天」「酒色財氣」四貪詞，筆者認為：

第一篇表明了作者的生活情趣，「清幽、瀟灑、寬舒」「優遊、隨分開懷」「懶散無拘」「無榮無辱」「遠離塵世」、恬淡自適，嚮往「世外桃源」式的生活。這是封建文人失意後的一般的思想歸宿，基本上還是道家「消極無為」的那一套思想。

第二篇「四貪詞」是一般的道德說教，是古代通俗小說中常用的文字，是泛論而不是特指，與雒于仁「四箴疏」毫無關係，因為從宋代開始，「酒色財氣」早已成為了人們的「口頭禪」，成為勸戒世人的一付「良藥」。

這兩篇文字列於作品開始之前面，也是文學創作中常用的那種起興手法，並沒有什麼特殊的含意，實際是個「幌子」。由此我們可以斷定，卷首的「酒色財氣」四貪詞與雒于仁上「四箴」沒有邏輯上的必然聯繫。

7　《明世宗實錄》卷二六七，校印本。

「刊孝帖」與「大禮議」關係考

　　《金瓶梅》第六十三回寫李瓶兒死後，在如何刊「孝帖」一事上，西門府發生了激烈的爭執：

> 西門慶交溫秀才起孝帖兒，要開刊去，令寫「荊婦奄逝」。悄悄拿與應伯爵看，
> 伯爵道：「這個理上說不通。見有如今吳家娘子在正室，如何使得？這一個出去，
> 不被人議論？就是吳大哥心內也不自在。等我慢慢再與他講，你且休要寫著。」
> 溫秀才舉薦北邊杜中書來題名旌，名子春，號雲野，原侍真宗寧和殿，今坐閒在
> 家。西門慶備金幣請來，……西門慶要寫「詔封錦衣西門慶恭人李氏柩」十一字。
> 伯爵再三不肯，說：「見有正室夫人在，如何使得！」杜中書道：「說曾生過子，
> 於禮也無礙。」講了半日，去了「恭」字，改了「室人」，溫秀才道：「恭人係
> 命婦有爵，室人乃室內之人，只是個渾然通常之稱。」

對這件事的理解，「金學」界一般認為這是由於晚明商品經濟急劇發展、人們價值觀念驟變，西門慶逾制不規，對傳統禮教給以殘酷的蔑視和野蠻破壞的明證，筆者過去也持這種觀點[1]，現在看來，這不符合《金瓶梅》的實際。

　　從表面上來看，李瓶兒只是一個妾，至死並未扶正。何況西門慶只是一個五品提刑官，「恭人」之號自然是封不到她頭上去的。《明史・職官志一》規定了相當整齊的各級命婦封號制度：「公曰某國夫人，侯曰某侯夫人，伯曰某伯夫人。一品曰夫人，後稱一品夫人，二品曰夫人，三品曰淑人，四品曰恭人，五品曰宜人，六品曰安人，七品曰孺人。因其子孫封者，加太字，夫在則否。……嫡在不封生母，生母未封不先封其妻。妻之封，止於一嫡一繼。」西門慶乃五品提刑官，李瓶兒亦非正室，封為「恭人」是明顯的僭越行為，難怪應伯爵百般地不同意。將「恭人」改為「室人」，顯得不倫不類。「室人」，來源於《禮記・曲禮上》：「三十曰壯，有室。」孔穎達《疏》：「壯有妻，妻居室中，故呼妻為室。」或稱為「室人」。「室人」是人們稱妻子的一種極普遍的稱呼，既普遍稱之，也就用不著「詔封」了。

1　　參見拙著《金瓶梅新解》，石家莊：河北教育出版社 1999 年。

其實，如果我們能從整體上把握和理解《金瓶梅》的寫法和意蘊的話，則為李瓶兒刊孝帖這件事，實際隱含的是明嘉靖朝的一件大事——「大禮議」案件，這個密碼符號就是「北邊杜中書杜子春」。

按筆者多年的研究看，《金瓶梅》中故事發生地「清河」實際指的就是「北京」。站在「清河」來看北京，則「北京」自然是在北邊。又，《金瓶梅》是借宋寫明，這是公認的事實，文本中的許多人物，都是宋朝歷史上的真實人物。但此處的杜子春卻是指西漢末年的杜子春，作者為何在關鍵處選取這個人物，其用意又是什麼？試解如下。

杜子春，約西元前 30 至約西元 58 年。西漢末緱氏人，曾師從劉歆學《周禮》。鄭眾、賈逵皆從其受業。始傳《周禮》之學。大經學家鄭玄注《周禮》時多採用其說。《玉函山房輯佚書》有《周禮杜氏注》三卷。可見杜子春對《周禮》頗有研究，對後世影響很大。而「三禮」是儒家的經典著作，是後世各種禮儀的主要理論依據。嘉靖時的「大禮議」案件，論辯的雙方就是依據古禮古訓作為理論根據來展開爭論的。

「大禮議」案件的始末是這樣的：明武宗朱厚照因未留下皇嗣，臨死前，依據祖訓「兄終弟及」之文，請於慈壽皇太后，並與內外文武大臣合謀，立孝宗親弟興獻王長子朱厚熜為帝，是為明世宗。嘉靖即位之初，關於興獻王的封號問題，朝臣展開了一場曠日持久的論戰。以禮部尚書毛澄、內閣首輔楊廷和為首的守正大臣，援引漢定陶王、宋濮王故事，認為嘉靖非嫡傳，應稱孝宗為皇考、興獻王及妃為皇叔父母。嘉靖帝當然不同意，認為「父母是不可變易的」，命臣下再議。正德十六年七月，觀正進士張璁上《大禮疏》，認為嘉靖之繼武宗，與漢定陶王、宋濮王不同，因為定陶王、濮王是被漢哀帝、宋英宗預立為皇嗣的，是「為人後者」，而嘉靖帝當初並未明言為孝宗後，故嘉靖不應稱孝宗為皇考，應稱為「皇伯考」。兵部主事霍韜，同知馬時中、國子監諸生何淵、巡檢房濬、吏部員外郎方獻夫、巡撫湖廣都御史席書、南京刑部主事桂萼等，支持張璁之議，應稱興獻王為「皇考」。楊廷和等幾十個大臣力爭，嘉靖元年三月，定封號為「本生父曰興獻帝，母曰興國太后。」此後的爭論愈演愈烈。嘉靖三年三月，又奉興獻帝為「本生皇考恭穆獻皇帝」，興國太后為「本生母章聖皇太后」。此後又刪去「本生」二字，結果造成以楊慎為首的二百餘人俱赴左順門跪伏，以死抗爭。嘉靖帝極為惱怒，下令逮捕了馬理等 130 餘人，其餘四品以上者俱奪俸，五品以下者杖之（有 17 人被杖死）。被編伍的、戍邊的、謫官的、調任的、罷官的、發回原籍為民的、已病故者奪其生前官職的，等等，都受到了嚴厲的處分，可謂殘酷至極。而迎合帝意，在「大禮儀」案中立下汗馬功勞的張璁，嘉靖七年，晉為少傅兼太子太傅、吏部尚書、謹身殿大學士，真可謂榮耀至極矣。

嘉靖十七年，「通州同知豐坊請加尊皇考廟號，稱宗以配上帝。九月加上尊諡『知天守道洪德淵仁寬穆純聖恭儉敬文獻皇帝』，廟號睿宗，祔太廟，位次武宗上。明堂大

享奉主配天，罷世廟之祭。」[2]此舉無乃太過，連穆宗也覺不妥，「乃罷明堂配享」[3]。

平心而論，興獻王並未南面稱帝，其諡號 17 字，除太祖朱元璋 21 字外，與明代其他皇帝諡號並列，顯然與其身分是極不相符的。儘管嘉靖帝極力為之，但卻遭到守正諸大臣的強烈反對。這與西門慶極力為李瓶兒上「恭人」封號，亦遭到應伯爵強烈反對性質相同。《金瓶梅》的作者正是取其相類而已，言在此而意在彼，通過一個人名，一個小故事，反映正德、嘉靖朝的大事件，這正是《金瓶梅》常用的手法。「大禮議」案中上封號之事反復過多次，而《金瓶梅》中為李瓶兒之封號亦反復多次，作品中的這個情節，曲折反映的正是嘉靖朝的這段史實。

2　《明史》卷一百十五，北京：中華書局簡體字本 2000 年。
3　《明史》卷一百十五，北京：中華書局簡體字本 2000 年。

釋「南京沈萬三‧北京枯柳樹」

「南京沈萬三，北京枯柳樹」是潘金蓮的「名言」，在《金瓶梅詞話》中先後出現過兩次。

第三十三回寫陳經濟丟了鑰匙，到李瓶兒房內尋找，李瓶兒只顧笑。潘金蓮奚落陳經濟是「心不在肝上」，急得陳經濟只是「殺雞扯膝」。潘金蓮叫經濟唱小曲兒，不然，「隨你就跳上白塔，我也沒有。」經濟說，誰說我會唱？金蓮道：「你還搞鬼？南京沈萬三，北京枯樹〔灣〕——人的名兒，樹〔的〕影兒。」

萬曆丁巳（1617 年）本這兩句話的確有「奪文」，從崇本補上了兩個字。

第七十二回，潘金蓮說如意兒的漢子沒有死，「前日漢子抱著孩子，沒在門首打探兒？」孟玉樓說，你怎麼知道得這樣詳細？潘金蓮說：「南京沈萬三，北京枯柳樹：人的名兒，樹的影兒，怎麼不饒（曉）的？雪裏消死屍，自然消他出來。」

這一回的文字，沒有訛誤。

「南京沈萬三，北京枯柳樹」是什麼意思？馬征先生《金瓶梅中的懸案》對沈萬三解釋較詳[1]，「枯柳樹」則引用了某詞典的說法：相傳明代北京城，係用枯樹灣所挖出的金錢建造而成。這個說法實即來自白維國的《金瓶梅詞典》。[2]筆者認為，傳說本身並不可靠。實際上，作品所說的「沈萬三」「枯柳樹」都是有史實來源的。

沈萬三是實有其人的，在明朝的史料中多有記載，如《明史‧高后傳》《雙槐歲鈔》《留青日札》《五雜組》等十來種著作中都有關於此人的材料。

《明史‧高后傳》載：

> 吳興富民沈秀者，助築都城三之一，又請犒軍。帝怒曰：「匹夫犒天子軍，亂民也，宜誅。」后諫曰：「妾聞法者，誅不法也，非以誅不祥。民富敵國，民自不祥。不祥之民，天將災之，陛下何誅焉。」乃釋秀，戍雲南。[3]

1　馬征《金瓶梅中的懸案》，成都：四川人民出版社 1997 年。
2　白維國《金瓶梅詞典》，北京：中華書局 1991 年。
3　《明史》卷一一三，北京：中華書局簡體字本 2000 年

明黃瑜《雙槐歲鈔》中也有關於沈萬三的記載：

> 沈萬三名富，字仲榮，其弟萬四名貴，字仲華，本吳興之南潯人……洪武中，萬
> 三、萬四率先兩浙大戶輸稅萬石，仍獻白金五千兩，以佐用度。上命其造廊房，
> 為楹六百五十，披甲馬軍者十，務罄所獻金乃已。自是被人告訐，或旁累所逮，
> 往往曲宥。尋命選大戶家為京官六曹，令近侍舉所知，惟萬四有孫曰玠，擢戶部
> 倉曹員外郎，受官辭祿，上益器重之。玠父漢傑始徙家化周莊焉。聖祖之獎廉能
> 勵富室如此。吏安民懷，開太平於萬世，信有由哉。[4]

黃瑜記載的這一條材料，來源於明初學士劉三吾的著作。劉三吾是朱元璋非常器重的人物，和沈萬三是同時人，對情況該是比較瞭解的。黃瑜是明景泰、弘治時人。《留青日札》的說法基本上是抄自《雙槐歲鈔》的。

關於沈萬三的材料，互有出入，他的名字叫沈秀、沈富，也有稱為沈萬山的，或作沈萬三秀（元、明時評論人的高低有「郎不郎、秀不秀」的說法）。說他發戍雲南，也有的說是發戍到遼陽。類多傳聞，頗涉荒誕。實際上，沈萬三這一名字已成了「富人」的代名詞。「南京沈萬三」，以富名天下，所以自然而然地流傳在人們的口頭語言中。

「枯柳樹」是一地名。南京以人「名」，北京以地「名」，這是對稱的說法。過去許多人的文章和論著中，沈萬三這一人名都談到了，但「枯柳樹」這一地名並沒有具體指出來。

查《明世宗實錄》，嘉靖二十九年八月：

> 己卯，虜大眾營白河東，分遣遊騎，散掠枯柳樹等各村落，去京僅二十里。總兵
> 仇鸞帥副總兵徐鈺、遊擊張騰等兵，至通州，列陣河西自固。都御史楊守謙及朱
> 楫等兵，營於東直門外。時各路援兵頗集，議者紛紛，皆謂城外有邊軍足恃，宜
> 移京軍入備內釁。於是侍郎王邦瑞請以巡捕官軍營東西長安街，而尚書丁汝夔亦
> 請量挈城外兵入營十王府、慶壽寺。俱報可。[5]

這是嘉靖時「庚戌之變」的一段具體描述，當時北虜俺答大肆搶掠，「實錄」中特地以「枯柳樹」作為代表，可見這一地名在北京的影響。再加上傳說北京城是用枯樹灣挖出的金錢建造的，所以更增加了它的知名度。

《明史》卷二〇四「楊守謙傳」中也說，「（嘉靖）二十九年進副都御史，巡撫保定

4　黃瑜《雙槐歲鈔》卷二，北京：中華書局 1999 年。
5　《明世宗實錄》卷三六四，校印本。

兼督紫荊諸關。去鎮之日，傾城號泣，有追送數百里外者。未幾，俺答入寇，守謙率師倍道入援。帝聞其至，甚喜，令營崇文門外。會副總兵朱楫，參將祝福、馮登亦各以兵至，人心稍安。寇游騎散掠枯柳諸村，去京城二十里。守謙及楫等兵移營東直門外。詔同仇鸞調度京城及各路援兵，相機戰守。」楊守謙後以「失誤軍機」的罪名而被殺，「邊陲吏士知守謙死，無不流涕者。」

《明史》的這一段，基本上抄自《明實錄》。「枯柳」這一地名，嚴格地說也欠妥當，標準的說法該是「南京沈萬三，北京枯柳樹」。可見「實錄」和《詞話》中說得是對的。不過，人們為了說得順口叶韻，所以也說成「南京沈萬三，北京枯樹灣」（或用「彎」，二字可通用）。

潘金蓮說的這兩句「諺語」，筆者認為它有兩種作用：一是具有文學上的美和語言上的美，它是地地道道的文學語言，既典雅又通俗。二是暗示了明嘉靖時北虜俺答經常騷擾京城的史實，特別是暗示了嘉靖二十九年八月的「庚戌之變」，應該說，這才是最重要的。

「郓王府」影射「裕王府」考

　　《金瓶梅詞話》中的來保是西門慶的男僕，他本姓湯，應叫湯來保。湯來保在小說內出現的次數是很多的，在幾十個回目中都出現過。

　　《詞話》第三十回「來保押送生辰擔」，寫來保受西門慶的派遣，前往「東京」給蔡太師祝壽，「一路朝登紫陌，暮踐紅塵，饑餐渴飲，夜住曉行。」正是「大暑炎蒸天氣，爍石流金之際，路上十分難行。」來保到了東京，先見了翟管家，然後才見到蔡太師。來保把祝壽禮物呈上，「黃烘烘金壺玉盞，白晃晃減靸仙人」「錦繡蟒衣」「南京紵段」，蔡太師洋作不受，內心裏歡喜異常。於是，把西門慶填注為「金吾衛衣左所副千戶、山東等處提刑所理刑。」然後，把來保二人（還有吳典恩）也委了個「小官兒」，來保做了「山東郓王府校尉」，吳典恩也做了「清河縣馹丞」。

　　第六十七回又提到了郓王府，還帶出了一個管事王奉承。

　　這位管事的「王奉承」是一個很重要的密碼符號。

　　來保做了一名校尉。校尉在明代是隸屬於錦衣衛的職專擎執鹵簿儀仗及駕前宣召官員的扈從衛士。從這一個名詞來判斷，小說中的「郓王府」不是指宋代的，而是另有所指。《金瓶梅》中寫到某一個人，只要他的官職是明代的，就要考慮寫的是明代的事情而不是宋代的事情，這是分析《金瓶梅》時的一個很重要的方法。

　　《宋史》卷二四六載，宋徽宗有三十一子，長子是宋欽宗，郓王趙楷是第三子。楷，「初名煥。始封魏國公，進高密郡王、嘉王，歷奉甯、鎮安、鎮東、武甯、保平、荊南、甯江、劍南西川、鎮南、河東、甯海十一節度使。政和八年，廷策進士，唱名第一。母王妃方有寵，遂超拜太傅，改王郓，仍提舉皇城司。出入禁省，不復限朝暮。於外第作飛橋復道以通往來。北伐之役，且將以為元帥，會白溝失利而止。欽宗立，改鎮鳳翔、彰德軍。靖康初，與諸王皆北遷。」

　　《詞話》中為什麼要選用「郓王」這一個人物？這有雙重目的，一是作為掩體，我寫的是宋；一是有所影射。

　　郓王的封地在郓，郓地在今山東運城縣東。《金瓶梅》表面寫的是「山東清河」，所以選宋時的「郓王」來作為掩體。筆者在〈金瓶梅地理背景考〉中充分證明了作品的

地理背景是北京，[1]所謂的「鄆王府」完全是個幌子，沒有任何實在意義。

《金瓶梅詞話》中的「鄆王府」，實際上暗指明嘉靖時的「裕王府」。

嘉靖時的裕王，即後來的明穆宗朱載垕。

嘉靖帝朱厚熜一共有八個兒子，六個早死，剩下的兩個就是裕王和景王（朱載圳）。《金瓶梅詞話》中對裕王的影射就是通過「鄆王」來體現的。

「鄆」：《廣韻》，王問切，去聲，問韻，云紐。

「裕」：《廣韻》，羊戍切，去聲，遇韻，以紐。

「鄆」和「裕」為雙聲字，都屬於「三十六字母」中的「喻」母字。「裕」，陰聲韻；「鄆」陽聲韻；「陰陽」可以「對轉」。比如「熨斗」之「熨」，舊時讀「玉」，今讀「運」，即是「陰陽對轉」。

我們說「鄆王府」實指「裕王府」，還有一個重要的根據就是「鄆王府」的管事「王奉承」，用了這麼一個人名，這是作者的暗示。

《明世宗實錄》卷一七一載：「提督京通倉場內官監少監王奉、李慎，互以奸贓訐奏，詔下法司逮問。戶科都給事中管懷理因言，倉場錢穀，實皆戶部職掌。頃者參用內臣，惟肆貪饕，於國計無裨。請將二臣裁革，其餘督理內外各倉場內臣，如呂宣等七員，一併取回。部復從之。」

王世貞《弇山堂別集》卷九九的文字和「實錄」基本相同，「萬曆本」也是作「王奉」。

這就告訴我們，《詞話》中的「王奉承」就是上邊所說的「王奉」，這是一個「管倉場」的人，也就是一個「管事」。小說的作者沒有使用「真名」，「王奉」一改為「王奉承」，「奉承」也就是「管事」，管事之人對主子免不了要多說幾句奉承話。

《詞話》中除了真人真名外，很有一部分人名是在真名的基礎上稍加變化而成的。「不似真而是真」，這是《金瓶梅》的一個特點。

「王奉」「王奉承」問題，不但說明了《金瓶梅詞話》大量用了《明武宗實錄》《明世宗實錄》中的人名，這裏也給我們提供了另一種啟示，王世貞《弇山堂別集》大量抄錄了「實錄」中的文字，小說中又大量使用了「實錄」中的人名，「實錄」「王世貞著作」「小說」，三者有一個「連鎖」關係，《金瓶梅詞話》的作者究竟是誰，答案應該是清楚的。

1　參見〈金瓶梅詞話地理背景考〉，《中國文學研究》2004 年第 4 期，亦可參見本書。

論《金瓶梅》中「雪獅子」貓的寓意

　　一般讀者對《金瓶梅》中潘金蓮馴養的「雪獅子」貓害死李瓶兒之子官哥的情節是非常熟悉的，這個情節的表層意思很明顯：因李瓶兒生子，西門慶對她寵愛有加，潘金蓮氣不忿，認為李瓶兒奪去了她被丈夫寵愛的權利，才採取了這種極端害人的手段，屬於典型的家庭內部妻妾之間的鬥爭。殊不知，作者「醉翁之意不在酒」，在設計這一情節時，使用了極為巧妙隱晦的藝術手法，把明世宗嘉靖朝養貓成風、許多皇子皇女被驚嚇而死的鮮為人知的信息透露了出來，這才是作者寫這個故事的真正寓意。

　　《金瓶梅》第五十九回對「雪獅子」貓是這樣介紹的：潘金蓮「養活的一隻白獅子貓兒。渾身純白，只額兒上帶龜背一道黑，名喚『雪裏送炭』，又名『雪獅子』。又善會口銜汗巾兒，拾扇兒。西門慶不在房中，婦人晚夕常抱著他在被窩裏睡，又不撒尿屎在衣服上。……呼之即至，揮之即去。……甚是愛惜他，終日抱在膝上摸弄。」潘金蓮正是利用這只貓，經過反復訓練後，終於有一天，撲向了生性膽小、又愛穿紅衫兒的官哥：

> 也是合當有事……不料金蓮房中這雪獅子……看見官哥兒在炕上穿著紅衫兒一動動的頑耍，只當平日哄喂他肉食一般，猛然望下一跳，撲將官哥兒，身上皆抓破了。只聽那官哥兒呱的一聲，倒咽了一口氣，就不言語了，手腳俱被風搐起來。
>
> （第五十九回）

雖然西門慶和全家都為官哥兒求神問卜，但終無回天之力，不久就斷氣身亡，只活了一年零兩個月。對此事，西門慶也曾追問過，但「李瓶兒來滿眼落淚，只是不言語。問丫頭、奶子，都不敢說。」西門慶無奈之下，只好將貓摔死，還遭到了潘金蓮的一頓臭罵。

　　作者寫這個情節是有現實依據的。明沈德符《萬曆野獲編》補遺卷一「內廷豢畜」條說：「至於御前又最重貓兒，其為上所憐愛及后妃各宮所畜者，加至管事職銜，且其稱謂更奇，牝者曰某丫頭，牡者曰某小廝，若已騸者則呼曰某老爹，至進而有名封，直謂之某管事。……又貓性最喜跳驀，宮中聖胤初誕未長成者，間遇其相遘而爭，相誘而嗥，往往驚搐成疾，其乳母又不敢明言，多至不育，此皆內臣親道之者，似亦不妄。」[1]

---

[1]　沈德符《萬曆野獲編》，北京：中華書局 1959 年。

又，明劉若愚《明宮史》木集「貓兒房」條亦曰：「凡皇子女嬰孺時，多有被貓叫得驚風薨夭者，有誰敢言。」[2]

如果說，上述兩條材料證明了明宮中養貓成風，確有驚死皇子皇女者的話，那麼，明沈榜《宛署雜記》卷二十「虯龍」條則證明《金瓶梅》中所寫的這件事隱指的就是嘉靖朝。該條曰：「嘉靖初年，禁中有貓美毛而虯，微青色，惟雙眉瑩然潔白，因號曰『霜眉。』性不喜噬物，而善解人意，目逐之即逃匿，呼其名則疾至，為舞蹈之狀。日夕隨駕所之，若侍從然。上或時假寐，霜眉輒相依不暫離，即饑渴或便液必俟醒乃去。上以是憐而異之，封為虯龍。忽一日，向上前若疲而泣者，有頃走他所，盤曲以死。上命內侍葬之萬歲山陰，勒其碑曰虯龍墓云。」[3]

我們從《金瓶梅》的敘述語言與《野獲編》《明宮史》和《宛署雜記》的記載比較來看，可以看出兩者的意思幾乎是完全相同的。潘金蓮的「雪獅子」貓是「呼之即至，揮之即去」，「又不撒尿屎在衣服上」，晚夕寸步不離左右。嘉靖的「霜眉」也是「目逐之即逃匿，呼其名則疾至。」「便液必俟醒乃去」，「輒相依不暫離」。當潘金蓮的「雪獅子」貓害死官哥後，李瓶兒及丫頭、奶子都不敢說，而當皇子、皇女被貓驚搐成疾時，乳母亦是不敢言。由此我們斷定，《金瓶梅》中所寫的這段情節並不是空穴來風，而是有歷史事實作為依據的，只不過是作者採用了移花接木的巧妙的藝術手段，將嘉靖帝的事移植到了潘金蓮等人的身上罷了。

另外，沈德符《萬曆野獲編》卷二「賀唁鳥獸文字」條又談到：「（世宗）西苑永壽宮有獅貓死，上痛惜之，為制金棺葬之萬壽山之麓。又命在直諸老為文，薦度超升。」潘金蓮之「雪獅子」貓的命名即來源於此。它是取明世宗最寵愛的「霜眉」和「獅貓」中各一字並略加改變而成的。「霜」與「雪」同義，都是白色，獅子可以吃人，潘金蓮的「雪獅子」確實害死了李瓶兒和官哥兩條人命。這種命名手法，與《金瓶梅》取書中三位女主人公名字中各一字拼聯成書名是一樣的。作者之所以將「霜」改成「雪」，是為了避免太直露而招致殺身之禍。

在《金瓶梅》中，作者慣用增字、減字等藝術手法，巧妙而不露痕跡地將嘉靖朝的人或事嵌入到小說中去。明世宗最寵愛的「獅貓」死後，便下令用「金棺」埋葬了它，並為這只貓念經薦度超升。官哥死後，西門慶也是用「大紅銷金棺」埋葬了他，並讓薛姑子念《楞嚴經》《解冤咒》超升官哥，情節何其酷似。如果我們不能透過表層故事看出深層寓意的話，難免要辜負作者的一片苦心。

---

2   劉若愚《明宮史》，北京：北京古籍出版社 1980 年。

3   沈榜《宛署雜記》卷二〇，北京：北京出版社 1961 年。

　　李瓶兒之子官哥兒的寓意，也是作者的一種巧妙設計。在《詞話》中，他是皇帝（皇室）之子的意思。古代皇帝被稱為「官家」。《晉書·石季龍載記》上：「官家難稱，吾欲行冒頓之事，卿從我乎？」[4]《資治通鑑》卷九五晉成帝咸康三年，元胡三省注：「稱天子為官家，始見於此。西漢謂天子為縣官，東漢謂天子為國家，故兼而稱之。或曰：五帝官天下，三王家天下，故兼稱之。」[5]明于慎行《穀山筆塵》卷一三「稱謂」條說：「西漢臣子稱朝廷為縣官，東漢稱天子為國家，北朝稱家家，唐稱聖人，亦稱大家、天家，宋稱官家，勝國即稱皇上，皆臣子私稱，非對御之言也。西漢私語亦稱陛下，遼、金稱郎主。」[6]

　　明皇室之子有稱「哥兒」的習慣。明鄭曉《今言》卷三中敘述甯王朱宸濠反叛時，王守仁與伍文定起兵討賊的情況時說：「公進兵攻破南昌，擒其居守宜春王拱樤等，及宸濠子三哥、四哥。宸濠時攻安慶，聞之解圍，反顧巢穴，公迎戰樵舍，縱火攻之，大破賊，擒宸濠及其子大哥。」[7]

　　朱宸濠是明太祖朱元璋第十七子甯獻王朱權的後代，正德十四年因反叛被誅。他的兒子叫「三哥、四哥、大哥」，可見皇室之子有叫「哥兒」的習慣。鄭曉大約生於正德前，死在嘉靖四十五年，正是正、嘉時期的人，中過進士，又做過南京吏部尚書等官。《明史》稱他「通經術，習國家典故」，他的話是有根據的。不僅如此，就連皇帝稱自己的兒子也是直稱「哥兒」，明朱國楨《湧幢小品》卷一「聖諭」條：「萬曆三十一年十二月，妖書事發，神皇怒甚。上下危疑，恐動搖國本，則禍不獨中於臣子，且移之社稷。幸神皇主意素定。方嚴捕時，招皇太子，大聲諭曰：『哥兒，汝莫恐。不干汝事。汝但去讀書寫字，晏些開門，早些關門。』」[8]朱國楨做過禮部尚書兼文淵閣大學士、太子太保，又做過短暫的內閣首輔，所記大多是自己親身經歷的所見所聞，具有第一手史料價值，當確信無疑。

　　以上的分析足以證明《詞話》中「官哥兒」這個名字的寓意就是「官家的哥兒」，也就是皇帝的兒子的意思。他的取名，亦如《金瓶梅》之命名一樣，是取「官家」和「哥兒」中各一字拼聯而成的，是古今雜糅、宋明雜糅，這正是《金瓶梅》作者慣用的藝術手段之一。尤其使我們注意的是，傳統上都把《金瓶梅》作為一部世情小說看待，這固然不錯，但《金瓶梅》中糅進了大量的嘉靖時的史實，把諷刺的矛頭指向了明世宗，也

4　《晉書》卷一百六，北京：中華書局簡體字本 2000 年。

5　司馬光《資治通鑑》卷九五，北京：中華書局 1956 年。

6　于慎行《穀山筆塵》卷一三，北京：中華書局 1984 年。

7　鄭曉《今言》卷三，北京：中華書局 1984 年。

8　朱國楨《涌幢小品》卷一，北京：文化藝術出版社 1998 年。

就是說，它的指向不僅在於「世情」，而且還指向了最高統治者。如果我們把它單單作小說看待，那會大大降低它的社會和文化批判價值的。

從明代歷史人物看
《金瓶梅詞話》所反映的時代

一

　　《金瓶梅》所反映的時代，究竟是正德、嘉靖時期還是萬曆時期，「金學」界至今也未能達成共識。不過，筆者堅信是前者而不是後者。除了從《金瓶梅詞話》所寫史實是正德、嘉靖時期而與萬曆朝無涉外[1]，從作品中涉及到的明代真實歷史人物的時代也可作出準確判斷。

　　《金瓶梅》中的人物約八百個，其中涉及到明代的真實歷史人物為八十五個，雖然說這不是一個非常精確的數字。與宋代真實人物（59 人）相比，數量還是要多一些，顯見作者是有意在比例上做如此的安排。這樣，大家都承認的《金瓶梅》「借宋寫明」而重點又在「明」，才能具體落實到實處。這絕不是一種偶然的巧合，而是有意的安排。如果一兩個、三五個人名巧合，那到極有可能，再誇大點說，十個、二十個是巧合的，但總不能說八十多個人物都是巧合的吧？試想，如果不是作者的有意安排，怎麼會出現這種現象？反過來說，借前代寫「當代」的古典長篇小說為數也不少，但誰又能找出像《金瓶梅》這樣寫法的另外一部著作？這又從反面確證了筆者的判斷該是不誤的。

　　《金瓶梅》中的八十多個明代真實歷史人物，不管是「大人物」還是「小人物」，筆者極為細緻地與《明武宗實錄》和《明世宗實錄》核對過數遍，名字寫法完全一樣的，現確知為七十一人，茲列表如下：

筆劃	姓名	出處	人物之間的關係
四畫	尹京	《明武宗世錄》卷一四九	吏部右侍郎
	王四	《明武宗實錄》卷八八 《明世宗實錄》卷三	又名王四峰、王霽雲，揚州（又作滄州）鹽商

1　《金瓶梅》中涉及到的史實，可參看拙著《金瓶梅發微》，北京：中國社會科學出版社 2002 年。

	王玉	《明武宗實錄》卷二二等	蔡京府干辦，曾下書於西門慶
	王宣	《明武宗實錄》卷五一等	字廷用，號杏庵居士，清河縣老者
	王柱	《明武宗實錄》卷二七	說唱藝人
	王相	《明世宗實錄》卷三八九	王柱之弟，說唱藝人
	王廉	《明武宗實錄》卷一二三	王黼之家人
	王經	《明武宗實錄》卷五一《明世宗實錄》卷五六	王六兒之弟，西門慶之男僕
	王煒	《明世宗實錄》卷二二五	加太傅
	王漢	《明武宗實錄》卷二七《明世宗實錄》卷四五四	西門慶商業夥計
	王潮	《明武宗實錄》卷二七《明世宗實錄》卷一四〇	王婆之子，曾與潘金蓮通姦
	王震	《明武宗實錄》卷二等	王宣之次子，府學庠生
	王燁	《明世宗實錄》卷二四二	總督京營八十萬禁軍隴西公
	王鑾	《明武宗實錄》卷五九等	獅子樓酒保
	王鸞	《明世宗實錄》卷二三三	獅子樓酒保
五畫	白回子	《明武宗實錄》卷三三	城市遊民，幫閒
六畫	朱千戶	《明武宗實錄》卷七七	城裏
七畫	何其高	《明世宗實錄》卷一九二	山東左參政
	何欽	《明世宗實錄》卷四〇九	何九之子
	吳惠	《明武宗實錄》卷七三《明世宗實錄》卷七六	說唱藝人，妓女吳銀兒之弟
	吳鎧	《明武宗實錄》卷一六八	官職不詳，曾參與眾官員祭李瓶兒
	宋仁	《明武宗實錄》卷五五	宋惠蓮之父，賣棺材
	宋得	《明世宗實錄》卷七二	曾犯姦情罪
	李惠	《明武宗實錄》卷一七三	說唱藝人
	李智	《明武宗實錄》卷三四	又稱李三，攬頭
	李貴	《明武宗實錄》卷五五	李安之叔，雜技教師，混名山東夜叉
	李銘	《明武宗實錄》卷二《明世宗實錄》卷三八九	李嬌兒之弟，說唱藝人
	李錦	《明世宗實錄》卷二四五	李智之子
	狄斯彬	《明世宗實錄》卷三八一等	人稱狄混，陽穀縣縣丞
八畫	周二	《明世宗實錄》卷四七八	城市居民，阮三之友
	周太監	《明武宗實錄》卷一七七	曾請西門慶吃酒，未去
	周秀	《明世宗實錄》卷二	清河縣守備，左軍院僉書守御，濟南兵馬制置，山東都統制
	周忠	《明世宗實錄》卷一五二	周秀之男僕

	周采	《明世宗實錄》卷二四四	說唱藝人
	周宣	《明武宗實錄》卷六一等 《明世宗實錄》卷二等	周秀之族弟
十畫	凌雲翼	《明世宗實錄》卷四二〇等	兗州府知府
	孫紀	《明世宗實錄》卷二一七	陳經濟之右鄰
	孫清	《明武宗實錄》卷一一一等	黃四之岳父，販棉花商人
	孫榮	《明世宗實錄》卷二二四	提督管兩廂捉察使
	徐相	《明世宗實錄》卷三二三	千戶
	徐崧	《明世宗實錄》卷二四五等	東昌府知府
	徐順	《明武宗實錄》卷一六五	海鹽子弟
十一畫	張安	《明武宗實錄》卷五等 《明世宗實錄》卷二等	西門慶家看墳的
	張成	《明武宗實錄》卷五一	總甲
	張勝	《明武宗實錄》卷一三〇	張勝 A，綽號過街鼠，城市遊民，後給夏延齡做親隨。張勝 B，周秀之親隨
	張達	《明武宗實錄》卷二 《明世宗實錄》卷三六	武將
	張龍	《明武宗實錄》卷三九等	楊宗錫之舅
	曹禾	《明世宗實錄》卷三六八	官職不明，曾彈劾蔡蘊等人
	陳三	《明武宗實錄》卷七二	陳三 A，船夫。陳三 B，城市遊民
	陳安	《明武宗實錄》卷五五二	陳經濟之男僕
	陳洪	《明武宗實錄》卷一二〇	陳經濟之父，楊戩之親黨
十二畫	傅銘	《明武宗實錄》卷一七九	西門慶商業夥計
	喬通	《明武宗實錄》卷四九	喬洪之男僕
	黃元白	《明世宗實錄》卷三六八	即黃真人，朝廷差遣至泰安進香的道士
	黃玉	《明武宗實錄》卷一六〇等	王黼之班頭
	黃甲	《明世宗實錄》卷四四五	登州府知府
	黃安	《明世宗實錄》卷四三	都御史
十三畫	楊盛	《明武宗實錄》卷四八	楊戩之干辦
	溫璽	《明武宗實錄》卷一七七 《明世宗實錄》卷二〇七	兗州兵馬都監
	葉照	《明世宗實錄》卷三一〇等	蔡州府知府
	董升	《明武宗實錄》卷一一九	王黼之書辦官
十五畫	劉三	《明武宗實錄》卷八三	劉太監之家人
	劉太監	《明武宗實錄》卷六六等	劉太監 A，住東街，胡鬼嘴曾住他的房子。劉太監 B，北里酒醋門內住，李銘曾去他家教彈唱。劉太監 C，管磚廠，南門外住。

	劉成	《明世宗實錄》卷三	楊戩之班頭
	鄭旺	《明武宗實錄》卷三一	即來旺，本姓鄭，西門慶之男僕
	鄭紀	《明武宗實錄》卷四四 《明世宗實錄》卷二〇二	西門慶之男僕
十六畫	錢成	《明武宗實錄》卷九五	清河縣縣丞，又作錢斯成
十七畫	謝恩	《明武宗實錄》卷三三 《明世宗實錄》卷四七二	懷慶提刑所副千戶
	韓邦奇	《明武宗實錄》卷八二等 《明世宗實錄》卷二等	徐州府知府
十八畫	魏聰	《明世宗實錄》卷二九七	抬轎的
十九畫	羅萬象	《明世宗實錄》卷五四六	同知

除上表所列人物外，筆者從《明史》《明史紀事本末》《弇山堂別集》等材料中也找到了一些與《金瓶梅詞話》姓名完全相同的正德、嘉靖時期的人物，如王佑、王顯、任廷貴、李安、陳文昭、趙訥等，如果再加上宋、明同名同姓的人物，如楊時、陳東、李邦彥、李綱、王黼等，約為八十五人左右。

二

按「金學」界的一般看法，《金瓶梅詞話》所反映的時代，上限為明武宗，下限為明神宗，筆者在拙著《金瓶梅發微》中已辨明作品中的史實基本與萬曆朝無涉，而上面所列的明代真實歷史人物又都是正德、嘉靖時期的，我認為，這個問題已不需要再多加辯解。但因中國歷史上同名同姓的人物很多，持「萬曆說」的人或許會提出，上述八十五個人物，可能萬曆朝也有。若果真是這樣，情況就會變得更加複雜。為了把這一問題徹底搞清楚，筆者把《明穆宗實錄》和《明神宗實錄》中所有涉及到的與《金瓶梅詞話》相同的人物一一羅列出來，供研究者比較鑒別，以期使這一長期爭論、久而不決的問題得以徹底解決。

《金瓶梅詞話》中提到的明代真實歷史人物的名字與《明穆宗實錄》完全相同者共13人，依次是王玉（都督僉事，卷三）、李貴（編修，卷三；按察司副使，卷四）、李銘（德平伯，卷四。隆慶六年六月卒，《明神宗實錄》卷二）、李惠（內臣，卷四）、劉成（官軍，卷十）、凌雲翼（右參政，卷十一）、陳洪（太監，卷十一）、王宣（都指揮僉事，卷十四）、王柱（指揮僉事，卷十七）、李智（內官，卷二八）、王鸞（巡檢，卷三四）、來旺（官軍，卷六一）、王經（指揮僉事，卷六五）。

上述這些人物都曾在《明武宗實錄》《明世宗實錄》中出現過，也就是說，作者沒

有攝入隆慶時期新的真實歷史人物。

《詞話》中出現的與《明神宗實錄》（萬曆二十年十二月之前）中名字完全相同的真實人物計有：凌雲翼（兵部左侍郎，卷三九）、周宣（提督太監，卷三）、徐松（遊擊，卷三）、李錦（指揮使，卷十二）、王經（遊擊，卷十四）、陳洪（縣民，卷十五）、王宣（一官匠，卷二七；一御史，後升知府，卷四六；一參將，卷四五九）、王漢（東城兵馬副指揮，卷三七）、張成（一巡捕指揮，卷五十；一承奉，卷一八一）、劉成（一文書官，卷一四五；一內官，卷三三一）、王相（一吏部紀錄，卷一五五；一商人，卷四五五）、王柱（一署都指揮僉事，卷一七〇；一把總，卷一七六）、王煒（伯爵，卷二〇五）、小孝哥（鄢陵王府鎮國中尉勤俸子，卷一七五）。

上列人物和《明穆宗實錄》中的人物合併，去掉重複者共 21 人。

《明神宗實錄》（萬曆二十一年至萬曆四十八年）出現的與《金瓶梅詞話》相同的真實歷史人物計有：陳經濟（知府，卷三二九）、李安（一典膳副，卷三五四；一囚犯，卷五三五）、王四（舍人，卷三六八）、黃甲（身分不詳，卷三八七）、鄭皇親（卷三九一）、羅萬象（土舍，卷四〇八）、張龍（哨軍，卷四〇九）、王玉（太監，卷四一一）、鄭金（長史，卷四一五）、徐相（守備，卷四七二）、張安（守備，卷四七二）、孫清（重囚，卷五三三）、周義（守備，卷五五八）、何其高（御醫，卷五九五）。

《明穆宗實錄》《明神宗實錄》中的人物，去掉重複者，共計 34 人。他們是王玉、王宣、王柱、王經、王四、王漢、王相、王煒、王鸞、李貴、李銘、李惠、李安、李智、李錦、劉成、來旺、陳洪、陳經濟、凌雲翼、黃甲、何其高、徐松、徐相、羅萬象、孫清、周宣、周義、張安、張龍、張成、鄭金、鄭皇親、小孝哥。

這裏有幾點需要說明：第一，除陳經濟、鄭皇親、鄭金、周義、小孝哥五人外，其他 29 個人物，明武宗、明世宗兩朝都曾出現過，換句話說，《金瓶梅詞話》中的 85 個明代真實歷史人物，只在明神宗時出現的僅有 5 人。退一步講，即使把這 34 人都算作萬曆時人，也不及《金瓶梅詞話》85 個真實歷史人物的一半。現在的問題已很清楚，如果《詞話》果真是寫萬曆朝的話，它無論如何也不能大量選擇正德、嘉靖朝而不選擇萬曆朝的人物，這點則是肯定無疑的[2]。

第二，周義、鄭金的名字帶有普遍性，中國歷史上有明確文字記載的叫這種名字的人很多，還不包括那些下層百姓中的無名之輩，《金瓶梅》人物之取名，應與這幾個人名無關。「鄭皇親」，《治世餘聞》下篇卷之四稱鄭旺就叫「鄭皇親」，與明神宗時的

---

2 筆者除翻檢明武宗、明世宗、明穆宗、明神宗四朝《實錄》外，還翻檢了《古今同姓名大辭典》等工具書，沒有發現這 85 人以外的新的人物。當然，這個數字並非絕對準確，其中有個別遺漏也在所難免，但肯定不會多。

鄭皇親亦無關係。「小孝哥」，明皇室之子有稱「孝哥」的習慣，《金瓶梅》的作者是精通歷史的，「西門孝哥」的名字，與這位「孝哥」根本沒有任何的關聯[3]。「陳經濟」這個人物，《明神宗實錄》萬曆二十六年十二月才出現，這時，《金瓶梅》早已在社會上廣泛流傳多年了，可見《金瓶梅》中的陳經濟與此人也沒有任何關係。「經濟」，經邦濟世之謂，猶如「世民」，是古人常用的詞語，有一般文化的人都可能起這樣的名字，《金瓶梅》的作者也不例外。

第三，《金瓶梅》中的 80 多個真實歷史人物的名字，有共性、有個性，有普遍性、有特殊性。具有普遍性的人物，主要是那些常見的姓氏，如張、王、李、趙及與之搭配的常用漢字，如玉、安、宣、貴、成、柱、相等，歷史上這樣的同名同姓的人物（自然是指有文字記載的）少則十幾個，多則二三十個。如果只抓住這些帶普遍性的名字，顯然是不能作為標準去判定《金瓶梅》所反映的時代的。而只有那些特殊性的名字，換句話說，只有找出那些惟正德、嘉靖時才有的人物，如韓邦奇、狄斯彬、鄭旺、白回子、傅銘、吳鎧、王廉、董升、曹禾、尹京、葉照、喬通、任廷貴等，才能從根本上說明問題。

順便指出，筆者選定以萬曆二十年為界，主要是考慮《金瓶梅》的作者問題。假定作者是王世貞的話（筆者始終這樣認為），王世貞死於萬曆十八年，一說萬曆二十一年，那麼，從上面所列人物來看，萬曆二十一年以後，《金瓶梅》中就基本上不再出現新的人物了。

《金瓶梅詞話》在攝入這些真實歷史人物時，大體上分為兩種情況：一是不改變原歷史人物的身分、地位，直接插入，這樣的人物不是太多，如王四、周二等；二是改變身分後插入，這樣的人物占絕大部分。但不管改變也好，直接插入也好，他們都關聯著正德、嘉靖時期許許多多的歷史事件，這正是《金瓶梅》不同於其他小說的最為獨特的藝術手法。試分析如下：

《金瓶梅詞話》第二十五、二十七、三十回都寫到了王四，王四又名王霽雲、王四峰，揚州（又作滄州）鹽商。第二十五回，「央及揚州鹽商王四峰，被安撫使送監在獄中，許銀二千兩，央西門慶對蔡太師人情釋放。」第二十七回，「老爺（蔡京）分付：不日寫書，馬上差人下與山東巡撫侯爺，把山東滄州鹽客王霽雲等一十二名寄監者，盡行釋放。」第三十回，「太師又道：『前日那滄州客人王四等之事，我已差人下書與你巡撫侯爺說了，可見了分上不曾？』來保道：『蒙老爺天恩，書到，眾鹽客都牌提到鹽運司，與了勘合，都放出來了。』」

從這三回的簡略敘述中，我們知道鹽商王四因違法而被監，以二千兩銀子賄賂西門

3　參見拙著《金瓶梅發微》，北京：中國社會科學出版社 2002 年。

慶向蔡太師討人情，蔡太師遂下書於山東巡撫侯蒙，不僅無罪釋放了王四等一十二名囚犯，還與之公文，一路暢通無阻地下場支鹽，穩賺利息，真可謂「公道人情兩是非，人情公道最難為。若以公道人情失，順了人情公道虧。」

王四案件是宋、明雜糅，蔡京、侯蒙用的是宋人，但「鹽運司（即都轉運鹽使司）」卻是明代掌管食鹽產銷的機構，可見是在寫明。不過，作品寫「明」也是相互雜糅的，一會說王四是揚州鹽商，一會又說他是山東滄州鹽客。按：滄州在明代屬京師（北直隸），因都轉運鹽使司下轄十四分司，其中長蘆（今河北滄縣）轄滄州、青州，青州又屬山東，故作者有意把它們雜糅在一起，這正是《詞話》慣用的手法。

王四是實有其人的，正、嘉時期有兩個王四，一見《明武宗實錄》卷八八，正德七年閏五月：

> 獲賊首方四，磔於市。方四，四川仁壽縣人，本王姓，傭於同里方克古，因冒其姓，……後與曹甫等作亂，為土官所擊，奔真州，……偽稱行軍都督，……陰與甫不協，相攻，眾遂散，乃變姓名，潛走開縣，義官李清獲之。[4]

一見《明世宗實錄》卷三，正德十六年六月（世宗已登基）：

> 南京工科給事中王紀等以為言：因及太監張銳管東廠時，占中兩淮、長蘆引鹽，招奸商王四等，乘勢壞法，積緡錢數百萬計。銳既正法，宜與錢寧輩一體抄沒，兼逮四等，以泄中外之憤。……並敕都察院速具四等罪狀以聞。[5]

上述兩條材料清楚地說明，《詞話》中的「王四」與賊首王四無關，而與奸商王四完全相合。一個人名，簡單的敘述，卻反映出明代正、嘉時期鹽法日壞，官商結合以牟取暴利的弊政，也反映了當時官場以及司法制度的腐敗，統治者對此雖多次極力整頓，但收效不大。《詞話》第四十九回也寫到了西門慶因盛情招待巡鹽御史蔡蘊，結果開中了三萬鹽引，輕而易舉地賺取了三萬兩銀子。正如《明史·食貨志四》「鹽法」所云：「武宗之初，鹽法日壞；私鹽通行，弊端百出。世宗登極，法禁無所施，開中不時，米價騰貴，私鹽四出，官鹽不行，而邊餉日虛矣。」我們說《詞話》是一部正、嘉歷史的「實錄」，道理就在這裏。

再如周二，其在《金瓶梅》中的身分是城市居民，《明世宗實錄》卷四七八所載之周二也正是「市井惡少」：

4　《明武宗實錄》卷八八，中央研究院歷史語言研究所校印本。
5　《明世宗實錄》卷三，中央研究院歷史語言研究所校印本。

> 蘇州自海寇興，招集武勇諸市井惡少，咸奮腕，稱雄傑。群聚數十人，號為打行
> 絮火囤。誣詐剽劫，武斷坊廂間……應天巡撫翁大立既蒞任，則嚴禁緝之，……
> 官司遣兵四散搜捕，獲首從周二等二十餘人。[6]

兩相對照，其地位、身分則是完全相同的。

　　但《金瓶梅》中的絕大部分人物則是改變了其原來的真實身分，如「狄斯彬」「韓邦奇」「凌雲翼」等，他們在作品中的身分、官職與史實是頗不相符的，譬如韓邦奇根本就沒有做過「徐州府知府」，而凌雲翼也沒有做過「兗州府知府」。但誰又能說這些《明史》中有傳的人物不是明代真實的歷史人物呢？作者之所以大量攝入武宗、世宗時期這些真實的歷史人物，其意圖是多方面的。但有一點可以肯定，這些人物為後世讀者判定《金瓶梅》「借宋寫明（具體年代）」提供了最為有力的證據。

6　《明世宗實錄》卷四七八，中央研究院歷史語言研究所校印本。

從「張達王燁」看
《金瓶梅詞話》所反映的時代

張達在《金瓶梅詞話》中是一筆帶過的人物。第十七回「宇給事劾倒楊提督」。寫西門慶叫吳主管從縣中孔目房裏抄回一張東京行下來的文書邸報，上面說：兵科給事中宇文虛中上奏一本，「懇乞宸斷，亟誅誤國權奸，以振本兵，以消虜患。」「王黼貪庸無賴，行比俳優，蒙京汲引，薦居政府，未幾謬掌本兵，惟事慕位苟安，終無一籌可展。乃者張達殘於太原，為之張皇失散；今虜之犯內地，則又挈妻子南下，為自全之計：其誤國之罪，可勝誅戮。」奏本中還羅列了蔡京、楊戩等人的罪行及其爪牙的名稱。

這個張達是金國時的人物。《金史》卷七九「張中孚傳」稱：「父達，仕宋至太師，封慶國公，中孚以父任補承節郎。宗翰圍太原，其父戰歿，中孚泣涕請跡父屍，乃獨率部曲十餘人入大軍中，竟得其屍以還。」[1]

小說的作者引用「張達」這一人物，目的在於譏刺「張中孚」的反復無常，不知「綱常」名教。《金史》的編纂者有一段評論：「張中孚、中彥雖有小惠足稱，然以宋大臣之子，父戰沒於金，若金若齊，義皆不共戴天之仇。金以地與齊則甘心臣齊，以地歸宋則忍恥臣宋，金取其地則又比肩臣金，若趨市然，唯利所在，於斯時也，豈復知所謂綱常也哉。吁！」[2]

《金瓶梅詞話》的作者利用歷史上重名這一現象，故意製造混亂，使人難以判定。「張達」這個人物就很典型。作者表面上是寫金時的「張達」，但真正的目的是要寫明時的人和事，一個人名，一個詞語，暗指著明代正、嘉時期的事情，甚至是重大的事件。

中國歷史上同姓同名的人很多，同一個時期內的重名也較多，搞不清楚，往往會張冠李戴。例如，明正德時期有一個太監竟然也叫「杜甫」，「詩聖」如果地下有靈，不知該又有何「警句」了。

明朝歷史上就有好幾個「張達」。

1　《金史》卷七九，北京：中華書局簡體字本 2000 年。
2　《金史》卷七九，北京：中華書局簡體字本 2000 年。

一個是明憲宗、孝宗時人。《明武宗實錄》卷二，弘治十八年六月，「工部右侍郎張達卒。達字時達，江西泰和人，天順八年進士。」

一個是嘉靖中人，曾官給事中。王世貞《弇山堂別集》卷九八：嘉靖三年二月，「給事中鄧繼曾言：『祖宗以來，凡有批答，必下內閣擬議而行。頃者，中旨事不考經，文不會理，或左右群小竊權希寵，以至於此。陛下不與大臣共政，而容若輩干政，臣恐大器之不安也。』疏入，上怒，下繼曾詔獄，尋降金壇縣縣丞。時給事中張達、韓楷、鄭一鵬，御史林有孚、馬明衡、季本，各論救，皆不報。」

王世貞的這段話與《明世宗實錄》完全相同，見「實錄」卷三六。

一個也是明世宗時人，是一位將軍。

《明史》中多次提到這一人物。《明史》卷一八〈世宗紀〉載：嘉靖二十九年夏六月，「俺答犯大同，總兵官張達、副總兵林椿戰死。」又在卷一九八〈翁萬達傳〉、卷二〇〇〈郭宗臯傳〉、卷二〇二〈胡松傳〉、卷三二七〈韃靼傳〉中提到過。張達是當時的一員名將，所以《明實錄》《明史》中關於他的文字就比較多。記載得最詳細的還是《明世宗實錄》，幾十次提到他。

《明世宗實錄》卷二一〇，嘉靖十七年三月，「錄永昌、莊浪等衛、鎮羌等堡斬獲功，升賞官軍張達、李銳等四十二人有差。」

《明世宗實錄》卷二四二，嘉靖十九年十月，「總督三邊左都御史劉天和奉詔舉薦邊將，言：延綏則王陛、瞿天爵；寧夏則成梁、黃恩；陝西則種繼、吳瑛、尹謨；甘肅則魏慶、陳欽、張達。他如楊時、彭廉，亦皆可用。若夫懦不勝任者，姑留以責後效。而參將史經、守備常綱、李唐，不可復留。兵部復：王陛等皆見任，吳瑛、彭廉、楊時，雖皆廢棄，尚可用。經等俱宜罷黜。上從其言，又詔，邇者大虜犯邊，我軍失利，率以將非其人。天和久督三邊，閱試益熟，其會同撫按，博加采聞，以備任使。」

卷二五六，嘉靖二十年十二月，命延綏遊擊將軍署都指揮僉事張達，充左參將，分守莊浪地方。

嘉靖二十一年二月，任命張達為總兵官，鎮守山西。

六月，俺答寇朔州，入雁門關，進而侵犯太原。因失事，張達被逮，送鎮撫司拷訊。

對於這次審訊情況，明張瀚《松窗夢語》卷三有較詳細的記載：「天子震怒，遣衛士逮繫總兵張達等四人，下法司擬罪。獄稍遲不決，遣去司寇郎一人。余時為副郎，毆錄招由，具成案上之。制曰：『可。』乃拘達等鞠之。達等不服，裸身示創瘢曰：『達亦壯士，向嘗冒矢石、躬甲冑，幾隕身者屢矣。茲虜眾不敵，一旦喪師。恨不死於行陣，奈何令駢首就戮哉！』余曰：『天子痛百萬生靈，食不下嚥，欲借將軍以慰鋒鏑幽魂。且余亦知將軍材，但法不可徇，將軍第就獄，余將令自贖，以成將軍志，不汝負也。』

達始服罪。冬，朝審，余白台長、司寇，卒令立功贖罪，出障一方，時稱北邊良將。」

嘉靖二十九年六月，「虜犯大同，由小鷰圪塔墩口入，總兵張達師（帥）所部逆戰。達挺身陣前，為士卒先。虜望見，即縱騎圍之。達殊死戰，左右衝突不得出。時副總兵林椿，分兵擊虜零騎於彌陀山，聞達被圍，引兵西救。達虜四面騎皆會，矢下如雨，達竟死圍中，椿亦中流矢死。達，陝西人，目不知書，然慷慨負奇節，膂力絕人。平生遇敵，好離營陷陣，所向有功，卒以此敗。椿救達時，一日三與虜合戰，功雖不終，然邊人至今稱兩將及王千斤之勇云。」[3]

清谷應泰《明史紀事本末》卷五九也載有張達死事的情況。

張達戰死後，得到了最高統治者的嘉獎，《明世宗實錄》卷三六二「贈達為左都督，諡『忠剛』；椿為都督同知，諡『忠勇』。仍各立祠，賜祭葬。蔭一子本衛指揮僉事，世襲。」

張達戰死時，「全軍陷歿，獨其二子張世傑、張授以血戰潰圍得全。」

到嘉靖二十九年十二月，兵部復查，張援（一作授）係張達族姪，不是親子，請以世俊代援（授）承襲，得到了准許。仍以張授同陣立功，亦命為指揮僉事。

《詞話》中把「張達」係於王㻏之下。王㻏是宋徽宗時的「佞倖」之臣，《宋史》卷四七○有傳。小說中寫他「貪庸無賴，行比俳優」「虜之犯內地，則又挈妻子南下，為自全之計。」這與「王㻏傳」的敘述相合，「多智善佞」「陪扈曲宴，親為俳優鄙賤之役」「金兵入汴，不俟命，載其孥以東」。但寫他「謬掌本兵（兵部尚書）」，「終無一籌可展」卻又不合王㻏的實際了，王㻏沒有做過兵部尚書。《金瓶梅》借宋寫明，借宋時的人，加以明代的「官帽」，充以明時的事實，這是很重要的一種手法。這裏的王㻏該是影射著明嘉靖時的丁汝夔（同時也暗指王瓊和仇鸞，可參見拙著《金瓶梅人名解詁》）。

丁汝夔，字大章，正德十六年進士，嘉靖二十八年十月拜兵部尚書兼督團營。嘉靖二十九年八月，俺答大舉入侵，薄京城，京師戒嚴。作為兵部尚書，「禦寇無策」，一籌莫展，朱厚熜「欲大行誅以懲後」，結果是「坐汝夔守備不設」，斬於市，梟其首，妻流三千里，子戍鐵嶺。見《明史》卷二○四。《明史紀事本末》卷五九也說他，「初，寇逼通州，汝夔聞警，束手無措」，「汝夔選懦，素不知兵，驟聞邊警，悉遣禁卒，倉皇就道，莫知適從」。

丁汝夔的死與權相嚴嵩有關。《明史》卷二○四：「方事棘，帝趣諸將戰甚急。汝夔以咨嵩。嵩曰：『塞上敗或可掩也，失利輦下，帝無不知，誰執其咎？寇飽自颺去耳。』汝夔因不敢主戰，諸將亦益閉營，寇以此肆掠無所忌。」丁汝夔被逮入獄，求救於嵩。

3　《明世宗實錄》卷三六一，中央研究院歷史語言研究所校印本。

嵩曰:「『我在,必不令公死。』及見帝怒甚,竟不敢言。」丁汝夔臨刑時,始悔悟被嚴嵩所賣。

《詞話》的作者就是利用王黼和丁汝夔有相似點(王黼最後也被殺)來加以移花接木的。

張達「殘於太原」,一句話可以引起許多聯想。金時有張達,明時又有好幾個張達,誘引讀者去思考,去辨析。金時的張達與太原有關,明代的戰將張達也與太原有關。《金瓶梅》內容的容量特別大,有時一個人名,一個詞語,就能概括一個大的歷史事件,不熟悉歷史的人是很難讀懂的。一個「張達」,反映了明嘉靖時韃靼的經常侵擾情況,反映了下層廣大群眾抵抗入侵者的決心,鞭撻了上層統治者的腐朽無能。

這裏對「殘於太原」的「殘」字也略加解釋如下:

金時的張達是死在太原的,如果作品是單指這時的張達,該用一個「歿」字才對,「歿」「殘」形近。這裏實際是指明時的張達,張達敗於太原,而不是死在太原,用「殘」字,也有道理,古時「殘」有「敗」義,現在有「殘敗」一詞,打仗失敗了,也是「殘缺衰敗」的景象。

《金瓶梅詞話》中有好多明正德、嘉靖時的人名,張達即其中之一。

一個「張達」反映了嘉靖時邊患情況,一個「王燁」更典型地反映了外敵入侵的猖獗。

「張達」是一筆帶過的,「王燁」也只出現過一次。

《詞話》第七十回,「群僚庭參朱太尉」寫到:西門慶參謁朱太尉後,正要走,「忽聽一人飛馬報來,拿宛紅拜帖,來報說道:『王爺、高爺來了。』西門慶與何千戶閃在人家門裏觀看。須臾軍牢喝道,人馬圍隨,填街塞巷,只見總督京營八十萬禁軍隴西公王燁,同提督神策御林軍總兵官太尉高俅,俱大紅玉帶,坐轎而至。那各省參見官員,都一湧出來,又不得見了。西門慶與何千戶良久等了賁四盒擔出來,到於僻處,呼跟隨人拉過馬來,二人方才騎上馬回寓。」

高俅是宋時「有名」的人物,但這裏寫他的官職卻是宋明雜糅的,太尉宋時有,明代無,總兵官明時有,宋代無。王燁的官職也是如此。

王燁何許人也?他是明嘉靖時的人物。《明世宗實錄》中多次提到。

嘉靖十九年十月,「選授行人劉繪、馮良知、胡賓,推官李文進、安宅、張思、王燁,知縣章允賢、聶靜、梁格、張永明,俱為給事中。文進吏科,繪戶科,允賢、良知禮科,賓、宅兵科,靜刑科,思工科,燁南京吏科,格南京兵科,永明南京刑科。」[4]

《明世宗實錄》卷二五三,嘉靖二十年九月,「南京給事中王燁等言,新升兵部左侍

4　《明世宗實錄》卷二四二,校印本。

郎費宰，才望庸力不堪重任，且今點虜蠢動，邊圍多警，本兵張瓚既久著貪婪，樊繼祖等又恇怯畏避，正宜妙選才傑，以備策用。宰誠不協眾望，詔下其章於所司，宰疏辭，不允。」

《明世宗實錄》卷二五五，嘉靖二十年十一月，「南京戶科給事中王燁劾奏兵部尚書張賢（筆者按：應是張瓚）、禮部尚書嚴嵩、兵部右侍郎兼都御史胡守中與巨惡郭勳，陰相結納，大肆奸期。瓚則互分賄賂，共克軍資，相蒙以私，大蠹兵政。嵩則以勳之私人，代營第宅，致騰論列。守中則日造勳第，縱妻赴飲，且近又具疏劾勳，以掩罪賣直。夫既附其勢以為利，又尾其敗以為功，險莫甚焉。乞將瓚等，亟賜罷黜，以為人臣忘公徇私者戒。」

王燁彈劾的四個人，當時被稱為「四凶」，也就是《金瓶梅》中所影射的「四個奸臣」。王燁因此贏得了很高的聲譽。

《明史》卷二一○也有王燁的傳，「燁」字作「曄」。「王曄，字韜孟，金壇人。嘉靖十四年進士。授吉安推官，召拜南京吏科給事中。……久之，為山東僉事，給由入都，道病後期，嵩遂奪其官。曄在台，嘗劾罷方面官三十九人，直聲甚著。比歸，環堵蕭然，數年卒。」

小說中寫了這樣一個人名，意在借他罵嚴嵩、罵嘉靖。作者處處在罵嘉靖，這是研讀《金瓶梅》時應必須注意的。

王燁是個文官，沒有帶過兵，怎麼會成為「總督京營八十萬禁軍」的頭兒呢？作者在這裏又擺下了「迷魂陣」。「王燁」的概念轉化了，實際上指的是另一個人。通過「王燁」罵嘉靖這還是小罵，通過另一個人罵嘉靖，這才是大罵，真是罵「絕」了。這個人是誰呢？就是一位「王爺」。

「王燁」諧音「王爺」。「燁」在古代是一個入聲字，屬「葉」韻。到了元代，北京地區的入聲消失了，凡是讀作入聲的字，分別念成了陰、陽、上、去四個聲調。元周德清《中原音韻》中，「燁」讀去聲，屬「車遮」韻，和現在的讀法是相同的[5]。「爺」是陽平字，和「燁」在同一個韻部。因此，「王燁」諧音「王爺」。《金瓶梅》在這一回中寫得很清楚，「王爺」來了，暗示讀者我寫的這個「王燁」是一位「王爺」，不是「王燁」。

用「王燁」這一人名，有兩層含義：一是王燁彈劾過好多人，反映了嘉靖時的政治黑暗；一是通過諧音的修辭手法，暗射著另一個人，反映了嘉靖時一次重大的歷史事件。

「王燁」就是「王爺」，那麼這位王爺是指誰呢？筆者認為，他隱指嘉靖時的仇鸞。

5　《中原音韻》，《中國古典戲曲論著集成》本第一集，北京：中國戲劇出版社 1959 年。

　　仇鸞（1506-1552），明陝西鎮原（今屬甘肅）人，字伯翔。嘉靖二十九年（1550）任過大將軍，加至太子太保，提督京營。後被人揭發因冒功而升遷，奪大將軍印，遂憂懼而死去。這是一個隻會吹大話而無實際軍事才能的人物，傳附他祖父「仇鉞傳」後。仇鉞在正德五年時因平定安化王朱寘鐇的叛亂及其他之「功」被封為咸甯侯。兒子仇昌因病被廢，所以仇鸞就承襲了他祖父的侯爵。

　　仇鸞是侯爵，是一位真正的「王爺」。

　　說「王燁」指仇鸞，一是諧音，更重要的根據是他的職務。《詞話》稱這個人物是「總督京營八十萬禁軍隴西公」。《金瓶梅》寫人物的官職往往是宋明雜糅，宋是「標」，明是「本」，這是一個很重要的特點。明時有「總督」，宋時沒有。北宋中葉的禁軍達八十多萬，所以《水滸傳》中稱豹子頭林沖為「東京八十萬禁軍教頭」。「總督京營」的全稱應是「總督京營戎政」，這是明嘉靖二十九年設置的京軍三大營之統帥機關（戎政府），以勳臣為統帥，稱「總督京營戎政」，文臣一員為副，稱「協理京營戎政」，其下設副將、參將等。《明史》卷七二說，嘉靖「二十九年以『總督京營戎政』之印畀仇鸞，而改設本部侍郎協理戎政，不給關防。」我們說「總督京營」這個稱呼就是指仇鸞，理由就在於此。《明世宗實錄》中關於仇鸞的情況記載很多，可查閱。

　　「隴西公」也是指仇鸞，因為他是甘肅隴人，他在甘肅一帶也帶過兵，《實錄》謂其「累鎮兩廣甘肅」。

　　這個「王燁（王爺）」是一個巨大的「潛台詞」。

　　明世宗嘉靖時，「南倭北虜」是兩大外患。《金瓶梅》中曲折地有所反映。一個「奸倭」（第二十一回），點明了倭寇的詭詐狡猾，自然會使你想起抗倭名將俞大猷、戚繼光；一個「王爺」仇鸞讓人會重溫嘉靖「庚戌之變」的歷史。我們說《金瓶梅》的內容有巨大的容量就是指這一些情況，正德、嘉靖時的大事在小說中以不同的方式都有所反映，它的確是一部「史記」，是一部「實錄」。

　　「庚戌之變」是嘉靖時的一件重大的歷史事件，發生在嘉靖二十九年庚戌年（1550）。

　　當時，嚴嵩執政，邊政廢弛。韃靼俺答汗南下進攻大同、宣府，進而逼臨薊鎮，毀邊牆而陳兵京師（今北京）。情勢非常危急，京師震恐。當時京城內只有四五萬人，且老弱者居半。兵部尚書丁汝夔奏聞嘉靖帝，朱厚熜為之大驚。急令召諸鎮兵「勤王」。八月己卯，咸甯侯仇鸞以大同兵二萬入援，停駐通州河西。不久河間、宣府、山西、遼陽諸援兵皆至，共五萬餘人。嘉靖拜仇鸞為「平虜大將軍」，諸道兵都由他統率，並賜給他「裘衣玉帶」及千金，又賜「封記」，文曰：「朕所重唯卿一人，得密啟奏進。」但朱厚熜看錯了人，殊不知這是一位「草包」將軍。俺答兵大掠村落居民，燒毀房舍，火日夜不絕。難民號痛之聲震天，直達「西內」。進犯者縱橫馳騁，如入無人之境，仇鸞

之「勤王」諸兵畏懼不敢出擊。俺答致書嘉靖，求「貢市」，嘉靖召集執政大臣商議對策。《實錄》於此事記述頗詳，極為形象生動：

> 俺答縱所虜湖渠馬房內官楊增，持番書入城求貢。上以其書示大學士嚴嵩、李本、禮部尚書徐階，因召對於西苑。上曰：「今事勢如此，奈何？」嵩對曰：「此搶食賊耳，不足患。」階曰：「今虜在城下，殺人放火，豈可言是搶食？正須議所以禦之之策。」上顧階曰：「卿言是。」因問虜中求貢書安在？嵩出諸袖中。上曰：「此事當何應之？」嵩曰：「此禮部事。」階曰：「事雖在臣，然關係國體重大，須乞皇上主張。」上作色曰：「正須大家商量，何得專推與朕？」階曰：「今虜駐兵近郊，而我戰守之備一無所有。此事益權許以款虜，第恐將來要求無厭耳。」上曰：「苟利社稷，皮幣珠玉非所愛。」階曰：「止於皮幣珠玉則可矣，萬一有不能從者，則奈何？」上悚然曰：「卿可謂遠慮。然則當何如？」階請以計款之。言：其書皆漢文，朝廷疑而不信，且無臨城脅貢之理，可退出大邊外，另遣使齎番文，因大同守臣為奏，事乃可從。如此往回之間，四方援兵皆至，我戰守有備矣。上首肯曰：「卿言是，還出與百官議之。」嵩因奏，今中外臣民咸望皇上一出視朝，撥亂反正。上微哂曰：「今亦未至於亂，朕不難一出，但嫌驟耳。」階曰：「中外望此舉已久，今一出如久旱得雨，何嫌於驟？」上乃許明日視朝。於是命嵩等退。[6]

這的確像一個小「鬧劇」，各人的言語、心理狀態表現得非常生動、鮮明。首輔嚴嵩是不以禍國殃民為事，真是一個道道地地的奸臣；朱厚熜那副窘態，簡直令人噁心，殺人的淫威怎麼不見了？徐階在國難當頭，機智而敢言，談鋒犀利，「咄咄逼人」。

《金瓶梅》的內容從皇帝到乞丐，上上下下，前前後後，多角度，多層次地反映了正、嘉時期社會歷史的方方面面，是一部「百科全書」，筆者說它是一部「社會政治小說」，就是從其整體內容的分析中得出來的結論。一個「王爺」嵌進了「庚戌之變」這一重大的歷史事件，誰能說這部小說是單純的「言情」之作？《金瓶梅》博大精深，我們挖掘得還遠遠不夠。

在大敵當前，這位連朝臣都不想接見只會「事玄」的皇帝，又重用了只知貪婪而毫無帥才的將軍，內又有陰險毒辣而無他能的「權相」，怎能抵禦外來的入侵？結果是韃靼兵在京師附近焚燒搶掠了八日，始滿載而去。仇鸞不敢追，得死賊首六級，奪馬十餘，詐稱作戰得之。仇鸞虛報戰功，反而被加封為太保兼太子太保，賞銀五十兩，紵絲四表

6　《明世宗實錄》卷三六四，校印本。

裏。這就是「歷史的真實」。

　　大學士徐階密奏仇鸞通虜誤國的罪狀，嘉靖又使錦衣衛都督陸炳密訪，結果查出仇鸞初鎮大同時與虜私通的證據。這時仇鸞已死，仍「剖棺斬首，梟示九邊，父母妻子皆斬，財產盡沒入官家」。仇鸞是一個「貪戾險狠」的人，不知悔改，最終落得個身敗名裂的下場。

　　《金瓶梅》的作者在許多細節上、許多細微處抨擊了嘉靖，辱罵了「今上」，如果不以歷史事實為依據，憑空揣想，就得不出正確的結論。筆者採取的方法是「以史實證作品」，如果不這樣，「金學」的研究仍然是一種「玄學」，玄而又玄，什麼問題也解決不了。

《金瓶梅》借宋寫明的獨特敘事藝術

　　幾乎所有的中國文學史、中國小說史和《金瓶梅》研究者都一致認為，《金瓶梅》是「借宋寫明」的，而且都承認作品廣泛和深入地反映了作者蘭陵笑笑生自己生活於其間的十六世紀的中國社會現實。就明代通俗小說創作而言，這是前所未有的偉大創舉。但是，在《金瓶梅》如何「借宋寫明」，而又以何種獨特的藝術方式反映現實這方面，學界探討得很不夠，或者說，根本不曾注意。

　　《金瓶梅》的表層故事寫的是宋代，其故事紀年是從宋徽宗政和二年即西元 1112 年寫起，到宋欽宗靖康二年即西元 1127 年止，共十六年的時間。至少從表面上看，它寫的也是前代歷史，而不是作者所生活的「當代」。但《金瓶梅》與其他歷史演義最大的不同在於它的借宋只是手段，而寫「明」才是目的，它糅進了大量的明代史實和許多明代真實的歷史人物就是明證，而且，它是以直接的方式反映了作者自己生活於其間的廣闊的社會現實。那麼，《金瓶梅》是以何種獨特的方式將宋、明這兩個本不相干的朝代扭結在一起的呢？請看下面的分析。

一

　　《金瓶梅》的「借宋寫明」，不是僅僅借用宋代的年號，而是確確實實借用了宋代的史實和人物[1]。在《金瓶梅》中約 800 個人物中，涉及到的宋代真實人物有將近 60 位，茲列表如下：

筆劃	姓名	出處	人物之間的關係
四畫	（六）黃太尉	《宣和遺事》	太監
	尹大諒	《宣和遺事》	巡撫兩浙山東監察御史
	方臘	《宋史》卷四六八等	四大寇之一
	王晉卿	《宋史》卷二五五	駙馬掌宗人府

---

[1]　筆者按：本文所列，只限於宋徽宗和宋欽宗兩朝或稍前稍後的人物，前此和後此的同名同姓人物，例如宋初的王晉卿等，皆不是《金瓶梅》中所指稱的人物。

	王祖道	《宋史》卷三四八	吏部尚書
	王煥	《泊宅編》等	領魏博之兵抗金
	王稟	《宋史》卷二三等	領汾絳之兵抗金
	王黼	《宋史》卷四七○	兵部尚書
五畫	白時中	《宋史》卷三七一	禮部右侍郎
六畫	宇文虛中	《宋史》卷三七一	兵科給事中
	安忱	《續資治通鑑》卷八八	別號鳳山，安惇之弟，工部主事，都水司郎中
	安惇	《宋史》卷四七一	先朝宰相
	朱勔	《宋史》卷四七○	光祿大夫，掌金吾衛事，太尉兼太子太保
七畫	余深	《宋史》卷三五二	兵部尚書加太子太保
	宋江	《宋史》卷三五一等	四大寇之一
	宋喬年	《宋史》卷三六五	蔡京門下，山東巡按監察御史
	李邦彥	《宋史》卷三五二	右相，資政殿大學士兼禮部尚書，加柱國太子太師
	李彥	《宋史》卷四六八	內侍
	李綱	《宋史》卷三五八、九	兵部尚書
	汪伯彥	《宋史》卷四七三	山東右參議
	辛興宗	《宋史》卷二二等	領彰衛之兵抗金
八畫	周秀	《宣和遺事》	清河縣守備，左軍院僉書守御，濟南兵馬制置，山東都統制
	孟昌齡	《宋史》卷二三等	內侍
	宗澤	《宋史》卷三六○	南宋大將
	林攄	《宋史》卷三五一	工部尚書加太子太保
	林靈素	《宋史》卷四六二	又稱林真人，道士，曾向皇帝進補藥
九畫	侯蒙	《宋史》卷三五一	山東巡撫，都御史，升太常正卿
	胡師文	《宋史》卷四七二	東平府知府
	种師道	《宋史》卷二三五	大將，總督內外宣務
	茂德帝姬	《宋史》卷二四八	蔡京四子之妻
十畫	孫榮	《宣和遺事》	提督管兩廂捉察使
	高俅	《宋史》卷二三等	四個奸臣之一，提督神策御林軍總兵官太尉，加太保
十一畫	張邦昌	《宋史》卷四七五	禮部尚書加太子太保，東京稱帝
	張叔夜	《宋史》卷三五三	濟南府知府，都御史，山東按撫大使
	張閣	《宋史》卷三五三	巡撫兩浙僉都御史，升工部右侍郎
	郭藥師	《宋史》卷四七二	武將
	陳正匯	《宋史》卷三五四等	山東提學副使
	陳東	《宋史》卷四五五	太學國子生

	陳洪	《淳熙三山志》卷二一	陳經濟之父，楊戩之親黨
十二畫	曾布	《宋史》卷四七一	都御史
	曾孝序	《宋史》卷四五三	曾布之子，乙未進士，山東巡按御史，貶陝西慶州知州，竄於嶺表
	童貫	《宋史》卷四六八	四個奸臣之一，樞密，太尉
	黃經臣	《宋史》卷二三等	加殿前都太尉
	黃葆光	《宋史》卷三四八	工部主事，管磚廠
十三畫	楊時	《宋史》卷四二八	蔡京門生，東京開封府府尹
	楊惟忠	《宋史》卷三六二等	領澤潞之兵抗金
	楊戩	《宋史》卷四六八	四個奸臣之一，東京八十萬禁軍提督
十四畫	趙佶	《宋史》卷十九至二二	宋徽宗
	趙佶東宮貴妃	《宋史》卷二四三	喬五之侄女
	趙桓	《宋史》卷二三	宋欽宗
	趙構	《宋史》卷二四	宋高宗
	趙霆	《宋史》卷二二等	浙江杭州知府，升大理寺丞
十五畫	劉延慶	《宋史》卷三五七等	領延綏之兵抗金
	劉娘娘	《宋史》卷二四三	宋徽宗安妃
	蔡攸	《宋史》卷四七二	蔡京之長子，人稱蔡大爺，祥和殿學士兼禮部尚書提點太乙宮使，禮部左侍郎加太子太保
	蔡京	《宋史》卷四七二	四個奸臣之一，左丞相，崇政殿大學士兼吏部尚書，太師魯國公
	鄭居中	《宋史》卷三五一	樞密使加太保
十八畫	藍從熙	《宋史》卷四七二	內侍
二十畫	寶監	《宣和遺事》	管京營衛緝察皇城使

　　上表所列為 59 人，其中《宋史》有專傳的為 49 人，有些人物《宋史》中雖沒有專傳，如高俅，但卻是宋徽宗、宋欽宗時社會地位很高甚至是影響並決定社稷命運的關鍵性人物。作者並沒有選擇那些所謂的下層人物，如地痞無賴、綠林好漢、小商小販、妓女等，這說明，作者的選擇是有明確針對性的。中國傳統美學非常講究對稱美，譬如說，白居易的〈長恨歌〉：「漢皇重色思傾國，御宇多年求不得」，句中的「漢皇」必定對的是「明皇」，作者絕對不可能選擇漢朝的皇帝而對應的卻是唐朝的一個乞丐，因為這兩者之間沒有可比性。同理，《金瓶梅》的作者選擇宋時的皇帝、宰相、文臣、武將、宦官、公主等，相對應的明朝，必定也是同等地位的人物。換句話說，寫風情只是作者的手段而並非目的，這本是一個非常簡單明瞭的問題，卻被作者高超的藝術手法所蒙蔽，結果導致了許多研究者的上當受騙，其結論也未免辜負了作者的良苦用心。

　　這種高超的藝術手法主要體現在宋、明官職的雜糅以及改變歷史人物之間的關係方面，這是使宋、明兩個本不關涉的朝代發生關聯的最重要的紐帶，也就是說，作者讓宋朝人做明朝的官，說明時的話，穿明時的衣，戴明時的帽，做明朝人才能做的事情，等等。如果不這樣理解，說「借宋寫明」簡直就無從談起。

二

　　《金瓶梅》「借宋寫明」的手法很多，除了宋代的真實人物外，還涉及到官署官職、地理等諸多方面：

(一)官署、官職

1.科道官　三法司：

　　《金瓶梅》第十七回，「茲因北虜犯邊，搶過雄州地界，兵部王尚書不發人馬，失誤軍機，連累朝中楊老爺（戩）俱被科道官參劾太重。聖旨惱怒，拿下南牢監禁，會同三法司審問。」

　　按：「科道官」是明代對六科給事中與都察院各道監察御史的合稱，因給事中為六科之臣，御史為都察院各道之官。「三法司」，明代刑部、都察院、大理司三衙門的合稱。「刑部受天下刑名，都察院糾察，大理司駁正。」[2]重大案件由「三法司」會審，叫做「三司會審」。「科道官」「三法司」是明代的官職、官署，宋代無此稱呼。

2.惜薪司：

　　《金瓶梅》第二十回，「落後小玉、玉簫來根前遞茶，都亂戲他。先是玉簫問道：『六娘，你家老公公當初在皇城內那衙門來？』李瓶兒道：『先在惜薪司掌廠，御前班直，後升廣南鎮守。』」「惜薪司」，明官署名，明代宦官二十四衙門之一。按，明朝的宦官機構，有十二監（司禮監等）、四司（惜薪司等）、八局（兵丈局等），「所謂二十四衙門也」。《明史》「職官志三」「惜薪司，掌印太監一員，總理、僉書、掌道、掌司、寫字、監工及外廠、北廠、南廠、新南廠、新西廠各設僉書、監工，俱無定員，掌所用薪碳之事。」[3]明劉若愚《明宮史》木集「惜薪司」條述之較詳，可參看。

3.宗人府：

　　《金瓶梅》第七十回，「又是皇親喜國公、樞密使鄭居中、駙馬掌宗人府王晉卿，都

2　《明史》卷九四「刑法志二」，北京：中華書局簡體字本 2000 年。
3　《明史》卷七四，北京：中華書局簡體字本 2000 年。

是紫花玉帶來拜,惟鄭居中坐轎,這兩個都騎馬。」

按:宗人府是明代的官署名稱。《明史》卷七二「職官一」,「宗人府。宗人令一人,左、右宗正各一人,左、右宗人各一人,並正一品,掌皇九族之屬籍,以時修其玉牒,……婚嫁、諡葬之事。」[4]宋代則稱為「宗正寺」,其職責與明之「宗人府」同,都是管理皇室宗族事務的機構。宋初有個王晉卿,《宋史》卷二七一有傳,有的學者認為《金瓶梅》中的王晉卿就是此人,其實殊不是,因為他並沒有做過駙馬。《詞話》中的王晉卿指的是哲宗、徽宗時的王詵,字晉卿。《宋史》卷二五五「王全斌傳」,「(王全斌)曾孫凱。……(凱)子緘。緘子詵,字晉卿,能詩善畫,尚蜀國長公主,官至留後。」[5]此可從《宋史》卷二四八「公主傳」中得到證實,「魏國大長公主,帝(英宗)第二女。……神宗立,進舒國長公主,改蜀國,下嫁左衛將軍王詵。」[6]

4.巡撫　都御史　僉都御史:

《金瓶梅》第七十回,「巡撫兩浙僉都御史張閣,升工部右侍郎。巡撫山東都御史侯蒙,升太常正卿。」

按:巡撫作為專職,始於明,與總督同為地方的最高長官。巡撫之名,始見於明洪武二十四年(1391)敕遣懿文太子巡撫陝西。永樂十九年(1421)遣尚書蹇義等二十六人巡行天下,安撫軍民,謂之巡撫。然非地方專任之官,「事畢復命,即或停遣。」洪熙元年秋七月癸未(宣宗已登基),大理卿胡概、參政葉春巡撫南畿、浙江。設巡撫自此始。自宣德五年(1430)始,各省專設,遂為定員。景泰四年(1453),加都御史銜。其後巡撫一般兼都御史,或副、僉都御史。

都御史,都察院長官。有左、右都御史(正二品),左、右副都御史(正三品),左、右僉都御史(正四品)。

5.巡按監察御史　左、右布政　左、右參政　左、右參議　提學副使　兵備副使:

《金瓶梅》第六十五回寫欽差殿前六黃太尉路過清河縣,西門慶在家中大擺宴席招待之,山東一省官員一一行參見之禮。這些官員是山東巡撫都御史侯蒙,巡按監察御史宋喬年,山東左布政龔共,左參政何其高,右布政陳四箴,右參政季侃,左參議馮廷鵠,右參議汪伯彥,廉訪使趙訥,採訪使韓文光,提學副使陳正匯,兵備副使雷啟元等。

按:此回寫參見六黃太尉的官員、官職很複雜,有宋、明兩朝的真實歷史人物和真實官職,有小說中虛構的人物,間雜有唐代官名,皆按官職大小次第而進,等級極為森

4　《明史》卷七二,北京:中華書局簡體字本 2000 年。
5　《宋史》卷二五五,北京:中華書局簡體字本 2000 年。
6　《宋史》卷二四八,北京:中華書局簡體字本 2000 年。

嚴。

巡按監察御史，簡稱巡按，明代都察院專差御史之一。永樂元年（1403）成為定制，十三省各置巡按監察御史一人，北直隸二人，南直隸三人，宣、大一人，遼東一人，甘肅一人，七品，品秩雖低，但名之曰「代天子巡狩」。其職責是考察民情，監督吏治，事畢還京。

左、右布政。明朝設山東等十三個承宣佈政使司，為一省最高民政機構，設左、右布政使各一人為主官，從二品。布政使明始有，宋時無。

左、右參政。宋時的「參政」，是「參知政事」的省稱。左、右參政，明朝獨有，是承宣佈政使司之屬官，從三品，位在布政使之下，無定員，隨事增減。分守各道，派管糧儲、屯田、水利、撫民、驛傳等事。

左、右參議。宋朝設有參議官，或名參議軍事。都督、制置使、招討使、宣撫使、安撫使、鎮撫使之屬官，參預軍事謀劃，地位低於參謀官。明朝始稱「參議」，並分左、右，設於布政使司及通政使司。屬布政使司者，地位又低於左、右參政，從四品，其職責與左、右參政同。因事添設，各省不等，無定員。

提學副使。宋於各路設提舉學事司，簡稱提學，為專司府、州、縣等地方教育文化之行政官員。明正統元年（1436）設提督學校官，南北兩京及十三布政使司各置一人，兩京以御史，十三布政使司以按察司副使、僉事充任。如《明史》卷二百三「李中傳」，「李中，字子庸，……世宗踐阼，復故官。未任，擢廣西僉事，再遷廣西提學副使。」同卷「歐陽鐸傳」，「歐陽鐸，字崇道……嘉靖三年，擢廣東提學副使。」

兵備副使。全稱整飭兵備道，主治兵備事宜。弘治十二年（1499）正式設於江西九江，後逐漸添設，皆以布、按二司所屬之參政、參議及副使、僉使充任。自是兵備之員盈天下。

6.總督京營　總兵官：

《金瓶梅》第七十回，「須臾軍牢喝道，人馬圍隨，填街塞巷，只見總督京營八十萬禁軍隴西公王燁，同提督神策御林軍總兵官太尉高俅，俱大紅玉帶，坐轎而至。」

按：「總督」明時有宋時無。北宋中葉的禁軍達八十多萬，所以《水滸傳》中稱豹子頭林沖為「東京八十萬禁軍教頭」。「總督京營」的全稱應是「總督京營戎政」，這是明嘉靖二十九年設置的京軍三大營之統帥機關（戎政府），以勳臣為統帥，稱「總督京營戎政」，文臣一員為副，稱「協理京營戎政」，其下設副將、參將等。「太尉」，宋時有，明時無。宋徽宗政和二年（1112）改為武臣最高官階，正二品。「總兵官」，明時有，宋時無。明之總兵官，無品級，無定員，總鎮一方者為鎮守，獨鎮一路者為分守，受皇帝直接指揮，事權甚重。初時只是差遣之稱，事畢交印回本任。後來漸成常駐之官，

所設日益，漸以流官充任，受總督、巡撫制約。

上面所舉各例中的官職，有宋、明雜糅的，有完全是明朝的，甚而直接寫到了明朝人王燁，這充分證實了作者的確是在寫「明」。沈德符《萬曆野獲編・金瓶梅》條云：「聞此為嘉靖間大名士手筆，指斥時事，如蔡京父子則指分宜，林靈素則指陶仲文，朱勔則指陸炳，其他各有所屬云。」[7]沈德符之所以作出這樣的判斷，也主要是著眼於官職和史實兩方面。也就是說，作品中涉及到的宋代真實歷史人物，只要其所做官職是明代才有而宋代沒有的，或宋、明雜糅而其一生並未任過此官職的，都隱指的是明朝某一個人物，這就是《金瓶梅》的獨特的藝術手法。《詞話》中涉及到的宋代人物究竟指稱明代何人，請參見拙著《金瓶梅人名解詁》。

歷史往往有驚人的相似，宋時的蔡京父子與明時的嚴嵩父子，其醜行幾無差別，作品塑造的蔡太師，對當時人來說，以之比附嚴嵩並引發出來的聯想，當絕不會錯位。《詞話》第七十一回，宋徽宗口傳聖敕道：「朕今即位，二十祀於茲矣。……言未畢，班首中閃過一員大臣來，……視之，乃左丞相、崇政殿大學士兼吏部尚書、太師、魯國公蔡京也。」查《宋史》卷四七二「蔡京傳」，終其一生，京從未任過吏部尚書一職。而嚴嵩於嘉靖二十三年八月，加太子太傅，升為首輔。九月，又晉吏部尚書，謹身殿大學士。這是宋明雜糅，暗示所說的蔡京實指嚴嵩。

《詞話》第十八回，「原來蔡京兒子蔡攸也是寵臣，見為祥和殿學士兼禮部尚書，提點太一宮使。」又第七十回，「禮部尚書張邦昌、左侍郎兼學士蔡攸、右侍郎白時中、兵部尚書余深、工部尚書林攄、俱加太子太保。巡撫兩浙僉都御史張閣，升工部右侍郎。巡撫山東都御史侯蒙，升太常正卿。」查《宋史》卷四七二「蔡攸傳」，攸一生中未任過禮部尚書、左侍郎之職。而嚴嵩於嘉靖初，進南京禮部尚書，十五年閏十二月，以禮部尚書兼翰林學士掌更修《宋史》，二十一年八月，拜武英殿大學士，入直文淵閣，仍掌禮部事。「左侍郎」乃嚴世蕃在工部時所任之職。寫蔡攸正是明白無誤地暗示影射嚴世蕃。作者生怕讀者不明白其意，特意將歷史上蔡攸的結局做了改動，《詞話》中的蔡攸先蔡京處斬，家產抄沒入官，與嚴世蕃先於嚴嵩而死相同。而歷史上的蔡攸是蔡京死後於靖康元年才被誅的。故作者的影射痕跡至為明顯，也足以證明《野獲編》所說「蔡京父子則指分宜」是千真萬確的。

這一回所提到的張邦昌、白時中、余深、張閣、侯蒙所任官職，與史實相較，皆不符，可見作者當另有影射。

林靈素，《詞話》第七十回寫道，「國師林靈素，胡知朕叩宣佑國宣化，……加封

7　沈德符《萬曆野獲編》卷二十五，北京：中華書局1959年。

忠孝伯，食祿一千石，賜坐龍衣一襲，肩輿入內，賜號玉真教主，加淵澄玄妙廣德真人，金門羽客，真達靈玄妙先生。」查《宋史》卷四六二「林靈素傳」，林一生從未封過伯爵。而陶仲文官至特進光祿大夫、柱國、少師、少傅、少保、禮部尚書，「一人兼領三孤，終明世，惟仲文而已。」嘉靖二十九年，加封榮城伯，歲祿千二百石。可見林靈素實指陶仲文，這是確切無疑的。

朱勔，《詞話》第七十回、七十一回稱朱勔為「金吾衛提督官校太尉、太保兼太子太保」，「光祿大夫掌金吾衛事、太尉、太保兼太子太保。」「加太傅兼太子太傅」，「蔭一子為金吾衛正千戶」。按《宋史·朱勔傳》，朱勔沒有太傅、太保這樣的官銜，一生中沒有三公、三孤的封號，其官職僅止於觀察使、承宣使、節度使。而陸炳才是「三公（正一品）兼三孤（從一品）」，《明史》本傳說他「三公無兼三孤者，僅於炳見之。」從官職和封號看，朱勔的確是影射陸炳的。又，「蔭一子為金吾衛正千戶」，指陸炳因緝訪功，「蔭一子為百戶」[8]，死後「官其子繹為本衛指揮僉事」[9]，這裏又從史實上加以了界定。

《金瓶梅》中涉及到的明代官署、官職還有「守備」（第十二回）、「鎮守太監」（第二十回）、「經歷司」（第六十九回）、「指揮同知」「指揮僉事」（第七十六回）、「漕運總兵官」（第七十八回）、「典使」（元始置。第九十二回）等等，這些都是宋時所沒有的，本文就不再一一縷述了。

(二)歷史、地理

《金瓶梅》的「借宋寫明」，不只體現在官職、官署方面，而且在很多地方都透露出作者旨在寫「明」的意圖，特別是宋代沒有而明代始有或獨有的，尤值得我們注意[10]。

1.天下十三省：

《詞話》第七十回，「朱太尉令左右抬公案，就在當廳一張虎皮校椅上坐下，分付出來：先令各勳戚中貴仕宦家人吏書人等，送禮的進去。……然後才傳出來，叫兩淮、兩浙、山東、山西、關東、關西、河東、河北、福建、廣南、四川十三省提刑官，挨次進見。」又第七十八回，「李三道：今有朝庭東京行下文書，天下十三省，每省要萬兩銀子的古器。」

這兩回的敘述文字皆是宋、明雜糅，但「天下十三省」的地理概念只有在明代才能

8　《明世宗實錄》卷四一七，中央研究院歷史語言研究所校印本。
9　《明史》卷三〇七，北京：中華書局簡體字本 2000 年。
10　所謂明代獨有，是相對於明之前而言的，本文不涉及清代。

形成,因為宋時的行政區劃稱「路」而不稱「省」。《宋史》卷八十五〈地理一〉:「至道三年,分天下為十五路,天聖析為十八,元豐又析為二十三:曰京東東、西,曰京西南、北……曰淮南東、西,曰兩浙……崇寧四年,復置京畿路。大觀元年,別置黔南路。……迨宣和四年,又置燕山府及雲中府路,天下分路二十六。」[11]

元代的行政區域為「中書省一,行中書省十有一。」[12]「行中書省(簡稱省)」,也只有十一而不是十三。

明洪武時,「盡革行中書省,置十三布政使司(通稱為行省),分領天下府州縣及羈縻諸司。」「終明之世,……為布政使司者十三,曰山東、曰山西、曰河南、曰陝西、曰四川、曰湖廣、曰浙江、曰江西、曰福建、曰廣東、曰廣西、曰雲南、曰貴州。」[13]作者雖宋、明雜糅,但「天下十三省」確指明朝是真實無疑的。

2.三邊 延綏:

《詞話》第五十五回,「西門慶來到太師府前,但見……大小官員,多來慶賀,就是六部尚書,三邊總督,無不低頭。」又第一百回,「那時陝西劉延慶,領延綏(綏)之兵;關東王稟,領汾絳之兵;河北王煥,領魏博之兵;河南辛興宗,領彰德之兵;陝西楊惟忠,領澤潞之兵;山東周義,領青兗之兵。卻說……」

總督,官名,上文提到,明時有宋時無,這是明代始設的官職。「三邊總督」是明代特有的官名。「三邊」是一個古詞,漢時指匈奴、南越、朝鮮,《史記·律書》:「高祖有天下,三邊外畔。」[14]亦指東、西、北之邊疆地區。《後漢書·楊震傳》:「羌虜抄掠,三邊震擾,戰鬥之役至今未息,兵甲軍糧不能復給。」[15]後世泛指邊境、邊疆。宋劉克莊〈漢宮春·丞相生日乙丑〉詞:「但管取,三邊無警,活他百萬生靈。」[16]但「三邊總督」的「三邊」卻成為特指,一般是指延綏、甘肅、寧夏三邊。《明史·憲宗紀》:「十年春正月……癸卯,王越總制延綏、甘肅、寧夏三邊,駐固原。」[17]有時不專指此三地,如「嘉靖二十年九月,添設雁門、寧武、偏頭三邊總督。」[18]看來,「三邊」的概念在明代的史料中,其使用是比較靈活的。

11　《宋史》卷八十五,北京:中華書局簡體字本 2000 年。

12　《元史》卷五十八,北京:中華書局簡體字本 2000 年。

13　《明史》卷四十,〈地理一〉,北京:中華書局簡體字本 2000 年。

14　《史記》卷二十五,北京:中華書局簡體字本 2000 年。

15　《後漢書》卷五十四,北京:中華書局簡體字本 2000 年。

16　《全宋詞》,北京:中華書局 1986 年。

17　《明史》卷十三〈憲宗紀〉,北京:中華書局簡體字本 2000 年。

18　《明會要》卷三十四〈職官六〉,北京:中華書局 1956 年。

　　《詞話》第一百回所寫的「六路人馬」，五個人名是宋代的，但所統領的兵卻又是明代的。其中的「延綏」即是明代設在北方的九個邊防重鎮之一。

　　《詞話》中涉及到的明代史實還很多，如「南京沈萬三，北京枯柳樹」「皇莊」「女番子」「奸倭」等等，筆者在拙著《金瓶梅發微》一書中有較為詳細的闡釋，此不贅[19]。

(三)服飾

　　《金瓶梅》「借宋寫明」的特點在服飾方面表現得也很突出，即「宋人穿明裝」。服飾，特別是「官服」，封建社會中是有嚴格規定的，它被視為一個朝代、一種身分地位的標誌，也就是說，衣冠章服的不同，表明等級的不同，正史《二十四史》中好多都有〈輿服志〉即是明證。在有明一代，大部分的時間裏規定甚嚴，從皇帝、內閣大臣、在朝在外文武官員、甚而市井的平民百姓，在服飾上是不能隨便亂穿的。雖然說，明代中期由於資本主義生產關係的萌芽、禮教的崩壞和人們價值觀念的畸變，「竟尚奢靡」「盡改舊意」，一時成為風尚。但明朝從整體上來看，較之以前的統一王朝，並未發生過嚴重的危及皇朝命運的事件，統治依然十分穩固。雖然下層不時有僭越本分的事件發生，譬如服飾在家庭生活中，尤對女性來說，可能隨便得多，但在公開的場合，還是較為嚴格。官場的情況更是如此，除非特賜，還是必須嚴守本分的。

1.網巾：

　　《詞話》第三回，「西門慶道：『就是那日在門首又竿打了我網巾的，倒不知是誰宅上娘子。』」又第十六回，「西門慶於是依聽李瓶兒之言，慢慢起來，梳頭淨面，戴網巾，穿衣服。」

　　「網巾」是以絲結成的網狀頭巾，用來束髮。明人王三聘《古今事物考》卷六「網巾」條云：「古無此制，故古今圖畫人物皆無網。國朝初定天下，改易胡風，乃以絲結網，以束其髮，名曰網巾，又制方巾，名曰頭巾，罩之。識者有『法束中原，四方平定』之語。」《明史》卷六十八、明郎瑛《七修類稿》卷十四、明李介《天香閣隨筆》卷二、清王逋《蚓庵瑣語》等皆有記載。清陳彝《握蘭軒隨筆》卷下「網巾」條述之甚詳，「明太祖微行至神樂觀，見一道士於窗下結網巾，問曰：『此何物？』對曰：『此網巾也，用以裹頭上，則萬物齊發。』上明日召道士，命為道官，取所結網巾十三頂，頒示十三省布政司，使人無貴賤，皆首裹網巾，遂為定制。」這幾條材料都說明「網巾」是明代才有的產物，故作者才把它寫進作品中去[20]。

19　參見拙著《金瓶梅發微》，北京：中國社會科學出版社 2002 年。

20　關於「網巾」出現的時間，清恒仁《月山詩話》：「朱竹垞云：余觀謝宗可詠物詩有賦〈網巾〉云：

2.三梭布：

《金瓶梅》第七回，「（孟玉樓）手裏現銀子他也有上千兩，好三梭布也有三二百箭。」「三梭布」，明代松江所產的紵絲布。明鄭瑄《昨非庵日纂》卷九：「嘗聞尚衣縫人云：上近體衣，俱松江三梭布所制。本朝家法如此。大廟紅紵絲拜裀，立腳處乃紅布，其品節又如此。」

3.忠靖冠：

《詞話》第五十五回，「西門慶梳洗完畢，戴上忠靖冠，穿著外蓋衣服，一個在書房裏坐。」第五十六回、第六十九回等都提到了忠靖冠。

西門慶頭上戴的這一頂「忠靖冠」帽子，就足以證明小說寫的是明代，而且，還足以證明寫的是嘉靖時期。因為「忠靖冠」是嘉靖七年才出現的。《明世宗實錄》，嘉靖七年二月：

> 丁巳，上（世宗）制燕弁服，仿古玄端之制，稍加文采。……因復酌古玄端之制，更名曰忠靖，庶幾乎進斯盡忠，退思補過也。……朕已製成，慎用之矣。其忠靖冠服，宜令如式製造。[21]

「忠靖」一作「忠靜」，二者同。《明世宗實錄》，嘉靖七年十二月：

> 乃因輔臣之請，推為之制，命之曰「忠靜冠服」。……朕因酌燕弁及忠靜冠服之制，復為之制式。……俱宜照忠靜冠服，以品官之制服之。……夫忠靜冠服，品式之不同者，尊賢之等也。[22]

《明史》「輿服志三」、明田藝蘅《留青日札》「我朝服制」條等都提到了「忠靜冠」。這種帽子是仿古玄冠製成的，冠匡如制，以烏紗冒之，兩山俱列於後。冠頂仍方中微起，三梁各壓以金線。邊以金緣之。四品官以下，去金，緣以淺色絲線。作者寫「忠靖冠」有多重目的，一是表明他所寫的時代，二是因為它是嘉靖帝設計並諭禮部施行，稍有歷史知識的人，自會聯想到它的始創者嘉靖帝。這裏有必要強調一點，一部作品假如是借歷史來寫「當代」，借用只是手段而並非目的的話，作者往往會有意識地、自覺地「楔入」他所生活的時代的方方面面，以表明他的創作意圖，《金瓶梅》就是如此。這是一

『節影細分雲縷骨，棋文斜界雪絲乾。』蓋元時已有之矣。」筆者按，退一步說，即使「網巾」產生於元代，至少宋代是沒有的。

21　《明世宗實錄》卷八五，中央研究院歷史語言研究所校印本。

22　《明世宗實錄》卷九六，中央研究院歷史語言研究所校印本。

種獨特的藝術手段,而絕不能視之為作者連起碼的歷史常識都不懂,只是粗通文墨而已。而另外一些寫前代歷史的作品,有時也會出現並非前代而是作者所處時代特有的一些信息,但那是不自覺地、無意識的流露。譬如袁于令作於崇禎年間的《隋史遺文》,竟也讓李淵戴上了「忠靖冠」,還有,《水滸傳》中的武松使用的兵器是嘉靖年間才出現的,但誰能說這兩部小說是借前代而反映明代的史實?這不過是通俗文學作者不自覺的、隨意性的表現,與《金瓶梅》的這種獨特藝術手段是不可同日而語的。

4.內家妝束　麒麟補子:

《詞話》第十五回,「吳月娘穿著大紅妝花通袖襖兒,嬌綠段裙,貂鼠皮襖。李嬌兒、孟玉樓、潘金蓮都是白綾襖兒,藍段裙。李嬌兒是沉香色遍地金比甲,孟玉樓是綠遍地金比甲,潘金蓮是大紅遍地金比甲(十一字原無,依崇本增),頭上珠翠堆盈,鳳釵半卸。」這幾個女人非同尋常的打扮,引發了眾多看燈人的猜測,一個說道:「已定是那公侯府位裏出來的宅眷。」另一個又猜是「貴戚皇孫家豔妾來此看燈,不然,如何內家妝束?」內家是皇宮的意思,吳月娘等人的妝束是「內家妝束」,意味她們是后妃,那西門慶自然就是一位皇帝了。

麒麟補子,《詞話》第四十回,「卓上鋪著氈條,取出剪尺來,先裁月娘的:一件大紅遍地錦五彩妝花通袖襖,獸朝麒麟補子段袍兒,……一套大紅段子遍地金通袖麒麟補子襖兒。」按,明代的官服叫補服,因其前胸及後背綴有金線和彩絲繡成的補子,故稱。通常文官繡鳥,武官繡獸,是官員品級的徽識,此制始於明代。清梁紹壬《兩般秋雨庵隨筆·補子》:「品級補子,定於洪武,行於嘉靖,仍用至今。汪韓門《綴學》言之詳矣。」上文「獸朝」是指繡獸的朝服,「麒麟補子」乃是有王爵的一品所服。吳月娘表面上只不過是一個五品提刑官的夫人,而其所穿的襖、袍竟然為一品服飾,對於這一點,很多「金學」研究者都認為這是明代中葉以後各地官家和市民對禮教的蔑視。其實,研究者們忽略了一個根本的事實,中國歷史上竟然有一位不可思議的明武宗,他甚而不願做富有四海的皇帝,自降為「總督軍務、威武大將軍、總兵官朱壽」,特加封「鎮國公」,並敕吏部每歲支給他祿米五千石。為此事,不知有多少大臣上章進諫,《明武宗實錄》中載之甚詳,可參看。作為「臣子」,明武宗自然是一品「官員」了。筆者認定西門慶的原型就是明武宗,那麼,吳月娘穿一品服飾,不是很合情合理嗎?這是作者在洩露「天機」,不能簡單地視之為對禮教的破壞。除了吳月娘等這幾個「皇妃」外,我們再不能從《金瓶梅》中找出其她女性——比她們地位高的或比她們地位低的有「內家妝束」的描寫。雖然我們不排除《金瓶梅》有蔑視封建禮教的一面,但我們絕不能無根據地過分拔高。

《金瓶梅》在官職、官署、史地、服飾方面所透露出的旨在寫「明」的意圖是非常明

顯的，這也足以證明作者是在寫「明」。當然，作品中寫「明」的地方遠不止這些，而是涉及到了明代社會的方方面面，諸如歲時節令、巫神佛道、飲食器具、星相卜卦、婚喪禮儀、娛樂、稱謂、物價、技藝、性用具等，此不一一縷述。作者的高超手法使「宋、明」兩個本不相干的朝代雜糅得渾如一體、天衣無縫，毫無任何割裂之感。這是作者首創的獨特的藝術手法。

而我們絕不能以歷史的尺規來對這樣的「歷史」小說進行是非評判，清禮親王昭槤就犯了這樣的錯誤，他說：「以宋明二代官名羼亂其間，最屬可笑，……弇州山人何至謭陋若此。」[23]就連著名的歷史學家吳晗先生也認定有史識史才，畢生從事著述，卷帙甚富的王世貞絕不會寫出連基本的歷史常識都搞錯的作品來，也是犯了同樣的錯誤。直到現在，持這種觀點的還大有人在，他們認為作者只不過是一個粗通文墨、略具史識的下層文人，不然的話，就不會出現這麼多的「錯誤」。若照這樣的標準來審視《金瓶梅》的話，那作品中的宋朝人說明時話，穿明時的衣，做明朝的官，而明朝人竟能時光倒流，做起了宋朝人做的事，那豈不是《金瓶梅》的整個內容都錯了？退一步說，如果作品中偶有幾處明顯的有違基本歷史常識的地方，我們倒可批評作者的水準不高。但問題是，《詞話》中幾乎所有的宋、明兩代真實歷史人物的官職、服飾，包括他們的行事，都犯了「基本的歷史常識」錯誤，那顯然就不能說是作者缺乏史識，而肯定是有意為之了。

三

我們知道，《金瓶梅》的表層故事寫的是西門氏家庭的興亡史，又把它放在宋徽宗政和二年至宋欽宗靖康二年之間，作者之所以採取這種故事結構，顯見作者是非常洞悉中國傳統社會是「家國」同質同構的，也就是說，「家」是「國」的縮小形態，而「國」則是「家」的擴大形態，「家國」一體，由家看國，以小看大，所以，《金瓶梅》描寫的這個「家」，實際指的是十六世紀的整個中國社會。不過，作品的這種特殊結構，自然決定家庭要成為整個故事的描寫中心，因而，整部《金瓶梅》描寫最多的則是西門氏家庭的關係——家族關係，這個家庭最多的事——家事，以及這個家庭與社會各階層極為複雜的社會關係，等等，涉及到了整個社會的方方面面，真可謂是晚明社會的一部百科全書。

作品對發生在西門氏家庭的種種事件的描寫是非常細膩完整的，又因作品把故事放置於宋代，作者當然可以毫無顧忌地寫宋代的人和事。但一涉及到明代的重要史實，作

23　昭槤《嘯亭續集》卷二「小說」條，《說庫》叢書本。

者顯然就換了另一種寫法。我們從作品中看不到對明代重大歷史事件的完整的敘述，作者只是採用了一個詞——或人名、或官名、或事件名——類似於我們現在的「新聞標題詞」的形式來揭示其寫「明」的意圖。雖然只是一個簡要的「標題詞」，但卻是一個巨大的信息載體，因為它關聯到明代許許多多的人和事，並為讀者提供了無限的想像空間，這就是《金瓶梅》的獨特的藝術手法。我們以「朝廷借支馬價銀」這個典型的事件加以分析說明。

《金瓶梅詞話》第七回張四（張龍）與孟玉樓有這樣一段對話：

> 張四道：「我見此人，有些行止欠端，在外眠花臥柳。又裏虛外實，少人家債負。只怕坑陷了你。」
> 婦人道：「四舅，你老人家又差矣！他就外邊胡行亂走，奴婦人家只管得三層門內，管不得那許多三層門外的事。莫不成日跟著他走不成？常言道：世上錢財儻來物，那是長貧久富家？緊著起來，朝廷爺一時沒錢使，還問太僕寺借馬價銀子支來使。休說買賣的人家，誰肯把錢放在家裏？各人裙帶上衣食，老人家到不消這樣費心。」

整部《金瓶梅》寫朝廷爺借支「馬價銀」就這麼一句話，作品既沒有寫是哪位朝廷爺借的，也沒有寫是何時借的，更沒有寫借了多少，其來龍去脈甚不清楚，似乎作者故意在作品中留下這麼一椿無頭無尾的、沒有答案的懸案，其實作者是有嚴格界定的，只是寫得非常的巧妙隱晦，讀者不容易輕易看出罷了。

筆者在多年的研讀中發現，《金瓶梅》的藝術手法的確不同於此前的任何一部長篇通俗小說，它非常的獨特——往往選取明代不止一朝獨有的事件（例如上邊提到的「馬價銀」）或選取歷史上同名同姓的人物（例如張達，金代有，明代也有，且不止一個）來安排情節，古今雜糅，宋明雜糅，使讀者捉摸不定。但作者又在關鍵處加以嚴格界定，以表明他的創作意圖。若讀者不明白這種獨特的藝術手法，往往會上作者的當，辜負作者的良苦用心，借支「馬價銀」就屬於這種典型的表面上模稜兩可，而實際卻很明確的事件。其時代界定的關鍵人物就是「張龍」，儘管明代有好幾個「張龍」，但經過仔細排查後，我們可以斷定，《詞話》中的張龍，一定是這個曾做過山東登州府知府、後升為通政司右通政的張龍，而不是別的張龍。這個張龍死在嘉靖元年十一月，由此我們可以清楚地看出，通政司右通政的張龍主要活動於正德年間，但也活到了嘉靖朝，《金瓶梅》中由他和孟玉樓透露出「朝廷爺借支馬價銀」的信息，那麼，我們就可以斷定作品中借支「馬價銀」的時代必定指的是武宗正德和世宗嘉靖時期而絕不是隆慶、萬曆時期。具體分析可參見拙著《金瓶梅藝術論要》。

　　《金瓶梅》正是採用這種簡要的「新聞標題詞」的形式，將正德、嘉靖時期的大事件基本都攝入到了作品中去，諸如「朱千戶」關聯到正德時的劉六、劉七起義；「番子」關聯到武宗時廠衛之橫行；「會中十友」關聯到「天子十弟兄」；「藏春塢」關聯到「豹房」；「寶應湖」關聯到武宗之南巡；「刊孝帖」關聯到「大禮議」等等，幾乎把武、世兩朝的大事件都包括了。《金瓶梅》中如果沒有這些「新聞標題詞」，單從所描寫的家庭故事來看，把它放在明憲宗之後的任何時期，似乎都可以，這肯定不符合《金瓶梅》的創作意圖。換句話說，正是這些簡要的「標題詞」，我們才得以判定它的時代。同時，也正是這些簡要的「標題詞」，才給我們提供了無限的想像空間。這種獨特的藝術手法，正是傳統史學「春秋筆法」在小說創作中的成功典範。張竹坡把《金瓶梅》看作《史記》，所言是不誣的。

　　另外，《金瓶梅》「借宋寫明」，在人物的安排上亦非常巧妙，其獨特的藝術在於它不僅插入了85個明代真實歷史人物以及選擇了一些宋時有、明時亦有且不止一個的同名同姓的人物，而且還選擇了很多明代的同名同姓人物來安排情節，這些人物在作品中的使用情況很複雜，有的用其名，而並未寫其「實」，實際寫的卻是另一個人物；有的是名、實並用；還有一種情況是作者「一石多鳥」，具有多方面的意圖。有關這方面的論證，請參考本書中〈《金瓶梅詞話》中宋明同名同姓人物考〉〈《金瓶梅詞話》中明代同名同姓人物考〉。

論《金瓶梅》圓形網狀結構的特點

一部長篇小說「最困難的是結構，或者說組織矛盾。」[1]結構不單單是一個形式問題，也與小說家對他所要描寫的生活是如何地認識有直接的關係。著名作家列夫‧托爾斯泰對其長篇小說《復活》的結構，就是隨著他對當時俄國社會的深刻認識、對小說主題開掘的逐步深化而反復修改形成的。《金瓶梅》的作者對晚明社會有著全面、深刻的瞭解和認識，小說雖然依舊採用我國唯一的長篇章回體小說形式，但由於題材視角的轉變，其結構的重心較之以前的小說發生了重大的變化。具體體現在：

一、由板塊型、扇形網狀結構到圓形網狀結構

《水滸傳》的整體結構，是由《水滸傳》的內容決定的。由於它所寫的是各方英雄聚義梁山泊，所以在七十一回「梁山泊英雄排座次」以前，基本上是單線發展。或個人、或小集體，隨著人物活動的轉移，場所也在不斷變換。一個人物只演幾回，當另一個人物出場時，此人即行消失，因而複現率很低，很像歐洲中世紀之流浪漢小說。它的每組情節（故事）都有相對的獨立性。假如我們把《水滸傳》分割成若干小部分，故事的完整性基本上不受破壞。諸如，可以分割成「林沖傳」「魯智深傳」「楊志傳」「宋江傳」「武松傳」等，各個小故事中的人物關係也比較鬆散，學界稱之為板塊結構。但我們現在看到的卻是一部完整的《水滸傳》，這即是說，相對獨立的每組情節又有一根主線把它們貫串在一起（這根主線就是由個人起義、到小聚義、到梁山泊大聚義，到起義事業的最後失敗）。打一個比方，就像門簾上的珠子，有一根線把它們串聯在一起一樣。正因為有這根主線，才使得小說成為現在這樣龐大的有機整體。

《西遊記》的結構，雖然與《水滸傳》不盡相同，但基本上是採取了《水滸傳》單線發展的結構形式。就《西遊記》的整體格局而言，則是由「鬧天宮」和「西天取經」兩大部分構成。其中兩大部分裏面，又各自包含了若干相對獨立的小故事。特別是「西天取經」中的九九八十一難，實際是由四十一個小板塊（故事）組成的，其總體結構與《水

1　柳青〈回答《文藝學習》編輯部的問題〉，《文藝學習》1954 年第 5 期。

滸傳》差不多。其小異之處在於：《水滸傳》是用起義發生、發展、失敗這根主線貫串，而《西遊記》則是以人物為中心線索聯結起各部分。這位人物就是孫悟空，他貫串了整部小說的始終。正如鄭振鐸先生所說的：「除了《金瓶梅》外，《水滸》《西游》都是英雄歷險故事，都只是一件『百衲衣』，分之可成為許多短篇，合之——只是以一條線串之。例如《水滸》以梁山泊的聚義為線串，《西游》以唐三藏取經為線串之類——則成為一個長篇，其結構是幼稚而鬆懈的，還脫離不了原始期的樣式。《三寶太監下西洋記》《封神演義》以及《韓湘子傳》《雲合奇蹤》等等，也都陷於同一的型式裏。」

《三國演義》由於其內容的需要，採用了與《水滸傳》完全不同的結構形式。它不再是單線形式，而是採用了多層次、多頭緒的一種類似扇形的網狀結構。這種扇形結構，以蜀漢為扇形的圓心，以曹魏、孫吳為扇形的兩端，將三方之間軍事的、外交的鬥爭統一在這種結構之中。但這種扇形結構只能反映三國政權之間的某個側面，而不能把三國時期廣闊而豐富的各種生活，如經濟的、思想的、道德的、家庭的、婚姻的、風俗人情的、宗教方面的等等問題都反映出來。

《金瓶梅》的出現，其結構形式則是在《三國演義》扇形網狀結構的基礎上，採用了全方位的結網方式。它以西門慶的家庭為圓心，形成一種圓形網狀結構。這種圓形網狀結構的最大特點，是克服了像《三國演義》那種扇形網狀結構僅僅只能反映社會的某些側面的缺陷。它所反映的，是當時整個社會生活的方方面面。它的圓心是西門氏家庭，這個家庭與社會上的種種關係，這個家庭內部人與人之間的各種關係，都被網絡在這個圓內。也就是說，它已不再像《水滸傳》《西遊記》那樣，隨著人物活動的轉移，場所也在不斷變換。它所描寫的場所已基本上固定在西門氏宅邸，因而複現率很高。全書一百回，宅邸複現率計 82 回。複現最多的人物——西門氏家族的主子，西門慶 96 回，吳月娘 87 回，孟玉樓 67 回，潘金蓮 83 回，李瓶兒 70 回，龐春梅 63 回，總平均超過 70回以上[2]。這種結構的圓心，是社會最基本的細胞——家庭，因而，整部《金瓶梅》描寫這個家庭最多的關係就是家族關係，最多的事就是家庭瑣事，並涉及到這個家庭與社會的種種關係。人們稱之為晚明社會的百科全書，良非虛言。

這種圓形網狀結構，不像《三國》《水滸》《西遊記》那樣，一個情節完了之後，再展開另一個情節，很少在兩個相對獨立的故事中預埋伏筆，前後照應。《金瓶梅》則不然，它前後脈絡貫通，不能截然分開，常常是故事套故事，交互回環式地推進情節的發展。如第一至第十回，主要寫西門慶與潘金蓮的故事，但不同於《水滸傳》的「武十回」，因為中間又插入了「說娶孟玉樓」的一大段文字，帶出了另一批重要角色。時下

2　統計數字來源於田秉鍔《金瓶梅與中國文化》，南京：江蘇文藝出版社 1992 年。

稱這種特點為「搓草繩」，實即張竹坡所說的「入筍」。這種「入筍」之妙，就是不另起頭緒，而用曲筆、逆筆「不露痕跡」地引出新的人物和故事。如三十三回寫應伯爵來了，引出何官兒，由何官兒，引出西門慶在獅子街開的絨線鋪，由開鋪子、尋夥計，引出韓道國，由韓道國又引出王六兒。她從三十四回到九十九回，幾乎貫穿了全書，等等。這種情節的推進，猶如波浪一樣，一浪接著一浪前推後湧，給人以波瀾起伏，又很自然的感覺。

這三種結構各有利弊，但相對來說，圓形網狀結構要更完美一些。清初至清中葉出現的一大批以描寫家庭為中心、進而展示廣闊社會生活的長篇世情小說，基本上採用的都是這種結構形式。

二、由故事型到性格型

如上所述，《金瓶梅》這種圓形網狀結構是將各種人物（上至皇帝，下至乞丐）、各種關係（家庭內部以及家庭與社會）都網絡在這個圓內，所以，它描寫的重心不再以編撰故事情節為中心，而是轉換為以刻畫人物性格為中心，因此，它更多地增入了非情節化的藝術成分，譬如服飾描寫、心理描寫以及插入大量的「劇曲」等等。舉例說，潘金蓮是從《水滸傳》中移植過來的，但《水滸傳》對其衣著打扮卻是隻字未提。而在《金瓶梅》中，當西門慶初遇她時，作者借助西門慶的主觀視角，對其「形體」並衣著打扮作了全方位的「透視」。張竹坡批語特地指出：「將金蓮性情、形影、魂魄一齊描出」。很顯然，這跟以前小說的服飾描寫僅僅是作為分辨人物的一種標誌，已有了完全不同的含義。

更為突出的是，以前的小說一般是一個故事情節著重刻畫一個人物性格，而《金瓶梅》則變為同時刻畫出眾多的人物性格。比如，西門慶及其妻妾對李瓶兒之死的心態是各不相同的：

> 這西門慶也不顧的甚麼身底下血漬，兩隻手抱著他香腮親著，口口聲聲只叫：「我的沒救的姐姐，有仁義好性兒的姐姐。你怎的閃了我去了，寧可教我西門慶死了罷。我也不久活於世了，平白活著做甚麼。」在房裏離地跳的有三尺高，大放聲號哭。
>
> 月娘向李嬌兒、孟玉樓道：「不知晚夕多咱死了，恰好衣服兒也不曾得穿一件在身上。」玉樓道：「……咱不趁熱腳兒，不替他穿上衣裳，還等甚麼？」
>
> 月娘因見西門慶搐伏在他身上，搵臉兒那等哭，只叫：「天殺了我西門慶了。姐姐，你在我家三年光景，一日好日子沒過，都是我坑陷了你。」月娘聽了，心中

就有些不耐煩了。說道：「……他沒過好日子，誰過好日子來？」

以上的描寫，我們可以看出西門慶的悲痛、吳月娘的嗔怪、孟玉樓的疏淡。同時，作者還寫出了潘金蓮的暢快、玳安的乖巧以及應伯爵的逢迎等等。眾人的性格皆是活靈活現，難怪張竹坡對此驚歎道：「是神工，是鬼斧」，「如千人萬馬卻一步不亂」。

這樣的例子在《金瓶梅》中是數不勝數的，再比如通過潘金蓮丟失一隻紅繡鞋的情節，寫出了金蓮的淫狂、小鐵棍兒的天真、陳經濟的輕薄、西門慶的庸俗、秋菊的悲慘等，這些，都給人留下了深刻難忘的印象。

《金瓶梅》的內容博大精深，藝術上又獨具特色，前人已說了千言萬語，「以致看來好像再沒有什麼可說的了，可是精神有一個特性，就是永遠對精神起著推動的作用。」《金瓶梅》就是這樣一部優秀的精神產品，對於它，我們還有萬語千言要說，它是不朽的，也是永遠說不盡的……

論《金瓶梅》語言的多層寓意

《金瓶梅》「借宋寫明、借世情寫政治、借家庭寫國家」，這種特殊的多層故事結構，必然決定了它在語言的運用上也具有多層寓意。一方面，作品的大多數人物表面上都是市井俗人和下層社會女子，他（她）們的語言絕不能太典雅莊重，所以，作者使用了大量的方言、口語和俗諺，這非常貼合他們的身分，語言風格顯得十分活潑酣暢。另一方面，作者又要在「風情故事」的背後揭示重大的社會政治主題，故作者只能採用「太史公筆法」，以隱筆、曲筆的形式，達到「指桑罵槐」的目的。這兩種語言風格，在《金瓶梅》中達到了高度的和諧統一。至於前者，「金學界」多有論述，此不贅。

無論是歷史事實還是生活瑣事，作者在敘述時往往都不單指某一點，而是指稱多個方面。這種敘述語言的「不確指性」，使讀者感到模稜兩可、捉摸不定，人們可以從不同的角度去理解它，恐怕說得都有道理。時至今日，學界對《金瓶梅》的認識，在許多方面分歧很大，甚而截然相反，譬如它的作者、成書過程、主旨、反映的時代等，都未能達成共識。除了其他方面的因素外，語言的多層寓意，可能是最主要的原因[1]。當然，作者在關鍵的地方還是有所界定的，這種「界定」表明了作者的創作主旨及作品反映的時代。

一、歷史事實敘述的多層寓意

《金瓶梅》第四十八回，「蔡太師奏行七件事」，其三「更鹽鈔法」：

> 切惟鹽鈔，乃國家之課，以供邊備者也。今合無遵復祖宗之制鹽法者。詔雲中、陝西、山西三邊，上納糧草，關領舊鹽鈔，易東南淮浙新鹽鈔。每鈔折派三分，舊鈔搭派七分。今（令）商人照所派產鹽之地，下場支鹽。亦如茶法，赴官秤驗

1　比如對「蘭陵」二字的理解：一種觀點認為是地名，張遠芬指為山東嶧縣，作者為賈三近。魯歌、馬征指為江蘇武進，作者為王穉登。另一種觀點認為「蘭陵」不是地名，乃指「美酒」，馬努辛認為是一愛酒之人。筆者的觀點與上述皆不同，認為「蘭陵」採用的是「藏詞」修辭手法，隱含作者姓「王」，見拙著《金瓶梅發微》第七章，北京：中國社會科學出版社2002年。

納息，請批引，限日行鹽之處販賣。如遇過限，並行拘收，別買新引。增販者俱屬私鹽。如此，則國課日增，而邊儲不乏矣。

蔡京這段話中的「鹽鈔」一詞是宋時的，它指的是鹽商繳款後領鹽運銷的憑證，明代間或用之。其他如「三分」「七分」「淮浙」「邊儲」等詞語，《宋史·食貨志》中常見，《明史·食貨志》中亦常見，是宋、明雜糅。作者經常使用這種「指桑罵槐」的不確指語言。

從史實上看，宋初有折中法，後又有鹽鈔法和引法。宋慶曆八年（1048）范祥為制置解鹽使，始行鹽鈔法。據《宋史·食貨志》載：「陝西鹽鈔出多虛鈔，而鹽益輕。」《事物紀原》載：「兵部員外郎始為鈔法，令商人就邊郡入錢至解池，請任私賣，得錢以實塞下。行之既久，鹽價時有低昂，又於京師置都鹽院也。」其後，東南鹽也實行鹽鈔法。崇寧以後，宋朝的絕大部分地區都普遍推行這種鹽鈔法。又據《宋史》卷四百七十二〈蔡京傳〉：「（蔡京）盡更鹽鈔法，凡舊鈔皆弗用，富商巨賈嘗齎持數十萬緡，一旦化為流丐，甚者至赴水及縊死。提點淮東刑獄章絳見而哀之，奏改法誤民，京怒奪其官。」[2]蔡京的「更鹽鈔法」，顯見是在侵奪民財。

這種狀況，明正德、嘉靖時也普遍存在。正德元年二月己巳，戶部集廷臣再議鹽法：

祖宗設立鹽法，專以備邊、賑濟、……今山、陝歲饑，……帑藏空虛，邊儲無積。若買補之害不除，則鹽法之壞益甚。官課何從變賣，糧草何從措辦？一有急用，何以應之？[3]

《明史·食貨志》四「鹽法」，大略謂：

武宗之初，鹽法日壞，私鹽通行，弊端百出。世宗登極，法禁無所施，開中不時，米價騰貴，私鹽四出，官鹽不行，而邊餉日虛矣。……二十七年，令開中者，止納本色糧草。三十九年，……鹽場淹沒，邊儲多缺。[4]

明王朝從太祖朱元璋始就曾規定：「商人輸粟邊倉，給引鹽以償其費。」但基本上是在朝廷的控制之下進行的。到了後來，那些權豪勢要之家，為了獲取巨額厚利，往往置皇朝命令於不顧，私行開中，大大破壞了官鹽的正常銷售。食鹽實際上已完全被官僚、權貴等大鹽商所壟斷。而一般鹽販、鹽商只能從這種「囤戶」手中分銷獲取餘利。《金

2　《宋史》卷四七二，北京：中華書局簡體字本 2000 年。

3　《明武宗實錄》卷一〇，中央研究院歷史語言研究所校印本。

4　參見《明史》卷八〇，北京：中華書局簡體字本 2000 年。

瓶梅》第四十九回，西門慶通過蔡御史的關係，開中了三萬鹽引，輕而易舉地賺取了三萬兩銀子的緞絹貨物。而一般商人，如有的根本就買不到鹽引，即或弄到鹽引，也不能及時支鹽，有守支數月數年者，甚至「祖孫相代不得者」。這些商人，由於下場支鹽曠日持久，不僅無利潤可圖，而且，肯定還會虧本。

從以上的分析來看，蔡京奏本中涉及到的史實，宋、明兩個朝代都存在，甚至連詞語的使用也相同。但作者並沒有明確界定他指的是宋還是明。不過，蔡京影射的是嚴嵩，這是「金學」界的共識。作者既抨擊蔡京，同時也就等於在抨擊嚴嵩。

作者的意圖恐還不只如此。據《明世宗實錄》記載，嘉靖三十九年，明世宗說：「鹽法久弛，非極力整頓不可」，於是命都察院左都御史鄢懋卿，清理兩淮、兩浙、山東、長蘆、河東等處鹽法。這位鄢懋卿屬嚴嵩一黨，他並不以百姓利益為重，而是「苞苴無虛日」，「以牟大利」，「甚至劫估舶，誣以鹽盜而執之」。但就是這位鄢懋卿，他的建議，被嘉靖帝不折不扣地採納批准了。你說，作者抨擊的矛頭是不是也指向了明世宗嘉靖呢？

上例是宋、明雜糅，作者「一石三鳥」的用意較明顯，因為寫宋的目的是為了寫「明」。即使完全是在明時發生的事，也往往是如此。第六十四回，李瓶兒死後，薛內相和劉內相前來弔唁，兩個在席上說話。薛內相說：

> 劉哥，你不知道，昨日這八月初十日，下大雨如注，雷電把內裏凝神殿上鴟尾袞（震）碎了，唬死了許多宮人。朝廷大懼，命各官修省，逐日在上清宮宣精靈疏建醮，禁屠十日，法司停刑，百官不許奏事。……昨日立冬，萬歲出來祭太廟，太常司一員博士，名喚方軫，早辰直著打掃，看見太廟磚縫出血，殿東北上地陷了一角，寫表奏知萬歲。……劉內相道：「你我如今出來在外做土官，那朝裏事也不干咱每。俗語道：咱過了一日是一日。便塌了天，還有四個大漢。到明日，大宋江山管情被這些酸子弄壞了。王十九，咱每只吃酒。」

雷震殿堂，各史「五行志」都要記載下來。查《宋史・五行志》，宋徽宗時無雷震宮殿鴟吻、鴟尾的記載。由此可以斷定，這段話完全是指「明」的。又查《明史・五行志》，從洪武到嘉靖四十五年，共發生六次大的雷擊殿閣事件：洪武十三年五月；正統八年五月、九年閏七月；天順二年六月；嘉靖十六年五月、二十八年六月。上述記載並不全面，《實錄》中寫到的次數更多一些。如《明武宗實錄》載，正德元年，「災異疊出，郊壇太廟奉天殿鴟吻獸脊，俱為震雷所擊」，「戒飭群臣痛加修省」。但《金瓶梅》上限在明武宗，故正德之前的雷擊事件都應被排除。

上文「凝神殿」（見《宣和遺事》）即「謹身殿」的諧音，「身」「神」同音，「凝」

「謹」聲、韻相通，鴟尾也就是鴟吻。戴不凡先生《小說聞見錄》「金瓶梅零札六題」認為此處影射嘉靖時事，是一種借古喻今的寫法，可惜未能提出證據。筆者認為，這裏最重要的是雷震鴟尾的時間。小說中寫的是八月初十日，前邊還特意加上一個指示代詞「這」字。作者為什麼這樣寫？其用意是什麼？查《世宗實錄》，明世宗生於正德二年八月初十日，謎底就在這裏。因為按《金瓶梅詞話》編年，第六十四回敘述的是九月間的事，但這裏特意點明「昨日是八月初十日」。「八月初十日」在這裏是界定詞，表明作品寫的雷震殿閣事件指的是嘉靖時期而不是別的時期，儘管作者並未具體指明是哪一年哪一次。

　　《金瓶梅》中敘述的許多歷史事件都是如此。不僅如此，見證這些「歷史事件」的人物，作者在安排時也儘量採用宋時有、明時也有而且還不止一個的同名同姓的人物，以表明作者的多層寓意，這樣的人物是很多的[5]。這裏僅以王相為例，來看看《金瓶梅》語言的這種典型的特點。王相在《金瓶梅》中的身分是「說唱藝人」，因其沒有籍貫、官職、字號、事蹟等的界定，讀者可以從不同的角度去闡釋他。

　　宋時的王相見《宋史》卷三百二十九：

> 王子韶字聖美，太原人。……崇寧二年，子相錄元祐中所上疏稿聞於朝，詔贈顯謨閣待制。[6]

　　明代正德、嘉靖時期叫王相的有7人。其一見《明史》卷一八八「張文明傳」：「王相，光山人。正德三年進士。官御史。十二年巡按山東。鎮守中官黎鑒假進貢科斂，相檄郡縣毋輒行。鑒怒，誣奏於朝。逮繫詔獄，謫高郵判官，未幾卒。」《河南志》卷六十謂此人字夢弼。又《江南通志》卷一百十五引《沭陽縣志》：「明汝寧人，正德初知沭陽，築壘浚濠。」《明武宗實錄》卷一五九，「甲午，降御史王相為直隸沭陽知縣。初，相巡按山東，禁戢非例貢奉，為鎮守太監黎鑒所奏繫獄，擬贖杖復職，詔降之。」[7]《明武宗實錄》卷四○，正德三年七月，卷七六，正德六年六月，卷一四四，正德九年七月都曾提到御史王相。由此能夠確定這個王相是汝寧光山人，字夢弼，可能死於正德末年。其一見《明武宗實錄》卷四○：「（正德三年七月）給事中張賢、監察御史閻睿等奏，查盤甘肅洮岷等糧料銀兩草束之類，……已將經該官吏人等問擬，監追其督理官員，副

5　參見拙著《金瓶梅發微》，北京：中國社會科學出版社2002年；《金瓶梅人名解詁》，石家莊：河北人出版社2005年。

6　《宋史》卷三二九，北京：中華書局簡體字本，2000年。

7　《明武宗實錄》卷一五九，中央研究院歷史語言研究所校印本。

使高寵熙、張天衢、李端澄，參議賈瑨、僉事王相、官賢，行太僕司卿陳寬、寺丞田美俱合逮問。」[8]其一見《明史》卷十八「世宗紀」：「（嘉靖三十一年）夏四月丙寅，把都兒、辛愛犯新興堡，指揮王相等戰死。」其一見《四川通志》卷一百七十一：「（王）相妻某氏，綿竹人，明正德六年廖賊掠境，氏與其女罵賊而死，相終身不復娶。」其一見《湖南通志》卷一百引〈一通志〉：「明丹徒人，嘉靖中知益陽縣，剛廉有守。」其一見《明史》卷一九二「王思傳」：「王相，字懋卿，鄞人。正德十六年進士。由庶吉士授編修。豪邁尚志節。事親篤孝。家貧屢空，晏如。仕僅四年而卒。」這個王相是嘉靖初期人，因議「大禮」，和其他人伏左順門哭諫，被廷杖而卒。嘉靖時還有一位王相，是嘉靖帝的兒子朱載圳的岳父，後來授予「東城兵馬指揮」的職銜。裕王（明穆宗）和景王朱載圳，二王的選婚是同時進行的，從良家女一千二百人當中選了錦衣衛百戶李銘（也是《金瓶梅》中的說唱藝人）之女和順天府民王相之女。《明史·楊思忠傳》：「（嘉靖）四十五年十月，御史王時舉劾刑部尚書黃光升，……言：『……奸人王相私闖良民者三，本無生法，乃擬矜疑。宜勒令致仕。』」[9]《明世宗實錄》卷三九三也提到太醫院醫籍王相，後來被授予「東城兵馬指揮」，指的該都是一人。

　　《金瓶梅》中用真實歷史人物王相來充當「說唱藝人」，作者之用意肯定是多層的而絕非是單一的。最明顯的一點是，「說唱藝人」向為傳統社會所不齒，這樣的「賤民」卻恰恰又被安置為嘉靖皇帝的親家，作者之諷刺意圖，實在是明顯至極。不過，因「王相」是個通名，他至少又起到了掩體的作用，避免了株連九族之禍。御史王相，其職責是「彈劾倡言」，結果被「逮繫詔獄」；而編修王相是位「哭諫」之人，調子「彈唱」得更高，結果被廷杖而死。御史也好，編修也好，他們都是西門慶的「優兒」，我覺得，這兩個王相在作品中暗示了西門慶的身分絕非是一個普通商人，而是一位皇帝。還有，這幾個王相都是明武宗、明世宗時人，他們表明了作品所寫的時代是正德、嘉靖時期，而不是別的時期。

二、生活瑣事敘述中的多層寓意

　　《金瓶梅》的表層是一個家庭風情故事，生活瑣事是其敘述的主體，所以，作者往往在平淡無奇的敘述中，借用口語、俗諺或插入「笑話」、或引用「劇曲」等，達到其「指桑罵槐」、由此及彼的目的。

8　《明武宗實錄》卷四〇，中央研究院歷史語言研究所校印本。
9　《明史》卷二〇七，北京：中華書局簡體字本 2000 年。

　　第三十五回寫西門慶與應伯爵、謝希大、賁四等一起飲酒，為活躍氣氛，「各人要骨牌名一句，合著點數」，否則，或唱曲、或講一個故事，兩者都不會，罰大杯酒。輪到賁四，不會唱，只得講一個故事。賁四說道：

> 一官問姦情事。問：「你當初如何姦他來？」那男子說：「頭朝東，腳也朝東姦
> 他來。」官云：「胡說。那裏有個缺著行房的道理。」旁邊一個人走來跪下，說
> 道：「告稟，若缺刑房，待小的補了罷。」

賁四講這個笑話，本出於無心。但作者充分利用漢語諧音的特點，轉用它意，故意造成誤會。「刑房」，本指衙門中掌管刑名訴訟的吏房，又與上文「行房（謂性交）諧音」。而此時的西門慶正是做著管刑名的官，好像賁四是有意要替補西門慶似的。故反應敏捷的應伯爵趕緊插嘴說：「好賁四哥，你便益不失當家。你大官府又不老，別的還可說，你怎麼一個行房你也補他的。」應伯爵的話是「一箭雙雕」，表面說的是「刑房」，而實際說的又是「行房」，一是暗指賁四的老婆（葉五兒）已被西門慶占有，二是你賁四怎麼敢去占有西門慶別的女人？話中有話，這正是《金瓶梅》語言的特點。

　　應伯爵到底利用了這個笑話，狠狠地敲了賁四一次竹槓。第二天，賁四果然封了三兩銀子，親到伯爵家磕頭，事情才算了結。

　　本回應伯爵也講了一個笑話：

> 一個道士，師徒二人往人家送疏。行到施主門，徒弟把條兒鬆了些，垂下來。師
> 傅說：「你看那樣，倒像沒屁股的。」徒弟回頭答道：「我沒屁股，師傅你一日
> 也成不得。」

這個笑話的用意也是「一石三鳥」，表面說的是師傅，實際指的是西門慶喜好「男風」，暗寓對西門慶的諷刺之意。

　　《金瓶梅》中不僅男性喜好講笑話，女性也是如此。有些笑話針對性極強，而且有多層寓意。如第二十一回，王姑子講了這樣一個笑話：

> 一家三個媳婦兒，與公公上壽。先該大媳婦遞酒，說：「公公好相一員官。」……
> 次該二媳婦上來遞酒，說：「公公相虎威皂隸。」……該第三媳婦遞酒，上來說：
> 「公公也不相官，也不相皂隸。」公公道：「卻相個甚麼？」媳婦道：「公公相個
> 外郎。」公公道：「我如何相外郎？」媳婦云：「不相外郎，如何六房裏都串到？」

「外郎」，指的是衙門中的佐吏。他需要到吏、戶、兵、禮、刑、孔目六處辦事房辦理文案，故云「六房都串到」。而西門慶的妻妾恰好是六個，他又居著官，為非作歹，如同

虎狼。所以說，作者選擇這個笑話，是具有多層含義的。

《金瓶梅》的作者還常常利用言語的多義性來刻畫人物性格。如第七十三回，寫孟玉樓生日，一家為其慶壽宴飲，叫兩個小優兒來助興。吳月娘吩咐讓唱〈比翼成連理〉套曲，西門慶卻讓他們改唱〈憶吹簫〉。〈憶吹簫〉是一首懷人之作，《詞林摘豔》卷七收錄。注「明陳大聲散套，『秋懷』代人作」。顯見西門慶是思念故去的李瓶兒之意。當唱道「他為我褪湘裙杜鵑花上血」時，潘金蓮「在席上故意把手放在臉兒上，這點兒那點兒羞他，說道：『……一個後婚老婆，又不是女兒，那裏討杜鵑花上血來？好個沒羞的行貨子。』」「杜鵑花上血」是一語雙關，潘金蓮的話，顯示了其性格的直露和尖刻。西門慶假裝不明白，說道：「怪奴才，我只知道〔聽唱〕，那裏曉的什麼。」後來，孟玉樓問起這兩個唱曲的姓名：

> 西門慶道：「他兩個，叫韓佐，一個叫邵謙。」月娘道：「誰曉的他叫什麼謙兒、李兒？」不防金蓮慢慢躡足潛綜，掀開簾兒進去，教他暖炕兒背後便道：「你問他，正景姐姐分付的曲兒不教他唱，平白胡枝扯葉的教他唱什麼『憶吹簫』『李吹簫』，支使的一飄個小王八子，亂騰騰的不知依那個的是。」

西門慶無意的一句回答，卻引起了吳月娘、潘金蓮兩個女人的醋意，並把兩人各不相同的性格引逗出來。作為主婦，吳月娘雖有妒意，但不像潘金蓮那麼直露，她只是把李瓶兒之「李」與李子之「李」混淆了，並且還藏在一個似乎毫無意義的語詞後綴裏[10]。而潘金蓮則把吳月娘這隱含的妒意挑明，使之與西門慶嘔氣而自己坐收漁翁之利。《金瓶梅》中像這種借助語言的多層含義來刻畫人物性格的高超技藝，確實是很多的。

借助俗諺、口語表明真實意圖也是作者常用的手法之一。筆者在拙著《金瓶梅發微》中曾反復強調過這樣的意思，西門慶的原型就是明武宗，他是「皇帝」，而絕非是一般的商人和官僚，但作者偏偏選用那些描寫皇帝的話加在他的身上，這是在「明糊弄人」，可人們反倒不相信了。《金瓶梅》中借用俗諺直指西門慶就是「皇帝」，最典型的是第二十五回，來旺揚言要殺西門慶和潘金蓮，竟然說出「破著一命剮，便把皇帝打」這樣表面憤激的話，許多人都認為這不過是一種比喻，表現了草民蔑視皇帝「天威」、敢於反抗的大無畏精神。其實恰恰相反，作者正是利用俗諺這種大家常常用的「比喻意義」，返歸它的本義，直指西門慶就是皇帝。作者生怕讀者不明白，特意又在第三十八回、第四十三回三次表達了同樣的意思。第三十八回寫韓二搗鬼指著西門慶送來的酒說：「等什麼哥，就是皇帝爺的，我也吃一鐘兒。」第四十三回寫吳月娘初會喬太太，說道：「寒

10　孫遜，詹丹《金瓶梅概說》，上海：上海古籍出版社 1994 年。

家與親家那邊結親，實是有玷。」喬五太太道：「娘子是甚怎說話，想朝廷不與庶民做親哩？」同回，潘金蓮對西門慶說：「可就不是做皇帝，敢殺下人也怎的？」這幾句話都不是狂言或憤激語，而是正話反說，實際意思是：「酒就是皇帝的」「朝廷也與庶民結親」「做皇帝就敢隨便殺人」。真可謂一書之中「三致志焉」。

西門慶形象新探

一

　　截至目前，《金瓶梅》的主人公西門慶究竟是一個什麼形象，他的真實身分到底如何劃定，依然是眾說紛紜，莫衷一是。大體說來，對西門慶形象的認識總歸有四種意見：一是以游國恩《中國文學史》為代表的集「地主、惡霸、商人」三位一體形象說；二是以盧興基為代表的新興商人形象說；三是以陳詔為代表的官商形象說；四是以孫遜為代表的官商和新興商人混合形象說。綜觀這四種意見，他們有一個共同點，即都認為西門慶形象的主要內涵是一個商人，他的全部活動是以經商為基礎，官僚的身分不過是屏障輔助而已，這些結論都未免偏頗。如果將作品和明朝史實結合起來看，西門慶的真實身分應是一個四品以上的大官僚，而不是作品表面所寫的僅僅是一個五品提刑官，他是以做官為主，而且是在明朝政府嚴格控制四品以上官不得經商的禁令下，主要依靠家人、奴僕或與別人合夥，或假借別人名義進行的，他所經營的工商業和經營方式都是封建性的。更確切地說，他應是十六世紀晚明資本主義萌芽時期官僚資本家的典型。

　　紫髯狂客在《豆棚閒話》的卷末總評中有一句會心之論，他認為像《金瓶梅》這類書要從「夾縫」中體會其高妙。的確，《金瓶梅》裏有許多看似平淡的敘述，往往都有深刻的寓意。比如《金瓶梅詞話》第四十九回有一段極為重要的文字（人民文學出版社，1992 年，以下引文同），可惜許多人忽略過去了。原文是這樣的：

> 西門慶飲酒中間，因題起：「有一事在此，不敢干瀆。」蔡御史道：「四泉有甚事，只顧分付，學生無不領命。」西門慶道：「去歲因舍親那邊，在邊上納過些糧草，坐派了有些鹽引，正派在貴治揚州支鹽。只是望乞到那裏，青目青目，早些支放，就是愛厚。」因把揭帖遞上去。蔡御史看了，上面寫著：「商人來保、崔本，舊派淮鹽三萬引，乞到日早掣。」蔡御史看了，笑道：「這個甚麼打緊。」一面把來保叫至近前跪下，分付：「與你蔡爺磕頭。」蔡御史道：「我到揚州，你等徑來察院見我，我比別的商人早掣取你鹽一個月。」

　　這段話有兩個疑點：其一，即以西門慶和蔡御史的密切關係，西門慶為什麼不敢直接用自己的名字，而要假借親家喬大戶「去歲在邊上納過糧草」的名義來支取這批鹽？其二，西門慶說這段話是在四十九回，按《金瓶梅詞話》編年，應為政和七年丁酉，西曆 1117 年，「去歲」當然指政和六年丙申，西曆 1116 年，西門慶是在這一年的 6 月才被任命為山東提刑所理刑副千戶的。雖然《詞話》沒有具體交代納糧草的月份，假如在 6 月之前，西門慶只是一個普通商人，納糧草換鹽引完全合法，沒有任何必要假借喬大戶之名。即使在 6 月之後，西門慶雖為五品提刑官，以家人或奴僕的名義，也不算違法。看來問題並不是如此簡單。

　　要解開這個謎，必須結合明朝史實來探尋。我們知道，朱元璋在立國不久就明確規定：「凡公侯內外四品以上官，不得令子弟、家人、奴僕於市肆開張鋪店，生放錢債及外出行商中鹽，興販物資。」[1]而四品以下官及不在所部內買賣者，都不在禁限之中，這條規定，一直沿續到明末。實際上，四品以上官，因權大勢大，不僅一直無法禁絕，而且越來越多，尤其在明中葉以後，隨著城市經濟的不斷發展和資本主義的萌芽，情況更為嚴重與突出。這些四品以上的權貴勢要，為了獲取巨額厚利，往往置皇朝命令於不顧，但又為了躲避查處，便不得不依靠家人，奴僕或與別人合夥，或假借他人名義從事這種非法的商業活動，而不是自己親自出面。這樣，既能夠賺大錢，表面上又不違法，達到一箭雙雕的目的。西門慶的經商活動，當屬於此例。

　　即以鹽的買賣為例，在明代，一直是在朝廷的嚴格控制下進行的。明王朝為充實邊餉，曾規定：「商人輸粟邊倉，給引鹽以償其費。」這條法規，只適用於普通商人，權貴勢要之家是被嚴格禁止的。

　　如果說，西門慶是普通商人，他輸粟邊倉，換取鹽引，自然是合法的；即以他五品提刑官的身分，用家人或奴僕的名義，都不在明王朝的禁限之中，他都沒有任何必要去借用親家喬大戶的名義。很顯然，西門慶之所以借用親家喬大戶之名，是他深知自己的身分。而喬洪只不過是清河縣的一位大戶，是白衣人，雖然後來他趁新例，拿三十兩銀子托西門慶的關係，討得東平府義官名目，但終究是個不入品的末流。他之輸粟邊倉換取鹽引，這是明律所允許的。

　　從《詞話》的具體描寫看，西門慶這次派家人來保、夥計韓道國、崔本帶一千兩本銀和三萬鹽引，前往揚州、湖州置貨，卻換來了價值三萬兩銀的緞絹貨物。可見開中鹽引，獲利是相當可觀的。

　　顯而易見，西門慶絕不是像作品表面所寫的僅僅是一個五品提刑官，他的真實身分

1　〈稽古定制〉，見《皇明制書》，哈爾濱：黑龍江人民出版社 2004 年。

應是一個四品以上的權貴勢要。他的商業活動，主要靠家人，奴僕或與別人合夥，或假借他人名義運行的，自己則躲在背後操縱。像西門慶這種經營方式，在明代是有案可查的。如明初的涼國公藍玉，「命家人中到雲南鹽一萬引，倚勢總支。」《明書》上說：「（明初）峻勢要令家僕行商中鹽。」因為，食鹽是人們日常生活必不可少的一種商品，鹽的販賣易銷而利厚。所以，那些權貴勢要之家，為謀取厚利，總是千方百計地想法行商中鹽，結果使明王朝的禁令成為一紙空文，根本無法貫徹執行。這種狀況，從明初到明末，不僅一直沒有間斷，而且越來越嚴重。如明中葉弘治時，「慶雲侯周壽家人周洪奏買兩淮殘鹽八十萬引，壽甯侯張鶴齡家人杜成、朱達等，奏買長蘆、兩淮殘鹽九十六萬引。」[2]這和西門慶命家人來保支鹽的方式是一模一樣的。

在《金瓶梅》裏，作者雖然安排西門慶在三十回才進入官場，但在此之前，他的許多活動，與他的身分———一個普通商人，也有諸多不符的地方。我以為，這不過是作者的障眼法而已，也是作者的良苦用心所在。

如《詞話》第七回。寫西門慶娶孟玉樓一事。西門慶除雇了幾個閑漢外，又去守備府裏討來一二十名軍卒，來搬取婦人床帳，嫁裝箱籠。按此時的西門慶，只不過是一個「開著生藥鋪」的破落戶財主，雖然「專在縣裏管些公事，與人把攬說事過錢」，但他絕無足夠大的權力去役使守備府裏的二十名軍士，這不是一個普通商人所能及的，當為權貴勢要者所為。西門慶討來的二十名軍牢，屬「私役軍士」的行為，這在當時是違禁的。因為朱元璋和他的子孫們，針對這種情況，曾反復申明「一軍不准私役」，但由於權貴勢要者權大勢大，私役軍士的現象仍不時發生，越到後期，情況越為嚴重。

西門慶多用家人、奴僕經商，這有許多好處：首先，他為了不斷增殖自己的財富，擴大經營規模和範圍，需要越來越多的勞動人手，只要有一點可能，他絕不肯出錢雇工，而主要是利用政治上、經濟上的特權來無償地役占人口。其次，也是最重要的，因為明律嚴格禁止四品以上官員經商，這與他要求經營工商業謀取大利，顯然是背道而馳的。因此，西門慶在經商時，不得不用「家人」、奴僕出面。這樣，既可通過經商獲取大利，以滿足生活之享樂，同時，又能避免明王朝法律的制裁。

二

歷史和經濟學家告訴我們，中國資本主義萌芽產生於明代中後期，即嘉靖以後[3]，當

2　《明經世文編》卷八十五。韓文：〈題為欽奉事〉。北京：中華書局 1962 年。

3　許滌新主編《中國資本主義發展史》第一卷〈中國資本主義的萌芽〉，北京：人民出版社 1990 年。

為正確的。這時，在東南沿海以繅絲和棉紡為主的工場手工業確已採用了雇工勞動的形式，有的雇工多至百人以上。有人據此和西門慶經營方式的某些相似性，斷定：「《金瓶梅》給我們描寫了一個新興的商人西門慶及其家庭興衰的歷史」，西門慶「正是在朝向第一代商業資產階級蛻變的父祖」「將是二千年封建社會的掘墓人」[4]。這並不符合《金瓶梅》作品的實際。

毋庸置疑，在《金瓶梅》裏，確已出現了許多新興商人的身影：如杭州販綢絹商人丁雙橋（二十回）、揚州鹽商王四峰（二十五回）、開銀鋪的白四哥（三十三回）、湖州販絲綢商人何官兒（三十三回），以及揚州鹽商王海峰、汪東橋、錢晴川（八十一回）等等，他們是早期新興商業資本家的前身。但西門慶的經商絕不屬於這一類。

考查西門慶在短短幾年間所經營商業的總額，當在十萬兩之上，還不算日常吃、穿、用的極度浪費和賄賂、打點、吃請的花銷。比如《詞話》四十九回，西門慶迎請宋巡按的一席酒，就花費了千兩銀子，如果加上這一筆，那數目就更為可觀了。若再算上西門慶的不動產，估價該在二十至三十萬兩之間，這個數目在萬曆時，大體在全國該屬於中賈。

王世貞記有嚴嵩的兒子評天下富豪的一段史料：「嚴世蕃積資滿百萬，輒置酒一高會，其後四高會矣，而干沒不止。嘗與所厚屈指天下富家居首等者，凡十七家……所謂十七家者，己與蜀王、黔公、太監黃忠、黃錦及成公、魏公、陸都督炳、又京師有張二錦衣者、太監永之侄也。山西三姓，徽州二姓……積資滿五十萬以上，方居首等。……今吳興董尚書家過百萬……武清李侯當亦過百萬矣。」[5]

上文所列舉的富人，有官僚，有宗室，有太監，但完全屬於商人身分的並不多。可見，權貴勢要由於有政治上的特權，他們經營商業要比純粹身分的商人經商有利得多，西門慶就是這樣。

我們知道，中國資產階級是從封建社會母體中產生的，最終也未能成為封建社會的掘墓人。晚明社會的發展，並沒有按照馬克思、恩格斯所預料的那樣循著一條必然的方向前進，而是朝相反的方向逆轉。中國資產階級的產生從一開始就是官僚資本，因而，資本主義萌芽時期的晚明社會，官僚商人和普通商人是處於一種不平等的地位進行貿易的。我認為，這是《金瓶梅》反映的一個最主要內容。西門慶就是以遠遠優於一般工商者的壟斷地位參與了不平等的競爭，甚而是強權資本和強盜資本。他有其優越的政治、經濟地位和權勢，這正是一般工商者所遠遠無法比擬的，不平等的競爭之所以嚴重影響

4　盧興基〈論《金瓶梅》──十六世紀一個新興商人的悲劇〉，《中國社會科學》1987年第3期。
5　王世貞《弇州史料後集》卷三十六，北京：北京出版社1998年。

中國資本主義的發展，是因為，如西門慶者之流，他們的特權越大，一般工商者經商的困難就越多。在這一點上，兩者的商業利益是成反比例而發展的。所以說，西門慶的經商，不具有平等競爭的資本主義商業精神，而完全是封建性的，決不能把他劃為新興商人。

我們從兩個方面來看西門慶經營商業的封建性質。

(一)西門慶經營工商業的範圍和品類，主要集中在下面一些最有利可圖的行業上：

1. 行商中鹽。西門慶不僅開中了三萬鹽引，而且還比別的商人早掣取鹽一個月。按鹽三百斤為一引，則三萬引可運鹽九百萬斤。這正反映明代食鹽實際完全為官僚、權貴等大鹽商壟斷，而一般鹽販、鹽商只能從這種「囤戶」手中分銷獲取餘利。

2. 開張店鋪。計有綢緞鋪，與喬大戶合開，本錢五萬銀子；紬絹鋪，本銀五千兩；絨線鋪，本銀六千五百兩；生藥鋪，占用銀五千兩。

3. 江湖上走標船，搞長途販運。

4. 放高利貸，違律取利。明初，朱元璋曾規定：「凡公侯、內外文武官四品以上官，不得放債。」[6]又規定：「凡私放錢債及典當財物，每月取利並不得過三分，年月雖多，不過一本一利。」[7]西門慶不僅違律放債，而且取利高達五分（四十三回）。

除此外，他還收取賄賂，小的如黃四送上白米一百石（即銀一百兩，明人謂黃米為金，白米為銀，賄賂之隱語耳）。大的如放走謀財害命的苗青，而接受一千兩；為揚州大鹽商被扣，向蔡太師求得書信而釋放，接受銀二千兩等等。

(二)經營方式。西門慶擁有許多店鋪，那麼他是如何經營的呢？這些店鋪的經營者和管理者之間，究竟是一種什麼關係。

我們把與店鋪有關的人員分為三組：西門慶、喬大戶、陳經濟為一組；吳二舅、傅自新、韓道國、賁地傳、甘出身、崔本為一組；來保來昭為一組。

西門慶是商業資本的擁有者，因此，他有權支配店鋪成員，對整個商業經營起謀劃和指揮作用，不直接去做具體業務。從《金瓶梅》的具體描寫看，他何曾好好做過一天買賣。因此，可以說，他是一個脫產的東家。喬大戶有一定的資本，因為西門慶的身分是四品以上官僚，所以往往與他合夥做買賣，他只是按本分紅，純係股東。陳經濟是西門慶的女婿，掌管鑰匙和庫房，查點出入銀錢，負責具體的管理工作。因為他未投入資本，故不能分紅，實際是西門慶商業上的幫手。

吳二舅雖是吳月娘的至親，但只管一個鋪子，實際如同夥計，他和傅、韓、賁、甘、

6　《明英宗實錄》卷六六，正統五年四月。中央研究院歷史語言研究所校印本。

7　《明律》卷九，瀋陽：遼瀋書社 1990 年。

崔等人一樣，既不入股，也不是以固定工資形式受雇，而是按一定比例提成。第五十八回有明確交代：「譬如得十分為率：西門慶五分，喬大戶三分，其餘韓道國、甘出身與崔本三分均分。」他們的提成受經營好壞的影響，處於經常浮動之中。名為夥計，實同家人，但已經沒有人身依附關係。中國封建社會傳統的工商業，常採用這種經營方式。顧炎武《肇域志》有較為詳細的記載：「其合夥而商者名曰『夥計』。一人出本，眾夥共而商之。」只不過西門慶所處的晚明時代，由於資本主義的萌芽，這種經營方式比以往更為靈活罷了。

來保和來昭都是西門慶的家奴，是不付給任何報酬的。

像權貴勢要西門慶所經營工商業的範圍、品種和經營方式，在明中後期並非個別現象，而具有普遍性，就連當朝宰輔也參與商業活動。明于慎行《穀山筆麈》卷四云：「吳人以織作為業，即士大夫家多以紡績求利。其俗勤嗇好殖，以故富庶。然而可議者，如華亭相在位，多蓄織婦，歲計所積，與市為賈，公儀休之所不為也。」華亭相指萬曆時官居首輔的徐階，華亭人。徐階在首相任上時，故鄉家中確有紡織品的生產和貿易活動。

另外，如王世貞家也廣開當鋪，歲收子錢三十萬。董尚書（份）有質舍百餘處，湖廣巡撫秦耀，在無錫、蘇州、常州等地，都開有當鋪，每年收入幾十萬甚而數百萬。上述資料足以說明，開當鋪，放高利貸，是當時權貴經商獲利的捷徑。

三

從以上的分析中可以看出，西門慶經商的性質完全是封建性的，經營的方式則比較靈活。那麼，在資本主義萌芽產生的過程中，對西門慶經營的工商業，該作如何評價呢？

《金瓶梅》為我們描寫了這樣兩個事實：一是西門慶所經營的工商業都是非生產性的；二是西門慶在賺錢以後，不是將賺取的利潤用於擴大再生產，使金錢無限度地孳生、繁衍、增殖，而是大多用之於他窮奢極欲的糜爛生活和政治投資。因而，中國資本主義萌芽時期商人的投資取向，並不是產業資本，它不能促使封建的生產方式轉變為資本主義生產方式，西門慶也絕不能成為封建社會的掘墓人。

對於西門慶窮奢極欲的糜爛生活和大量的資金用之於玩女人，前人已多有論述。這裏單就其對於飲食的講究，來看其豪門氣派。比如鰣魚，這是極為名貴的品種，即在產地江南也不可多得；但在西門慶家裏，不過是平常宴席上的一道菜肴。難怪善打秋風的應伯爵也說：「就是朝廷還沒有哩，不是哥這裏，誰家有！」（五十五回）記得何景明有一首〈鰣魚〉詩，是說鰣魚是皇帝用來賞賜權宦和祭祀祖先的，絕非一般商人家所能有。這從一個側面可以看出西門慶的真實身分。

　　至於西門慶的政治投資，那數額更為巨大。比如五十五回，西門慶送給蔡京的生日禮物包括：「大紅蟒袍一套，官綠龍袍一套，漢錦二十匹，蜀錦二十匹，火浣布二十匹，西洋布二十匹；其餘花素尺頭共四十匹，獅蠻玉帶一圍，金鑲奇南香帶一圍，玉杯、犀杯各十對，赤金攢花爵杯八隻，明珠十顆；又梯己黃金二百兩。」對如此豐厚的禮物，夏志清先生竟產生了懷疑，認為這不是一個殷實商人所能夠輕易拿出的[8]。

　　再從經商角度看，西門慶顯然缺乏西方資本主義崛起之時具有的資本主義精神。這種精神被美國總統佛蘭克林，後來的韋伯等人概括為誠實、講信用、節儉等美德[9]，而尤為重要的是：賺錢應成為商人的天職，並且能夠使每一塊銅板都達到最大限度地增殖。但西門慶絕不是這樣，他賺錢以後的金錢用向和他的種種表現，與「資本主義精神」大異其趣，格格不入。因而，西門慶絕不能代表「時代精神」，相反，他的商業經營都是封建性的，在當時起了很壞的作用與影響。因為，他政治上的特權，經濟上的壟斷，不平等的競爭，嚴重阻礙了資本主義生產方式的產生和生產關係的轉變，歷史的發展有力地證明了這一點。

8　夏志清《中國古典小說導論》，合肥：安徽文藝出版社 1988 年。

9　韋伯《新教倫理與資本主義精神》，北京：生活・讀書・新知三聯書店 1987 年。

西門慶原型明武宗考

西門慶是《金瓶梅詞話》中的最中心人物，是一個具有多重社會身分和廣泛歷史內涵的獨一無二的不朽形象。過去的許多研究者一般多認為西門慶是一個封建惡霸勢力的代表人物[1]，近年來隨著《金瓶梅》研究的深入，又有不少論者主張他是一個新興商人的典型[2]。截至到目前，《金瓶梅》的主人公西門慶究竟是一個什麼形象，他的真實身分到底如何劃定，依然是眾說紛紜，莫衷一是。

筆者經過深入思考和反復研究，認定西門慶的原型就是明武宗朱厚照，他的主要身分是皇帝而絕非是普通的商人或惡霸[3]。只有徹底破解西門慶形象之謎，《金瓶梅》中的許多謎團才能得到合情合理的解釋。

一、三十三歲——西門慶年齡的奧秘

《金瓶梅》中的西門慶活了三十三歲，這個年齡是作者隨意杜撰的，還是精心設計的？回答當然是後者。

《金瓶梅詞話》開篇就引用了宋時卓田寫的一首詞：

> 丈夫只手把吳鉤，欲斬萬人頭。如何鐵石，打成心性，卻為花柔？請看項籍並劉季，一似使人愁。只因撞著，虞姬戚氏，豪傑都休。

這一首引詞，在《詞話》中具有特殊的含義，它總括了全書的創作主旨，同時還有一個重要的寓意就是暗示了作品中主要人物的年齡問題。

對於這首詞，臺灣著名學者魏子雲先生認為，詞中所述劉邦寵愛戚夫人的故事是諷諫神宗皇帝寵幸鄭貴妃的，並以此作為神宗有廢長立幼企圖的鐵證[4]。魏先生沒有把握住

1　游國恩等《中國文學史》，北京：人民文學出版社 1964 年。

2　參見盧興基〈論《金瓶梅》——16 世紀一個新興商人的悲劇〉，《中國社會科學》1983 年第 3 期。

3　參見拙著《金瓶梅新解》，石家莊：河北教育出版社 1999 年。

4　魏子雲《金瓶梅的問世與演變》，臺北：時報文化出版事業公司 1981 年。

作品的整體內容、整體結構，所以立論是錯的。小說引用卓田的詞作為全書的總綱，以項、劉的關係來暗示明武宗和明世宗的關係，這才是作者的真正用意。寫情色是手段，是掩體，目的是為了罵嘉靖。

西門慶的年齡問題，可以從以下三方面加以論證。

(一)易學理論根據

《詞話》中的主要人物的年齡是作者精心設計的，全書的結構是一個奇特的數字網絡結構，它來源於《周易》。

《周易》在儒家經典中被列為群經之首，幾千年來影響到自然、社會、思維研究的各個領域，所以有人稱它為「宇宙代數學」。

明朝人非常注重易學，明成祖朱棣永樂五年開始修建的北京京城，它的設計和佈局就是依照陰陽八卦原理而定的。

這裏簡要地介紹一下《周易》中講的一些道理，看看《詞話》的作者是如何根據這些理論來設計人物年齡的。

《周易·繫辭上》：

> 天一，地二，天三，地四，天五，地六，天七，地八，天九，地十。天數五，地數五，五位相得而各有合。天數二十有五，地數三十，凡天地之數五十有五。此所以成變化而行鬼神也。[5]

一三五七九，是陽數、奇數，其和是二十五（1＋3＋5＋7＋9＝25）；二四六八十，是陰數、偶數，其和是三十（2＋4＋6＋8＋10＝30）；天地之數總和為五十五（25＋30＝55）。這就是易數的主要來源之一。過去，民間老百姓在天地廟貼對聯，上聯寫「一三五七九」，下聯寫「二四六八十」，就是採取《易經》上的說法，奇數代表天，偶數代表地，合起來是「天地」，普通人也是懂得這一道理的。

《周易·乾卦》：

> 九五，飛龍在天，利見大人。[6]

乾卦九五，「九」是陽數的最高位，「五」是陽數的最中位，含有「至尊中正」的意思，

5　《周易正義》，《十三經注疏》本，北京：中華書局1980年。《注疏》本《周易》與通行本《周易》中這段話句子的排列順序兩者有所不同。

6　同前書。

古代術數家說是人君的象徵，後因以「九五」指帝位，稱為「九五之尊」。

楚漢相爭，項羽失敗了，但司馬遷在《史記》中特意為他立了「本紀」，還是按帝王來看待他的，「位雖不終，近古以來未嘗有也」[7]。據《史記》「三家注」說，項羽活了三十一歲（西元前 232-前 202），《明史》載明武宗朱厚照也活了三十一歲（1491-1521）。《詞話》中西門慶活了三十三歲，三個人的年齡加起來恰好是「九五」歲（31＋31＋33＝95），正是「九五之尊」。如果西門慶是三十二歲或三十四歲，就不合「九五」之數（古人的年齡都是按虛歲來計算的）。西門慶寫得像個皇帝[8]，原型就是明武宗，作者在這裏洩露了「天機」。如果讓西門慶也活三十一歲，明眼人一看就知道是影射明武宗，一是作者在那個專制時代不敢這樣寫，二是這樣寫也就失去了藝術的真實性。《詞話》的寫法就是將現實的真實性和藝術的真實性有機地結合在了一起。

西門慶年齡的設計，表面上叫人看不透底細，深層的含意又使人能領悟過來，作者真是用盡了「心機」。

(二)歷史事實根據

《詞話》的作者以項羽劉邦的關係來影射明武宗和明世宗的關係，這種選擇具有深邃的歷史眼光。楚漢戰爭，項羽失敗，劉邦當了皇帝；明武宗無子，朱厚熜繼承了帝位，江山也落入他人之手，這跟項羽和劉邦的關係是有一致性的。

明武宗和項羽更有著驚人的相似。兩人不僅都活了 31 歲，而且性格上也有相同處。項羽是一個典型的個人英雄主義者，少時學書不成，學劍又不成，學兵法，「略知其意，又不肯竟學」「力能扛鼎，才氣過人」「謂霸王之業，欲以力征經營天下」「自矜功伐」「五年卒亡其國」[9]。楚霸王叱吒風雲，不可一世，剛愎自用，最後灑淚別姬，烏江自刎。明武宗生而好武，暴戾恣睢，「為學之暇」「頗好騎射」。自稱「威武大將軍」「志欲蕭清四海，鞭笞四夷」「屢駕鑾輿，昭布聖武；以示安不忘危之意」。甯王朱宸濠反，兵敗被王守仁所俘，明武宗為了炫耀武功，命於廣場釋宸濠等，然後再擊鼓鳴金而擒之，示為己所俘。終於「嘔血於地」，死在豹房[10]。兩人不僅在年齡、性格上有共同點，就是在相貌上也簡直是「孿生兄弟」：楚霸王「舜目重瞳」，明武宗「睟質如玉」。明武宗可謂是項羽的「再生」了。

7　《史記》卷七，北京：中華書局簡體字本 2000 年。

8　劉輝〈也談《金瓶梅》的成書和「隱喻」——與魏子雲先生商榷〉，《金瓶梅藝術世界》，長春：吉林大學出版社 1991 年。

9　以上引文均見《史記·項羽本紀》，北京：中華書局簡體字本 2000 年。

10　《明武宗實錄》卷一九七，中央研究院歷史語言研究所校印本。

西門慶的形象脫胎於明武宗。他從小是個「好浮浪子弟」，「使得些好拳棒」，「一表人物，軒昂出眾」；粗獷少「文」，淫威逼人；雖不是「大將軍」，卻也有「武略」的封號。好色荒唐，結果是身染重病，一命嗚呼！

項羽、朱厚照、西門慶在作者筆下是「三位一體」的。

據《史記》載，劉邦活了六十二歲（西元前 256-前 195）。項羽三十一歲加上劉邦的六十二歲，是九十三歲。《金瓶梅》寫的內容，上限在明武宗，下限在明神宗，這是公認的事實。查《明史》，明世宗朱厚熜活了六十歲，明穆宗朱載坖活了三十六歲，明神宗朱翊鈞活了五十八歲。西門慶影射明武宗，作者讓他活了三十三歲。劉邦暗射明世宗，一個是六十二歲，一個是六十歲。這樣看來，劉邦比明世宗大二歲，這是盈；明武宗比西門慶小二歲，這是虛。一盈一虛，符合《周易》的盈虛之道。《易·豐》說：「天地盈虛，與時消息。」[11]《莊子·秋水》上也說：「消息盈虛，終則有始。」[12]西門慶的三十三歲加上明世宗的六十歲，正好也是九十三歲。明穆宗、明神宗的年齡都不相合。從這裏亦可揭開西門慶年齡的奧秘。

(三)《詞話》的編年根據

《金瓶梅詞話》的內容，從敘事時間上看，起於宋徽宗政和二年（壬辰，西曆 1112 年），止於宋欽宗靖康二年（丁未，西曆 1127 年），正好是十六年。《詞話》一百回，可分為三大部分：第一部分是第一回至第十回，為序幕；第二部分是第十一回到第八十回，為主幹；第三部分是第八十一回至第一百回，為尾聲。這一百回的時間分配，前十回大略是三年，中間七十回大略是四年，後二十回大略是九年。後二十回的時間跨度很大，第一百回一下就敘述了五、六年的事情。主體部分的確是精雕細刻，而尾聲則是「草草收兵」了。為什麼會出現這種現象？作者是「圍於」時間而不能自如。為了湊合「十六年」這個數字，所以，作品才形成了上述格局。

《詞話》的時間編年為什麼是十六年，而不是十五年或十七年？這是由小說的主旨來決定的。明武宗朱厚照在位十六年（1506-1521）。西門慶影射明武宗，因此，小說的故事編年也就成了十六年。西門慶的原型就是明武宗，又一次得到證明。

我們還可以作進一步的分析。

《史記·項羽本紀》說：項羽「初起時，年二十四。」[13]三十一歲自殺，活躍期是六、

11　《周易正義》卷六，《十三經注疏》本，北京：中華書局 1980 年。

12　《莊子全譯》，貴陽：貴州人民出版社 1991 年。

13　《史記》卷七，北京：中華書局簡體字本 2000 年。

七年。

《明史》載：明武宗從正德九年起，「帝始微行。」[14]到正德十六年死，「活躍期」也是六、七年。

《金瓶梅詞話》敘述西門慶出場時是二十六、七歲，三十三歲死，活躍期也是六、七年。

三個六、七年，又一次充分證明了西門慶的原型就是明武宗。西門慶的年齡就是這樣精心設計出來的。

《詞話》卷首的那首引詞是全書的總綱，其中就暗示了西門慶的年齡。《詞話》最後又寫到吳月娘活了七十歲，中間還有其他一些人的年齡，如潘金蓮、李瓶兒、龐春梅、孟玉樓等，都依據《周易》原理而定。所以，《金瓶梅》的寫法是以數字始，以數字終，全書的整體結構是一個精密奇特的數字網絡結構。這就是《金瓶梅》最大的謎底。

解開了《金瓶梅詞話》這個大謎，其他問題也就可以迎刃而解了。

二、西門達——西門京良

西門慶暗指明武宗，因為武宗篤信佛教，自稱「大慶法王」。

《明武宗實錄》載，正德五年六月：

> 命鑄「大慶法王西天覺道圓明自在大定慧佛」金印，兼給誥命。「大慶法王」，蓋上所自命也。及鑄印成，定為天字一號云。[15]

西門慶有一「慶」字，「大慶法王」也有一「慶」字，《詞話》的作者就是這樣巧妙地把二者拴繫到了一起。

本來在《水滸傳》中，西門慶既沒有父親，也沒有祖父。可是到了《詞話》作者的手中，卻為其父起名叫西門達，祖父叫西門京良。為什麼起這樣的名字？作者是有深意的。

西門慶之父西門達在《金瓶梅》中共出現二次（第二十五回和第三十九回）。作者之所以選用這一個「達」字而不用其他的字，是因為，「達」字在古代是一個入聲字，在《平水韻》中屬於曷韻。到元代，北京一帶的語音發生了變化，入聲沒有了，凡是過去讀做入聲的字都分別念成了陰陽上去四個聲調。元代周德清的《中原音韻》就把「達」字歸

14　《明史》卷一六，同前註。

15　《明武宗實錄》卷六四，中央研究院歷史語言研究所校印本。

併到了「家麻」韻中，念陽平，和現在普通話的讀音是一致的。「達」和「大」都屬於同一個韻部，不過聲調有些不同罷了，「大」念去聲[16]。

一個「達」，一個「慶」，合起來不就是「大慶」嗎？「大慶」者「大慶法王」也。西門慶者，明武宗也。作者為什麼不直接選用一個「大」字，而採取諧音呢？太明顯了，那是要被殺頭的。

這裏還需說明一點的是，萬曆丁巳刻本第三十九回「西門達」的「達」字，原來寫的是一個「通」字，墨筆點去，在旁邊又加上一個「達」字。這裏面有深意存焉。一種可能是原來刊刻時搞錯了，看出問題後又點去改正。還有一種可能是作者為了掩人耳目，故意把「達」換成「通」，「通」「達」義同，西門達字「通」，他的名字也可叫西門通了。作者在《詞話》中經常使用這一手法，使人猜不透機關。但是作者還是希望讀者能夠體察到他的良苦用心，最終還是使用了一個「達」字。

西門慶的祖父西門京良，這是《詞話》中的又一個密碼。試看古代典籍對「京良」二字的解釋：

京：

《爾雅·釋詁上》：「京，大也。」[17]

《左傳·莊公二十二年》：「八世之後，莫之與京。」杜預注：「京，大也。」[18]

《方言》卷一：「敦、豐……京、奘、將，大也。……燕之北鄙，齊楚之郊，或曰京，或曰將，皆古今語也。」丁惟汾音釋曰：「京為張之同聲假借。《史記·陳涉世家》：『涉乃立為王，號張楚。張楚即京楚，大楚也』。」[19]

良：

《說文·畐部》：「良，善也。」[20]

《詩·小雅·角弓》：「民之無良，相怨一方。」鄭玄箋：「良，善也。」[21]

慶：

《書·呂刑》：「一人有慶，兆民賴之。」孫星衍疏曰：「……言天子有善，兆民享其利，寧靜可致久長也。」[22]

16　周德清《中原音韻》，《中國古典戲曲論著集成》本，北京：中國戲劇出版社 1959 年。

17　《爾雅注疏》卷一，《十三經注疏》本，北京：中華書局 1980 年。

18　《春秋左傳正義》卷九，同前註。

19　丁惟汾《方言音釋》卷一，濟南：齊魯書社 1985 年。

20　段玉裁《說文解字注》，上海：上海古籍出版社 1988 年。

21　《毛詩正義》，《十三經注疏》本，北京：中華書局 1980 年。

22　孫星衍《尚書今古文注疏》，北京：中華書局 1986 年。

《詩·大雅·皇矣》：「則友其兄，則篤其慶。」毛傳：「慶，善。」[23]

從文字釋義來看，我們很清楚地知道，「京良」的意思是「大善」，而「大慶」的意思也是「大善」。西門京良就「西門大慶」，正是「大慶法王」的暗喻。作者深怕別人理解不了自己的良苦用心，在西門達之後又特意設置了西門京良這一名字，讓有心的讀者去破譯。

西門慶的原型就是明武宗，真是一書之中「三致志焉」。

《金瓶梅》中凡是最關鍵的詞語，往往是重複出現，藉以引起人們的注意。只有懂得了這一點，才能徹底破解它的許多奧秘。

三、豹房──藏春塢

明武宗朱厚照荒淫無度，嬉游無「方」，在封建皇帝中也是比較典型的。他在正德二年建立了「豹房」，實際上是一個淫樂場所。

《明武宗實錄》正德二年八月：

> 蓋造豹房公廨，前後廳房，並左右廂房、歇房。時上為群奸蠱惑，朝夕處此，不復入大內矣。[24]

《明史》《明會要》中都有這方面的記載。

《金瓶梅詞話》中，西門慶建有一個「藏春塢」，作者為何要起這樣的名字，它和「豹房」有何聯繫？試析如下：

「塢」字不見《說文》。《字林》：「塢，小障也。一曰小城。」《廣韻·姥韻》：「塢，《通俗文》：營居曰塢。」意為防守用的小堡。後來一般用以指四面如屏的花木深處，或四面擋風的建築物。如花塢、竹塢、船塢等。「塢」字在元代以前讀上聲，屬姥韻。「屋」字在元代以前讀入聲，屬屋韻。元代入聲消失，北京人把「屋」讀成了上聲，和「塢」字的讀法完全相同，同屬於「魚模」韻[25]。所以，「藏春塢」就是「藏春屋」。

「藏春塢」是西門慶家的特殊建築物。藏春塢者，偷情之屋也。西門慶與宋惠蓮、李桂姐等非妻妾發生性關係都選擇在這裏。

明武宗有「豹房」，西門慶有「藏春塢（屋）。」你一房，我一屋，房屋相連。西

23　《毛詩正義》，《十三經注疏》本，北京：中華書局 1980 年。

24　《明武宗實錄》卷二九，校印本。

25　周德清《中原音韻》，《中國古典戲曲論著集成》本，北京：中國戲劇出版社 1959 年。

門慶的「藏春塢」就是明武宗「豹房」的對譯。如果換成「藏春閣」，就失去了它特有的意蘊[26]。

「藏春塢」是一個密碼，這一信息載體告訴我們，西門慶的原型就是明武宗。

四、天子十弟兄──會中十友

《金瓶梅詞話》第十回寫到，花太監因侄男花子虛沒妻室，就使媒人說親，娶李瓶兒為正室。花太監死後，錢財都落在花子虛手裏：

> 每日同朋友在院中行走，與西門慶是會中朋友。西門慶是個大哥。第二個姓應，雙名伯爵，第三個姓謝，名希大，還有個祝日念、孫寡嘴、吳典恩、雲裏手、常時節、卜志道、白來搶，共十個朋友。卜志道故了，花子虛補了。每月會在一處，叫兩個唱的，花攢錦簇頑耍。

西門慶的「會中朋友」不多也不少，恰好是十個。如果是在一般的小說中，有多少個朋友，這個「數目字」或許並沒有什麼深奧的意義，可在《詞話》中就不同了，這個「十」是有來源的。

《明世宗實錄》正德十六年六月：

> 初宸濠之亂，太監張忠聞濠已就擒，圖冒其功，乃提兵急趨南昌，至則都御史王守仁已執濠赴南京矣。忠失望甚恚。江西按察使伍文定迎謁……忠愈怒，以銅鎚擊之，文定昏僕，觀者無不駭憤。文定畏其兇焰，屢求解任，不報。至是始以狀聞。且言：忠昔與安邊伯許泰、左都督劉暉至江西，忠自稱天子十弟兄（筆者按：「天子」指明武宗），泰稱威武副將軍，與朝廷同僚，暉稱總兵官朱，係朝廷兒子。迫脅天子命吏，稍咈其意，輒窘辱之。[27]

張忠自稱是「天子十弟兄」，正是武宗倚重太監這一情況的真實反映。西門慶「會中十友」即來源於此。西門慶是「大哥」，當然就是「天子」了。西門慶的原型就是明武宗，在小說中還可以找出很多證據。例如，吳月娘與其兄吳鎧即是影射武宗之妃吳氏與其父吳讓的。據《明武宗實錄》載，正德元年八月乙丑，「太監陳寬傳旨，冊沈氏為賢妃，

26　《金瓶梅詞話》中亦說「藏春閣」，這是作者故意混淆概念。

27　《明世宗實錄》卷三，校印本。

吳氏為德妃」[28]。這是一個重要的暗示，因為西門慶第一個妻子姓陳，明世宗第一位皇后也姓陳。西門慶的繼配姓吳，明武宗的妃子也姓吳，並被封為「德妃」。吳德妃的父親叫吳讓，正德二年三月，「升錦衣衛百戶沈傳、吳讓為指揮僉事。傳、讓以戚里乞恩，特許之。」[29]「讓，武廟德妃父也。」[30]顯見，吳德妃的父親吳讓是錦衣衛官員，由錦衣百戶升為指揮僉事的。《詞話》中，吳月娘是清河左衛吳千戶之三女，與《實錄》中所說的情況極相合，這個「吳千戶」就是升為「指揮僉事」的吳讓，正千戶為正五品，指揮僉事為正四品，品級相連。可見，吳月娘姓氏的來源，就是以明武宗德妃吳氏為依據的。

吳月娘有兩個哥哥，吳大舅、吳二舅。吳大舅有名字，吳二舅沒有交待。據萬曆丁巳本《金瓶梅詞話》，吳大舅的名字前後不一致，有稱「吳鎧」「吳鎧」的，有稱「吳有德」的，其實是一人[31]。這正是作者慣用的手法——即將歷史上的真實姓名相互雜糅，使讀者「莫明其糊塗」[32]。《金瓶梅》的寫法是「變中有不變」，是《易》中「變易」與「不易」理論的具體應用。抓住本質，去掉雜亂，問題還是清清楚楚的。《詞話》第七十七回，西門慶對吳月娘說：「已是保舉你哥升指揮僉事，見任管屯。」這裏的「指揮僉事」和前面吳妃的父親吳讓由錦衣百戶升為「指揮僉事」不是完全一樣嗎？《實錄》指的是吳妃的父親，小說中移成了吳月娘的大哥（《北史》中有「稱父曰兄」的說法）。雖變化無常，但「吳」這個姓沒有變，「指揮僉事」這個職銜沒有變。至於將吳鎧這位真實的歷史人物移植在小說中，其寓意是暗指吳讓，因吳鎧又叫「吳有德」，「有德」該是他的表字，即「謙讓有德」。他是明武宗的皇親，在《詞話》裏則是西門慶的親戚。由此看來，《金瓶梅》完全是寫實，它的許多主要情節並不是憑空虛構的。

我們說西門慶的原型是明武宗，並不是說西門慶就等於明武宗。西門慶是一個整合形象，是集皇帝、奸商、惡霸、酷吏、淫棍於一身的形象[33]。至於有人說，西門慶的形象哪裏像個皇帝，這是沒有挖掘出作品中的真正底蘊，鬧不清作者的真正意圖而產生的一種誤解。

28 《明武宗實錄》卷一六，校印本。
29 《明武宗實錄》卷二四，校印本。
30 《明世宗實錄》卷三一，同前註。
31 見《詞話》七十六、七十七、七十八、八十四回。又，六十四回出現過一個「吳鎧」，官職不詳，似應是另一人。
32 吳鎧其人在《明武宗實錄》《明世宗實錄》中多次出現，職銜是御史，後有升遷。吳堂，大理寺少卿。又，正德、嘉靖時期名曰「鎧」的人較多。
33 參見拙著《金瓶梅新解》，石家莊：河北教育出版社1999年。

西門慶原型明武宗新考

拙作〈西門慶原型明武宗考〉發表後，在學界引起了一些反響，這個問題確有繼續探討的必要。因為，弄清西門慶的原型，這是破解《金瓶梅》其他問題的關鍵之關鍵。筆者新近又挖掘到了一些材料，茲補述於下。

一

李瓶兒嫁給西門慶後，生了一個兒子，取名叫「官哥兒」，西門慶在玉皇廟打醮，寄名於吳道官廟裏，起名叫吳應元。官哥兒只活了一年零兩個月，但他的生卒年月卻記載得頗為詳細。就這樣一個「殤子」，其名字出現在《詞話》中竟有三十回目之多。作者為什麼這樣寫，其用意是什麼？

官哥兒實際就是一位皇子，所以，《詞話》中才用了較多的筆墨去寫他。作者設計這一名字是有史實根據的。

古代皇帝被稱為「官家」。《晉書‧石季龍載記》上：「官家難稱，吾欲行冒頓之事，卿從我乎？」《資治通鑑》卷九五晉成帝咸康三年，元胡三省注：「稱天子為官家，始見於此。西漢謂天子為縣官，東漢謂天子為國家，故兼而稱之。或曰：五帝官天下，三王家天下，故兼而稱之。」明于慎行《穀山筆塵》卷一三「稱謂」條：「西漢臣子稱朝廷為縣官，東漢稱天子為國家，北朝稱家家，唐稱聖人，亦稱大家、天家，宋稱官家，勝國即稱皇上，皆臣子私稱，非對御之言也。西漢私語亦稱陛下，遼、金稱郎主。」

明皇室之子有稱「哥兒」的習慣。明鄭曉《今言》中敘述甯王朱宸濠反叛時，王守仁與伍文定起兵討賊的情況說：「公進兵攻破南昌，擒其居守宜春王拱㮗等，及宸濠子三哥、四哥。宸濠時攻安慶，聞之解圍，反顧巢穴。公迎戰樵舍，縱火攻之，大破賊，擒宸濠及其子大哥。」[1]

朱宸濠是明太祖朱元璋第十七子甯獻王朱權的後代，正德十四年因反叛被誅。他的兒子叫「三哥、四哥、大哥」，可見皇室之子有叫「哥兒」的習慣。鄭曉大約生於正德

1　《今言》卷三，北京：中華書局1984年。

前，死在嘉靖四十五年，正是正德、嘉靖時期的人。鄭曉中過進士，又做過南京吏部尚書等官。《明史‧鄭曉傳》稱他「通經術，習國家典故」，他的話是有根據的。不僅如此，就連皇帝稱自己的兒子也直稱「哥兒」。明朱國禎《湧幢小品》卷一「聖諭」條：「萬曆三十一年十二月，妖書事發，神皇怒甚。上下危疑，恐動搖國本，則禍不獨中於臣子，且移之社稷。幸神皇主意素定。方嚴捕時，召皇太子，大聲諭曰：『哥兒，汝莫恐。不干汝事。汝但去讀書寫字，晏些開門，早些關門。』」朱國禎做過禮部尚書兼文淵閣大學士、太子太傅，又做過短暫的內閣首輔。《湧幢小品》所記大多是朱氏親身經歷的所見所聞，故大半具有第一手史料價值，當絕無可疑。

「官哥」的命名，亦如《金瓶梅》取書中三位女主人公名字中各一字拼聯而成一樣，它是取「官家」和「哥兒」中各一字而成的，意思就是「官家的哥兒」，即皇帝的兒子。西門慶是皇帝，是明武宗，於此可證。

西門慶是明武宗，《詞話》中通過各種藝術手段多處洩露了這樣的「天機」。第三十一回，李瓶兒生了官哥後，潘金蓮很嫉妒。有一次因為少了一把壺，互相之間糾纏起來，潘金蓮以為是李瓶兒房想瞞昧這把壺，被西門慶訓斥了一頓，潘金蓮走過一邊使性兒，罵到：「自從養了這種子，恰似他生了太子一般，見了俺每如同生剎神一般，越發通沒句好話兒說了。」這是一種「正話反說法」。「恰似他生了太子一般」，就是他生了太子。從上面的考證看，這正是「畫龍點睛」之法，說西門慶就是一個皇帝，就是明武宗，但解不開西門慶原型之謎，都覺得這句話是一種修辭手法，殊不知，這正是實話實說了。

與此手法相同者，則有第十五回「佳人笑賞玩月樓」中的一段描寫：敘吳月娘同李嬌兒、孟玉樓、潘金蓮正月十五日乘四頂轎子到獅子街燈市去看燈，「吳月娘穿著大紅妝花通袖襖兒，嬌綠段裙，貂鼠皮襖。李嬌兒、孟玉樓、潘金蓮都是白綾襖兒，藍段裙。李嬌兒是沉香色遍地金比甲，頭上珠翠堆盈，鳳釵半卸。」潘金蓮與孟玉樓談笑風聲，引惹的那樓下看燈的人往上看。「須臾，哄圍了一圈人，內中有幾個浮浪子弟，直指著談論。一個說到：『已定是那公侯府位裏出來的宅眷。』一個又猜是：『貴戚皇孫家豔妾來此看燈，不然，如何內家妝束？』」「內家」是皇宮的意思。這句話和前邊「生了太子一般」是同樣的寫法，也是一種「正話反說法」，實際的意思是，吳月娘等人的妝束就是「內家妝束」。她們是后妃妝束，西門慶自然就是一位皇帝了。

二

西門慶的原型就是明武宗，在《詞話》中，作者採用了多種多樣的藝術手法在多處

映現了這一點。其方法之一是選用歷史上同名同姓這一混亂現象來加以揭示的。即作者在選取人物時，儘量選用歷史上有，明代也有，而明代又不止一朝有這樣的人物，又以歷史事實加以界定，使你明白作者真正寫的是哪一個人，這正是《金瓶梅》的一種獨特的藝術手法。讀者若不明白，就很難弄清《金瓶梅》之真諦。例如王玉就屬於這樣的人物。

王玉在《詞話》第六十六回、六十七回中出現過，筆墨不多。原文介紹如下：

> 正吃之間，忽報：「東京翟爺那裏差人來下書。」西門慶即出到廳上，請來人進入。只見是府前承差幹辦，青衣窄褲，萬字頭巾，幹黃靴，全付弓箭，向前施禮。西門慶答還下禮。那人向身邊取出書來遞上，……道：「小人姓王名玉，蒙翟爺差遣，送此書來。不知老爹這邊有喪事，安老爹書到京才知道。」

西門慶叫溫秀才寫了一封回書，彌封停當，印了圖書。另外又封五兩白銀，與下書人王玉。王玉來得疾，去得快，但作者卻在這樣一個來去匆匆的「小人物」身上，潛藏著一個大信息。

明代正德、嘉靖時期叫王玉的有好幾個。有的是進士，有的是參將，有的是太醫院院使，有的是舍人，還有一個孝子也叫王玉。讓這幾個王玉充當「信使」都是不太合適的。

據《明武宗實錄》記載，「神武右衛副千戶王玉，以報獻銀礦不實，坐斬，既而死刑部獄中。」《金瓶梅詞話》中給西門慶送信的人定是這位王玉。這個王玉因「報礦」不實，被判處極刑，雖然沒有被殺頭，但也死在了獄中。他雖不是「送信」之人，但也是「報信」之人，讓他進入小說中的是一個最合適的「人選」。

在《詞話》中王玉是一個小人物，一個不顯眼的人物，就是這樣的人物，作者也是從《實錄》中「攝取」的。《金瓶梅》的內容雖很隱晦，但作者是有真正的意圖的，就怕世人搞不清楚，所以才用了當時的好多真人真名，連許多情節也是用的當時的實際事情。

王玉這個小人物在作品中的寓意，就是明確地告訴人們，小說寫的是正德時期的事，他給朝廷「報信」被明武宗處死了，「他」又給西門慶送過信，因此，西門慶就是明武宗。《金瓶梅》內像這樣的「明確暗示」實在是數不勝數的。

《金瓶梅》內像王玉這樣的生活於正、嘉時期的真實歷史人物大約有八十五個左右，除此外，作者還通過文字學、修辭學等藝術手法，將正、嘉時期的另一部分人物稍加變化隱含到作品中去。這樣的人物約有三十來個，這些人物，我們是可以破解出來的。

徐鳳翔就屬於這種典型的人物。《詞話》第六十四回寫李瓶兒死後，許多人都來祭

奠，一日周守備、荊都監、張團練、夏提刑，合衛許多官員，一起都來了。「西門慶預備酒席，李銘等三個小優兒伺候答應。到向午，只聽鼓響，祭禮到了。吳大舅、應伯爵、溫秀才在門首迎接。只見後擁前呼，眾官員下馬，在前廳換衣服。」這次參加祭奠的除了上述四人外，還有文臣、范勳、吳鎧、徐鳳翔、潘磯等。

徐鳳翔這一人名只在這裏出現過一次，對他也沒有任何具體的描寫，官職也不詳。小說中像這種現象不止一處，我們若稍加分析，就能明白作者的創作意圖。

徐鳳翔是誰？他就是魏國公徐鵬舉。徐鵬舉是徐達的後代。熟悉明朝歷史的人都知道，徐達是明朝的開國第一功臣，與朱元璋有布衣兄弟之稱，生前封為魏國公，死後又追封為中山王，配享太廟，子孫襲爵，徐鵬舉也就成了魏國公。

徐鵬舉是徐達的七世孫，「正德十三年十一月癸亥襲，守備南京兼中府僉書。嘉靖四年加太子太保，領中府。十七年四月壬戌守備南京。隆慶五年二月卒。」[2]《明武宗實錄》《明世宗實錄》《弇山堂別集》中都有記載。

「實錄」中是徐鵬舉，小說中是徐鳳翔。

古代「鵬」「鳳」是一個字，見段玉裁《說文解字注》。「朋」字最初即「鳳」字，是一個象形字，後來又加「鳥」旁成「鵬」，還是一個「鳳」字。「朋」轉化為「朋黨」之「朋」，那是假借的用法。《莊子·逍遙遊》說：「北冥有魚，其名曰鯤。鯤之大，不知其幾千里也；化而為鳥，其名曰鵬。鵬之背，不知其幾千里也；怒而飛，其翼若垂天之雲。」《釋文》引崔譔云：「鵬」即古「鳳」字。《說文》段注：「按莊生寓言，故鯤，魚子也；鵬，群鳥之一也，而皆云大不知其幾千里。」

「舉」字，本來下從「手」，《說文》云，「對舉也」，即兩手舉起。引申之則有「飛」義。

根據古訓，「鵬舉」，意即「鳳鳥之舉翅飛翔」，簡言之，「鵬舉」即「鳳翔」。

徐鳳翔就是徐鵬舉，這是絕對不錯的。作者是用文字學的知識來變化人名，比較容易看出來。

《詞話》寫祭奠李瓶兒為什麼讓「魏國公徐鵬舉」也參加？這有兩層用意：一是表明時代，一是表明身分。

徐鵬舉是正德、嘉靖時人，用上他，表明小說寫的是這個時期的事情。《詞話》中不知有多少地方都作了這樣的「暗示」，應該說，作者交代的時代背景實在是再清楚不過了。抓住一點不及其餘，死啃住小說中的某些情節與萬曆時期的某些事情相類，就斷定作品寫的是萬曆時期，這是不顧作品的整體內容而得出來的不合乎實際的片面結論。

2　《明史》卷一百五，北京：中華書局簡體字本 2000 年。

徐鵬舉是一位「國公」，是最高的爵位，讓這樣的高級官員來「清河縣」參加只有「千戶」銜的西門慶之妾的葬禮，這簡直是不可思議的事情。作者在這裏為什麼既不寫上真名字，又不寫明官職，就是因為如這樣寫，「奇書」《金瓶梅》還有什麼「奇」？那是直書其事了，同時作者也不敢這樣寫。但作者深怕讀者不解其「醉翁之意」，特意用了一個「徐鳳翔」的符號，讓人們去思索破解。徐鵬舉一類人物參加李瓶兒的葬禮，表明「西門慶」絕不是「千戶」之人，而是「皇帝」，李瓶兒是一位「皇妃」，絕非是一般的女子。所謂「清河縣」，也就根本不是什麼「京師廣平府清河縣」，而是實指京城北京。

三

西門慶是皇帝，在似與不似之間，似是目的，不似為手段，這一辯證方法，《詞話》的作者運用自如，分寸恰到好處。從西門慶的形象上看，他荒唐、好色、經商、崇佛、嗜酒、喜愛戲劇等等，在明武宗身上都是具備的，一可證西門慶的形象完全脫胎於明武宗。

我們說西門慶的經商反映了明武宗的形象，這完全是有史實根據的。

正德九年正月，戶科給事中呂經言，「陛下舍乾清宮而遠處豹房，忽儲貳而廣蓄義子，疏儒臣而昵近番僧，忽朝政而創開酒店，信童豎而日事遊俠。」接著，六科給事中熊紀等也上言，「罷皇店於市鎮，以恤民財。」又，十三道監察御史羅緝等言，「皇城西內，開張酒肆，往來絡繹，逆瑾用事，創立皇店，內自京城九門，外至張家灣、河西務等處，攔截商賈，橫斂多科，無藉之徒，恃勢張威，私藏厚殖，宜皆查革。」戶科給事中石天柱也言，「外列皇店，內張酒館，禁中燕飲，無復尊卑。」監察御史施儒等言，「罷皇店：自京師以至張家灣、蘆溝橋、臨清市集等處，皆有巡邏，負販小物，無不索錢，官員行李，亦開囊檢視，莫敢誰何。乞賜停止。」[3]

這些材料很重要，反映了明武宗經商的具體情況，「恃勢張威」「橫斂多科」「攔截商賈」、巧取豪奪是其經商的特點。

上述史料還提到了臨清市集，可見《金瓶梅》中描寫的「臨清大酒樓」，確實帶有「皇店酒肆」的性質。

正德九年九月，「上於通州張家灣置皇店，權商賈舟車征，至擔負之利，亦皆有稅，

3　以上材料，皆見《明武宗實錄》卷一○八，中央研究院歷史語言研究所校印本。

中外怨之。」[4]連小商小販也要徵稅。在外地的皇店是如此，禁中的皇店也惟「罔利」是圖，京師西角頭設「花酒店房」，亦競爭「錐刀之利」。

正德十二年四月，六科都給事中石天柱等言，京師西安門外積慶、鳴玉二坊，民居拆毀，老稚轉徙哀號，見者垂淚。造皇店酒館，營義子府第，開設教場。「皇店之設，商賈苦於科索，小民艱於貿易，以至諸貨不至，物價騰踴。」[5]皇店不僅在京城，甚至連邊境之地宣、大等處也都設有，「稅商榷利，怨聲載道」，「每歲額進八萬外，皆為己有」，「暴殄奢侈，乃前此所未有」。

開皇店，還要放皇債，贖貨害人，難以縷述。

這就是明武宗時皇室經商的大略情形。當時皇店之設，直接影響到了整個經濟的正常運行。

明武宗不但讓宦官替其經商，他自己也直接從事此業。據記載，武宗「不時巡幸市肆，夜或不歸。」《明武宗外紀》中有一段話，敘述很生動：「嘗遊寶和店，令內侍出所儲攤門，身衣估人衣，首戴瓜拉。自寶和至寶延凡六店，歷與貿易持簿算，喧詢不相下，別令作市正調和之，擁至廊下家，廊下家者，中官住永巷賣酒家也。箏篆琵琶嘈嘈然，坐當壚婦於其中，雜出牽衣，蜂簇而入，薄茶之頃，周歷諸家；凡市戲跳猿騙馬鬥雞逐犬所至環集，且實宮人於勾欄，扮演侑酒，醉即宿其處，如是累日。」

明武宗設皇店酒肆等，在《明史》「佞倖傳」「齊之鸞傳」，《繼世紀聞》卷一等多部著作中都有所反映。

西門慶是一個商人形象，「金學」界早已成為定論，這方面的分析文章很多，本文之所以大量提供有關明武宗開設皇店酒肆的史料，其目的無非是想說明，這一形象的胚胎還是來自於明武宗。

西門慶是一個皇帝兼商人，是一個不加冕的明武宗。

西門慶是一個「酒色」之徒，這裏只談「酒」。

《詞話》裏寫西門慶喝的酒，品類很多，「金華酒」更是常用。西門慶這個「酒鬼」，也有明武宗的影子。《明武宗實錄》卷一七一有一段話，說明了朱厚照嗜酒的情況：正德十四年二月，刑部主事汪金上言，規諫明武宗戒酒，認為所宜戒者「莫先於酒」。「上嗜飲，常以杯杓自隨。左右欲乘其昏醉以市權亂政。又常預備瓶罌，當其既醉而醒也，又每以進，或未溫亦輒冷飲之，終日酣酗。其顛倒迷亂，實以此。故金所言，甚對病云。」

《金瓶梅詞話》中描寫西門慶愛聽戲曲音樂，他的這一愛好也是明武宗形象的再現。

4　　《明武宗實錄》卷一一六。
5　　同前書，卷一四八。

正德十二年閏十二月：

> 上迎春於宣府，備諸戲劇。又飭大車數十輛，令僧與婦女數百共載，婦女各執圓毬，車既馳，交擊僧頭，或相觸而墮，上視之大笑，以為樂。[6]

正德十六年春正月：

> 刑科給事中顧濟言：邇者聖體愆和，中外憂懼。……陛下慎擇近臣，更番入直，以適下情。其餘淫巧雜劇之伎，傷生敗德之事，一切屏去，則保養有道，聖躬不患不安矣。[7]

王世貞《弇山堂別集》也提到明武宗「備諸戲劇」這一情況。

明武宗愛好「戲劇、雜劇」，不獨是「酒色」而已，別看這位荒唐的皇帝，對音樂還真有點造詣。明李詡在他的著作中寫到：

> 武宗皇帝深解音律，親制〈殺邊樂〉，南京教坊皆傳習。余嘗聞之，有笙有笛有鼓，歇落吹打，聲極洪爽，頗類吉利樂。[8]

李詡生於明弘治十八年（1505），卒於明萬曆二十一年（1593），終年八十八歲。他正是正、嘉時期歷史的見證人，所說當屬實。

明武宗喜愛「戲劇」、音律，並能親自製作，顯見是有一定造詣的。他每到一處即「備諸戲劇」，宮中常有「戲劇」可想而知。

明武宗雖不以文學見長，但幼時宮中的教育薰陶，還是有一定水平的。《實錄》載他南巡時，幸致仕大學士楊一清第，制詩十章賜一清，一清亦為詩進呈，上覽畢，為易數字。清梁章鉅等《楹聯叢話全編》「巧對錄」中有一則材料，記武宗令群臣對對子：「黃右原曰：前明正德時，武宗以《四書》中『禮樂征伐自天子出』，令群臣屬對。蓋自誇其生擒宸濠庶人之功也。王文成公對以『流連荒亡為諸侯憂』。隱諷武宗輕出，為朝廷憂也，可為一啟口而不忘諫如此。」

西門慶粗獷少文，有時在酒席筵前也能說幾句文雅的話，最典型者莫過於第四十九回西門慶在招待蔡御史時所說「與昔日東山之游，又何別乎」幾句話，許多人不理解西門慶這個市井商人何以能說出如此典雅的話，殊不知，這正是明武宗形象的折射反映。

6　同前書，卷一五七。

7　同前書，卷一九五。

8　《戒庵老人漫筆》卷一，北京：中華書局 1982 年。

　　西門慶的原型就是明武宗的證據遠不止這些，例如西門慶丙寅年生，又是明武宗正德元年的干支等等。作者的思考真是智慮縝密，天衣無縫。限於篇幅，本文就不再詳談了。

　　西門慶是皇帝，是明武宗，表面上看去，不著斧鑿，不露痕跡，深挖下去，又毫釐不爽，不僅在中國，就是在世界文學之林中，這種構思恐怕也是無與倫比的。

對西門慶形象悲劇意蘊的深層透視

　　《金瓶梅詞話》這部中國古代第一流的長篇小說產生於十六世紀的晚明社會，它在中國小說史上的地位已得到了充分肯定。近年來，許多研究者已從不同的角度——比如：從社會學、政治學或經濟學的角度不斷地對它進行縱深的探討。的確，它彙集了晚明社會的全部歷史，從它所提供的晚明商業發達的城市生活的這幅中心圖畫周圍，甚至從許多細節材料，對明代中晚期資本主義萌芽時期中國社會的政治、經濟、倫理、道德、人情世故、風俗文化、日用等等的真實情況的全面而深刻的瞭解，「也要比從當時所有職業的歷史學家、經濟學家和統計學家那裏學到的全部東西還要多」，[1]可謂中國十六世紀的百科全書。正如鄭振鐸先生所說：「表現真實的中國社會的形形色色者，捨《金瓶梅》恐怕找不到更重要的一部小說了。」[2]

一

　　有一位研究中國歷史和經濟的專家認為：中國資本主義萌芽於明代中後期，即嘉靖以後[3]，當為正確的。《金瓶梅詞話》所產生的時代和所反映的社會現實與此相符，《詞話》並沒有寫它的主人公西門慶占有多少土地、莊園，以及怎樣盤剝農民，農民如何經營土地等。整部小說描寫的是資本主義萌芽時期商人們南來北往的商業活動和商業經營，以及由此而產生的道德觀念和價值選擇的畸變。

　　《詞話》的主角西門慶一生活動的範圍，始終是在城市。他的口頭禪就是「到鋪子裏去」。他由一個破落戶起家，短短幾年間，一躍而成為清河縣的首富。從七十九回西門慶於彌留之際向吳月娘交代的數目看，他一生經營商業的總額當在十萬兩之上，還不算日常吃、穿、用的極度浪費和賄賂、打點、吃請上司的花銷。比如《詞話》四十九回，西門慶迎請宋巡按的一席酒，就費夠千兩銀子。如果加上這一筆，那數目就更為可觀了。

1　《馬克思恩格斯選集》第四卷，北京：人民出版社 1995 年。

2　鄭振鐸〈談《金瓶梅詞話》〉，載《文學》第一卷第一期，1933 年 7 月。

3　許滌新主編《中國資本主義發展史》第一卷〈中國資本主義的萌芽〉，北京：人民出版社 1990 年。

再加上西門慶的不動產，估價該在二十至三十萬兩之間。這個數目在萬曆時，大體在全國該屬於中賈。萬曆時，徽州商人「藏鏹有至百萬者，其他二、三十萬，則中賈耳。」[4] 王世貞記有嚴嵩的兒子評天下富豪的一段史料：「嚴世蕃……嘗與所厚屈指天下富豪居首等者，凡十七家。……積資滿五十萬以上者方居首等，先是無錫有鄒望者將百萬，安國者五十萬。……」[5]這就是說，積資五十萬兩以上者就算頭等富豪了，全國只有十七人。一般地說，明朝中後期的商人資本擁有二、三十萬就算中上賈了。

作為一個成功的商人，西門慶經商活動的品種和如何發家致富以及賺錢後幹些什麼，六十九回文嫂對林太太作了如下的介紹：「縣門前西門大老爹，如今見在提刑院做掌刑千戶，家中放官吏債，開四、五處鋪面：緞子鋪、生藥鋪、綢絹鋪，絨線鋪，外邊江湖又走標船，揚州興販鹽引，東平府上納香蠟，夥計主管約有數十。東京蔡太師是他乾爺，朱太尉是他衛主，翟管家是他親家，巡撫巡按多與他相交，知府知縣是不消說。家中田連阡陌、米爛成倉，赤的是金，白的是銀，圓的是珠，光的是寶。身邊除了大娘子——乃是清河左衛吳千戶之女，填房與他為繼室。——只成房頭、穿袍兒的也有五六個，以下歌兒舞女、得寵侍妾，不下數十。端的朝朝寒食，夜夜元宵。今老爹不上三十四五年紀，正是當年漢子，大身材，一表人物，也曾吃藥養龜，慣調風情，雙陸象棋，無所不通；蹴踘打毬，無所不曉；諸子百家，拆白道字，眼見就會。端的擊玉敲金，百伶百俐。」這是對西門慶一生活動的總括，可謂蓋棺論定。除了「田連阡陌，米爛成倉」，書中沒有一筆交代，屬於媒婆信口開河外，其他都一一有詳細說明。

考查西門慶財富積累的過程，則不難發現，這是一個帶有鮮明時代特色而不同於傳統的商人。有的研究者稱之為「新興商人」，並把他譽為「已是在朝第一代商業資產階級蛻變的父祖」，並詳細分析西門慶經商致富過程及作為新興商人的種種特性[6]，這裏不再贅述。問題是，既然西門慶具有如此優異的才幹，他的事業如此地興旺發達，照此推理，中國資本主義該會順直地發展起來，中國資產階級也會形成一個獨立的階級登上歷史舞台。然而，歷史證明：中國資本主義的發展並非如此。

《詞話》的主人公西門慶在事業鼎盛的興旺期突然暴亡，落得個樹倒猢猻散、後繼無人，事業中斷、家財散盡的悲慘結局。這既是西門慶的悲劇，也是中國商人亦即中國資本主義發展的悲劇。作為晚明商人的典型而加以透視，西門慶這個悲劇形象的深刻意蘊

4　謝肇淛《五雜俎》卷四，北京：中華書局 1959 年。

5　王世貞《弇州史料後集》卷三十六，北京：北京出版社 1998 年。

6　參看盧興基〈論《金瓶梅》——16 世紀一個新興商人的悲劇〉，載《中國社會科學》1987 年第 3 期。

在於他形象地寓示了中國資本主義的產生為什麼從一開始就走向官僚資本（含義跟現在不同），中國社會為什麼沒能給所有商人提供一種平等的競爭機會，以及中國商人在賺錢以後的金錢用向，揭示了中國資本主義萌芽時為什麼開始就沒有走上一條蓬勃健康的發展道路？

二

　　中國資產階級是從封建社會母體中產生的，最終也未能成為封建社會的掘墓人。中國晚明社會的發展，並沒有按馬克思、恩格斯所預料的那樣循著一條必然的方向前進，而是朝相反的方向逆轉，資本主義萌芽每每被扼殺在搖籃裏。探其原因，歷史學家們認為：「代表萌芽的經濟實體就不能不具有過渡性和兩重性。」[7]這裏的兩重性即說明還帶有封建性。西門慶由一個商人而倒向官府，成為統治階級的一員後，是以五品提刑官的特殊身分從事商業活動的。它說明，中國資產階級的產生從一開始就變為封建勢力的附庸而不能自由地健康發展。它的形式就是官僚資本（官與商的兩位結合），因而，資本主義萌芽時期的中國社會，商人們是處於一種不平等的地位而進行商業貿易的。西門慶是以遠遠優於一般工商者的壟斷地位而參與不平等的競爭，甚而是強權資本和強盜資本。這是阻礙中國資本主義發展的重要原因之一。

　　研究《金瓶梅》的專家都傾向於三十回「西門慶生子加官」是全書的高潮，這是極為有見地的。二十九回吳神仙相西門慶時就說他一生「不少紗帽戴」「旬日內必定加官」。不過，從歷史上看，資本主義萌芽時期，封建官僚勢力極需要商人們在經濟上給予支援，而商人們也想勾結官府，借助封建特權來鋪平自己的商業發展道路。西門慶以官、商的雙重身分經商，有其優越的政治經濟地位和權勢，這正是一般工商者所遠遠無法比擬的。不平等的競爭之所以嚴重影響中國資本主義的發展，是因為，如西門慶者之流，他們的特權越大，一般工商業者經商的困難就越多，在這一點上，兩者的商業利益是成反比例而發展著。

　　即以明代中晚期販鹽業為例，當時，開中鹽引是最賺錢，最為有利可圖的行業，往往可獲取幾倍、乃至十倍、百倍的利息。有權有勢者不僅能開中更多的鹽引，而且能夠及時地支鹽。明世宗嘉靖時，胡松描述大同的情況時曾說：「每歲戶部開納年利……其勢重者，與數千引；次者，亦一二千引。其餘多寡，各視其勢之大小，為之差次。」[8]西

7　許滌新主編《中國資本主義發展史》第一卷〈中國資本主義的萌芽〉，北京：人民出版社 1990 年。
8　《明經世文編》卷二四六，北京：中華書局 1962 年。

門慶不僅開中了三萬鹽引，還「費夠千兩金銀」招待蔡御史，又請求蔡御史能夠早日讓他家支出「淮鹽三萬引」，蔡御史當時就答應「比別的商人早掣取你鹽一個月」。而一般的商人，如有的根本就買不到鹽引，即或弄到鹽引，也不能及時地支鹽，有守支數月數年者，甚至「祖孫相代不得者」[9]。這些商人，由於下場支鹽曠日持久，不僅無利潤可圖，而且，肯定還會虧本。顯而易見，西門慶的獲利就極為可觀了。從《詞話》的描寫可知：韓道國、來保和崔本到揚州支鹽後賣掉，並往湖州、南京採辦綢絹，帶回了價值三萬兩的緞絹貨物，而支出的這批鹽，在湖州、南京發賣，獲利多少還沒有計算在內。不僅如此，西門慶每年還不惜花費大批銀兩，向當朝太師送禮、祝壽，又投靠於楊戩、王黼、高俅這類腐朽的封建統治勢力，終於獲得了清河地方的金吾衛千戶衛山東理刑所理刑之職。從此，西門慶更以其優越的政治地位而從事商業經營，可以說，他的大筆利潤基本上都是以不平等的交易獲取的。

西門慶的商業活動主要是長途販運和設店經營。他的許多貨物都是直接從產地採購的，中間不經過客販，可減少一層盤剝，便於獲取更大的利潤。因而，在商品的運輸過程中，逃避關卡的盤查，偷稅漏稅便成為商人獲利常用的手段。但若被官府查獲，其損失也是嚴重的，所以，賄賂官府以逃避稅收、盤查就是常事了。五十九回寫西門慶的夥計韓道國從杭州運回一萬兩貨，就非常巧妙地混過了關。西門慶問：「錢老爹書下了，也見些分上不曾？」韓道國說：「全是錢老爹這封書，十車貨少使了許多稅錢。小人把段箱兩箱並一箱，三停只報了兩停，都當茶葉、馬牙香，櫃上稅過來了，通共十大車貨，只納了三十兩五錢鈔銀子。」到六十回來保從南京運回的貨，也採用了同樣的手段逃避了稅收。

這說明，西門慶的商業活動帶有很濃的封建性。他加入封建統治者行列，以官與商雙重的特殊身分經商，實在是中國商人亦即中國資本主義發展的一大悲劇。《詞話》還寫到：清河縣相鄰的臨清，三十二家綢緞店倒閉了二十一家，是由於太監充當的稅使稅收之苛重。而西門慶「十車貨少使了許多稅錢。」同樣做鹽的買賣，揚州大鹽商被官府以莫須有的罪名被捕下獄，而西門慶卻在與大官僚的杯酒宴席之間，達成早掣取鹽引的協定。這些都形象地說明：一方面固然是封建官府的腐敗，另一方面也說明封建勢力對資本主義萌芽時期商人的嚴重摧殘。明代後期，由於客觀形勢的需要，商業興起，但封建統治者由於自身的利益，重農抑商，閉關禁海，商品經濟得不到長足的發展，資本主義萌芽每每被扼殺在搖籃裏，延緩了自然經濟的解體過程。

西門慶商業上的成功，固然與他的精明才幹有關，而更重要的，他有得天獨厚的條

9　《明史》卷八〇，北京：中華書局簡體字本 2000 年。

件，即他本人就是統治階級的一員，他可以得到封建政權更多的庇護。正因為如此，中國資本主義萌芽時期，未能夠給所有商人提供一種平等的競爭機會，也就是說，官僚資本（官與商的結合）占有絕對的優勢。陳經濟計奪臨清謝家大酒樓一事更能說明問題。陳經濟在西門慶家做了多年幫手，若於商業經營上對其評判，他是得不了分數的。西門慶死後，他被趕出西門家邸，先是讓家人陳定在家門首打開兩間房子，開布鋪，做買賣，後又與楊大郎帶九百兩銀子前往湖州販絲綿綢絹，被騙後，隻身流落街頭，兩次得到杏庵老漢的救濟，與本錢讓做些買賣，陳經濟都沒有成功。還是這位花花公子，後來被春梅認作兄弟，有了守備這強有力的靠山，陳經濟就把謝家大酒樓奪了過來，和謝某合夥，委託陸某為主管，重裝酒樓，鑼鼓開張，「一日也發賣三五十兩銀子」。而原店主楊某卻被監禁，頃刻間家財蕩盡。這很能說明問題：誰能得到封建統治者的庇護，誰就能賺錢發財。至於商業經營能力的高低，倒是其次的。

西門慶還憑藉其擁有的權勢，橫行霸道，把持行市，根本談不上是正當的商賈，卻像是一個不折不扣的強盜，時人謂西門慶者之流為「衣冠之盜」，不是沒有道理的。《詞話》還寫到：西門慶暗派魯華、張勝這兩個地痞惡棍向撐了他買賣的蔣竹山故意尋釁鬧事，蔣竹山的藥鋪不僅被砸爛，還使之吃了官司，又賠了幾十兩銀子。西門慶用如此卑鄙手段對待蔣竹山，並不是因為蔣竹山搶去了他的姘頭李瓶兒，而是蔣竹山撐了他的買賣。他對李瓶兒說：「我那等對你說……如何不依我，慌忙就嫁了蔣太醫那廝？你嫁了別人，我倒也不惱，那矮王八有甚麼起解？你把他倒踏進門去，拿本錢與他開鋪子，在我眼皮子根前開鋪子，要撐我的買賣。」很顯然，西門慶不但不允許別人與他競爭，且一向壟斷著整個縣城裏的藥材買賣，必要時就使用上了流氓手段。

三

馬克思在論述簡單再生產和擴大再生產時指出它們之間的差別是：簡單再生產是指資本家將工人創造的剩餘價值都用於個人的消費，沒有積累；再生產是在原有基礎上進行，而擴大再生產是將剩餘價值當作資本來使用。《金瓶梅》描寫了這樣兩個醒目的事實：一是西門慶所經營的工商業都是非生產性的；二是西門慶在賺錢以後，不是將更多的資金用來擴大他的經營範圍和品種，或者用來購買更多的原料，進行產品和半產品的加工，而是將賺取的利潤大多是用之於他的窮奢極欲的腐糜生活，或用之於高利貸放債，而不是用於擴大再生產。因而，中國資本主義萌芽時期商人的投資取向，並不是產業資本，它不能促使封建的生產方式轉變為資本主義的生產方式，西門慶形象的悲劇意義正在這裏。

西門慶及其妻妾們於吃、喝、玩、樂是極端地放縱，「端的朝朝寒食，夜夜元宵」。大宴小宴、接二連三，如壽酒、接風酒、會親酒、慶官酒、公宴酒、看燈酒……真是名目繁多，指不勝屈。每次宴席又十分講究排場，桌面大小，碗碟多少，座次席位的安排都要分出長幼、尊卑、親疏等等。普通者，如吳月娘宴請親家喬太太，「每桌有四十碟，都是各種茶果甜食、美口菜蔬、蒸酥點心、細巧油酥餅饊之類」。宴請最尊貴的客人，用「吃看大桌面」，這是一種既可觀賞又可食用的豪華酒席。供觀賞的有「泥塑人物，彩絹裝成山水故事，列於宴上，以示華美而已」。造成「一筵之費，多數至數十金」。而且於宴席之間，或伴之以歌舞，或行酒令，甚至「挾女妓一、二人，或用俠客一、二人，彈箏度曲，並坐豪飲以盡歡。」[10]實際是攀比闊綽，追求奢華的一種時尚，其浪費是十分驚人的。

西門慶家的酒和茶，各色點心和小吃，品種之多，簡直令人五色俱迷，就連平時的便餐也十分講究。二十二回寫西門慶吃粥：「兩個小廝放桌兒，拿粥來吃，就是四個鹹食，十樣小菜兒，四碗頓爛，一碗蹄子，一碗鴿子雛兒，一碗春不老蒸乳餅，一碗餛飩雞兒，銀廂甌兒，粳米投著各樣榛松栗子果仁。梅桂白糖粥兒。」不僅如此，人們還想方設法去吃，二十三回寫西門慶的妻妾們偏要吃宋惠蓮一根柴燒的豬頭。西門慶的妝飾，婦女們的打扮，更是每天的頭等大事。更有意思的是人們對於玩有著更大的興趣，人們變著法兒玩樂、遊戲、運動、旅遊、聽音樂、賞戲劇、打牌、下棋、擲骰、猜詩謎、說笑話、講故事、繞口令、踢氣球、打秋千……等等，應有盡有，多不勝數。捨《金瓶梅》在中國古代小說裏是再找不到的。

不能否認，隨著明末商品經濟的發展，新起暴發戶和普通市民們不再滿足於傳統的生活方式和低下的生活水準，因而，他們特別放縱於衣食往行、飲食起居等物質生活方面的官能享受，而且精神方面也大大增加了對娛樂性文化的生活要求。孫述宇先生對此曾指出：「以飲食來說，沒有什麼小說像這本講得這麼多。書中的飲食不但次數多，而且寫得詳細和生動。」[11]孫先生在與其他幾部小說比較後得出結論：「《金瓶梅》的飲食就只能是享樂。」[12]

西門慶腐糜生活最不堪，亦即中國商人最易陷入悲劇的另一主要方面，就是大量的資金消耗於玩女人，嫖娼宿妓。他的妻妾多來路不明，家中的傭婦、丫頭多數亦被他「收用」，又包占著妓院的李桂姐、吳銀兒和鄭愛月兒，最後，還與招宣府裏的林太太勾搭

10　葉夢珠《閱世編·宴會》，北京：中華書局 2007 年。

11　孫述宇〈《金瓶梅》的藝術〉，《臺港金瓶梅研究論文選》，南京：江蘇古籍出版社 1986 年。

12　孫述宇〈《金瓶梅》的藝術〉，《臺港金瓶梅研究論文選》，南京：江蘇古籍出版社 1986 年。

上手。據統計：他占有的女性（包括妻陳氏、吳氏）有二十一人之多，此外，還有男寵多人。西門慶之於女人，用力最勤而破費巨大，為了女人，有時買賣是可以不做的。結果淘空了身子，一命嗚呼。

西門慶商業利潤的另一投資用向是高利貸放債。根據明王朝規定：「凡私放錢債及典當財物，每月取利並不得過三分；年月雖長，不過一本一利。」[13]即規定了民間貸錢取息當以三分為率。西門慶所放高利貸取息則是五分，其剝削是很殘酷的。從《詞話》四十三回商人李三、黃四向西門慶借一千五百兩銀子，還了一千兩，還欠五百兩，又付利息百五十兩，可以證實這一點。

高利貸資本中的另一種比較高級的借貸形式就是典當。在明代，大大小小的城鎮幾乎都有當鋪，其數量之多是空前的，萬曆時，南京的當鋪「不下數千百家」[14]。開當鋪必須擁有雄厚的資本，有人估計，至少需一萬兩資金[15]。《詞話》二十回寫西門慶「開解當鋪……衣服首飾，古董書畫玩好之物，一日也嘗當許多銀子出門。」至於典當的利率，從四十五回看，當為每月三分。四十五回寫白皇親家一座大螺鈿大理石屏風，兩架銅鑼銅鼓連鐺兒，要當三十兩銀子，西門慶道：「不知他明日贖不贖？」應伯爵道：「沒的說，贖什麼？下坡兒營生。及到三年過來，七八本利相等。」按月利三分計算的話，則三年後本利相等。

一般講，典當都是中下層平民百姓窘困不得已時，才將衣物等不動產抵押的。質押的款額一般在抵押品的五成以下，且利率極高，而過期不贖沒收的質押品則是極普遍的。如五十八回孟玉樓問起要磨的那面大四方穿衣鏡的來歷，潘金蓮說：「是鋪子人家當的。」又四十七回，潘金蓮要討李瓶兒的皮襖穿，西門慶道：「有年時王招宣府中當的皮襖，你穿就是了。」以上即可說明到期無力贖回被沒收是司空見慣的。

這就是中國資本主義萌芽時期商人賺錢以後的投資取向。當然，阻礙中國資本主義發展的原因是多方面的，不能因此而否定西門慶悲劇形象的重大意義——所包含的社會生活與時代精神的豐富內蘊。歷史選擇了他，使之適應了那特定的時代，而歷史的無情卻又徹底拋棄了他。西門慶式的悲劇則是不可避免的了。

13　《大明律》卷九，北京：法律出版社 1999 年。

14　《金陵瑣事》卷三，南京：南京出版社 2007 年。

15　參看《豆棚閒話》第三則，北京：人民文學出版社 1994 年。

試論《金瓶梅》人物形象觀念的突破

　　加拿大著名的文學理論家佛萊曾提出這樣一個觀點：小說（廣義）可以根據其主人公的行動能力是否高於我們、低於我們或大體同於我們這種差別來加以分類，結果他概括出五種模式：神話、羅曼司、高模擬層次小說、低模擬層次小說和嘲諷小說。這五種「模式」的主人公分別為神、傳奇英雄、領袖人物、普通人和被嘲弄的人。……他還認為，「低模擬層次」的主人公「乃我輩之一分子」。對中國古代長篇小說很有研究的美國學者韓南博士和浦安迪教授，都認為佛萊的這一層次觀念，可以應用於中國古代的小說研究。

　　浦安迪〈中西長篇小說文類之重探〉一文說：「因為從《三國演義》《金瓶梅》到《儒林外史》，我們正好看出中國長篇小說的巨著按照佛萊的『模擬層次』由高而低順序地排列出來。」

　　中國小說的這種演進痕跡是非常明顯的。在《金瓶梅》產生之前，著名的長篇小說是以《三國演義》《水滸傳》《西遊記》等為代表的歷史演義、英雄傳奇和神魔小說三類，其主人公是帝王將相、江湖好漢和神話英雄。這些小說往往通過對重大歷史、政治、軍事事件的展示，或以神通廣大、超凡脫俗的神怪英雄構架起遠離我們現實的「烏托邦世界」。他們屬於高姿態的書，遠距離的書，屬於「巨人」「巨事」文學。雖然《水滸傳》較之《三國演義》有所進步，描寫了王婆、潘金蓮、西門慶以及何九、鄆哥等「小人物」「小事件」，並且描寫了那些傳奇英雄與周圍環境的關係和他們性格的漸變過程，但整體上依然屬於「高模擬層次小說」。許許多多的小人物、小事件、小場面都被忽略了。

　　《金瓶梅》作者的觀念則正好相反，他是站在同輩人之視角來看取人生的，屬於低姿態近距離的書。他沒有去正面描寫這個社會的政治、經濟、軍事鬥爭的大事，而是通過家庭這個最基本的社會細胞，通過對吃、穿、住、行這些瑣碎得幾乎被人們漠視的小人物、小事件、小場面的詳盡描寫，為我們展示了那個時代豐富而複雜的現實生活畫卷以及上至皇帝，下至乞丐不同階層的人們的精神面貌。譬如說，作品描寫最多的就是西門氏的家族關係，計有祖孫、父子、母女、兄弟、姊妹、夫妻、妻妾、舅甥、姑侄、姨侄、表兄弟、表姐妹、翁婿、叔侄等；這個家庭最多的事——家事，計有經商、放債、買房、飲食、遊戲、串親、拜友、迎客、生子、慶壽、養花、閑耍等，更多的則是吃、穿、用

細小事件。反映了這個家庭夫妻之間、妻妾之間、主奴之間、妾與妾之間、奴才與奴才之間以及他們與社會之間極為複雜的關係。又涉及到物價、房地價、典當價、工資盤纏、馬和丫頭的價格以及各色賞錢、迷信活動等等的一切方面，真可謂晚明社會的「百科全書」。而參與這些活動的人物，如西門慶，他的妻妾吳月娘、李嬌兒、孟玉樓、潘金蓮、李瓶兒、孫雪娥，女婿陳經濟，奴僕玳安、來保、來旺，夥計韓道國、傅銘、甘潤，丫鬟春梅、玉簫、小玉，僕婦宋惠蓮、王六兒，娼妓李桂姐、吳銀兒，幫閒應伯爵、謝希大、吳典恩，媒婆文嫂、薛嫂，藝人李銘、王相、王柱，商人李智、黃四，太醫趙龍崗、施灼龜、胡鬼嘴，教館溫必古，太監六黃太尉、劉太監、薛太監以及官吏宋喬年、蔡狀元等等，都是活躍於當時生活舞台上的真正的現實人物。作者展示的，是我們所接近、所親切、所熟悉的家庭環境和社會環境中的平凡生活。

《金瓶梅詞話》所敘之事是那樣的「瑣碎」「零散」，我們在作品中很難發現驚心動魄、扣人心弦的「大事」，以至有人戲稱《金瓶梅》中「已經沒有了情節」。張竹坡早已看到了這一點，「讀之似有一人親曾執筆，在清河縣前，西門家裏，大大小小，前前後後，碟兒碗兒，一一記之。」[1]這裏，我們截取幾個片段來看看作者是如何通過「碟兒碗兒」之事去揭示現實生活中的世俗男女更為本質的一面，同時也看看在這平凡的不經意的「小事」背後所隱含的重大歷史史實。

對西門慶來說，商業經營和政治上的風波似乎都不算什麼，而如何抹平妻妾之間的日常矛盾倒成為他的「頭等大事」。第二十九回之前，他的妻妾皆無所出，六個女人雖不時有點小摩擦，但矛盾並不十分尖銳。第三十回，李瓶兒要生產了，在圍繞這件關係到西門氏家族前途命運的「大事」上，眾人的心態是各不相同的：

> 那李瓶兒在酒席上……也沒等的唱完了，回房中去了。月娘聽了詞曲，耽著心，使小玉房中瞧去。回來報說：「六娘害肚裏疼，在炕上打滾哩。」慌了月娘道：「我說是時候，這六姐還強說早哩。還不喚小廝來，快請老娘去。」西門慶即令來安兒風跑，快請老娘去。於是連酒也吃不成，都來李瓶兒房中問他。……月娘道：「你起來，休要睡著，只怕滾壞了胎。老娘請去了，便來也。」……月娘罵道：「這囚根子，還不快迎迎去。平白沒算計，使那小奴才去，有緊沒慢的。」西門慶叫玳安快騎了騾子趕了去。……那潘金蓮見李瓶兒待養孩子，心中未免有幾分氣，在房裏看了一回，把孟玉樓拉出來，兩個站在西稍間簷柱兒底下那裏歇涼，一處說話。說道：「耶嚛嚛，緊著熱剌剌的擠了一屋子裏人，也不是養孩子，都看著

---

[1] 張竹坡《批評第一奇書金瓶梅讀法》，濟南：齊魯書社 1991 年。

下象膽哩。」

良久，只見蔡老娘進門。……且說玉樓見蔡老娘進門，便向金蓮說：「蔡老娘來了，咱不往屋裏看看去？」那金蓮一面不是一面，說道：「你要看你去，我是不看他。他是有孩子的姐姐，又有時運，人怎的不看他？頭裏我自不是，說了句話兒，見他不是這個月的孩子，只怕是八月裏的，教大姐姐白搶白相。……」玉樓道：「我也只說他是六月裏孩子。」金蓮道：「這回連你也韶刀了。我和你恁算：他從去年八月來，又不是黃花女兒，當年懷，入門養。一個後婚老婆，漢子不知見過了多少，也一兩月才生胎，就認做是咱家孩子。我說差了，若是八月裏孩兒，還有咱家些影兒；若是六月的，踩小板凳兒糊險道神——還差著一帽頭子哩。失迷了家鄉，那裏尋犢兒去。」……金蓮道：「一個是大老婆，一個是小老婆，明日兩個對養，十分養不出來，零碎出來也罷。俺每是買了個母雞不下蛋，莫不殺了我不成？」又道：「仰者合者，沒的狗咬尿胞虛喜歡。」玉樓道：「五姐是甚麼話？」以後見他說話兒有些不防頭腦，只低著頭弄裙子，並不作聲應答他。潘金蓮用手扶著庭柱兒，一隻腳趾著門檻兒，口裏磕著瓜子兒。只見孫雪娥聽見李瓶兒前邊養孩子，後邊慌慌張張一步一跌走來觀看，不防黑影裏被台基險些不曾絆了一交。金蓮看見，教玉樓：「你看，獻勤的小婦奴才。你慢慢走，慌怎的？搶命哩。黑影子絆倒了，磕了牙也是錢。姐姐，賣蘿蔔的拉鹽擔子——攘鹹嘈心。養下孩子來，明日賞你這小婦一個紗帽戴。」

良久，只聽房裏呱的一聲，養下來了。……吳月娘報與西門慶。西門慶慌的連忙洗手，天地祖先位下滿爐降香，告許一百二十分清醮，要祈子母平安。……這潘金蓮聽見生下孩子來了，闔家歡喜，亂成一塊，越發怒氣生，走去了房裏，自閉門戶，向床上哭去了。

這是人們稱道《金瓶梅》最精彩的一段描寫。在一般家庭看來，生小孩本是極平常的事，但在西門府，猶如誕生了一位「皇子」，西門慶讓來安「風跑」去請接生婆的迫切心情，吳月娘「無微不至」的關懷和罵小廝的「不上心」，都顯示了這家主人對這位即將來到人世間的小孩的重視。特別是潘金蓮的那張鋒利無匹的嘴，她的連珠炮似的即興式的看似「閒言碎語」，除了顯示她的刻薄和無奈外，還把妾與妾之間為了爭奪「公有」丈夫所隱含的不可調和的矛盾揭示出來，更為深刻的是，我們還可看出那個時代「母以子貴」的社會心理給女人們帶來多大的內心震動和痛苦。

此外，孟玉樓在聽到潘金蓮辱罵吳月娘和李瓶兒的話時，「只低著頭弄裙子」，則顯示了她的尷尬處境，她既不想得罪潘金蓮，又不想附和她，這正是孟玉樓的「明智圓

通」的性格。作為女人，她不是不想介入妻妾之間的紛爭，只是不想把自己推到浪尖上。

孫雪娥「差點被絆了一跤」的細節，多少帶有一點滑稽色彩。作者對這位名義上是「四娘」，而實際如同下人的「有命無運」的女人，也想在這次對她是不可多得的「機會」中獻獻「殷勤」，以示自己不甘落後，免得受到「主子」嗔怪的潛在心理表現得活靈活現。她比別人晚知李瓶兒生子的消息而慌慌張張地趕來，可想而知，她在眾妻妾中的地位了。

這裏有一個問題，細心的讀者也許會發現，李瓶兒生子時，惟獨李嬌兒沒有出場，難道這是作者的疏忽，抑或是別的原因？《紅樓夢》第四十二回劉姥姥被捉弄後引起眾人大笑的「群笑圖」，也存在同樣的問題，作者並未寫當時在場的寶釵和迎春兩人的笑貌，引起後世研究者的多方猜測。有人解釋可能是曹雪芹覺得這兩個人物性格在此時體現的笑態難於刻畫，故缺而不寫。《金瓶梅》是否也是如此呢？

關於孩子的父親究竟是誰，孟玉樓與潘金蓮也各自從不同的立場進行了不同的判斷，雙方討論、分析的是這個家庭中「只可意會，不可言傳」的「隱私」，她們最終也未能找到確切的答案，正應了筆者上文所引《明武宗實錄》中關於明武宗究竟是張皇后、還是鄭金蓮所生的那椿或許永遠也無法解開的歷史之謎。

上文說過，作為「世情小說」，是完全不必寫「朝廷軍國」大事的。但《金瓶梅》的創作目的不僅僅在於寫「世情」，更重要的是要展示那個時代的許多不能明言的「歷史大事」。那麼，如何以「世情」關聯「政治」，作者是頗費了一番苦心的。他將現實生活中像生孩子這樣的極平常、極普通的事件，描寫得繪聲繪色，有頭有尾，展示了不同人物的不同心態和性格，這很符合「世情小說」的特點。但他又讓這些「當事人」以類似「新聞標題詞」式的「微言大義」，在閒言碎語的表述中揭示出正、嘉時期的大事件，這又符合《春秋》傳統的「歷史敘事法」。下文潘金蓮有「自從生了這種子，恰似他生了太子一般」的話。實際就是說，「西門府」生了一位來歷不明的太子。要之，《金瓶梅》就是以這種巧妙的方式，將「家庭」與「政治」這對看似悖論的兩極和諧統一起來，這就是《金瓶梅》獨特的藝術手法。

第三十一回「琴童藏壺戲玉簫」。敘西門慶自從李瓶兒生了「官哥」後，一連幾日吃酒慶賀。忽一日丟了一把壺，使本來稍微平靜的家庭又掀起了一層波浪：

> 堂客正飲酒中間，只見玉簫拿下一銀執壺酒，並四個梨，一個柑子，徑來廂房中送與書童兒吃。推開門，不想書童兒不在裏面，恐人看見，連壺放下，就出來了……不想書童兒外邊去，不曾進來。一壺熱酒和果子還放在床底下。這琴童連忙把果子藏袖裏，將那一壺酒，影著身子，一直提到李瓶兒房裏。……至晚，酒席上人

散，查收家火，少了一把壺。玉簫往書房中尋，那裏得來，再有一把也沒有了。……那玉簫就慌了，一口推到小玉身上。小玉罵道：「……這回不見了壺兒，你來賴我。」……李瓶兒道：「……後邊為這把壺好不反亂，玉簫推小玉，小玉推玉簫，急的那大丫頭賭身發咒，只是哭。」……月娘道：「等住回嚷的你主子來，沒這壺，管情一家一頓。」……正亂著，只見西門慶自外來，問因甚嚷亂。……潘金蓮道：「若是吃一遭酒，不見了一把，不嚷亂，你家是王十萬。頭醋不酸到底兒薄。」看官聽說，金蓮此話，譏諷李瓶兒首先生孩子，滿月不見了〔壺〕，也是不吉利。……金蓮道：「琴童兒是他（李瓶兒）家人，放壺他屋裏，想必要瞞昧這把壺的意思。要叫我，使小廝如今叫將那奴才，老實打著，問他個下落。不然，頭裏就賴他那兩個，正是走殺金剛坐殺佛。」西門慶聽了，心中大怒，……那金蓮把臉羞的飛紅了，便道：「誰說姐姐手裏沒錢。」說畢，走過一邊使性兒去了。

在西門府邸，丟失一把壺，實在是小事一樁。但從側面可以看出西門慶的妾與妾之間，奴僕與奴僕之間的勾心鬥角。有學者指出，《金瓶梅》的寓意在於「不修其身不齊其家」，它是對儒學修身理想的一個翻案的倒影，這是很有見地的。西門慶不僅自身不修，其家也不齊。正是自古上樑不正下樑歪，上行下效，導致了其府邸最突出的兩個問題：一是「亂倫絕後」；一是「家反宅亂」[2]。那些奴僕們，各仗著自己的主子，不是偷，就是騙；要不互相推諉，扯皮了事，這又從另一個側面看出其家庭管理上的混亂。

根據傳統儒學「家國同構」的原理，「世情小說」描寫的典型「家庭」，實際就是一個「國家」的縮影。這件「丟壺」小事，它也是有史實來源的。

《明世宗實錄》卷九：

> 正德十六年十二月（嘉靖已登極），光祿寺少卿宋鐘等奏：本寺上供器皿多留中不發，以致供應不敷，請嚴行查核。上（嘉靖）曰：「光祿寺供應器皿，俱係小民脂膏造辦，甚為可惜，見在宮者，令盡數發出。以後每日照原進數，發與該寺官廚收領，仍令本寺官用心查考出入，有損失欠少，指實參奏。」[3]

如果不是「宮中」私藏丟失器皿嚴重，光祿寺官也不會有此奏本。以此可見嘉靖的「內宮」在管理上是相當混亂的。潘金蓮所說「老實打著，問他個下落」，正是嘉靖帝「用心查考出入」「指實參奏」的藝術翻版。本回寫的是丟失一把壺（器皿之一），而《金瓶

2　參見浦安迪《中國敘事學》，北京：北京大學出版社 1990 年。

3　《明世宗實錄》卷九，中央研究院歷史語言研究所校印本。

梅》第四十三回又寫丟了一錠金子，鬧得李瓶兒房裏「好不翻亂」，眾人你推我，我推你，賭咒的賭咒，發誓的發誓。這潘金蓮「得不的風兒就是雨兒」，走來告訴月娘，備了西門慶一大篇是非。正說著，西門慶進來：

> 幾句說得西門慶急了，走向前把金蓮按在月娘炕上，提起拳來罵道，……那潘金蓮就假做喬張，就哭將起來，說道：「我曉得你倚官仗勢，……你說你是衙門裏千戶便怎的？無故只是個破紗帽，債殼子窮官罷了，能禁的幾個人命耳。就不是，教皇帝敢殺下人也怎的？」

這段話看似平淡，只不過是夫妻之間的鬥嘴而已。潘金蓮說西門慶是「債殼子」，意味他是債台高築，靠借錢維持體面的人。西門慶在「清河縣」的富有，潘金蓮不是不知，但為什麼又如此指稱他？實際這是第七回「朝廷爺一時沒錢使，還問太僕寺借馬價銀子支來使」的另一種表述法。武宗、世宗時期財政入不敷出，史料多有記載。上文所引「朝廷爺」沒錢使，多次借支「馬價銀」的材料，足以證明此處是實指，而不是泛泛的說法。「教皇帝敢殺下人」，猶如「恰似他生了太子」，是「正話反說法」，實際是，「皇帝」西門慶是敢殺下人的。

作為「世情小說」，《金瓶梅》更多關注的是人們的日常生活，作者對生活中最基本的吃、穿日用品給以極為細膩而生動的描繪，這是前此小說中所不曾有過的。儘管如此，作者也忘不了在這「瑣碎」的敘述中不時透露一些「天機」。

上文已引《詞話》第十五回，「吳月娘穿著大紅妝花通袖襖兒，嬌綠段裙，貂鼠皮襖。李嬌兒、孟玉樓、潘金蓮都是白綾襖兒，藍段裙。李嬌兒是沉香色遍地金比甲，孟玉樓是綠遍地金比甲，潘金蓮是大紅遍地金比甲（十一字原無，依崇本增），頭上珠翠堆盈，鳳釵半卸。」這幾個女人非同尋常的打扮，作者並未直接點明她們是什麼身分，而是借看燈人之口透露她們是「貴戚皇孫家豔妾來此看燈，不然，如何內家妝束？」內家是皇宮的意思，吳月娘等人的妝束是「內家妝束」，意味她們是后妃，那西門慶自然就是一位皇帝了。

至於《金瓶梅》中寫到的飲食，孫述宇先生認為，「沒有什麼小說像這本講得這麼多，書中的飲食不但次數多，而且寫得詳細和生動。」孫先生在與其他幾部小說比較後得出結論說，「《金瓶梅》中的飲食就只能是享樂。」[4]

西門府邸的確是「端的朝朝寒食，夜夜元宵」，大宴小宴接二連三，如壽酒、接風酒、會親酒、慶官酒、公宴酒、看燈酒，甚而有鮮為人知的頭腦酒，……真是名目繁多，

4　孫述宇〈《金瓶梅》的藝術〉，《臺港金瓶梅研究論文選》，南京：江蘇古籍出版社 1986 年。

指不勝屈。全書一百回，除六十二、八十兩回外，有九十八回寫了飲酒，寫酒回目占百分之九十八，涉及酒類達十九種之多，最多的一次達十六次[5]。西門慶家的茶，各色點心和小吃，品種之多，簡直令人五色俱迷，就連平時的便餐也十分講究。如第二十二回寫西門慶吃粥，「兩個小廝放卓兒，拿粥來吃。就是四個鹹食，十樣小菜兒，四碗頓爛；一碗蹄子，一碗鴿子雛兒，一碗春不老蒸乳餅，一碗混沌雞兒，銀廂甌兒粳米投著各樣榛松栗子果仁梅桂白糖粥兒。」這種種飲食，不只徒具形式，而是構成了他（她）們生命價值的一部分。儘管作者敘述得如此煩瑣，但在關鍵處，比如第五十二回寫西門慶吃鰣魚，還是讓應伯爵說了幾句洩露「天機」的話，「你每那裏曉得，江南此魚，一年只過一遭兒，吃到牙縫兒裏，剔出來都是香的。好容易！公道說，就是朝廷還沒吃哩，不是哥這裏，誰家有？」這雖是一句表面奉承的話，實際也是「正話反說」，意味只有「皇帝哥」這裏有，除此外，誰家還能有這種鰣魚呢？

　　《金瓶梅》作為「世情小說」的開山之作，其作者小說觀念的轉變還在於：他所塑造的人物，不是對某種思想觀念的圖解，而是實實在在、有血有肉的具體可感之人。這些人物已沒有高大之感，他們雖不是生活中某方面的「巨人」，但卻是現實生活中的「全人」，他們有愛、有恨，有普通人的七情六欲，他們在現實生活中以能夠擊敗對方、成為勝利者而欣喜若狂，但也不乏失敗中的苦惱、憤懣和沮喪之情。

　　我們若與前此的長篇小說稍加比較，就可看出這種明顯的差別。《三國演義》《水滸傳》的成書過程，也是它的主人公被儒化的過程。明末時，兩書被合刻為《英雄譜》，說明兩書在思想上的某種一致。我們探究宋、元以來的小說，就會發現其基本思想和人物塑造，大體上可以歸結為忠與奸的鬥爭。這種忠與奸的鬥爭，不僅體現了儒家的君臣思想，而且也和世俗群眾樸素的政治觀點和審美觀點是一致的。我們看早期講史、平話階段粗魯、鄙野甚至帶有草莽、流民習氣的英雄，逐漸變得更具儒家「爾雅」的特點。從《三國志平話》到羅本《三國志通俗演義》再到毛本《三國演義》，諸葛亮的形象一直在被儒化著。《平話》中的諸葛亮，原是一個出身低微的莊農，有時舉止十分鹵莽。劉備敗走夏口，派他出使東吳，他甚至提劍就階，殺了曹操的使者。羅本《三國演義》中的諸葛亮，亦與大儒風度不盡相合。如他聽到司馬懿復職的消息後，小說寫到：「孔明聽畢，頓手跌足，不知所措。」又如，他欲燒死魏延於上方谷，事未諧，反嫁禍於馬岱，又涉及楊儀。這些有損於諸葛亮大儒風度的情節，毛本《三國演義》全部刪除了。塑造了一個完全符合儒家理想的忠臣形象。《水滸傳》的演變大體也是如此。比如宋江就由「勇悍狂俠」的酒色粗人，逐漸演變為「自幼學儒」「曾攻經史」的正人君子。而

5　參見田秉鍔《金瓶梅與中國文化》，南京：江蘇文藝出版社 1992 年。

另一類人物，即暴君、奸相、亂臣、賊子，也是按照儒家觀念，朝相反的方向同樣被「儒化」著。譬如曹操，凡是涉及到他「不奸」的情節，幾乎全被刪除了。這類小說中的人物，確是某種思想觀念的形象圖解，他們可能是某方面的「巨人」，但絕不是現實生活中的「全人」。過去人們稱之為「類型化典型」，說的就是這個意思。魯迅謂《三國》「欲顯劉備之長厚而似偽，狀諸葛之多智而近妖」，非常精要地指出這類小說在人物塑造上的明顯缺陷。

如果我們從《金瓶梅》與《水滸傳》對武松形象的不同處理來看，或許這個問題會看得更清楚一些。《水滸傳》中「武松殺嫂」被描繪得有聲有色，痛快淋漓，光明磊落，殺人後主動投案自首，意味著他是一個天不怕、地不怕的真英雄。而《金瓶梅》寫武松被赦回來之後，作為「剛烈之士」的他，竟設伴娶嫂嫂回家過日子的騙局；再者，又寫他會說話，並且知書達禮，顯得一幅很有修養的樣子。特別是他在殺死潘金蓮後，又返回王婆家，把剩餘的八十五兩銀子並些「釵環首飾」，一股腦兒都包裹了，撇下侄女迎兒，於「五更時分」挨出城門，上梁山為盜去了的種種描寫，與《水滸傳》中的武松形象是大相徑庭的。很多人指責《金瓶梅》的這些文字，有悖於武松性格發展的邏輯。其實絕不是這樣。究其差異的原因，主要是創作觀念的不同。因為在一個邪惡橫行的社會裏，少數英雄的反抗註定要被邪惡勢力合擊而失敗。作者對社會本質的認識，較施耐庵更深一層。所以，《金瓶梅》沒有再把他理想化，而是減卻了其英雄本色，增加了其凡人因素，甚而還有幾分陰謀色彩。唯其如此，也才更符合現實生活的內在邏輯。

《金瓶梅》小說觀念的轉變還在於它所塑造的主要人物除了偶一出場的武松、曾孝序等人外，幾乎全部都是反面人物，在中國文學史上這是一個新的現象，新的問題。

其實，這正是《金瓶梅》小說美學的獨特之處。它拋棄了小說崇尚「美」「力」的傳統，將「醜」全面引進小說世界，從而引起了小說觀念的又一次重大變革。作者的「審醜力」是獨一無二的，他用這種獨特的視角去看人生、看世界、看藝術，他發現了「這一個」世界是一個醜的世界，一個金錢至上人欲橫流的世界，一個令人絕望的世界。這個世界沒有理想的閃光，沒有美的存在，更沒有美文學中的和諧和詩意。晚於他三百年的法國大雕塑家羅丹才悟到這一點，「在藝術裏人們必須克服某一點，人須有勇氣，醜的也須創造。因沒有這一勇氣，人們仍然停留在牆的這一邊，只有少數人越過牆，到另一邊去。」[6]蘭陵笑笑生正是推倒了這一堵牆「到另一邊去的人」。他開掘了現實生活中全部的醜，讓醜自我否定，從而使人們心理上獲得一種昇華，一種對美的渴望和追求。更何況，外國文學史上這樣的小說也不乏其例。果戈理的《死魂靈》、陀斯妥也夫斯基

6　〈羅丹在談話和信札中〉，《文藝論叢》第十輯。

的《卡拉諾夫兄弟們》就沒有正面人物。事實上，《金瓶梅》是第一部「世情小說」，這樣的一部小說應該怎樣寫，實際上又是怎樣寫，這都是值得我們深入研究的。既然是第一部，我們就沒有多少理由去苛責作者。有人常拿《金瓶梅》與《紅樓夢》相比，認為《金瓶梅》「哪怕花《紅樓夢》寫尤三姐那樣短短的幾百字，不是也可以令人耳目一新嗎？」[7]誠哉斯言。不過，我們看《金瓶梅》的結尾，作者不是也安排了在西門慶事業鼎盛的時候，讓他突然死去，家道敗落，落得個「樹倒猢猻散」，牆倒眾人推的悲慘結局嗎？誰能說《金瓶梅》沒有寄託作者的理想呢？

契可夫曾言：「講到這世界上充斥著壞男子和壞女人，這話是不錯的。人性並不完美。因此，如果在人世間，只看見正人君子，那倒奇怪了。然而，認為文學的職責就在於從壞人堆裏挖出『珍珠』來，那就等於否定文學本身。文學所以叫藝術，就是因為它按生活的本來面目描寫生活。它的任務是無條件的直率的真實。」《金瓶梅》所塑造的，就是這樣的真實人物。它的主人公西門慶是「一個具有多重社會身分和歷史內涵的獨特的『這一個』」。一方面仗義疏財，慷慨大方，一方面又吝嗇得一毛不拔。小說著重描寫的正是他大方的同時所表現的吝嗇，吝嗇的同時所表現的大方。所以，《金瓶梅》的主要人物（當然不是全部）是好人並不完全都好，是惡人並不完全都惡。而是好中有壞，壞中有好，作者沒有回避社會生活的複雜多樣而形成人物性格的複雜多樣。

《金瓶梅》塑造的主要人物還有一個值得注意的現象，那就是它描寫了一群罕見的女性，這在中國文學史上也是首創的。只有後來的《紅樓夢》才能和它相匹敵。從先秦到明代，中國文學中的女性形象大致可分為三類：如屈原作品中的山鬼、湘夫人，曹植〈洛神賦〉中的洛神，漢唐文人筆下的阿嬌、王昭君，宮詞中的宮女為一類。她們實際是文人所寄託的理想，是可望而不可即的象徵。另一類是以妲己、褒姒、飛燕等為代表的這一類女性，她們生來就是禍水，是文人常常譴責的對象。第三類是《詩經》中〈氓〉〈谷風〉、漢樂府之〈陌上桑〉〈孔雀東南飛〉〈木蘭辭〉中的女性，這是一批接近現實主義文學的女性。前二類女性，實質上是某種道德理想、道德觀念的圖解。

《金瓶梅》女性們的出現，為中國文學開闢了一個全新的領域，一個純粹從自然而非道德的角度描寫的女性世界，她們顯示了比前三類女性強得多的自我生命的覺醒。

現在的問題是，既然《金瓶梅》寫的是「女性世界」，而我們在實際的閱讀過程中，分明感覺到全書是以西門慶作為主角的。作者為什麼如此安排，他在作品中又起什麼作用呢？我認為，正因為《金瓶梅》寫的是一群女子的命運，而不是寫一個女子的命運，所以，才要以一個非女子的西門慶為主角。他在作品中的作用，應是一個參照物，也就

7　徐朔方〈論金瓶梅〉，《浙江學刊》1981 年第 1 期。

是說，通過他，把那些女子的各不相同的命運，真實地折射出來。後來的《紅樓夢》，亦是作這樣的安排。那些女子的性格、為人和種種的不幸遭遇，所謂「千紅一窟（哭）、萬豔同杯（悲）」的命運，也是通過賈寶玉這面鏡子，得到了全面真實的反映。

史諱傳統與《金瓶梅》的人物命名

一

幾乎所有的中國文學史、中國小說史和《金瓶梅》研究者都一致認為，《金瓶梅》是「借宋寫明」的，而且都承認作品廣泛和深入地反映了十六世紀的中國社會現實。就明代通俗小說創作而言，這是前所未有的偉大創舉。但是，在《金瓶梅》如何「借宋寫明」，而又以何種獨特的藝術方式反映現實這方面，學界探討得很不夠，或者說，根本不曾注意。

據筆者多年的研究，《金瓶梅》「借宋寫明」主要採用了這樣幾種藝術手法：一是以簡明的「新聞標題詞」式的形式寫明代的軍國大事，如「朝廷爺借支馬價銀」「南河南徙」是也；二是宋代的人物影射指稱明代的人物，如「蔡京影射嚴嵩、林靈素影射陶仲文」是也；三是直接插入明代正德、嘉靖時 85 個真實的歷史人物，如韓邦奇、凌雲翼、鄭旺等是也；四是作品中虛構的大部分男性人物（少量女性）採用「詞語置換法」影射指稱某個真實的歷史人物[1]。限於篇幅，本文只能選取幾個重要人物來談「詞語置換」問題。

《金瓶梅詞話》大約有 800 個人物，其中涉及到宋代的真實歷史人物有 59 個，明代的真實歷史人物有 85 個，其他皆為虛構的人物。這些人物都是一個巨大的信息載體，因為它關聯到明代許許多多的人和事，並為讀者提供了無限的想像空間。但僅就這 140 多個人物還不足以揭示正德、嘉靖時期那段完整的歷史[2]。實際上，《金瓶梅》中虛構的大多數男性人物（包括少量女性）都是通過「詞語置換法」，影射指稱正德、嘉靖時的真實歷史人物。如《詞話》中用迷信治病的施灼龜，實際指的是明武宗時的御醫施鑑。潘金

---

1 參看拙著《金瓶梅發微》，北京：中國社會科學出版社 2002 年；《金瓶梅藝術論要》，天津：天津古籍出版社 2010 年。

2 《金瓶梅》究竟反映的是正德、嘉靖還是萬曆時期的史實，「金學」界是有不同看法的。但筆者堅信是前者而絕不是後者。

蓮實際指的是張金蓮。參加李瓶兒葬禮的徐鳳翔實際指的是徐鵬舉，等等。這種「詞語置換法」非常隱晦高超，但細究之，它是受中國史諱傳統的影響而又更加靈活的一種手法，也是《詞話》藝術手法最為獨特的地方。

為明晰起見，茲把「詞語置換法」簡要介紹如下。

中國傳統文化中有一個很有趣的現象就是講究避諱，避諱的方法很多，陳垣先生《史諱舉例》一書論之甚詳，可參看。例如漢代辭賦家莊忌、莊助，史家為避漢明帝劉莊諱，竟把兩人的姓都改成「嚴」，變成「嚴忌」「嚴助」。「莊嚴」是一詞語，「莊」和「嚴」可以互相置換。

楚漢時以善辯著稱的蒯徹，為避漢武帝劉徹諱，將「徹」改為「通」，「通徹」為一詞語，兩字可以互換。再比如，漢宣帝名詢，改荀卿為孫卿；隋煬帝諱廣，改廣樂為長樂；唐太宗諱世民，凡言世皆曰代，民皆曰人；梁朱溫父名誠，改城曰牆，又改曰州，如東都州南州北州是也；等等。不只國諱如此，史家著作亦如此，如司馬遷父名談，《史記 · 趙世家》中以張孟談為孟同；〈季布傳〉貴人趙談為趙同，等等。一些名人的家諱亦循此例，如王羲之父名正，每書正月為初月，或作一月；蘇軾祖名序，故以序為敘，或改作引，等等。以上的事例，有同義詞置換的，很嚴格，而有些則並不是嚴格的同義詞置換。

這種特有的文化現象，在其後的歷史長河中，始終沒有間斷，被史家一直延續到清末。我們說，它既是傳統，又是一種藝術手法，並被廣泛運用到其他文化領域，譬如小說創作。舉一個很典型的例子，魯迅先生的小說〈藥〉，其主人公夏瑜指的就是秋瑾，這一結論，恐怕沒有任何人去懷疑它，因為它已被所有研究魯迅小說〈藥〉的人和讀者普遍接受。在此例中，「秋夏」是一詞語，「瑾瑜」也是一詞語，「秋」置換成「夏」，「瑾」置換成「瑜」，真是再準確不過了。當然，說「夏瑜」指的就是「秋瑾」，並不是說「夏瑜」就完全等同於「秋瑾」，而是指以其為原型，又廣泛吸收了其他人的行事，是一個「典型形象」的意思。

《金瓶梅詞話》中的許多人物命名也是如此，作者使用的「詞語置換法」，運用得更為靈活，姓氏用字可以互相置換，名字用字也可以互相置換。或許有人會對筆者的這種研究提出異議，但畢竟《金瓶梅》是中國文化中的一個鏈條，前有車，後有轍，而且，在《詞話》這個圓形網絡結構裏，還有史實對某人的界定，他與其他人物的關係等等，特別是拿《明武宗實錄》《明世宗實錄》來與《詞話》的內容進行細緻比勘的話，即可看出筆者研究之不謬。

二

　　《金瓶梅》中的某些人物在作品中往往有好幾個名字，例如玳安又叫太平，玳不是姓，太平也不是玳安的字或號。開銀鋪的白四哥又叫謝汝謊，若「汝謊」是其外號，也應稱「白汝謊」才是，怎麼又讓他姓「謝」呢？宋惠蓮被孫雪娥戲稱為「王美人」而不是「宋美人」，這又如何解釋呢？再比如吳大舅，他是吳月娘的大哥、西門慶的妻兄，其名字叫什麼，萬曆丁巳本《金瓶梅詞話》中前後是不一致的。第七十六回，西門慶稱「妻兄吳鎧」，第七十八回有「我吳鎧」字樣，第八十四回，吳大舅自述是「在下姓吳名鎧」，第七十七回又有「清河縣千戶吳有德」之稱。《詞話》第六十四回中也出現過一個「吳鎧」，曾參與眾官員祭奠李瓶兒，官職不詳。這其中可能有傳抄、刊刻時的錯誤，但大多是作者要的藝術手法，絕不能像時下那樣，一律簡單歸咎於是作者的疏忽和大意，那是不符合作品實際的，同時也辜負了作者的良苦用心。

　　如果我們明白了《金瓶梅》中這種獨特的「詞語置換法」後，這種似不可破解的懸案就可得到徹底的解決。下面我們選擇幾個代表性的人物加以破解。

　　玳安：玳安就是嘉靖，拙著《金瓶梅發微》中有一節專門談這一問題，這裏再從「詞語置換」的角度進一步加以探討。

　　　　「玳枝」「嘉枝」　　　「玳」　⇌　「嘉」

　　　　「安國」「靖國」　　　「安」　⇌　「靖」

　　你上下看，一邊是「玳安」，一邊是「嘉靖」。

　　這不是文字遊戲，而是作者使用的高妙手法。

　　「玳枝」見南朝湯惠休〈贈鮑侍郎詩〉一詩，「玳枝兮精英」。

　　陳後主（叔寶）〈棗賦〉：「丹心美實，絳質嘉枝。」

　　《詩·魯頌·有駜》：「有駜有駜，駜彼乘黃。」毛傳：「駜，馬肥強貌。馬肥強則能升高進遠，臣強力則能安國。」

　　《左傳·僖公二十三年》：子文曰：「吾以靖國也」。

　　《金瓶梅》的作者，知識非常淵博，不過有時確實是在「掉書袋」。

　　《金瓶梅》第十三回寫，西門慶與花子虛同往吳四媽家，與吳銀兒做生日。花子虛有小廝天福、天喜兒跟隨，西門慶有小廝太平、平安兒跟隨。這裏的「太平」即玳安。

　　《金瓶梅》之作者深怕讀者不明白他的良苦用心，在好多地方多有「重複」，這是一種修辭方法，換個詞，換個角度，「一篇之中，三致志焉」。

　　「太平」也能置換為「嘉靖」

　　　　「太平」「嘉平」　　　「太」　⇌　「嘉」

「平明」「靖明」　　　「平」⇌「靖」

一頭是「太平」，一頭是「嘉靖」。

「太平」一詞，現在還經常使用。

《莊子·天道》：「知謀不用，必歸其天，此之謂太平，治之至也。」

《史記·始皇紀》：「三十一年十二月，更名臘曰嘉平。」

《荀子·哀公》：「君昧爽而櫛冠，平明而聽朝，……日昃而退。」

《宋史·禮志》：「太平興國八年，加上五嶽帝號，東曰淑明，南曰景明，西曰肅明，北曰靖明，中曰正明。」

以上，我們用詞語置換的方法，指明了玳安就是嘉靖。

從《金瓶梅》的整體內容來看，玳安確實也就是嘉靖，玳安是西門慶的男僕，貼身小廝，跟隨著主子，背地裏也幹了不少壞事。別看年紀小，心眼倒不少，行奸不露奸，圓滑手段高。玳安的形象，有明世宗朱厚熜的影子。朱厚熜治國無能，但「恩威不測」，骯髒點子卻還不少。西門慶粗獷少文，比較「直爽」，關鍵的地方，當機立斷，心狠手毒。這是明武宗朱厚照性格特點的反映。玳安整體上像嘉靖，西門慶整體上像朱厚照。

明武宗朱厚照無嗣，把江山交給了堂弟朱厚熜；西門慶絕後，把產業交給了太平——玳安。《金瓶梅》的內容不正是和正、嘉歷史的真實相一致嗎？

玳安就是嘉靖，西門慶也就是明武宗。

歷史上，正、嘉相承，兄終弟及。

小說中，慶、安相繼，武、世合一。

白四哥（又稱謝汝諾）：

《金瓶梅詞話》第三十三回：

> 單表那日，韓道國鋪子裏不該上宿，來家早。……但遇著人，或坐或立，口若懸河，滔滔不絕，就是一回。內中遇著他兩個相熟的人：一個是開紙鋪的張二哥，一個是開銀鋪的白四哥。慌作揖舉手。張好問便道：「韓老兄，連日少見……」
>
> 有謝汝諾道：「聞老兄在他門下做，只做線鋪生意。」

從這段敘述來看，調侃韓道國的一個是張二哥，名字叫「張好問」；另一個是白四哥，他不叫「白汝諾」，而稱做「謝汝諾」。同一個人，為什麼連姓氏都改了？這裏不是刻印錯誤，而是作者使用的「詞語置換法」，實際指稱的都是唐真。

唐真，銀匠。《明世宗實錄》卷三二七，嘉靖二十六年九月，副使張祿並銀匠唐真等作弊侵銀。

「唐白」　　　「唐」⇌「白」

「四真」　　「真」 ⇌ 「四」

《北齊書·唐邕傳》：「及天保受禪，諸司監咸歸尚書，唯此二曹不廢，令唐邕、白建主治，謂之外兵省。其後邕、建位望轉隆，各為省主，令中書舍人分判二省事，故世稱唐、白云。」

《小學紺珠》：「唐明皇以莊子為南華真人，文子為通玄真人，列子為沖虛真人，庚桑子為洞虛真人，是謂四真。」

「實錄」中的唐真，移在《金瓶梅》裏便成了「白四哥」，一個是「銀匠」，一個是「開銀鋪」，名字的置換又非常準確，「白四哥」即唐真，你能說這沒道理嗎？《金瓶梅》是「史記」，前人早已言之，我們的破解證實了這一觀點。不根據「實錄」，不採取這樣的方法，「白四哥」這一名字恐怕就不能解釋清楚，姓「白」，為什麼不讓他姓「黑」？「開銀鋪」，為什麼不讓他「開醬菜鋪」？因為《金瓶梅》是「史記」也。

「張二哥」「白四哥」，「二與四」常用也。《周易·繫辭下》說，「二與四同功而異位」。

《金瓶梅》中一個普通人名，一個普通詞語，看上去，平淡無奇，可作者是在用典，「張二」「白四」就是如此。

上文所言，小說中前說「白四哥」，可後邊又變成了「謝汝謊」，若「汝謊」是其外號，也應稱「白汝謊」才對，怎麼會變成姓「謝」的呢？其實作者使用的還是「詞語置換法」。

「謝塘」為語詞。古代「唐」通「塘」，《說文》無「塘」字。「謝塘」即「謝唐」。「唐」變成了「謝」，「白汝謊」便成了「謝汝謊」，實際上還是指的唐真。「真」又可置換為「汝」「謊」二字。

這裏如果不用「詞語置換」的方法去解釋，是根本說不清楚的。如果按「錯字」去對待，把它改過來，倒很容易，於理也能說得通。但問題是，《金瓶梅》中這種情況很多，你若隨意改之，那《金瓶梅》中所有的疑難懸案都可輕而易舉得以解決了，問題恐怕不是這樣簡單。

聶兩湖：

聶兩湖是尚小塘同窗，曾給西門慶寫過軸文。聶，「見在武庫肄業」「本領雜作極富」「善於詞藻」。

聶兩湖指聶豹。

聶豹，《明史》卷二○二有傳。

聶豹，字文蔚，號雙江。正德十二年進士。由知縣升知府。「練鄉勇」，卻敵寇，「廷議以豹為知兵」。後擢為兵部侍郎，又升兵部尚書，加太子太保。「南北屢奏捷」，

豹「率歸功玄祐」，是「陛下威靈所致」，嘉靖帝大喜。

「豹本無應變才」「南倭北虜」「寇患日棘」「卒無所謀畫」，終以中旨罷歸。

聶豹為明代理學家，有《雙江集》傳世。

「兩湖」對「雙江」，「雙」「兩」一義，「江」「湖」並連，「兩湖」即「雙江」也。

「聶兩湖」與「尚小塘」為同窗，《金瓶梅》之作者對「聶雙江」有所暗刺也。

陶扒灰：

陶扒灰是一個城市遊民。

小說第三十三回寫道，陶扒灰說，「叔嫂通姦，兩個都是絞罪。」旁邊多嘴的說，要是「公公養媳婦」，又該何罪？陶扒灰低著頭，一聲兒沒言語走了。

陶扒灰指的是朱寘鈏。

《明世宗實錄》卷一四三，嘉靖十一年十月載，鞏昌王朱寘鈏有「禽獸行」，與其已故長子朱台清妻王氏通，生二女。結果是朱寘鈏「革為庶人，送鳳陽高牆禁住」，「王氏勒令自盡。」[3]朱寘鈏，又見《明史》卷一〇二「諸王世表三」、卷一一七「慶王傳」。

「陶朱」，古時常用詞語，現在買賣鋪家還在使用，「陶朱公」是「富者」的代稱，「陶朱事業，端木生涯」，皆經商致富之事也。

用「陶」置換「朱」，朱「扒灰」就變成了「陶扒灰」，「陶扒灰」的本名叫朱寘鈏也。

《金瓶梅》以史實來設計人物，「陶扒灰」這一人名具有很強的說服力，「實人實事」，姓氏置換又很通俗易懂，你說不是這樣嗎？

「扒灰」一詞，老百姓都懂得。

三

《金瓶梅詞話》中不僅大部分的男性人物可以用這種方法破解出來，少數關鍵性的女性人物使用的也是這種方法，譬如宋惠蓮就是一個很典型的人物。

作品第二十二回介紹了宋惠蓮的出身：

> 那來旺兒，因他媳婦自家癆病死了，月娘新近與他娶了一房媳婦。娘家姓宋，乃是賣棺材宋仁的女兒。……月娘因他叫金蓮，不好稱呼，遂改名惠蓮。

3　《明世宗實錄》卷一四三，中央研究院歷史語言研究所校印本。

　　來旺即鄭旺，來旺在第九回中就出現，但直到第九十回才交待說，「來旺兒本姓鄭，名喚鄭旺」。

　　「文章在結穴」。《金瓶梅》的寫法往往是前有伏筆，後有交代，結尾才兜底兒。

　　鄭旺是一個真實人物。《金瓶梅》中許多真人的名字並不指他本人，可鄭旺就是鄭旺，作者是用小說的形式來寫「實錄」。

　　鄭旺，《明武宗實錄》卷三十一、《明武宗外紀》《治世餘聞》《萬曆野獲編》中都談到此人。

　　鄭旺是鄭金蓮的父親，鄭金蓮後入宮，傳言為明武宗的生母。究竟是不是，史無明文，但「實錄」中確實記載了鄭旺和鄭金蓮的事情。「實錄」是「欽定」編纂的，不是私史，不能胡來，鄭旺、鄭金蓮是真實的人物，不是小說的杜撰。筆者遍查明代史料，在正德、嘉靖、隆慶、萬曆四朝時，叫「鄭旺」的唯此一人，沒有同名同姓的其他「鄭旺」的記載。

　　「實錄」中的鄭旺被處以「極刑」，小說內是定為「死罪」，小說不就是「實錄」嗎？

　　宋惠蓮原名宋金蓮，因與潘金蓮同名，不好稱呼，改名宋惠蓮。

　　《金瓶梅發微》中用古代女子出嫁後從夫姓的習慣，破解宋金蓮即鄭金蓮，可參看。現在用「詞語置換」法，宋金蓮直接就可以破解為鄭金蓮。

　　「宋鄭」為語詞，可相互置換。

　　《左傳·桓公十二年》，「公欲平宋鄭」。

　　晉杜預注：「宋以立屬公故，多責賂於鄭，鄭人不堪，故不平。」

　　《史記·天官書》也有「宋鄭之疆」語。

　　孫雪娥戲稱宋金蓮為「王美人」，也是用典，「宋王」並用、「鄭王」「王鄭」並用，「王」美人即「鄭」美人也。

　　《金瓶梅》中的宋金蓮即《明武宗實錄》裏的鄭金蓮。

　　鄭旺、鄭金蓮的名字，只見於《明武宗實錄》，《明世宗實錄》中沒有，《明穆宗實錄》《明神宗實錄》中更是沒有。

　　我們多次說過，《金瓶梅詞話》是「實錄」的藝術再現，小說把兩個真實的歷史人物寫進作品中，對「西門慶」進行了無情的諷刺、挖苦、鞭撻，作者的用意實在是太明顯了，對鄭旺、宋金蓮的描寫也實在是夠「直捷」了，如果像史書那樣寫，那還叫小說嗎？其實，小說中有些話是非常露骨的。

　　《金瓶梅》有些地方寫的很隱晦，但對鄭旺、宋金蓮的描寫卻是「直書其事」的，鄭旺的名字直截了當地揭示了出來，不需要再去破解了。

　　《金瓶梅》中的鄭旺、宋金蓮等於《實錄》中的鄭旺、鄭金蓮，鄭旺、鄭金蓮直接關

連著明武宗；西門慶關連著鄭旺、宋金蓮；所以，西門慶就等於明武宗。

西門慶等於明武宗，還不是一般的等號，而是一個恒等號。

《金瓶梅》中虛構的大多數人物，都可用「詞語置換法」這種方法破解出來，同時又用史實來加以界定，以此影射指稱某一個真實的歷史人物。這樣，《金瓶梅》文本中插入的三類人物（宋代的真實歷史人物、明代的真實歷史人物、虛構的人物）實際隱含了明正德、嘉靖六十多年活躍在政治、經濟、軍事等領域中最主要的人物。這些人物又都關聯著重大的歷史事件。通過他們，我們可以說，《金瓶梅》稱得上是一部正德、嘉靖兩朝的完整的「歷史」。限於篇幅，本文不能一一加以分析破解。作品中的人物具體指稱某人，請參考拙著《金瓶梅人名解詁》和《金瓶梅藝術論要》。

《金瓶梅詞話》中
「會中十友」隱指明代歷史人物考

　　《金瓶梅詞話》第十回、第十一回寫了西門慶有「會中十友」。這種構思，有史實根據。根據是什麼？——「天子十弟兄」。

　　「天子十弟兄」的說法見《明世宗實錄》卷三，筆者在《金瓶梅發微》中對這一問題曾有論述，可參看。

　　「天子十弟兄」是指江彬、許泰、劉暉、錢寧、張忠、盧明、秦用、蕭敬、臧賢等九人，再加上明武宗，共十人。見谷應泰《明史紀事本末》。

　　《明史紀事本末》卷四九「江彬奸佞」條說：「（正德）十一年，春正月，上御豹房，與江彬等同臥起。彬、泰、暉皆賜姓朱。彬等與都督錢寧，中貴張忠、盧明、秦用、蕭敬，優人臧賢，表裏擅權為奸，諸司章疏多阻格不上。然諸寵皆出彬下，彬時導上出宮禁，遊獵近郊，群臣諫，不聽。」

　　「天子十弟兄」在《金瓶梅》中每人都有一個「別名」：張忠是應伯爵，許泰是謝希大，劉暉是雲離守，江彬是吳典恩，臧賢是常時節，蕭敬是孫天化，盧明是祝日念，秦用是白來創，錢寧是花子虛，明武宗是西門慶。

　　我們根據《明武宗實錄》《明世宗實錄》和作品的內容相對勘，又參考了《金瓶梅》崇禎本的說法，才得出了上面的結論。

　　《金瓶梅詞話》崇禎本的改編者深知《詞話》的「三昧」。「西門慶熱結十弟兄」中給應伯爵等人都起了一個表字，這些表字用「詞語置換法」來分析，恰是每人所指代的真人的名字。

　　應伯爵字光侯

　　　　光道、道張　侯光、光忠　光侯→張忠

　　祝日念字貢誠

　　　　貢吳、吳盧　誠高、高明　貢誠→盧明

　　常時節字堅初

　　　　堅心、心臧　初禮、禮賢　堅初→臧賢

白來創字光湯

　　光先、先秦　　湯日、日用　　光湯→秦用

謝希大字子純

　　子來、來許　　純志、志泰　　子純→許泰

孫天化字伯修

　　二伯、二蕭　　修敬　　伯修→蕭敬

雲離守字非去

　　非報、報劉　　去明、明暉　　非去→劉暉

吳典恩無表字。吳江　　吳→江（彬）

花子虛無表字。花錢　　花→錢（寧）

　　張忠等九人都是明武宗時期的人物（有的活到了明世宗時期），在《明武宗實錄》中都出現過。

　　「天子十弟兄」是太監張忠說的話，見於《實錄》。如果明武宗沒有這種事實，這位太監是不敢信口開河的。《金瓶梅》的作者根據「實錄」的說法，寫成了「會中十友」，我們又一個一個地破解了出來，「西門慶是個大哥」，西門慶不是明武宗是誰？

　　這個證據是不是「鐵證」，只好讓讀者去評判了。

　　為了把問題徹底搞清楚，下面再對每一個人物加以較詳的分析。

一、應伯爵

　　應伯爵是《金瓶梅》中主要人物之一，在六十多個回目中他都出現過，小說內寫了他的妻子、小妾、兒子、女兒，還寫了他的哥嫂以及他的父親。

　　應伯爵是西門慶最主要的幫閒者，他油嘴滑舌，看風使舵，哥長哥短，極盡諂媚之能事。西門慶待他「如膠似漆，賽過同胞弟兄」，但西門慶一死，翻臉不認人，便做出許多「不義」之事來。

　　應伯爵是「西門」皇帝身邊的一位「弄臣」，這是有史實根據的。

　　沈德符《萬曆野獲編》補遺卷一說：「武宗選內臣年少俊美者名曰老兒當，蓋反言之，如張忠輩皆在其中。」

　　《明世宗實錄》卷三，「高忠、趙俊，起蓋豹房，開張酒肆，濫造海子船，而蠹耗內帑之財，營造鎮國府而拆毀官民之舍。此皆在內遺奸，號為『金剛老兒當』者也。」

　　武宗的「老兒當」當然不止一人，張忠、高忠等都是。這裏的高忠也可置換為張忠，「高張」是語詞，見司馬相如〈美人賦〉。

弄臣是皇帝所親近狎玩的人物，《金瓶梅》中應伯爵的形象正是如此，小說把人物真是寫活了，應伯爵是西門「皇帝」經常玩弄的對象。

應伯爵不正是張忠嗎？

應伯爵的妻子叫杜氏，這也有史實根據。

《明史》卷三○七「江彬傳」，明武宗召馬昂妾，不應，帝怒，「昂復結太監張忠，進其妾杜氏」。

《野獲編》卷二十一「武宗諸嬖」條也說，武宗有「美妾杜氏」。

《明世宗實錄》卷十二也說，杜氏為馬昂妾，因張忠以進武宗。

小說的作者「移花接木」，把這位「杜氏」給了應伯爵。

應伯爵即是張忠。

《明史》卷三○四「張忠傳」，「侍帝蹴鞠」。

《金瓶梅》中寫應伯爵，「會一腳好氣毬」。

帝，明武宗也；應伯爵，張忠也。

應伯爵又叫應先兒，根據「詞語置換法」，應先兒也能置換為張忠。

應伯爵也叫應二，一是「十友」中他名列第二，一是「二張」為語詞，暗指他實際姓張也。

張忠是一個太監，怎麼會有老婆呢？

「椓人有妻」，古有記載，見《水東日記》《雙槐歲鈔》《弇山堂別集》等。《金瓶梅》是小說，不是歷史著作，怎麼寫，有作者的自由。

張忠在《明武宗實錄》《明世宗實錄》《明史》《弇山堂別集》《繼世紀聞》等中，都有記載。

《明武宗實錄》內提到張忠的名字的次數特別多，他與內臣張銳、張雄，時號「三張」。《實錄》卷一九七說，張忠，「屢以提督軍務偽功受賞，時談武藝，誘上巡遊。」這位「弄臣」是「文武」雙全的。

小說是「實錄」的提高，「張忠」（應伯爵）受寵若驚，「皇帝」一死，判若兩人，「張忠」者，「不忠」也（「不張」二字能相互置換）。

二、謝希大

這也是《金瓶梅》中出現次數較多的人物之一。

謝希大，字子純，「亦是幫閒勤兒」「乃清河衛千戶官兒應襲子孫，自幼兒沒了父母，遊手好閒。」「把前程丟了，如今做幫閒的。」

從小說中的描寫來看，西門慶和謝希大的關係還是「親密無間」的。西門慶好多宴請，謝希大都臨過場，也一同祭祀過西門慶之祖（第四十八回），也曾參加過好多人在一起的郊遊（第五十四回），西門慶死後，也必前來祭奠（第八十回）。

謝希大就是許泰。

許泰，《明武宗實錄》中多見，《明史》卷三〇七也有傳。

許泰是都督許寧之子，襲職為羽林前衛指揮使。小說中的「應襲子孫」，正是指的這一史實。

「許」「謝」二字為雙聲，「許宅」「謝宅」為古語詞，所以作者把「許」姓翻成了「謝」姓。

謝希大字子純，「純」有「大」意，許泰的「泰」字，也有「大」意。

《金瓶梅》第四十回，西門慶說，「你每在家看燈吃酒，我和應二哥，謝子張往獅子街樓上吃酒去。」這裏的「謝子純」寫作「謝子張」。

這不是誤寫、誤抄、誤刻，而是另有含意。

許泰為明武宗的心腹人物之一，賜國姓朱，「朱張」古時連用，暗示「許子」是賜姓朱也。

許泰賜國姓，封安邊伯，這是明武宗的「聖旨」。在「實錄」中，許泰是「天子十弟兄」之一，在小說中他是「會中十友」裏的人物，小說的描寫和史實是一致的。

三、常時節

常時節在《金瓶梅》中出現的次數也不少。「開場白」內沒有具體的介紹。「會一手好琵琶」雖說的是謝希大，實指常時節，正如同說應伯爵「會一腳好氣毬」，又說謝希大「善能踢的好氣毬」一樣，這是「互文見義」，故意迷人。

常時節即臧賢。

臧賢，字良之，是明武宗的樂官，原為教坊司左司樂，後升為奉鑾。被武宗所寵，為人謀職、請托不絕，又與朱宸濠相交通，結果死於此亂。《明武宗實錄》卷一六三有他的小傳。

> 教坊司奉鑾臧賢以疾乞閑，禮部為覆奏。得旨，令仍舊供職。前此伶官無養病例，亦無禮部為覆者，及詔旨批答，乃與貴臣同辭，中外異之。賢始以俳優得幸於豹房，賞賚鉅萬，賜以飛魚服，起甲第，僭擬王侯。仕路僥倖者或因其關節以進，聲勢赫然。嘗奉命祠泰山碧霞元君，過州縣，倨坐輿前，呵用禮部牌，官吏迎候，

皆望塵拜，至濟南，三司出城郊勞之，不知為伶官也。後以交通宸濠，朱寧畏賢發其同惡之實，下獄擬遠戍，又遣人至灣中殺之。籍其家，娶良人子女近百人，珍寶無數云。[1]

第五十六回「西門慶周濟常時節」，可以看成是「賞賚鉅萬」的藝術加工。小說中西門慶變「形」，常時節也變「形」。

「會中十友」的人名，從字面上不好解釋，「常時節」就是一例，從諧音的角度看，「常時節」者，「常支借」也（諧音無定字，音同、音近的字都可使用），向西門慶乞討，便是借也，實際上家裏「珍寶無數」。

「常時節（借）」與「臧賢」二字在字義上也有一定關係。

「臧」古通「藏」，「賢」，從「貝」「臤」聲，多財也。

「臧賢」者，「藏財」也，藏財需要時常借人也。

《金瓶梅》的作者將「實錄」裏的人物「迻譯」在作品中，方法是多種多樣的，或取形似，或取神似，或是在某一方面有一個相同點、相似點、切合點，多層次多角度地將真人真名、真人真事加以「變化」和「異化」了。

常時節又稱為常二，又叫他「九阿哥」「九弟」（第五十四回），這也有來源。

臧賢的「賢」字，可組成「二賢」「九賢」等語詞，稱「常二哥」或「九阿哥」是有道理的。

四、祝日念

祝日念在《金瓶梅》中出現的次數也較多。

小說中對這個人物的描寫是「若即若離」，祝雖然是「會中十友」，但和西門慶有一定的矛盾。老孫、祝麻子、小張閑因引誘王三官幹邪事被拿去，「三個一條鐵索，都解上東京去了」，西門慶說，這是「自作自受」；又說，「我說正月裏都摽著他走，這裏借人家銀子，那裏借人家銀子。那祝麻子還對著我搗生鬼。」後來，地方節級緝捕拿人，揭貼上有孫寡嘴、祝日念、張小閑等多人，西門慶用筆把老孫、祝日念的名字抹去了，分付，「只動這小張閑等五個光棍」「明日早帶到衙門裏來」。

作品中的描寫，影影綽綽地反映了正德朝的史實。

《明武宗實錄》卷一九三載，太監盧明受朱宸濠賄以萬計，「凡所奏求」「必助成

1　《明武宗實錄》卷一六三，中央研究院歷史語言研究所校印本。

之」；盧又供事於文書房，「濠每厚賄，以探中朝消息」。

朱宸濠在盧明等多人的奧援下，舉兵反叛，但不久也就失敗了，盧明等人也都加以「論斬」。

祝日念指的就是盧明。

祝日念也叫祝麻子。不是說他臉上有「麻子」，才起了這麼一個綽號，這也是作者使用的「詞語置換」法。

「麻子」一詞，見《詩・豳風・七月》「九月叔苴」一句毛傳，「苴，麻子也。」

「子明」一語詞，見《異苑》等書。「麻子」「子明」相置換，「麻」可變為「明」。「子明」二字相置換，「子」也可變為「明」。「麻」和「子」都是「明」也，暗寓盧明之「明」。反過來說，盧明之「明」，也可置換為「麻」「子」二字，所以稱祝日念為祝麻子也。

《金瓶梅》之作者變換人名的方法，真是想「絕」了。一個人名內，嵌進了好多東西，不深究是看不出來的。《金瓶梅》博大精深，除了「博洽第一」的人，一般人是不會寫出這樣的作品來的。

五、孫天化

這一人物，上面已談及。小說內開始介紹他說，「綽號孫寡嘴，年紀五十餘歲，專在院中闖寡門，與小娘傳書寄柬，勾引子弟，討風流錢過日子」。結果與祝日念一同被解往「東京」去。

孫天化即太監蕭敬。

蕭敬是明武宗時的司禮監太監，也是一個經常「傳旨」的人物，《明武宗實錄》中多見。

《弇山堂別集》卷四謂蕭敬，四秉筆，四掌印，為太監近七十年，九十一死。退職後，賜歲夫十名，月廩十石。

蕭敬死在嘉靖七年，見《明世宗實錄》卷九四。他在天順、成化時即已成人，作品說「五十餘歲」，不過是表明「年老」罷了。

孫天化者，子係（孫）天順、成化時之人也。

「寡嘴」是對「敬」字的釋義。

「敬」從「茍」（不是苟字）從「攴」，慎言也。寡嘴，少多嘴，即慎言也。

蕭敬因與朱宸濠通，令其閑住，見《明武宗實錄》卷一九三。《繼世紀聞》卷五也說，蕭敬與宸濠通，以老，罰銀二萬兩贖罪。嘉靖時，又被留用，見《明世宗實錄》卷

四。

《金瓶梅》中曲折地反映了蕭敬的「行年」和「業績」。

六、白來創

白來創又寫作白來搶，諧音無定字也。

《金瓶梅》中寫此人的回數最少，在西門慶的「會中十友」裏，這個幫閒顯得「蒼白無力」，為什麼如此，可能也與史實有關。

一次，白來創找西門慶，西門慶很厭煩，冷言冷語，「搶」的他無言答對。白還是「白賴」不走，西門慶不得不讓他喝酒。走後，西門慶把平安兒狠狠地打了一頓，說平安兒放進了白來創。白來創與常時節對弈，常的棋藝略高些，白來創是「極會反悔」。常容白「悔」了一著，說，「後邊再不許你白來創我的子了」。

小說內對白的描寫是「掠影」式的。

白來創就是明武宗時的中官秦用。

秦用是內官監左少監，因和盧明等交通朱宸濠，論斬，見《明武宗實錄》卷一九三。《實錄》中記載秦用的事蹟不多，僅三、四見。《明世宗實錄》卷四說他「漏泄事機，而貪貨利。」

小說的內容基於「實錄」而又有虛構。

白來搶是「幫閒鑽懶，放刁撒潑」「白拿白要，白搶白奪」（無名氏《陳州糶米》）的人。

「白用」「用白」，古語詞，二字可相置換。「白」變為「用」，沒有頭，秦用為「論斬」之人也。

七、吳典恩

吳典恩在小說中出現的次數不是很多，但他在「會中十友」中的地位卻是有分量的。

小說第十一回敘述，吳典恩「乃本縣陰陽生，因事革退，專一在縣前與官吏保債，以此與西門慶來往。」

他是西門家的主管，因同來保押送生辰擔去「東京」，蔡太師委了他一個清河縣馹丞（驛丞）。後來又升為巡檢。

西門慶死後，吳典恩一反常態，「忘恩背義」視吳月娘如仇敵，欲置之死地而後快。「吳典恩」者，「無點恩」也。

吳典恩即江彬。

江彬，原來是一位邊將，後被明武宗所寵幸，與帝「同臥起」，賜國姓，收為義子，封平虜伯。《明武宗實錄》卷一七七，是時，「張銳居東廠，朱寧居錦衣，俱有寵，而彬又兼兩人之任，自是中外大權，皆歸於彬矣。」

《明世宗實錄》卷三，「毅皇帝崩，慈壽皇太后亟命執彬，下獄」，後被磔於市。「籍其家，黃金十萬餘兩，銀四百餘萬兩，它寶玉雜物，不可勝計。」

江彬在《明武宗實錄》《明世宗實錄》中多次出現，《明史》卷三〇七也有他的傳。

「吳江」（武宗時一個總兵官也叫吳江）、「江吳」，「吳」可變為「江」，「吳典恩」，真姓為「江」也。

江彬是「大管家」，「吳典恩」是主管，「吳典恩」即江彬也。

《繼世紀聞》卷六說，武宗崩，江彬自知罪大，欲將所統邊軍把守皇城諸門，意出叵測，人心洶洶。《金瓶梅》第九十五回，吳典恩升巡檢，捕平安情節來源於此。「吳典恩」即江彬也。

《明史》「江彬傳」謂江彬「貌魁碩有力」。《金瓶梅》第三十回蔡太師說吳典恩「到好個儀表」，小說真可說是「實錄」了。「吳典恩」即江彬也。

《金瓶梅》中有好多隱語、廋辭，「本縣陰陽生」即是一例。「江陰」「江陽」語詞，古代常見，「陰」「陽」變為「江」，「吳典恩」本姓江也。

「吳典恩」在《金瓶梅》第十回中名列第六，第十一回中排名第三，「三江」常用，「吳典恩」還是姓江也。「江」為誰？「大管家」江彬也。

八、雲離守

這個人物在《金瓶梅》中是一位「殿軍」，最後還露面。小說內說他是雲參將之弟，原是山東清河右衛同知，後來升為指揮。這是一個武官。

雲離守之女與西門孝哥訂了親。

小說中對這個人物的描寫主要在第七十六回、最後一回，結尾是以夢、幻化的形式來表現的，真是一場「雲夢」。

雲離守就是劉暉。「雲離守」三字，可以從析義、諧音的角度去理解。

劉暉，《明武宗實錄》中多見，《明世宗實錄》中也有他的記載。

劉暉原為右參將，後升副總兵、總兵官，再升右都督、左都督。為武宗所寵幸，賜國姓。

《明武宗實錄》卷一七六，朱宸濠反，明武宗欲「親征」，「先遣安邊伯朱泰領兵為

前哨趨南京，太監張忠、左都督朱暉領兵趨江西，搗其巢穴」。朱泰即許泰，朱暉即劉暉，都是賜國姓朱的人物。

《明武宗實錄》卷八二，劉三等「賊首」在河南，命副總兵劉暉等到山東、河南剿「賊」。

《金瓶梅》第八十四回，說吳月娘帶孝哥兒往河南投奔雲離守就婚。

此處「河南」，雙關，既實寫雲離守（劉暉）在河南，又暗指此「河南」是北京之地，北京有「河南營」也。

《明武宗實錄》卷一一五，「令總兵官劉暉以遼東官軍千五百人駐濟寧」。[2]

《金瓶梅》第一百回，吳月娘等人逃難，領著十五歲孝哥兒，往濟南府投奔雲離守。雲離守住靈壁寨，做總兵官。

小說中所寫的，「實錄」中所述的，不正是對著號嗎？雲離守就是指劉暉。

雲離守在《金瓶梅》第十回中排在第七位，第十一回中排在第五。「五雲」為語詞。

雲離守又稱雲二哥，語詞中有「二劉」，沒有「二雲」，「雲二哥」暗示雲離守姓劉也。

九、花子虛

《金瓶梅》中寫花子虛的行跡只有兩回（第十三、十四回）。花子虛經常飄蕩在外，其妻子李瓶兒又被西門慶勾搭過去，因家財糾紛，打了一場官司，錢財一空，花子虛著氣，又染上了傷寒，「氣」「病」夾攻，不久就嗚呼哀哉了。亡年二十四歲。

花子虛在《金瓶梅》中寫的最「虛」，人物的「變形」也最大。

花子虛指誰？錢寧也。

錢寧是明武宗的義子，是一位權奸。因賜國姓朱，所以「實錄」中多處稱為朱寧。錢寧因與朱宸濠通，被收監，明世宗登極後，伏誅。

《明武宗實錄》卷一八〇有錢寧「小傳」，《明史》卷三〇七也有他的傳。

錢寧，「不知所出，幼鬻太監錢能家為奴，冒其姓。」「朝夕侍豹房，上醉，常枕之而臥。百官候朝，每至晡莫得上起居，惟探伺寧，寧來，則知駕將出矣。」

「籍其家，玉帶至二千五百束，金十餘萬兩，銀三千箱，胡椒數千石，他珍玩財貨，不可勝計。」

小說中說花子虛是花太監之侄，「花錢」為語詞，花太監即錢太監，指太監錢能也。

2　《明武宗實錄》卷一一五，校印本。

　　李瓶兒托西門慶辦事，「搬出六十錠大元寶，共計三千兩」，將「四口描金箱櫃，蟒衣玉帶，帽頂條環，提繫條脫，值錢珍寶玩好之物」，還有「四十斤沉香，二百斤白蠟，兩罐子水銀，八十斤胡樁椒」，統統交給了西門慶。

　　錢家是「銀三千箱」，花家是「銀三千兩」。「兩箱」為語詞，「箱」置換為「兩」。

　　錢家是「胡椒數千石」，花家是「胡樁椒八十斤」。「數八」為語詞，「數」置換為「八」；「十千」為語詞，「千」置換為「十」；「數千石」太多了，小說中改為「八十斤」。

　　花（李）家不就是錢家嗎？花子虛不就是錢寧嗎？

　　「詞語置換」法，這裏的「直譯」，你能說沒有道理嗎？

　　花子虛「原來」還不是「會中十友」，卜志道死了，才補上他。

　　卜志道在小說中只是一個「信息符號」。「卜志道」者，「不知道」也；「不知道」者，「不知所出」也；「不知所出」者為誰耶？明武宗義子錢寧也。

　　花子虛補卜志道，花子虛便成了錢寧。

　　應伯爵即張忠，謝希大即許泰，常時節即臧賢，孫天化即蕭敬，祝日念即盧明，白來創即秦用，吳典恩即江彬，雲離守即劉暉，花子虛即錢寧。小說中的「會中十友」即「實錄」裏的「天子十弟兄」，文學作品中的內容與歷史著作中的史實完全相一致。

　　「會中十友」，「西門慶是個大哥」；「會中十友」等於「天子十弟兄」，西門慶等於明武宗。

　　西門慶是「皇帝」，西門慶就是明武宗，還有什麼問題使你不能置信呢？

《金瓶梅詞話》中
可以破解出來的明代歷史人物

一

　　近百萬言的文學巨著《金瓶梅詞話》，人物眾多，究竟有多少，很難有一個非常準確的數字。據朱一玄先生《金瓶梅詞話人物表》統計，共有八百個。但據筆者的研究，實際數目比這個還要大。一部文學作品中出現這麼多的人物，很多人物形象又寫得栩栩如生，這在世界文學史上也是不多見的。

　　《詞話》是借宋寫明，重點當然是後者，這是眾所公認的不爭事實。這裏首先就涉及到一個比例問題。宋代的人物、明代的人物和虛構的人物各占多少，比例如何安排，作者是頗費了一番苦心的。據筆者的統計來看，宋代的真實歷史人物約 60 來個，明代有80 多個，宋明兩代約 150 個左右，約占總人物的五分之一。作為小說來說，虛構的人物當然還是占大部分，不然就不叫小說了。

　　《詞話》既然是借宋寫明，故寫到宋時的真實人物很多，有的《宋史》上有傳，如宋徽宗趙佶、宋欽宗趙桓、蔡京、林靈素、朱勔、汪伯彥、曾孝序等。有的人物沒有專傳，如高俅、胡師文、陳正匯、藍從熙、孟昌齡等，見於《宋史》《宣和遺事》《泊宅編》等材料中。作者寫宋時的人，一是為了作掩體，一是藉以影射明時的人和事，如公認的蔡京影射嚴嵩、林靈素影射陶仲文、朱勔影射陸炳等等。作者在寫宋時的人和事時，是可以隨心所欲的，但在寫明時的人和事時，特別是涉及到重大政治問題和歷史事件時，就不得不採用相當隱晦高超的藝術手法了，不然的話，就很難逃脫滅族之禍。這樣，作者安排的明代的真實歷史人物，一小部分我們可以從《明史》中查到，如韓邦奇、凌雲翼、狄斯彬等。而相當大的一部分，如何其高、李銘、張達、王玉、王鸞、王顯、任廷貴等，作者是從《明武宗實錄》《明世宗實錄》中攝取的。另外，還可從《明史紀事本末》《弇山堂別集》《萬曆野獲編》等中查到一些，總數約有 80 多個，他們與《詞話》所寫一模一樣。這些人物主要活動於明武宗、明世宗時期，證明《詞話》所寫是正德、

嘉靖時期的史實而絕不是萬曆時期，這點則是不辨自明的[1]。《詞話》中除了這些真人真名外，還有一部分正德、嘉靖時期的歷史人物，作者通過種種的藝術手法將他們隱含到作品中去，這樣的人物約有 200 個左右，我們是可以破解出來的。限於篇幅，下面只能選擇幾個較典型的人物進行分析，看看作者使用了怎樣獨特的藝術手法以表明他的創作意圖。

二

《詞話》第六十四回寫李瓶兒死後，許多人都來祭奠。一日周守備、荊都監、張團練、夏提刑，合衛許多官員，一起都來了。「西門慶預備酒席，李銘等三個小優兒伺候答應。到向午，只聽鼓響，祭禮到了。吳大舅、應伯爵、溫秀才在門首迎接。只見後擁前呼，眾官員下馬，在前廳換衣服。良久，把祭品擺下，眾官齊到靈前。西門慶與陳經濟伺候還禮。」參加這次祭奠的除了上述四人外，還有文臣、范勳、吳鎧、徐鳳翔、潘磯等。

徐鳳翔這一人名只在這裏出現過一次，對他也沒有什麼具體的描寫，官職也不詳。小說中像這種現象不止此一處，我們需做具體的分析，方能看出其中的奧秘。

徐鳳翔是誰？他就是魏國公徐鵬舉。

徐鵬舉是徐達的後代。熟悉明朝歷史的人都知道，徐達是明朝的開國第一功臣，與朱元璋有布衣兄弟之稱。生前封為魏國公，死後又追封為中山王，配享太廟。子孫襲爵，徐鵬舉也就成了魏國公。

徐鵬舉是徐達的七世孫，「正德十三年十一月癸亥襲，守備南京兼中府僉書。嘉靖四年加太子太保，領中府。十七年四月壬戌守備南京。隆慶五年二月辛丑卒。」[2]《明武宗實錄》《明世宗實錄》《弇山堂別集》中都有記載。

「實錄」中是徐鵬舉，小說中是徐鳳翔。

古代「鵬」「鳳」是一個字，見段玉裁《說文解字注》。「朋」字最初即「鳳」字，是一個象形字，後來又加「鳥」旁成「鵬」，還是一個「鳳」字。「朋」轉化為「朋黨」之「朋」，那是假借的用法。《莊子·逍遙遊》說：「北冥有魚，其名曰鯤。鯤之大，不知其幾千里也；化而為鳥，其名為鵬。鵬之背，不知其幾千里也；怒而飛，其翼若垂天之雲。」〈釋文〉引崔譔云：「鵬」即古「鳳」字。《說文》段注：「按莊生寓言，故鯤，魚子也；鵬，群鳥之一也，而皆云大不知其幾千里。」

1　　參見拙著《金瓶梅發微》，北京：中國社會科學出版社 2002 年。

2　　《明史》卷一百五，北京：中華書局簡體字本 2000 年。

「舉」字，本來下從「手」，《說文》云，「對舉也」，即兩手舉起，引申之則有「飛」義。

根據古訓，「鵬舉」意即「鳳鳥之舉翅飛翔」，簡言之，「鵬舉」即「鳳翔」。

徐鳳翔就是徐鵬舉，這是絕對不錯的。作者是用文字學的知識來變化人名的，較容易看得出來。

《詞話》寫祭奠李瓶兒為什麼讓「魏國公徐鵬舉」也參加？這有兩層用意：一是表明時代，一是表明身分。

徐鵬舉是正德、嘉靖時人，用上他，表明小說寫的是這個時期的事情。《詞話》中有許多地方都做了這樣的暗示，作者交代的時代背景實在是再清楚不過了。抓住一點，不及其餘，死啃住小說中的某些情節與萬曆時期的某些事情相類，就斷定作品寫的是萬曆時期，這是不顧作品整體內容而得出來的不合乎實際的片面結論。

徐鵬舉是一位「國公」，是最高的爵位，讓這樣的高級官員來「清河縣」參加只有「千戶」之銜的西門慶之妾的葬禮，這簡直是不可思議的事情。作者在這裏為什麼既不寫上真名字，又不寫明官職，就是因為如這樣寫，「奇書」《金瓶梅》還有什麼「奇」？那是直書其事了，同時作者也不敢這樣寫。但作者深怕讀者不解其「醉翁之意」，特地用了一個「徐鳳翔」的符號，讓人們去思索破解。徐鵬舉一類人物參加李瓶兒的葬禮，表明「西門慶」絕不是「千戶」之人，而是「皇帝」，李瓶兒是一位「皇妃」，絕非是一般的女子，所謂「清河縣」也就根本不是什麼「京師廣平府清河縣」，而是實指京城北京[3]。

三

《金瓶梅詞話》第六十八回寫了一個城市遊民叫「孫錫鉞」，這樣一個小人物，作者為什麼起了如此「典雅」的名字，實在和人物的身分不相般配，筆者在翻檢了大量的明代史料後，才知道這個「小人物」也是有史實來源的。

《繼世紀聞》卷五稱，宸王朱宸濠反叛前和臧賢相互交通，「臧賢之婿司鉞犯罪，充南昌衛軍。濠令鉞教演江西伶人秦宏等歌樂，因鉞以通於賢。每親書寄賢，輒稱為『良之賢契』。良之，賢字也。及是乞護衛，輦載金銀寶器藏於臧賢家，分饋諸權要。」這裏有個「司鉞」，孫錫鉞的名字就是從這個名字中演化出來的。

「司」和「錫」，古代讀音相同。「錫」，先擊切，入聲，錫韻。又斯義切，去聲，

3　參見拙著《金瓶梅發微》，北京：中國社會科學出版社 2002 年。

真韻，即「賜」之或字。「司」，息茲切，平聲，支韻。又通「伺」，相吏切，去聲，真韻。所以，「錫」和「司」在古代有一種讀音是相同的，都是「真韻」字。「錫鍼」即「司鍼」。

「孫」由「子」「系」二字合成，子者，你也，系者，是也。「孫錫鍼」者，你是「司鍼」者也。《紅樓夢》中「子係中山狼，得志便倡狂」，與《金瓶梅》如出一轍。

司鍼這個人物，與朱宸濠有牽連。朱宸濠的叛亂，在正德十四年（1519）六月，七月就兵敗被俘了。這一次叛亂在正德朝是件大事，明武宗朱厚照為此要「親征」，但叛亂的時間很短，朱宸濠很快就兵敗被俘了。小說的作者借孫錫鍼這一名字暗示了這一事件，不過是讓他在城市中閒遊晃蕩罷了。

《金瓶梅詞話》萬曆丁巳（1617）本原文是「架兒于是孫錫鍼」，戴鴻森點校本（1985年人民文學出版社）據崇禎本改成了「架兒于寬、聶鍼兒」，這樣就看不出原作者的用意了。于寬、聶鍼兒出現在《詞話》第六十九回，崇本的改編者大概看到這裏「架兒于是孫錫鍼」，「于是」二字不通，將下一回的人名改移在這裏，把個「孫錫鍼」給槍斃了。我們的研究必須根據原刻本，因為後來的改寫本是多有出入的。「孫錫鍼」雖是一個不顯眼的人物，但他卻是一個非常重要的信息符號，通過他，反映了正德時期的一個大事件[4]。筆者認為，原刻本的「于是」不妨看成是一個人名，「于」是一個姓，架兒叫「于是」，也是怪有意思的。（丁巳本的這幾句話，還可以考慮有另外的斷法）《金瓶梅》的作者常使用這種手法，模稜兩可，叫人捉摸不定，可在關鍵處又往往加以界定，表明他的創作意圖。

四

不僅徐鳳翔（徐鵬舉）這樣的大人物，作者用在作品中，透露出了真實的信息，就是在「小人物」即最底層的人物身上，也同樣透露出了真實的信息。我們這裏舉一很典型的例子。《詞話》第三十二回寫了一個「城市遊民馮沒點兒」，這實在是最下層的人物了。像這樣的人物，或許有人會說，名字是作者隨意杜撰的，「沒有點兒」，不幹正經事兒罷了。殊不知，就連這樣的「小人物」，作者的命名也是有史實根據的。

第三十二回寫鄭愛香兒對李桂姐說：「『昨日我在門外莊子上收頭，會見周肖兒，多上覆你，說前日同聶鍼兒到你家，你不在。』桂姐使了個眼色，說道：『我來爹宅裏

4　筆者案：二十世紀三十年代，吳晗先生正是使用這種考證方法，如通過「馬價銀」這個詞，斷定《金瓶梅》的時代背景的。

來，他請了俺姐姐桂卿了。』鄭愛香兒道：『你和馮沒點兒相交，如何卻打熱？』」

　　人民文學出版社 1985 年戴鴻森校點本、2000 年陶慕寧校注本，根據崇本都將「馮」字改成了「他」字，變成「你和他沒點兒相交」，從而取消了「馮沒點兒」這一人名。這一小小改動卻干係不小，因為它從根本上改變了作品的原意。馮沒點兒不僅僅是一個人名的問題，還涉及到歷史事實、作品內容和作品的時代等諸多問題，「小人物」關聯著「大事件」，是「一葉知秋」的問題，這片小小的樹葉是絕不能棄之不顧的。

　　查《明武宗實錄》，正德十年三月：

> 先是民間訛言選女入宮，轉相驚疑，雖幼未笄者亦潛嫁之。亡賴數輩，挾二娼為媒，夜猝入李氏家，強異其女以去。次夕，復強異祁氏女，不從，相詬爭，為偵者所獲。詰其名，乃蔡名、馮玉、吳綱、安亨也。錦衣衛以聞，詔悉以付獄。仍令都察院出榜禁約，人心始安。[5]

　　《金瓶梅詞話》中的「馮沒點兒」就是從這裏來的。「實錄」中的這幾個人，都是無賴之徒，都是「沒點兒貨」。「馮玉」之「玉」字去掉一點，正好變成了「馮沒點兒」。

　　別小看馮沒點兒這個「小人物」，但卻是一個「大」信息。這裏告訴人們：作者寫的是正德時期的事。《詞話》中別說大的事件，就連如此細小的情節採用的也是正德時期的史實。這一事件反映了明武宗時的朝政狀況，統治者荒淫腐化，驚擾民間，人民生活於動盪不安之中，社會秩序混亂，壞人乘機興風作浪。誰造成的？是皇帝，是明武宗。小說是「實錄」，一個「馮沒點兒」表露了真情。

五

　　筆者多次強調，《金瓶梅詞話》寫的是正德、嘉靖時的史實，而絕不是萬曆時期。下面的「葉遷」即可作為明證。

　　第六十五、第七十七回中寫了一位萊州府知府葉遷。當時，在西門慶家宴請六黃太尉，參加的人有山東巡撫都御史侯蒙、巡按監察御史宋喬年……山東「八府」官員，徐崧、胡師文、凌雲翼、韓邦奇、張叔夜、王士奇、黃甲、葉遷。這八位官員行廳參之禮，「太尉答以長揖而已」。

　　這八位知府，徐崧、凌雲翼、韓邦奇、黃甲都是明正德、嘉靖時期的人物。胡師文、張叔夜是宋朝人，可在明朝做官（巡撫明代始有），現在主要談葉遷。

5　　《明武宗實錄》卷一二二，中央研究院歷史語言研究所校印本。

葉遷是一個「假名」，但肯定是明時的人，因為「知府」這一名稱明代才正式確立。

葉遷指誰？筆者認為當指葉應驄。

葉應驄，字蕭卿，鄞人。正德十二年進士，授刑部主事。因諫明武宗南巡，被杖三十。嘉靖時，又因爭「大禮」，被杖下獄。

當時有一個給事中叫陳洸，是一個無賴之徒，與知縣宋元翰不相能，誣陷宋謫戍外地。宋元翰把陳洸的罪行、骯髒的事情輯錄成書，名曰《辨冤錄》，由是陳洸為清議所不齒。

是時張璁、桂萼輩因議大禮得到了嘉靖帝的重用，陳洸見機行事，應聲附和，於是也討得了嘉靖的喜歡，張璁、桂萼把他引為「知己」，用來讓他攻擊異己，視為走卒。

後來，朝野內外的許多人交章劾洸，嘉靖不得已，派遣葉應驄等治洸案，陳洸罪孽深重，依律應斬。由於明世宗的袒護，結果陳洸只是免罪為民。

不久，葉應驄也遷為吉安知府。「葉遷」的名字應是從這裏來的。

嘉靖六年，桂萼掌刑部，陳洸認為翻案的機會來了，便上書攻訐葉應驄等人。桂萼也認為陳洸冤枉。嘉靖命逮陳洸、葉應驄、宋元翰等，牽涉到四百人。廷訊時，葉應驄說，「某所持者王章耳，必欲直洸，惟諸公命。」最後審訊的結果是葉應驄被貶為民，宋元翰等罰降有差，「洸授冠帶」。此案過後，陳洸耿耿於懷，一心欲置葉應驄於死地，又擄其勘獄時「酷殺無辜二十六人」，後查明，死者都是罪有應得，而不是葉應驄「酷殺」。按道理說，葉應驄本是無罪的，但嘉靖帝還是判葉應驄戍遼東。

陳洸獄前後達八年之久，凡是攻訐陳洸和治陳洸獄的人無不得罪，逮捕至百數十人。

這就是嘉靖朝的政治狀況。小說的作者選用「葉遷」，用意是深長的，明世宗應受到「應有的譴責」，葉應驄應「升遷」而不是「左遷」。

第七十七回寫成了「蔡州府知府葉照」，萊州（第六十五回丁巳本原作「菜州」，顯係錯字，歷史上沒有「菜州」）改成了「蔡州」，地名由明代換成了宋代（明時沒有「蔡州」），宋時的蔡州即現在的河南汝南，明時稱為汝寧府。地名換成了「假」的，而人名卻換成了一個「真」的，明世宗時有一個葉照，初為知縣，後升監察御史、山東左布政使，再擢右副都御史，撫治隕陽。作者深怕讀者搞不清「葉遷」是誰，特意換成了葉照，「明確暗示」我寫的就是嘉靖朝的人和事，葉遷也是這個時候的人。

葉遷（葉應驄）謫戍遼東（遼東在明代屬山東），正是濱海地區，而萊州府南北皆臨海。臨海而「屏海寇」，合情合理，也正是葉應驄的謫居之地。史載葉應驄「才行可錄」「敦行誼」「致饋不受」，雖屢經患難，但銳氣不減。這樣的人，施惠於民，的確是應該「薦獎」而「優擢」的。

《金瓶梅詞話》中宋明同名同姓人物考

　　《金瓶梅詞話》是「借宋寫明」的，「借宋」只是手段，而「寫明」才是目的，作品中糅進了大量的明代史實和 85 位明代正德、嘉靖時期真實的歷史人物就是明證[1]。這種「借宋寫明」除了表面上借用宋代的年號外，其獨特的高超藝術手法主要體現在宋、明官職、史地、服飾等方面的雜糅以及改變歷史人物之間的關係方面，這是使宋、明這兩個本不相干的朝代發生關聯的最重要的紐帶。而且在人物的安排上亦非常巧妙，其獨特的藝術手法在於作者常常選擇一些宋時有、明時亦有且不止一個的同名同姓的人物來安排情節，這些人物在作品中的使用情況很複雜，有的用其名，但並未寫其「實」，實際寫的卻是另一個人物；有的是名、實並用；還有一種情況是作者「一石多鳥」，具有多方面的意圖。這樣的人物有王相、王黼、陳東、陳洪、李邦彥、李綱、孫榮、楊時、張達、周秀等[2]，下面作一些具體的分析。

　　1. 王相：王相在《金瓶梅》中的身分是「說唱藝人」，這是一個通名，歷史上有文字記載的叫王相的人不下 30 個，民間叫王相的恐怕就更多了。宋時的王相見《宋史》卷三百二十九：

> 王子韶字聖美，太原人。……崇寧二年，子相錄元祐中所上疏稿聞於朝，詔贈顯謨閣待制。[3]

　　明代正德、嘉靖時期叫王相的有 7 人。其一見《明史》卷一八八「張文明傳」：「王相，光山人。正德三年進士。官御史。十二年巡按山東。鎮守中官黎鑒假進貢科斂，相檄郡縣毋輒行。鑒怒，誣奏於朝。逮繫詔獄，謫高郵判官，未幾卒。」《河南志》卷六十謂此人字夢弼。又《江南通志》卷一百十五引《沭陽縣志》：「明汝寧人，正德初知沭陽，築壘浚濠。」《明武宗實錄》卷一五九，「甲午，降御史王相為直隸沭陽知縣。

1　參見拙著《金瓶梅發微》，北京：中國社會科學出版社 2002 年；拙文〈從明代歷史人物看《金瓶梅詞話》所反映的時代〉，《金瓶梅研究》第八輯，北京：中國文史出版社 2005 年。

2　本文所說的宋、明同名同姓人物，宋代只限於宋徽宗、宋欽宗兩朝或稍前稍後的人物。明代只限於正德、嘉靖兩朝的人物，前此或後此的同名、同姓人物，皆不是《金瓶梅》中所指稱的人物。

3　《宋史》卷三百二十九，北京：中華書局簡體字本 2000 年。

初，相巡按山東，禁戢非例貢奉，為鎮守太監黎鑒所奏繫獄，擬贖杖復職，詔降之。」[4]《明武宗實錄》卷四〇，正德三年七月，卷七六，正德六年六月，卷一四四，正德九年七月都曾提到御史王相。由此能夠確定這個王相是汝寧光山人，字夢弼，可能死於正德末年。其一見《明武宗實錄》卷四〇：「（正德三年七月）給事中張賢、監察御史閻睿等奏，查盤甘肅洮岷等糧料銀兩草束之類，……已將經該官吏人等問擬，監追其督理官員，副使高寵熙、張天衢、李端澄，參議賈璿、僉事王相、官賢，行太僕司卿陳寬、寺丞田美俱合逮問。」[5]其一見《明史》卷十八「世宗紀」：「（嘉靖三十一年）夏四月丙寅，把都兒、辛愛犯新興堡，指揮王相等戰死。」其一見《四川通志》卷一百七十一：「（王）相妻某氏，綿竹人，明正德六年廖賊掠境，氏與其女罵賊而死，相終身不復娶。」其一見《湖南通志》卷一百引〈一通志〉：「明丹徒人，嘉靖中知益陽縣，剛廉有守。」其一見《明史》卷一九二「王思傳」：「王相，字懋卿，鄞人。正德十六年進士。由庶吉士授編修。豪邁尚志節。事親篤孝。家貧屢空，晏如。仕僅四年而卒。」這個王相是嘉靖初期人，因議「大禮」，和其他人伏左順門哭諫，被廷杖而卒。嘉靖時還有一位王相，是嘉靖帝的兒子朱載圳的岳父，後來授予「東城兵馬指揮」的職銜。裕王（明穆宗）和景王朱載圳，二王的選婚是同時進行的，從良家女一千二百人當中選了錦衣衛百戶李銘（也是《金瓶梅》中的說唱藝人）之女和順天府民王相之女。《明史·楊思忠傳》：「（嘉靖）四十五年十月，御史王時舉劾刑部尚書黃光升，……言：『……奸人王相私閹良民者三，本無生法，乃擬矜疑。宜勒令致仕。』」[6]《明世宗實錄》卷三九三也提到太醫院醫籍王相，後來被授予「東城兵馬指揮」，指的該都是一人。

《金瓶梅》中用真實歷史人物王相來充當「說唱藝人」，作者之用意肯定是多層的而絕非是單一的。最明顯的一點是，「說唱藝人」向為傳統社會所不齒，這樣的「賤民」卻恰恰又被安置為嘉靖皇帝的親家，作者之諷刺意圖實在是明顯至極。不過，因「王相」是個通名，他至少又起到了掩體的作用，避免了株連九族之禍。御史王相，其職責是「彈劾倡言」，結果被「逮繫詔獄」；而編修王相是位「哭諫」之人，調子「彈唱」得更高，結果被廷杖而死。御史也好，編修也好，他們都是西門慶的「優兒」，我覺得，這兩個王相在作品中暗示了西門慶的身分絕非是一個普通商人，而是一位皇帝。還有，這幾個王相都是明武宗、明世宗時人，他們表明了作品所寫的時代是正德、嘉靖時期，而不是別的時期。

4　《明武宗實錄》卷一五九，中央研究院歷史語言研究所校印本。

5　《明武宗實錄》卷四〇，校印本。

6　《明史》卷二百七，北京：中華書局簡體字本 2000 年。

2. **陳洪**：陳洪也是一個宋、明皆有的人物。宋時的陳洪為宋徽宗政和五年進士，《淳熙三山志》卷二十一謂此人字子良，仙居人，官終通直郎。明穆宗時有一位太監也叫陳洪，《明史》卷一百九十三「殷士儋傳」：「始士儋與陳以勤、高拱、張居正並為裕邸僚，三人皆柄用。士儋仍尚書，不能無望。拱素善張四維，欲引共政，而惡士儋不親己，不為援。士儋遂藉太監陳洪力，取中旨入閣，以故怨拱及四維。」《明穆宗實錄》亦提到太監陳洪。這位太監萬曆初年仍在世。過去「金學」界在提到陳洪時，一直使用的就是這條材料，認為除了太監陳洪外，明代並無其他叫陳洪的人。其實，明武宗時有一位王府教授也叫陳洪：

> 壬午，慶成王府鎮國將軍奇澍等十三人以請支祿米為名，私出汾州城，走太原，鎮巡官以狀聞，降敕切責。汾州知州伍箕、指揮王禮、王府教授陳洪俱逮治。[7]

陳洪在《金瓶梅》中的身分是「陳經濟之父，楊戩之親黨，西門慶的親家。」這個陳洪猶如上面的王相，都是宋、明皆有的人物，而且明代還不止一個。現在的問題是，既然明武宗時有真實歷史人物陳洪，而且 80 多位真實人物都是正德、嘉靖時期的，那麼，作品所反映的時代肯定不是隆慶、萬曆時期，太監陳洪自應被排除。

3. **王黼**：王黼在《金瓶梅》中的身分是「兵部尚書」，據《宋史》卷四七○王黼本傳，其一生並未任過兵部尚書，可見王黼當另有影射。明嘉靖時亦有一位王黼，《明史·石邦憲傳》：「播州宣慰楊烈殺長官王黼，黼黨李保等治兵相攻且十年，總督馮岳與邦憲討平之。」[8]《明史》卷三一二、《明史稿》卷一百六「播州宣慰司傳」，《明世宗實錄》卷四二四都曾記載此事，時間為嘉靖二十三年，惟「黼」作「戳」，實即一人。筆者在拙著《金瓶梅發微》中反復強調過這樣的看法，只要《金瓶梅》中寫到的宋代真實人物沒有任過某官職，必定對應的是明朝某人，這就是《金瓶梅》的獨特寫法。這位「王黼」，指的既不是宋時的王黼，也不是指嘉靖時的王黼，他暗指的該是明武宗時的一位「兵部尚書」，因為《金瓶梅》第十八回寫壞了事的「王黼」名下有書辦官董升、家人王廉和班頭黃玉，這三人都是正德時期的真實歷史人物。董升見《明武宗實錄》卷一一九，「命山西行都指揮僉事董升守備永寧城。」[9]又卷一三三，「戊申，巡撫宣府都御史王純以虜寇雲州堡，奏指揮李鎮等瞭報不謹，守備指揮張珍、董升，左監丞李荊，……各號

7　《明武宗實錄》卷一二○，中央研究院歷史語言研究所校印本。
8　《明史》卷二一一，北京：中華書局簡體字本 2000 年。
9　《明武宗實錄》卷一一九，校印本。

令不嚴，俱請究治。詔鎮等逮治珍、升，俟獄具以聞。」[10]王廉是正德時的一位指揮僉事，《明武宗實錄》卷一三三，「辛卯，降濟南衛署指揮僉事尹昂為指揮同知，指揮使李文為指揮僉事，東昌衛指揮同知鄧桂，……為正千戶。臨清衛指揮僉事王廉為副千戶，以禦流賊失事也。」[11]黃玉是正德時的一個太監，分守潼關，「乙卯，太監賴義傳旨，都知監太監劉岑守開原等處地方。王秩分守山海關等處地方。黃玉分守潼關。」[12]「分守潼關太監黃玉奏：潼關兵備副使所轄，東止陝州、崿嶺、……西至同革，南至商州，北至解蒲，乞如兵備例，並得管理。」[13]《明史》卷二〇三「潘塤傳」也提到中官黃玉。從這三個人物活動的時間及所寫史實看，當時任兵部尚書的是王瓊，筆者推測，《金瓶梅》中的「王黼」實指王瓊。

4. **楊時**：楊時出現於《金瓶梅》的第十四回，作品介紹說，「這府尹名喚楊時，別號龜山，乃陝西弘農縣人氏，由癸未進士升大理寺卿，今推封府裏，極是個清廉的官，況蔡太師是他舊時座主，……」這段介紹文字半虛半實。查《宋史》卷四二八「楊時傳」，楊時字中立，宋南劍將樂（今屬福建）人，登熙寧九年（1076）進士第，世號龜山先生。楊時是宋代著名的學者，先後學於程顥、程頤，南宋時，東南學者奉為「程氏正宗」。宋高宗時為工部侍郎，後以龍圖閣直學士致仕，專事著述講學。其一生並未任過開封府府尹，也不是蔡京的門生，相反，還上疏切言「蔡京用事二十餘年，蠹國害民」之罪。故《金瓶梅》中所寫的「楊時」，雖用宋時的人物，恐當另有影射。

明正德、嘉靖時有一位都指揮僉事也叫楊時，《明武宗實錄》卷一五六：

> 降陝西永昌衛都指揮僉事楊時為指揮使，坐達賊入境，守備不設也。[14]

《明世宗實錄》，嘉靖十九年十月：

> 總督三邊左都御史劉天和奉詔舉薦邊將，言……他如楊時、彭廉，亦皆可用。……兵部覆，……彭廉、楊時雖皆廢棄，尚可用[15]。

這個楊時顯係一位武將，駐守陝西永昌衛。但《金瓶梅》作者的真實意圖既不是指宋代的楊時，也不是指明代的楊時，筆者認為，這個「楊時」當另有影射。

10　《明武宗實錄》卷一三三，校印本。
11　《明武宗實錄》卷一三三，校印本。
12　《明武宗實錄》卷一六〇，校印本。
13　《明武宗實錄》卷一六二，校印本。
14　《明武宗實錄》卷一五六，校印本。
15　《明世宗實錄》卷二四二，校印本。

5. **孫榮**：孫榮出自《宣和遺事》前集，作品是這樣介紹的，「李媽媽聽得這話，慌忙走去告報與左右二廂捉殺使孫榮、汴京裏外緝察皇城使竇監。」《金瓶梅》第七十回也說他是「提督管兩廂捉察使」，兩者基本相合。惟同回又說「孫榮是太子太保」，其地位又比《宣和遺事》中之孫榮高出多矣。明嘉靖時的孫榮是位指揮，《明世宗實錄》卷二二四，嘉靖十八年五月，「奪浙江都司總督備倭都指揮僉事李俊……等俸各兩月；逮右參議魯存仁、指揮孫榮赴京訊治。」這裏需說明的是，《宣和遺事》中的「捉殺使」與《金瓶梅》中的「捉察使」都是作者杜撰的，歷史上並沒有這樣的官職。宋時有「捉賊使」，朝廷發兵征討時或置，為臨時軍事統帥。明時的指揮亦屬武將職銜，三者極為相似。但不管是宋代的孫榮，還是明代的孫榮，其地位無論如何都與「太子太保」相差甚遠。看來，《金瓶梅》的作者只是借其名，而實際指稱的當是另一人。

6. **陳東**：陳東在《金瓶梅》中的身分是「太學國子生」，第九十八回借韓道國之口提到他曾上疏請誅「六賊」之事，這與《宋史》卷四百五十五「陳東傳」所言相同，只是「六賊」的名字有出入，可見作者也並非完全指實。明嘉靖時雖有兩人也叫陳東的，不過，一個是海盜，見《明史》卷二百五「胡宗憲傳」；另一個是知縣，見《湖南通志》卷一百六十八引《四川通志》。其身分與「太學國子生」差異甚大，故應被排除。

7. **李綱**：李綱出現在《金瓶梅》的第九十九和一百回，身分是「兵部尚書」。不過，按《金瓶梅》的編年，這兩回的時間為靖康元年至二年，查《宋史》卷三五八「李綱傳上」，徽宗禪讓後，欽宗除李綱為兵部侍郎，未見其任過兵部尚書一職。但侍郎與尚書相差無幾，且都在兵部，故《金瓶梅》中的李綱基本上可以斷定用的是宋時的李綱。明武宗時期雖有兩個李綱，但一為知府，後升為按察司副使，再升為廣西布政司右參政，（《明武宗實錄》卷四七、六九、九一）；另一個李綱為正千戶，（見《明武宗實錄》卷三三、卷一二〇）。兩相對照，正德時的兩個李綱與「兵部尚書」的官職及所寫之事實是甚不相符的。

8. **李邦彥**：李邦彥的情況大體也是如此。《金瓶梅》第十八、七十和第七十一回介紹其身分是「右相，資政殿大學士兼禮部尚書，加柱國太子太師。」查《宋史》卷三五二「李邦彥傳」，李在宣和四年拜少宰（右丞相），後升太宰（左丞相），但終其一生，李邦彥並未任過禮部尚書，也未加太子太師。尤其使我們必須十分注意的是《金瓶梅》第十八回的一個細節，即蔡攸「見為祥和殿學士兼禮部尚書，提點太一宮使」，李邦彥是「資政殿大學士兼禮部尚書」。按《詞話》編年，這一回是政和五年七月，在同時有兩人同任某部尚書的，宋代絕對沒有這種事情發生，而只有到了明代，因六部尚書沒有定額，可以添差，故有道士而任禮部尚書，工頭任工部尚書的怪現象，這還不算南京的六部。譬如嚴嵩與陶仲文同時任禮部尚書。再者，某某殿（閣）大學士兼某某部尚書者，

也只是明代的事情。故作品中的李邦彥雖用宋之名，但卻是在寫明之實。

　　像李邦彥這樣的赫赫有名的大人物，稍具歷史知識的人必定會想到宋代，無獨有偶，明武宗時恰恰就有一位知州也叫李邦彥：

> 兵部覆河南紀功給事中吳玉榮等所奏，謂賊所過諸府、州、縣、衛、所等官，知府劉繹、指揮顏齡等凡二百四十三人，俱宜逮問，內唐縣知縣陳項、鈞州知州李邦彥及封丘等縣知縣張守等皆能守御，而唐縣、鈞州之功尤多，……項、邦彥各升二級。[16]

　　但這位知州李邦彥與《金瓶梅》中的「李邦彥」，其官職、身分和行事差異甚大，故作品基本上還是以宋代李邦彥為原型的。可問題是，《金瓶梅》中宋、明人物之官職相互雜糅，史實之互相變異，正是其獨特的手法，應該說，作者在塑造人物時，都是將眾多人物之行事經過整合而成的。從官職來判斷，李邦彥影射的該是李東陽，而不是徐階。

　　但不管怎麼說，宋時的陳東、李綱、李邦彥，明武宗、明世宗時也有與之完全相同的名字，而《詞話》對這些人物的描寫，不管是宋，還是明，都與史實不大合拍。既然如此，筆者認為，寫進這些真實歷史人物，其主要目的還是揭示作品所反映的時代。因為這些人物既被寫入史書，這說明，他們在當時還是有一定影響的。或許作者是讓人們比附、聯想，也未可知。

　　9. 張達：張達在《金瓶梅》中是一筆帶過的人物，第十七回寫到，「王黼貪庸無賴，行比俳優，蒙京汲引，薦居政府，未幾謬掌本兵，惟事慕位苟安，終無一籌可展。乃者張達殘於太原，為之張惶失散；今虜之犯內地，則又挈妻子南下，為自全之計，其誤國之罪，可勝誅戮。」

　　這個張達是金國時的人物。《金史》卷七九「張中孚傳」：「父達，仕宋至太師，封慶國公，中孚以父任補承節郎。宗翰圍太原，其父戰歿，中孚泣涕請跡父屍，乃獨率部曲十餘人入大軍中，竟得其屍以還。」[17]

　　這個張達本是金人，後仕宋官至太師，作品表面寫的是這個「張達」，而實際寫的卻是明時的人和事。《金瓶梅》中的一個人名，一個詞語，往往關聯著明代正德、嘉靖時期的重大的事件。筆者在拙著《金瓶梅發微》中有詳細的論述，可參看。

　　明朝歷史上就有好幾個「張達」。一個是明憲宗、孝宗時人。《明武宗實錄》卷二，

16　《明武宗實錄》卷九七，校印本。
17　《金史》卷七九，北京：中華書局簡體字本 2000 年。

弘治十八年六月，「工部右侍郎張達卒。達字時達，江西泰和人，天順八年進士。」

一個是嘉靖時人，曾官給事中。《明世宗實錄》，嘉靖三年二月丁酉，「給事中鄧繼曾言：祖宗以來，凡有批答，必下內閣擬議而行。頃者，中旨事不考經，文不會理。或左右群小竊權希寵，以至於此。……疏入，上怒，下繼曾詔獄。尋謫金壇縣縣丞。時給事中張達、韓楷、鄭一鵬，御史林有孚、馬明衡、季本各論救，皆不報。」[18]

以上這兩個張達皆不是《詞話》中的「張達」。明世宗時還有一個張達，是一位將軍。《明史》中多次提到這個人物。《明史》卷一八「世宗紀」，嘉靖二十九年夏六月，「俺答犯大同，總兵官張達、副總兵林椿戰死。」又卷一九八「翁萬達傳」、卷二〇〇「郭宗皋傳」、卷二〇三「胡松傳」、卷三二七「韃靼傳」等都提到過。張達是當時的一員名將，《明世宗實錄》中幾十次提到他。

這位將軍張達在嘉靖二十一年二月，被任命為總兵官，鎮守山西。同年六月，俺答寇朔州，入雁門關，進而進犯太原。因失事，張達被逮，送鎮撫司拷問。由此可見，金時的張達與明時的張達都與太原有關，《金瓶梅》的作者往往選取宋、明兩朝相同或相似點來安排情節，表面寫宋，而實際是寫明。

這次太原失事，明朝軍隊損失嚴重，但張達並未戰死，故《金瓶梅》用一「殘」字以示失敗。而金時的張達是死在太原的，如果作品是單指金時的張達，該用一個「歿」字才對。此處足以說明《金瓶梅》在關鍵處用詞是相當準確的，這絕非說書藝人所能為之。

對這次戰敗的審訊情況，明張瀚《松窗夢語》卷三有較為詳細的記載：「天子震怒，遣衛士逮繫總兵官張達等四人，下法司擬罪。獄稍遲不決，謫去司寇郎一人。余時為副郎，亟錄招由，具成案上之。制曰：『可。』乃拘達等鞫之。達等不服，裸身示創瘢曰：『達亦壯士，向嘗冒矢石、躬甲冑，幾殞身者屢矣。茲虜眾不敵，一旦喪師。恨不死於行陣，奈何令駢首就戮哉！』……冬，朝審，余白台長、司寇，卒令立功贖罪，出障一方，時稱北邊良將。」

嘉靖二十九年六月，虜犯大同，總兵官張達率所部逆戰。虜矢下如雨，張達不顧性命危險，身先士卒，竟死於圍中。可見張達死於大同而並非死於太原。

《金瓶梅》中用「張達」這個「人名新聞詞」，表面上沒有寫什麼具體的事件及其經過，而實際反映了嘉靖時北虜對邊境的不斷騷擾和明軍的抵抗情況，還有嘉靖帝的不明以及司法腐敗等等。

10.周秀：周秀見於《宣和遺事》前集，「天子（宋徽宗）見了佳人（李師師），問高

18　《明世宗實錄》卷三六，中央研究院歷史語言研究所校印本。

伩道：『這佳人非為官宦，亦是富豪之家？』高俅道：『不識。』由豫間，見街東一個茶肆，牌書：周秀茶坊。」後來，宋徽宗將李師師住的金錢巷喚做小御街，周秀也被提升為泗州茶提舉。但《金瓶梅》中周秀的身分卻是「清河縣守備，左軍院僉書守御，濟南兵馬制置，山東都統制。」這與《宣和遺事》中的周秀毫無干聯。

明嘉靖時有一位周秀，見《明世宗實錄》卷二，他是知縣，是一個「危言觸忤，黜謫廢棄」的人。後雖恢復職務，又因防倭不力而被奪俸三月。

《金瓶梅》中寫的這位周秀，既不是宋時賣茶的，也不是明時的知縣，名字一樣，事蹟全殊。小說中像這種情況很多，用明時的真人名，往往又不寫這個人的事蹟，而把別人的行事加在這個人的身上，真假悟空，叫人不大輕易辨清究竟寫的是誰。但有一點可以肯定，《金瓶梅》中的周秀是明時的而不是宋時的，因為他的事蹟和明時某些人的事蹟十分吻合。還可以肯定，作品中的周秀是正德、嘉靖時期的人物而不是明代別的時期的人物，因為他又和正、嘉時期某些人的行事基本一致，這就是《金瓶梅》的獨特的藝術手法。

作品中的周秀是守備，而守備是明代武官之一，宋時沒有這一名稱。明時的守備設於鎮戍軍，地位在遊擊將軍之下。他們各守一城一堡，無品級、無定員。周秀後來升為濟南兵馬制置，山東都統制。制置、都統制又是宋朝的官職名。宋時的制置使，為一路至數路地區的統兵大員，掌理經畫邊防軍務。都統制則為統率諸軍的要員。一個人物的官職，宋、明雜糅，這是《金瓶梅》的慣用手法，宋時的是「虛銜」，明時的才是「實授」。

周秀是在外敵入侵時壯烈殉國的，《詞話》第一百回寫道：

> 卻說周統制見大勢番兵來搶邊界，兵部羽書大（火）牌星火來，連忙整率人馬，全裝披掛，兼道進兵。……統制提兵進趕，不防被活立兜馬反攻，沒輪一箭，正射中咽喉，隨落馬而死。
>
> 卻說二爺周宣，引著六歲金哥兒，行文書申奏朝廷，討祭葬，襲替祖職。朝廷各降，兵部覆題引奏：「已故統制周秀，奮身報國，沒於王事，忠勇可加。遣官諭祭一壇，墓頂追封都督之職。伊子照例優養，出幼襲替祖職。」

周秀之死和死後的追封，都是有史實根據的。如果我們把周秀的情況和上邊張達的情況對比一下，就可看出作者所依據的材料是什麼。

《明世宗實錄》卷三六一，嘉靖二十九年六月：

> 虜犯大同，……總兵張達帥所部逆戰，達挺身陣前為士卒先。虜望見，即縱騎圍

之。達殊死戰，左右衝突不得出……虜四面騎皆會，矢下如雨，達竟死圍中……

周秀之死和張達之死的情景是完全一樣的，都是「身先士卒」「提兵進趕」，這裏是「矢下如雨」，那裏是「沒鞭一箭」，皆為中箭而死，為國捐軀。就連死後的追封也一樣，張達被追贈為「左都督」，諡為「忠剛」。立祠祭葬，蔭一子本衛指揮僉事，世襲。周秀是「諡為忠勇」，兒子襲替祖職。另外，嘉靖時的副總兵李梅，死後的封贈亦是如此。

從《詞話》對周秀的形象描寫中，我們完全可以看出，作者是在真人的基礎上，又概括了正德、嘉靖時期一些有名邊將的大量的事實，然後整合到了周秀的身上，這很符合現實主義的創作原則。

最後需說明的是，文中的一些人物，如陳洪、楊時等，本文只是據史料一一列出，未作進一步的分析。其具體指稱影射何人，因情況很複雜，容當另文詳解。

《金瓶梅詞話》中明代同名同姓人物考

　　《詞話》中明代同名同姓的真實歷史人物較之宋、明同名同姓者要多，這些人物主要是常見的姓氏和與之搭配的常用漢字，即共名，這是《詞話》極為特殊的一種藝術手段。上文已言及，這些人物明穆宗、神宗時也有，且不止一個，但所占比例不及 85 個真實人物的一半。何況，這些同名同姓的人物與那些只有明武宗、世宗時有而別的時期沒有的人物生活於同一階段，由此我們可以斷定，這些同名同姓的人物指的也是正德、嘉靖時的。其中有些人物能夠確定其真實身分，用意比較明顯；而另外一些人物，其在作品中的角色與其真實的歷史面目差異甚大，甚而根本不搭界，我們也就無從判定；還有一種情況是作品表面寫的這個人物，而實際指稱的卻是另一個人物，情況極為複雜。不過，這些人物都表明了作品所反映的時代，這一點當是絕沒問題的。

一、能夠確定或大體上能夠確定的同名同姓人物有王四、王玉、王宣、李錦四人

　　王四又名王霽雲、王四峰，揚州（又作滄州）鹽商。《詞話》中共有三個回目寫到了他。第二十五回，「央及揚州鹽商王四峰，被安撫使送監在獄中，許銀二千兩，央西門慶對蔡太師人情釋放。」第二十七回，「老爺（蔡京）分付：不日寫書，馬上差人下與山東巡撫侯爺，把山東滄州鹽客王霽雲等一十二名寄監者，盡行釋放。」第三十回，「太師又道：『前日那滄州客人王四等之事，我已差人下書與你巡撫侯爺說了，可見了分上不曾？』來保道：『蒙老爺天恩，書到，眾鹽客都牌提到鹽運司，與了勘合，都放出來了。』」

　　從這三回的簡略敘述中，我們知道鹽商王四因違法而被監，以二千兩銀子賄賂西門慶向蔡太師討人情，蔡太師遂下書於山東巡撫侯蒙，不僅無罪釋放了王四等一十二名囚犯，還與之公文，一路暢通無阻地下場支鹽，穩賺利息，真可謂「公道人情兩是非，人情公道最難為。若以公道人情失，順了人情公道虧。」

　　王四案件是宋、明雜糅，蔡京、侯蒙用的是宋人。但「鹽運司（即都轉運鹽使司）」卻是明代掌管食鹽產銷的機構，可見是在寫「明」。不過，作品寫「明」也是相互雜糅

的，一會說王四是揚州鹽商，一會又說他是山東滄州鹽客。按：滄州在明代屬京師（北直隸），因都轉運鹽使司下轄十四分司，其中長蘆（今河北滄縣）轄滄州、青州，青州又屬山東，故作者有意把它們雜糅在一起，這正是《詞話》慣用的手法。

王四是實有其人的，正、嘉時期有兩個王四，一見《明武宗實錄》卷八八，正德七年閏五月：

> 獲賊首方四，磔於市。方四，四川仁壽縣人，本王姓，傭於同里方克古，因冒其姓，……後與曹甫等作亂，為土官所擊，奔真州，……偽稱行軍都督，……陰與甫不協，相攻，眾遂散，乃變姓名，潛走開縣，義官李清獲之。[1]

一見《明世宗實錄》卷三，正德十六年六月（世宗已登基）：

> 南京工科給事中王紀等以為言：因及太監張銳管東廠時，占中兩淮、長蘆引鹽，招奸商王四等，乘勢壞法，積緡錢數百萬計。銳既正法，宜與錢寧輩一體抄沒，兼逮四等，以泄中外之憤。……並敕都察院速具四等罪狀以聞。[2]

上述兩條材料清楚地說明，《詞話》中的「王四」與賊首王四無關，而與奸商王四完全相合。一個人名，簡單的敘述，卻反映出明代正、嘉時期鹽法日壞，官商結合以牟取暴利的弊政，也反映了當時官場以及司法制度的腐敗，統治者對此雖多次極力整頓，但收效不大。《詞話》第四十九回也寫到了西門慶因盛情招待巡鹽御史蔡蘊，結果開中了三萬鹽引，輕而易舉地賺取了三萬兩銀子。正如《明史·食貨志四》「鹽法」所云：「武宗之初，鹽法日壞；私鹽通行，弊端百出。世宗登極，法禁無所施，開中不時，米價騰貴，私鹽四出，官鹽不行，而邊餉日虛矣。」我們說《詞話》是一部正、嘉歷史的「實錄」，道理就在這裏。

王玉在《詞話》中是一位匆匆過客，作品寫他是「蔡京府干辦，曾下書於西門慶。」敘述就這麼簡單。

正德、嘉靖時期叫王玉的有好幾個。一位是太醫院院使，《明武宗實錄》卷二二：

> 正德二年閏正月，己巳朔，太醫院院使王玉乞休致，許之，復其右通政，令給驛以歸。[3]

1　《明武宗實錄》卷八八，中央研究院歷史語言研究所校印本。
2　《明世宗實錄》卷三，校印本。
3　《明武宗實錄》卷二二，校印本。

一位是參將：

> 命分守通州署都指揮同知王玉充參將，協同漕運。[4]

一位是舍人：

> 錦衣衛中所正千戶康宣、左信，百戶李和、舍人鄭鐸、孫清、高宣……王玉、黃瑛，從太監苗逵征虜，各以當先功，升一級矣。[5]

讓上面這幾位「王玉」充當「信使」都不太合適。《詞話》的作者就是利用同名同姓這種混亂現象來選取他所需要的人物，特別是那些「小人物」，同一個名字，很多人都用，如果沒有史實加以界定，讀者是無法分辨清楚的。

《明武宗實錄》卷一二四：

> 壬申，神武右衛副千戶王玉以報獻銀礦不實，坐斬，既而死刑部獄中。其子錦以生員請襲職。兵部論：玉倖免決而死，若錦得襲，何以懲惡？宜謫充本衛軍。[6]

此外，《明武宗實錄》卷三四等多處提到此人，《詞話》中給西門慶送信的人該是這位王玉。這個王玉因「報礦」不實，被判處極刑，死在了獄中，讓他進入小說確是一個很合適的「人選」。

王宣在《詞話》中與王玉一樣，也是一個「共名」。據作品交代，他字廷用，號杏庵居士，家住清河縣，是一個仗義疏財、樂善好施的老者，曾幫助過窮困潦倒的陳經濟。

正、嘉時期叫王宣的很多，其一為太監，正德四年六月：

> 鎮守太監王宣等奏其事，（王）進亦上章自辨，敕給事中胡鐸會鎮巡等官鞠之。[7]

其一為軍餘，正德七年秋七月：

> 燕山左衛軍王宣及其子欽等與賊劉七、齊彥明交通，資以兵器，事覺，宣脫走，捕得欽等，送錦衣獄。[8]

其一為知府，正德八年五月：

4　《明武宗實錄》卷一四一，校印本。

5　《明武宗實錄》卷二三，校印本。

6　《明武宗實錄》卷一二四，校印本。

7　《明武宗實錄》卷五一，校印本。

8　《明武宗實錄》卷九〇，校印本。

戊寅，升南陽府知府王宣為陝西都轉運鹽使司運使。[9]

其一為指揮，正德八年冬十月：

虜掠遼東開原，既出境，太監王秩、參將高欽追之，被圍數日，士馬死傷甚眾。守臣以聞，兵部議……雖有斬獲功，不論。……欽及指揮惠綺、王用俱宜罷。四原衛指揮王宣、陳鉞等宜令原差。[10]

其一為旗校，正德十六年三月：

曹成、王宣者，稱彬旗校，至杭州，設香案於鎮守府，召致仕尚書洪鍾至。[11]

上面提到的這幾個王宣都不是小說內寫的人物。《詞話》中寫的王宣，是一位學者，《明史》卷二八二：

王宣，晉江人。弘治中舉於鄉，一赴會試不第，以親老須養，不再赴。嘗曰：「學者混朱、陸為一，便非真知。」為人廓落豪邁，俯視一世。[12]

這個王宣是易學家蔡清的學生。蔡清的門人很多，王宣即是其中較有名的一個。《詞話》中所寫的王宣和歷史材料相對照，是完全相合的，他實踐了他的老師的教誨，砥礪風節，樂善好施。

我們說《詞話》中的王宣就是這位易學家王宣，作者是明確告知讀者的。王宣的長子叫王乾，牧馬所掌印正千戶，次子叫王震，府學庠生，「乾」「震」是《周易》中的兩個卦名，這不是明明白白地表明了小說內的王宣就是晉江研究《周易》的王宣嗎？

不僅如此，王宣之次子王震也是實有其人的：

思恩府土官岑濬作亂，……總督兩廣左都御史潘蕃及太監常經、總兵官毛銳等會奏，請討之……合十萬八千餘人，分為六哨：副總兵毛倫、右參政王璘由慶遠，右參將王震、左參政王臣及湖廣都指揮官纓由柳州，……各取道共抵巢寨……。[13]

《明武宗實錄》卷四五也提到「湖廣長沙衛帶俸都指揮僉事王震備禦廣西地方。」

9　《明武宗實錄》卷一○○，校印本。

10　《明武宗實錄》卷一○五，校印本。

11　《明武宗實錄》卷一九七，校印本。

12　《明史》卷二八二，北京：中華書局簡體字本 2000 年。

13　《明武宗實錄》卷二，校印本。

正德時期還有一位知府也叫王震：

> 戊寅，升湖廣鄖陽知府王震為河南布政司右參政。[14]

王宣和王震都是實有其人的，但怎樣寫他們的行事，那就又屬於作者的權力了。王宣到了「清河縣」，還曾幫助過像陳經濟這樣不成器的小人，也的確是難能可貴了。

但這並不是作者寫王宣的真實目的。上文已言及，《詞話》凡涉及軍國大事，皆以類似「新聞標題詞」的形式一語帶過，從不做完整的敘述，頗具「春秋筆法」一字寓褒貶的傳統史著風格。王宣就是一個巨大的潛台詞，他是關聯東南沿海抗倭鬥爭的一個潛在信息符號。

明嘉靖時，福建、浙江等東南一帶的倭寇較之前代更為猖獗，倭寇的不斷騷擾和洗劫，激起我軍民的強烈憤慨和奮勇反擊，在抗倭鬥爭中，湧現了一批很有名的英雄，俞大猷即是其中之一。在《明世宗實錄》中，提到俞大猷的名字不下七十次。俞大猷（1504-1580），明福建晉江人，少好讀書，知兵法，曾從易學家王宣學過《易》。《明史》卷二一二本傳說，「少好讀書，受《易》於王宣、林福，得蔡清之傳。又聞趙本學以《易》推衍兵家奇正虛實之權，復從受其業。」又因俞大猷與王宣都是福建晉江人，有師徒之關係，作品寫王宣這個人物，自然關聯著俞大猷，關聯著抗倭鬥爭。

李錦在《詞話》中與李活是兄弟，是攬頭李智之子。第三十八回寫道：「原來應伯爵來說：『攬頭李智、黃四，派了年例三萬香蠟等料，錢糧下來，該一萬兩銀子，也有許多利息。』」第四十五回，「伯爵得不的一聲兒，即叫過李錦來分付：『到家對你爹說，老爹收了禮了。這裏不著請去了，叫你爹同黃四爹早來這裏坐坐。』」

明世宗嘉靖時有兩個李錦。其一是知縣。《完縣新志》卷六：「（李錦）明完縣人，嘉靖壬午舉人。肥城、諸城、祥符等縣知縣。」

其一是官軍：

> 先是，長城西鄉官軍李錦等二十二人，闌出與虜交易，遊擊戴升諜知以報。[15]

上面提到的李智，也是實有其人的：

> 徽府世子奏：土民趙朋等拖欠子粒，霸占地土。朋等亦奏世子貪暴狀。詔遣司禮
> 太監、戶部、刑部侍郎、錦衣衛指揮各一員勘訊。朋等坐謫戍邊衛。辭連河南參

14　《明武宗實錄》卷一三六，校印本。
15　《明世宗實錄》卷二四五，校印本。

政劉約、南陽知府李智及各州縣踏勘官，俱落職。刑部左侍郎陶琰以先任巡撫，亦令閑住。[16]

　　這幾條材料都與買賣、錢糧有關，可以相互佐證。《明神宗實錄》卷十二，萬曆元年四月也提到了指揮使李錦，但根本沒有涉及到違法買賣貿易之事，顯見《詞話》中的「李錦」與萬曆時的李錦毫無關係。按明朝之律令，在沒有得到政府允許的情況下與虜交易是違法的，故《詞話》第九十七回交代說，「黃四因用下官錢糧，和李三（即李智）家，還有咱家出去的保官兒，都為錢糧拿在監裏追贓。監了一年多，家產盡絕，房兒也賣〔了〕。李三先死，拿兒子李活監著。」可見作者是在「歷史真實」的基礎上進行了藝術加工，以某人為原型，又攙雜了許多人的行事，成為「整合形象」，只不過把人物的身分改變罷了。

二、表明時代或作者創作意圖，但不能確指的同名同姓人物

(一)王經

　　王經在《詞話》中的身分是「王六兒之弟，西門慶之男僕。」作品竟有 22 個回目寫到了他，看來是一個比較重要的人物。

　　王經是個通名，正德、嘉靖時期有五人都叫王經。其一為左參議，後升為按察司副使：

升工科都給事中鍾渤、山西按察司僉事張定，雲南僉事王經俱為左參議。陝西僉事來球為右參議。渤，浙江。定，山西。經，廣西。[17]

升廣西布政司左參議王經為貴州按察司副使。[18]

其一為指揮，後升右參將：

時女直韃靼入貢，奏進番文，有為中國書者，審為被掠邊民冒名來朝，遂為同類

---

16 《明武宗實錄》卷三四，校印本。
17 《明武宗實錄》卷五一，校印本。
18 《明武宗實錄》卷六四，校印本。

代書。禮部議，宜並治伴送指揮王經、通事劉恩之罪。[19]

庚子，以大寧都司署都指揮僉事王經充右參將，分守懷來、永寧等處。[20]

這個王經於嘉靖六年二月戰死：

六年二月辛亥，小王子犯宣府，參將王經戰死。[21]

其一為試監察御史：

授知縣程啟充、馬錄、張仲賢……進士周文光、蕭鳴鳳、王經……俱試監察御史。經，雲南道。[22]

又，嘉靖十四年二月：

刑科給事中王經奏命往蘇杭督查段匹，事竣還京，條陳織造十二事。[23]

不知這兩個王經是一人否？

其一為部卒：

是時，撫順城備禦指揮劉雄亦為其部卒王經等所囚，雄以掊克斂怨，經等見遼陽倡亂，乃乘機夜糾眾擁入其室，盡掠其囊篋。[24]

《詞話》中的「王經」究竟指的是誰，的確很難確定。不過，這些王經都是正德、嘉靖時人，至少能夠表明作品所反映的時代是此時而不是別的時期。還有，這些王經不管是「按察司副使」還是「監察御史」，是「給事中」還是「指揮」「參將」，都是有職銜、有地位的人，他們都是西門慶的「僕人」，顯見西門慶是皇帝而絕不是一般的商人或五品提刑官。

(二)王潮

王潮也是一個無法確指的人物，他在《詞話》中的身分是「王婆之子」，作品還介

19　《明武宗實錄》卷一○○，校印本。

20　《明世宗實錄》卷五六，校印本。

21　《明史》卷十七，北京：中華書局簡體字本 2000 年。

22　《明武宗實錄》卷一一三，校印本。

23　《明世宗實錄》卷一七二，校印本。

24　《明世宗實錄》卷一七四，校印本。

紹說他曾跟著一個淮上客人拐了別人一百兩銀子，回家後買了兩頭毛驢，開起了磨房，做些小本經濟。潘金蓮在他家待嫁時又曾與之通姦。這些並無史實根據，屬小說家言。

正德、嘉靖時有兩個王潮。其一為御史：

> 授理刑進士張元電、蕭海、張宏、王度、李璣、王潮、蔡澄，知縣鮮冕、李如圭俱為試御史。……潮，江西道。[25]

《明武宗實錄》卷一一八、卷一五二、卷一五三等都提到了御史王潮。

其一為錦衣衛官員，後升為巡撫：

> （李）榮又傳旨：……南京錦衣衛王樹、王柱、王溥、王淮、王漢、王潮俱復職，俸如舊。[26]

《明世宗實錄》卷一四○，嘉靖十一年七月：

> 巡撫王潮、鎮守太監張紳亦不得無罪，其功過可准者，僅一遊擊趙綱耳。[27]

《陝西通志》卷十二說這個王潮是明丹徒（今屬江蘇）人，進士出身，嘉靖十年曾做過大同巡撫。

(三)孫清

孫清為攬頭黃四之岳父，只在《詞話》的第六十七回中出現過一次。

正德時期叫孫清的有四個。其一為孝子：

> 巡按直隸監察御史江良貴奏：睢陽縣學生孫清幼孤，事母孝，母沒未葬，流賊入境，清守柩弗去，親友或勸之，不從。賊兩經其門，皆不入，鄰里有依之而得生者。[28]

其一為太監：

> 虜擁眾入甯武關、忻州、定襄、寧化，所在蹂躪，殺守備指揮陳經，軍民死者相藉。巡按御史李穩以聞，因劾副總兵神周，……請逮治，並及太監孫清、都御史

25　《明武宗實錄》卷五六，校印本。
26　《明武宗實錄》卷二七，校印本。
27　《明世宗實錄》卷一四○，校印本。
28　《明武宗實錄》卷一一一，校印本。

王玥、兵備副使張鳳珝、守備指揮傅鐸等之罪。[29]

其一為右參議：

> 六科都給事中呂經、十三道御史程昌等，皆疏論山西左布政使倪天民、右布政使
> 陳達、右參議孫清、登州府知府張龍，為天下四害。……今四臣者略無畏憚，不
> 知果何所恃乎？……四害中，清，樂工臧賢庇之。[30]

其一為舍人：

> 錦衣衛中所正千戶康宣、左信，百戶李和，舍人鄭鐸、孫清、高宣……王玉、黃
> 瑛，從太監苗逵征虜，各以當先功，升一級矣。[31]

　　這裏有必要辨明的一點是，《詞話》第六十七回敘說黃四之岳父孫清、內弟孫文相
在東昌府販棉花，因與馮二父子爭執，彼此毆打，致使馮二之子馮淮身死。東昌府童推
官行牌提取孫清父子，黃四無奈，轉求西門慶說情，西門慶又轉求雷兵備，只是追討了
十兩燒埋銀給馮二，胡亂了結了此案，孫清父子無罪釋放。在這次案件中，孫清是畏罪
「躲過」，並沒有真正坐監。《明神宗實錄》卷五三三，萬曆四十三年六月也提到「重囚
孫清」，但這位孫清與《詞話》中的「孫清」毫無關係，因為這時《詞話》早已成書，
在社會上流傳二十多年了。孫清本是一個「通名」，重名現象在《詞話》中是常見的，
《詞話》的內容及反映的時代與萬曆二十年以後完全無涉，孫清也是如此。

(四) 李銘

　　李銘在《詞話》中的身分是「李嬌兒之弟，說唱藝人。」這是一個非常重要的人物，
作品共有 29 個回目寫到了他，在所有的說唱藝人中無人能與之相比。李銘也是一個「共
名」，正德、嘉靖時期叫李銘的共有三人。其一是指揮：

> 思恩府土官岑濬作亂，……總督兩廣左都御史潘蕃及太監常經、總兵官毛銳等會
> 奏，請討之。……都指揮李銘並泗城州土舍岑接目兵由工堯，各取道共抵巢寨，
> 賊分兵據險拒敵，我軍奮勇直前。[32]

29　《明武宗實錄》卷一一五，校印本。
30　《明武宗實錄》卷一三八，校印本。
31　《明武宗實錄》卷二三，校印本。
32　《明武宗實錄》卷二，校印本。

《明武宗實錄》卷二八、卷八二等多處都提到過都指揮李銘。

其一為知縣：

> （李銘）明應城人，舉人，嘉靖間知太和縣，清惠及民。[33]

其一為錦衣衛百戶，後成為裕王（即明穆宗）的岳丈：

> 庚子，禮部奏：奉詔為二王選婚，得良家女一千二百人。上命司禮監官同宮人選擇。於是，錦衣衛千（百）戶李銘女、順天府民王相女入選。[34]

王世貞《弇山堂別集》卷三十一〈帝系·帝統〉（後附）：「莊皇后姓李氏，德平伯銘之女。嘉靖三十二年二月初八日冊封為裕王妃。三十七年四月十三日薨，葬金山。」這即是說，裕王（明穆宗）是李銘的女婿。李銘的德平伯爵位，是在裕王做了皇帝之後才得以封爵的。

李銘死於隆慶六年六月，《明神宗實錄》中沒有出現過新的李銘。

上文提到的「說唱藝人」王相，因其女被選為景王妃，於「嘉靖三十二年正月己亥」被授予為「東城兵馬指揮」。

據《明世宗實錄》卷三九四載，嘉靖三十二年二月，明世宗為其兩個已長大成人的兒子——裕王和景王同月舉行了大婚，王相和李銘也就同時成為嘉靖皇帝的親家。而這兩位親家的名字，作者又同時安排在作品中的兩個小優兒身上，這種在封建時代的「歷史大事」，朝廷是要告布天下的，試想，要不是作者有意精心的安排，又如何能巧妙到這種地步？顯見不是作者的疏忽大意。作者正是利用重名這種獨特的文化現象，以此為掩體，才躲過了株連九族之災。

當然，由於李銘只是一個藝人，沒有其他方面的界定，又由於李銘是個「共名」，正、嘉時期有好幾個李銘，所以，作品中的李銘是否只指嘉靖皇帝的親家李銘還不能確定。但有一點是可以肯定的，那就是作品的第二十三回，作者安排了整整一個回目，讓「心高氣傲」的春梅一口氣罵了他二十多個「王八」，罵得真是淋漓盡致、痛快至極。既然李銘是「王八」，「王八」的親家及「王八」所生之子女恐怕都不是什麼好東西。這也就是說，不管罵的是哪一個「李銘」，既然嘉靖帝的親家是李銘，那嘉靖也在被罵之列了。如果針對的是萬曆帝，萬曆的生母李氏的父親名叫李偉，李偉和李銘一樣，都是一個「共名」，但作品並未出現這個人物，顯見作品所反映的時代與萬曆是毫無關涉的。

---

33 《雲南通志》卷一百卅九引《大理府志》。
34 《明世宗實錄》卷三八九，校印本。

(五)張成

張成在《詞話》中的身分是「總甲」，只出現在作品的第九十三回，「〔粉蝶兒·耍孩兒一煞〕不覺撞昏鐘，昏鐘人初定。是誰人叫我，原來是總甲張成。他那裏急急呼，我這裏連連應。趁今宵誰肯與我支更？也是我一時僥倖，他先遞與我幾個燒餅。」張成是在陳經濟的唱詞中敘述出來的，像這樣的獨特的敘事方式，在《詞話》中是不多見的。

正、嘉時期叫張成的共有三人。其一為軍餘：

> 陝西山丹衛千戶馬政因斷理屯地，笞軍餘張成致死。都察院奏：律應贖杖為民，追銀給成，為埋葬費。得旨：納贖畢，發戍邊衛，仍追給埋葬銀，著為令。[35]

其一為照磨：

> 《雲南通志》卷一百卅七引〈舊通志〉，又《武定府志》：明武定府照磨，嘉靖間值鳳朝文亂，不屈死。

其一為都督，嘉靖十二年二月：

> 天方國夷使火者阿克力等，海西兒者等衛女直都指揮歹出等，建州衛女直都督張成等各進貢馬匹，賞賚如例。[36]

張成顯然也是一個「共名」。《明神宗實錄》中亦涉及到兩個張成，一個是巡捕指揮，見卷五十，萬曆四年五月；另一個為承奉，見卷一八一，萬曆十四年十二月。但考慮到作品第九十三回所敘情節及《詞話》的整體內容，我們能夠確定張成與杏庵居士王宣應是同時期人。如上文所述，「王宣」指的是嘉靖時期晉江《易》學家王宣，那作品中的張成也就不是指萬曆時的張成了。

(六)周宣

周宣在《詞話》中的身分是「周秀之族弟」，只在作品的第一百回中出現過，「原來統制還有個族弟周宣在莊上住。周忠在府中，與周宣、葛翠屏、韓愛姐看守宅，周仁與眾軍牢保定車輛，往東昌府來。」

正、嘉時期叫周宣的有二人。其一為御史：

35　《明武宗實錄》卷五一，校印本。
36　《明世宗實錄》卷一四七，校印本。

> 升行人毛玉、知縣劉絃、葉溥等俱為南京給事中。……推官周宣、知縣孫樂、朱
> 弦、陳軾、丁楷、江良貴、行人王瑤俱試御史。宣，浙江道。[37]

> 命御史周宣於北直隸，蕭鳴鳳於南直隸，俱提調學校。[38]

《明史》卷二百八十六「李夢陽傳」也提到了御史周宣。又，《福建通志》卷一百九十九，謂周宣字彥通，莆田人，擢御史。這幾條材料所記之周宣，當是一人。

其一為校尉：

> （楊）爵之初入獄也，帝（嘉靖）令東廠伺爵言動，五日一奏。校尉周宣稍左右之，
> 受譴。[39]

《明神宗實錄》卷三，隆慶六年七月（此時萬曆已登基）亦有提督太監周宣。周宣本是一個通名，作品中的「周宣」當指正、嘉時期的周宣而不是指萬曆時期的周宣。因為與「周宣」同時的周秀和周忠（周秀之男僕）都是實有其人的。周秀，《明世宗實錄》卷二，正德十六年五月（嘉靖已登基）：

> 吏部奏：近奉詔查先朝直言守正降黜並乞歸諸臣，死者議恤，生者錄用。……知
> 縣周秀，皆以危言觸忤，黜謫廢棄，眾論惜之。謹各具履歷以聞。乞賜優禮湔恤。[40]

周忠為右布政使，地位很高。《明世宗實錄》卷一五二，嘉靖十二年七月：

> 癸卯，升福建按察司（使）胡岳、廣西按察使孫懋、廣東按察使周忠俱為右布政
> 使。山西布政使司左參議車純為按察司副使。……忠、純，雲南。[41]

另外，如上文所述，周秀是一個宋、明皆有的人物，但「周秀」的事蹟卻是綜合了明嘉靖時許多人的行事，與萬曆朝史實無涉。而周忠惟明世宗時有，且是從二品高官，他是表明作品時代的一個真實信息符號，故萬曆時的提督太監周宣理應被排除。

(七)鄭紀

鄭紀在《詞話》中的身分是「西門慶之男僕」，只在作品的第六十三回中出現過一

---

37 《明武宗實錄》卷六一，校印本。
38 《明武宗實錄》卷一八三，校印本。
39 《明史》卷二百九，北京：中華書局簡體字本 2000 年。
40 《明世宗實錄》卷二，校印本。
41 《明世宗實錄》卷一五二，校印本。

次，「那打茶的鄭紀，正拿著一邊（盤）果仁泡茶從簾下頭過，被春梅叫住問道：『拿茶與誰吃？』鄭紀道：『那邊大姈子、娘每要吃。』」

正、嘉時期共有三個鄭紀。其一為南京戶部尚書：

> 致仕南京戶部尚書鄭紀卒。紀字廷綱，福建仙遊人。天順庚辰進士，改翰林庶吉士，授檢討。憲廟登極，獻〈太平十二策〉，尋移疾歸。逾二十年再起供職，升浙江副使，提督學校。……久之，進本部尚書致仕。至是卒，年七十餘。賜祭葬如例。紀……大學士劉健以同年故，知之最深，故浮言卒不能撼，而上（謂明武宗）亦任之不疑也。[42]

其一為守備：

> 戊戌，總督劉天和言：四月中，虜侵永昌，遊擊魏慶、守備鄭紀，督兵斬首五十五級，諸將亦時有獲。乞行錄賞。兵部覆上，得旨：升慶、紀一級，賞銀四十兩，采幣二表裏。[43]

其一為盜賊：

> 盜鄭紀、王捨命等行劫近畿，都指揮僉事盛謹、高謙、袁傑等合兵擒之。[44]

鄭紀在作品中沒有其他任何的界定，故我們不能斷定確指是誰。但有一點是可以肯定的，「鄭紀」是正德、嘉靖時人，隆慶、萬曆時沒有叫鄭紀的。作者寫鄭紀，除了表明時代之外，恐還有多種意圖。筆者反復強調過，《詞話》往往是「一石三鳥或多鳥」的，作者把戶部尚書和守備「鄭紀」安排成西門慶的僕人，那西門慶是「皇帝」則是不辨自明的。封建時代，除了皇帝之外，還有誰能把尚書當作僕人呢？即使作品指的是強盜「鄭紀」，僕人為盜，主人也就不是什麼好人了。

(八) 黃甲

黃甲在《詞話》中的身分是「登州府知府」，只在作品的第六十五回中出現過一次，「東昌府徐崧、東平府胡師文、兗州府凌雲翼、徐州府韓邦奇、濟南府張叔夜、青州府王士奇、登州府黃甲、菜（萊）州府葉遷等八府官行廳參之禮，太尉答以長揖而已。」

---

42 《明武宗實錄》卷四四，校印本。
43 《明世宗實錄》卷二〇二，校印本。
44 《明武宗實錄》卷一二八，校印本。

正、嘉時期名黃甲者有二。其一為諸生，死於賊：

> 其時（正德七年），士民冒死殺賊者，有趙趣、徐敬之、雷應通、袁璋之屬。趣，梁山諸生。賊攻城，同友人黃甲、李鳳、……趙采誓死拒守。城陷，皆死。都御史林俊嘉其義，立祠祀之。[45]

其一為主事：

> 南京吏部會同考察南京諸司官，年老戶部員外郎魏濠等八人……，吏部主事黃甲等十五人才力不及，……得旨：黜降如例。[46]

又據《名典》載：「（黃甲）明南京衛人，字首卿，嘉靖進士，仕至運判。為人傲兀使氣，以文章自負，與李攀龍、王世貞等七子同時而不相附麗。有《鳳岩集》。」這個黃甲不知與吏部主事黃甲是一人否？

(九)溫璽

溫璽在《詞話》中的身分是「兗州兵馬都監」，作品只在第七十七回中提到過，「兗州兵馬都監溫璽，夙閑韜略，熟習弓馬，休養騎卒以備不虞，並力設險以防不測。」

正、嘉時期名溫璽者有二。其一為太監：

> 以營建乾清、坤寧二宮，定磔敕陰，……太監溫璽、周永弟侄各一人為錦衣衛世襲總旗。[47]

> 詔工部尚書甘為霖、內官監太監溫璽俱革職閑住。[48]

其一為參議：

> 惟嘉靖初，吏部侍郎溫仁和以父河南參議璽，年及八十，恐不及待，以情乞封，特允之。[49]

《萬曆野獲編》提到的溫璽，《桂州文集》卷四十九、《費文憲公摘稿》卷十四都有

---

45 《明史》卷二百八十九，北京：中華書局簡體字本 2000 年。

46 《明世宗實錄》卷四四五，校印本。

47 《明武宗實錄》卷一七七，校印本。

48 《明世宗實錄》卷二〇七，校印本。

49 沈德符《萬曆野獲編》卷十三，北京：中華書局 1959 年。

文字記載。謂其字廷寶，號蘭莊，四川華陽人，成化十七年（1481）進士，累官至河南布政司左參議，所記與《野獲編》同。《明穆宗實錄》《明神宗實錄》中皆無此人。

(十)謝恩

謝恩在《詞話》中的身分是「懷慶提刑所副千戶」。第七十回寫道：「懷慶提刑千戶所……副千戶謝恩，年齒既殘，昔在行〔武〕猶有可觀，今任理刑罷軟猶甚，可宜罷黜革任者也。」

正、嘉時期名謝恩者有二。其一為孝子：

> 旌表孝子雷瑜等七人，節婦張氏等九人。……謝恩，福建邵武縣人。[50]

其一為都指揮：

> 乙酉，福建山賊突劫永安、泰甯、龍岩、歸化等縣，……撫按官王詢、樊獻科上其功，且言……邵武府巡捕通判龍潢、福建行都司都指揮謝恩、守備張勳緩兵縱寇罪。[51]

不管是孝子「謝恩」還是都指揮「謝恩」，都與福建邵武府有關，而隆慶、萬曆時期沒有謝恩這一名字及其事蹟的任何記載。雖然《詞話》把「謝恩」安排為「懷慶提刑千戶所副千戶」，但「昔在行武」與都指揮的職責卻是相同的。更何況，謝恩有「緩兵縱寇罪」，也即《詞話》所云「罷軟」，故應當「罷黜革任」，兩相對比，一可證《詞話》與《實錄》的關係。換句話說，《詞話》是在依據《實錄》的基礎上，又作了藝術上的加工，綜合各方面的材料創作而成的。筆者在《金瓶梅發微》中曾反復申述過這樣的觀點，可參看。

《詞話》中明代的同名同姓人物還有王鸞、王巒、張安、張龍等，這些人物在正德、嘉靖時期都不止一個。還有一些正、嘉時有，萬曆時也有的同名同姓人物，除上文已辨明的幾個外，其他因與《詞話》內容無涉，故理應被排除。

《詞話》本是一部人情小說，按理說，它是可以不涉及朝廷軍國大事的，但小說的作者卻偏偏在「平凡的西門慶的故事」中糅進了正、嘉時期大量的真實的歷史事件和歷史人物，這正是作者的高明之處，也正是作品的深刻之處。由此看來，寫風情只是手段、是掩體，寫正、嘉「歷史」才是目的。

50　《明武宗實錄》卷三三，校印本。
51　《明世宗實錄》卷四七二，校印本。

　　《詞話》在人物安排方面的藝術特色並不僅僅是上邊提到的，它還有許多獨特的地方，譬如說，一個人物在作品中往往有好幾個名字，例如玳安又叫太平，玳不是姓，太平也不是玳安的字或號。再比如吳大舅，他是吳月娘的大哥、西門慶的妻兄，其名字叫什麼，萬曆丁巳本《金瓶梅詞話》中前後是不一致的。第七十六回，西門慶稱「妻兄吳鎧」，第七十八回有「我吳鎧」字樣，第八十四回，吳大舅自述是「在下姓吳名鎧」，第七十七回又有「清河縣千戶吳有德」之稱。《詞話》第六十四回中也出現過一個「吳鎧」，曾參與眾官員祭奠李瓶兒，官職不詳。此外，作品中還有兩個張勝、兩個周義、三個劉太監等等。這其中可能有傳抄、刊刻時的錯誤，但大多是作者要的藝術手法，絕不能像時下那樣，一律簡單歸咎於是作者的疏忽和大意，那是不符合作品實際的，同時也辜負了作者的良苦用心。

　　《詞話》除天衣無縫地嵌入這八十多個真實歷史人物外，還採用析字或同義詞等藝術手段置換了正、嘉時期的另外一些人物，如用徐鵬舉置換徐鳳翔、用聶兩湖置換聶雙江（即聶豹，號雙江，嘉靖時曾做過兵部尚書）等，這些，筆者有專書《金瓶梅人名解詁》，論之甚詳，此不贅。

　　當然，《詞話》表面寫的是一個世俗風情故事，故作品中也安排了一些寓意非常明顯的人物，如張竹坡在〈金瓶梅寓意說〉中所云：「更有因一事而生數人者，則數名公同一義。如車（扯）淡、管世（事）寬、遊守（手）、郝（好）賢（閑），四人共一寓意也。又如李智（枝）、黃四，梅、李盡黃，春光已暮，二人共一寓意也。……又如安沈（枕）、宋（送）喬年，喻色欲傷生，二人共一寓意也。……常峙（時）節（借）、卜（不）志（知）道、吳（無）典恩，……又有隨手調笑，如西門慶父名達，蓋明捏土音，言西門之達，即金蓮所呼達達之達。……」張竹坡列舉了很多，其中有些說得對，如車（扯）淡等四人，常峙（時）節（借）等。而有些則純粹是望文生義，如李智、安忱、宋喬年，皆史有其人；再比如西門慶之父西門達，又叫西門通，則顯然不是潘金蓮所呼之「達達」了。

小說中的「小說」：
《金瓶梅》與其他小說關係研究（一）

　　《金瓶梅詞話》在文體上的一個非常突出的特徵是實現了唐代小說家想實現而未能實現的「文備眾體」的夢想。即在其創作、成書過程中，吸收了大量的前人創作，其引用作品數量之多，種類之繁，在中國小說史上，可以說是任何一部其他作品都不能與之比肩的。《金瓶梅》的素材來源涉及到許多方面，諸如宋、明兩代的史實，戲曲、散曲、時調小曲等。而本文則主要探討《金瓶梅》與其他小說的關係，在這方面，前輩學者已做了大量的鉤沉工作，成績斐然，特別是美國的韓南博士和周鈞韜先生，可謂集探源之大成，資料的搜羅幾乎殆盡，面貌也日漸清晰起來[1]。據韓、周二先生的統計，《金瓶梅》引用前人的小說主要有：長篇小說《水滸傳》；話本小說〈刎頸鴛鴦會〉等七種；公案小說〈港口漁翁〉及文言小說《如意君傳》等。限於論文篇幅，本文既不可能在文字上作一一比勘，又不可能論述它們之間方方面面的關係，只能就《金瓶梅》在抄引這些小說時插入了多少明代真實的歷史人物及其作用這一極為重要而又被學界所普遍忽略的問題進行一些探討。不足之處，敬請方家批評指正。

一、《金瓶梅》與《水滸傳》

　　就《金瓶梅》與其他小說的關係而言，當莫過於《水滸傳》。這不僅是因為《金瓶梅》的故事直接由《水滸傳》中「武松殺嫂」生發而來，而且其攝入的文字，粗略說有五萬字左右，其數量之大，是其他作品絕不能相比的。大體說來，《金瓶梅》借用《水滸傳》可以分為兩類：一是《水滸傳》故事的直接引進，包括「武松──潘金蓮故事」，見第一至第六回，第九至第十回，第八十七回。「宋江──吳月娘故事」，見第八十四回。二是若干片段被改編後廣泛地移植於作品的各回。

1　參見韓南〈金瓶梅探源〉，《金瓶梅西方論文集》，上海：上海古籍出版社 1987 年；周鈞韜《金瓶梅素材來源》，鄭州：中州古籍出版社 1991 年。

　　《金瓶梅》與《水滸傳》最明顯的差異則是在原有的情節中增加了許多新的角色。籠統地說，這是創作的需要，不過，作這樣的解釋是不能解決根本問題的。筆者認為，這些新增加的角色，最主要的目的是表明了作品所反映的時代，即正德、嘉靖時期而不是萬曆時期。試析如下：

　　《金瓶梅》第二回增加了王婆之子「王潮」，第三回又敘述了其年齡及婚姻狀況，就此煞住，直到第七十六回才又出現。「王潮」是正德、嘉靖時的真實歷史人物，且不止一個[2]。

　　其一為御史：

　　　　授理刑進士張元電、蕭海、張宏、王度、李璣、王潮、蔡澄，知縣鮮冕、李如圭俱為試御史。……潮，江西道。[3]

《明武宗實錄》卷一一八、卷一五二、卷一五三等都提到了御史王潮。

　　其一為錦衣衛官員，後升為巡撫：

　　　　（李）榮又傳旨：……南京錦衣衛王樹、王柱、王溥、王淮、王漢、王潮俱復職，俸如舊。[4]

　　　　巡撫王潮、鎮守太監張紳亦不得無罪，其功過可准者，僅一遊擊趙綱耳。[5]

　　《陝西通志》卷十二說這個王潮是明丹徒（今屬江蘇）人，進士出身，嘉靖十年曾做過大同巡撫。

　　《金瓶梅》的第四、五、六、八四回，較之《水滸傳》雖有一些增、刪，但沒有特別重大的改動。第九回則是關鍵，因為兩本小說的主要差異就來自這一回。當武松從東京回來時，潘金蓮已成為西門慶的第五房妾。武松欲為哥哥報仇，但不是他力所能及的，結果誤殺了西門慶的同伴李外傳，為此發配孟州，直到西門慶死後的第八十七回才遇赦回來，得以殺嫂祭兄。《金瓶梅》的這一改動，自然得體，毫無牽強生造之感，這才為

2　筆者按：《金瓶梅》的作者常常選取歷史上同名同姓的人物（例如王相、陳洪、張達等，宋朝有，明朝也有，且不止一個），或選取明代不止一朝獨有的事件（例如朝廷借支「馬價銀」，正德、嘉靖、隆慶、萬曆四朝都曾借支過）來安排情節，古今雜糅、宋明雜糅，使讀者捉摸不定。但作者又在關鍵處加以界定，表明他的創作意圖。這是《金瓶梅》非常獨特的一種藝術手法。參見拙著《金瓶梅發微》，北京：中國社會科學出版社 2002 年。

3　《明武宗實錄》卷五六，中央研究院歷史語言研究所校印本。

4　同前註，卷二七。

5　《明世宗實錄》卷一四〇，校印本。

西門慶、潘金蓮故事的發展提供了時間上的可能性。《金瓶梅》虛構的大部分情節就是在這段時間展開的。在這一回，作品增加了幾個新的人物，其作用絕不能低估，因為他們是揭示《金瓶梅》真諦的關鍵性人物。

一是來旺（鄭旺）。來旺是西門慶的僕人，首次出場在《金瓶梅》的第九回，作品共有十三個回目提到了他的名字。他在第二十六回被遞解徐州之前，作品並未交代他姓什麼，直到「金瓶梅」的故事快要交代完的第九十回，作品才給以詳細的介紹：「（來旺、孫雪娥）到了屈姥姥家，屈姥姥還未開門。叫了半日，屈姥姥才起來開了門兒，來旺兒領了個婦人來。原來來旺兒本姓鄭，名喚鄭旺。」「鄭旺」，是明武宗時的一個真實人物，《明武宗實錄》卷三一：

> 初，武成中衛軍餘鄭旺有女名王女兒者，幼鬻之高通政家，因以進內。弘治末，旺陰結內使劉山，求自通。山為言：今名鄭金蓮者，即若女也，在周太后宮，為東駕（筆者按：指明武宗朱厚照）所自出。語寖上聞，孝廟怒，磔山於市，旺亦論死，尋赦免。至是又為浮言如前所云。居人王璽，覬與旺共厚利，因潛入東安門，宣言：國母鄭，居幽若干年。欲面奏上。東廠執以聞，下刑部鞫治，擬妖言律。……皆置之極刑云。[6]

明陳洪謨《治世餘聞》下篇卷之四、明沈德符《萬曆野獲編》卷三「鄭旺妖言」條、清毛奇齡《明武宗外紀》所述內容與《明武宗實錄》大同小異。

二是酒保的名字。《水滸傳》第二十六回，武松鬥殺西門慶時，寫到獅子樓酒保，但沒有具體姓名。《金瓶梅》第九回卻給酒保取名「王鸞」，並在第十回又兩見，一作「王鸞」，一作「王鑾」。一個酒保的名字，為什麼會有兩種寫法？其實作者是在透露真實信息，因為「王鸞」「王鑾」二人是正德、嘉靖時的真實人物。《明武宗實錄》卷五九，正德五年春正月：

> 有旨：責吏部、都察院及科道官失於查劾，令自陳狀。……給事中于聰、張潤、閔楷、王鑾以禮科，御史李賦以河南道各杖二十，餘皆宥之。[7]

《明世宗實錄》卷二三三，嘉靖十九年正月：

> 贈王鑒指揮同知，鑒子正千戶，令其侄王鸞承襲。余洪、徐瑾、王裯俱正千戶帶

6　《明武宗實錄》卷三一，校印本。
7　《明武宗實錄》卷五九，校印本。

俸，皆以外戚加恩也。[8]

上邊提到的「鄭旺」「王鸞」「王巒」都是明正德、嘉靖時的真實歷史人物，特別是「鄭旺」，他以及其他只有武宗、世宗時有而萬曆時沒有的人物，如韓邦奇、狄斯彬、白回子、傅銘、吳鎧、王廉、董升、曹禾等，足以證明《金瓶梅》所反映的時代是正德、嘉靖時期而絕不是萬曆時期，這點則是毋庸置疑的[9]。

《金瓶梅》引用《水滸傳》，除了兩書的重疊部分外，在很多地方、有很多片段被作者改編消化後巧妙地移植於作品中，成為作品有機而不可分割的一部分。作者的這種「鑲嵌」藝術是很高的，既插入了明代的真實人物，又不給人以割裂生硬之感。舉一個很典型的例子：《金瓶梅》第六十六回，「翟管家寄書致賻，黃真人煉度薦亡」。敘述李瓶兒死後，西門慶為其薦亡超度，請來黃真人，「年約三旬，儀表非常，粧束起來，午朝拜表，儼然就是個活神仙。」但見：「星冠攢玉葉，鶴氅縷金霞。……就是都仙太史臨凡世，廣惠真人降下方。」這段描寫儀表的韻文，抄自《水滸傳》第五十三回，本是描寫羅真人儀表的文字，因二人有共通性，故作者信手拈來，毫無生搬硬套之感。但作者交代說，這位「真人」叫黃元白。查《明世宗實錄》，黃元白在嘉靖二十九年時官太常寺博士：

> 選授太常寺博士黃元白、中書舍人丘預達、知縣曹禾為給事中。元白，兵科；預達，刑科；禾，工科。[10]

黃元白是明世宗時人，又任職於太常寺。作品寫進這樣的真實歷史人物，其用意是很明顯的。

二、《金瓶梅》與話本小說

《金瓶梅》除了移植《水滸傳》外，抄引話本小說的數量也很多。韓南博士主要指出了七種，這七種是指有較完整的情節或片段被引入《金瓶梅》而言的。若加以詳細比勘，則會發現話本中的某些人物、某些細節被廣泛地插入到《金瓶梅》的許多回目中，成為

8　《明世宗實錄》卷二三三，校印本。

9　筆者從《明武宗實錄》和《明世宗實錄》等材料中查出有 85 人的名字與《金瓶梅》中涉及到的明代真實歷史人物完全相同，他們都是正德、嘉靖時人，足以證明《金瓶梅》所反映的時代。參見拙著《金瓶梅發微》。

10　《明世宗實錄》卷三六八，校印本。

作品有機而不可分割的一部分。

如上文所言，本文無意探討《金瓶梅》與話本小說方方面面的關係。而只是選取《金瓶梅》在抄引時移植或改變了原作中的哪些人物的角度來看看作者的創作目的是什麼。

〈戒指兒記〉，最早見於《清平山堂話本》，殘。故事敘北宋丞相陳太常之女玉蘭與富家子弟阮華阮三郎偷情，在朋友張遠和尼姑王守常的幫助下，二人得以在尼庵幽會。阮華因久病虛弱，交媾時脫陽而死。

這個故事的原型始見於宋人洪邁的《夷堅志·支景》卷三「西湖庵尼」條，該條只是說臨安某官，土人也，其妻為某少年所慕，在老尼的幫助下，與該婦通姦，因極度興奮而終於猝死。此篇既沒有點出姓名，又未說明官職。《清平山堂話本》在將此故事改寫成〈戒指兒記〉時，地點、姓名、官職俱全。《金瓶梅》的第三十四回、第五十一回兩次引入這個故事，情節基本與〈戒指兒記〉相同。但卻改變了原故事中的某些人物。

原話本中幫助阮華的是朋友張遠，《金瓶梅》卻改為周二。周二本是一個通名，姓周排行第二就是周二，表面看又沒有什麼特別的意義，但作者為什麼要做這樣重大的改動？其實這是一個真實的名字。《明世宗實錄》卷四七八：

> 蘇州自海寇興，招集武勇諸市井惡少，咸奮腕，稱雄傑。群聚數十人，號為打行紮火圍。誆詐剽劫，武斷坊巷間……應天巡撫翁大立既涖任，則嚴禁緝之，……官司遣兵四散搜捕，獲首從周二等二十餘人。[11]

《金瓶梅》中的周二是城市居民，與《明世宗實錄》所載之周二相較，其身分、地位相同，顯見作者是將實有人物引入到作品中去了。這就是《金瓶梅》獨特的藝術手法——在不經意間透示「大事件」「真信息」。讀者稍一疏忽，就會辜負作者的良苦用心。

《金瓶梅》在抄引話本時還有一個非常突出的特點，即盡可能選用話本中人物的名字與正德、嘉靖時的真實歷史人物的名字完全相同的那些作品，〈西山一窟鬼〉〈楊溫攔路虎傳〉〈志誠張主管〉則是很典型的三篇。

〈西山一窟鬼〉，現存最早見於《京本通俗小說》。故事敘南宋紹興年間落第秀才吳洪與從秦太師三通判家出來的李樂娘成親之事。《金瓶梅》並未移植〈西山一窟鬼〉的整體情節，而是引用了此篇話本中的一個極為重要的細節：

> （王七三官人）道：「我如今要同教授去家裏墳頭走一遭，早間看墳的人來說道：『桃花發，杜醞又熟。』我們去那裏吃三杯。」王七三官人家裏墳，直在西山駝獻

11　《明世宗實錄》卷四七八，校印本。

嶺下。好座高嶺！下那嶺去，行過一里，到了墳頭。看墳的張安接見了。王七三官人即時叫張安安排些點心酒來。

《金瓶梅》第三十回徑直把「看墳的張安」移植過來：

那琴童笑了半日，方才說：「有看墳的張安兒，在外邊等爹說話哩。」……正說著，不想西門慶在房裏聽見，便叫春梅進房，問誰說話。春梅道：「琴童小廝進來說，墳上張安兒在外邊，見爹說話哩。」……金蓮便問：「張安來說甚麼話？」西門慶道：「張安前日來說，咱家墳隔壁，趙寡婦家莊子兒連地要賣，價錢三百兩銀子。」

《金瓶梅》第三十五回、第八十一回都提到了看墳張安。從表面上看，張安是一個通名。殊不知，「張安」又是明武宗、明世宗時的真實人物，且不止一個：

鎮守延綏總兵官張安奏：初，奉敕諭止開每年戶部運到銀兩，遇有動支，須與鎮守巡撫管糧等官會同支給。[12]

《明武宗實錄》卷三四、卷四九、卷六七、卷一二六等都提到過張安，其官職屢有升遷，累官至都督僉事。

《明世宗實錄》有兩個「張安」。其一為「百戶」（卷二）；其一為隆平侯張緯的家人（卷二七）。

〈楊溫攔路虎傳〉，現存此篇最早見於《清平山堂話本》。故事敘楊令公之孫楊溫娶太尉冷鎮之女為妻，夫婦十分恩愛。因占卜有大凶，夫妻二人同到東嶽祈禳。楊溫與當地楊員外、李貴等比棒，皆勝之。後楊溫偕夫人回京，並在邊庭上建立大功，做到安遠軍節度使。

《金瓶梅》只在第九十回有一小段與此話本的情景相仿，除了「山東夜叉李貴」之名相同及廟會情景相似外，兩書的其他文字、情節全無相同之處。另外，《金瓶梅》第九十九回又提到李貴，那是李安聲稱自己是有名的「山東夜叉李貴」的侄兒。

其實《金瓶梅》引入這篇話本的目的就是「山東夜叉李貴」這一點。李貴既是一個通名，又是明武宗時的真實歷史人物。其一為都御史：

遼東金州等衛達官指揮王綱等原支半俸，弘治間乞全俸，命巡撫官勘之，公文沉匿。正德二等（衍）年綱等復奏，仍命巡撫都御史鄧璋勘之。後璋以升任去，劉

12　《明武宗實錄》卷二九，校印本。

瓛代焉，復致仕去。至是都御史李貴勘報：言綱等俸糧例，不宜改。[13]

其一為太監：

> 壬午，巡撫保定等處右僉都御史林廷玉劾奏倒馬關太監李貴出巡州縣，大肆科索，為地方害，乞罷貴別用。兵部謂：宜從所奏。不聽。[14]

作品安排李貴為李安的叔叔，顯然是小說家言。

〈志誠張主管〉，最早見於《京本通俗小說》。故事敘宋時東京汴州開封府線鋪主人張士廉續娶王招宣府遣嫁的小夫人，小夫人因嫌其年老，遂對店中青年主管張勝起愛慕之心，並贈其十枚金錢及衣物銀兩。張勝怕惹是非，便不再去張員外家營生。後小夫人又以一百單八顆數珠投奔張家，張母出於同情，將小夫人收留。不料事發，小夫人自吊身死。

《金瓶梅》第一百回敘周守備之妻春梅欲與李安勾搭的情節，基本上是抄自這篇話本，與小夫人勾搭張勝的手段完全相同：如夜半敲門進入男人房間，送衣服與男人與其母親，走後又復轉回來贈五十兩大銀，等等。只是在移植時把主管改成虞候李安，小夫人改為奶奶春梅，送錢物的使女改為金匱。這裏有一點需特別注意，插入《金瓶梅》中的李安、移植過來的張勝，既是通名，又是明武宗、明世宗時的兩個真實歷史人物。

張勝在《金瓶梅》中的身分是周秀之親隨，第九十九回又稱他為「張主管」，顯見他是從這篇話本中直接借用來的。他因殺死陳經濟，被周秀「不問長短，喝令軍牢五棍一換，打一百棍，登時打死。」這個結局與正德時指揮張勝之子張英因諫武宗南巡而被杖死的史實是完全相同的：

> 圍宣府守備右少監劉增等罪。罰守備指揮居宣、張勝各三月。[15]

> 升金吾右衛指揮使張英為都指揮僉事，以其父勝陣亡也。[16]

> 丙申，詔加金吾衛應襲指揮同知張雄世襲指揮使，以其父勝死賊、兄英諫武廟南巡杖死故也。[17]

13　同前註，卷五五，校印本。

14　《明武宗實錄》卷一○六，校印本。

15　《明武宗實錄》卷一三○，校印本。

16　同前註，卷一三二，校印本。

17　《明世宗實錄》卷六四，校印本。

　　李安是明嘉靖時人，據《廣西通志》卷二百六十三引〈李志〉，謂此人乃明富川（今屬廣西）人，李昭宗養子。曾做常熟簿。嘉靖癸丑（嘉靖三十二年，1553）倭奴犯縣，戰死。

　　《金瓶梅》中像「張勝」「李安」等看似一個簡單的人名，實際是一個大的「潛台詞」，因為他們關聯到許多人和事，這正是《金瓶梅》不同於其他小說的獨特的藝術手法[18]。

三、《金瓶梅》與其他小說

　　《金瓶梅》除了引入上述小說外，還抄改了講史話本《大宋宣和遺事》、公案小說〈港口漁翁〉及文言短篇小說《如意君傳》等。由此看來，《金瓶梅》抄引的範圍非常廣，既有白話小說，又有文言小說，而且，幾乎容納了當時小說的各種類型。這在那個時代的確是一種很獨特的創作方式。

　　甲、《大宋宣和遺事》。此書為講史話本，全書約七萬六千字，講述層次多為編年體結構。作者姓名已佚，書當出現於宋元之際。《宣和遺事》完全是掇拾官私史書、前人的詩文、筆記、稗編雜錄和市人小說等湊集而成，魯迅先生《中國小說史略》說它剽取之書有十種《金瓶梅》移植了其中幾個與正德、嘉靖時同名同姓的人物。

　　一是孫榮。孫榮出自《宣和遺事》前集。作品是這樣介紹的：「李媽媽聽得這話，慌忙走去告報與左右二廂捉殺使孫榮、汴京裏外輯察皇城使竇監。」《金瓶梅》第七十回把他移植過來，並說他是「提督管兩廂捉察使」，兩者相較，基本相合。惟同回又說「孫榮是太子太保」，其地位又比《宣和遺事》中孫榮高出多矣。無獨有偶，明世宗時也有一位孫榮，其職銜是指揮。《明世宗實錄》卷二二四，嘉靖十八年五月：

> 奪浙江都司總督備倭都指揮僉事李俊……等俸各兩月；逮右參議魯存仁、指揮孫榮赴京訊治。[19]

這裏需說明的是，《宣和遺事》中的「捉殺使」與《金瓶梅》中的「捉察使」都是作者杜撰的，歷史上並沒有這樣的官職。宋時有「捉賊使」，朝廷發兵時或置，為臨時軍事統帥。明時的指揮亦屬武將職銜，三者是極為相似的。

　　二是周秀。周秀亦見於《宣和遺事》前集，「天子（宋徽宗）見了佳人（李師師），

18　筆者按：20世紀30年代吳晗先生就是通過「馬價銀」「皇莊」「番子」等詞語來考證《金瓶梅》所反映的時代的。由於《金瓶梅》表面上寫的是西門慶家庭風情故事，故文本中對「馬價銀」「皇莊」「番子」等凡涉及明代軍國朝廷大事者皆以一個「人名」或「事件名」一筆帶過，沒有任何完整的敘述，很類似現在的「新聞標題詞」，這正是《金瓶梅》反映明代現實的獨特藝術手法。

19　《明世宗實錄》卷二二四，校印本。

問高俅道：『這佳人非為官宦，亦是富豪之家？』高俅道：『不識。』由豫間，見街東一個茶肆，牌書：周秀茶坊。」後來，宋徽宗將李師師住的金錢巷喚做小御街，周秀也被提升為泗州茶提舉。而《金瓶梅》中周秀的身分卻是「清河縣守備，左軍院僉書守禦，濟南兵馬制置，山東都統制。」其官職是宋、明雜糅的：制置、都統制是宋朝的官職名，而守備則是明代武官之一，是鎮守邊防的將官。

明世宗時有一位知縣也叫周秀，見《明世宗實錄》卷二。這是一個「危言觸忤，黜謫廢棄」的人。後雖恢復職務，又因防倭不力而被奪俸三月。

乙、《百家公案全傳》。這是一部講述包拯神奇破案的公案小說。現存最早的版本是《新刊京本通俗演義全像百家公案全傳》，十卷一百回[20]。其第五卷題「第五十回公案：琴童代主人申冤」。故事敘揚州富人蔣奇，表字天秀，樂善好施。有老僧告知他將有大難，囑其勿出遠門。時值花朝，天秀與妻子在後花園遊賞，撞見董僕人與使女調情，天秀便將僕人責罵，僕人遂對他懷恨在心。一月之後，其表兄黃美邀他到東京做客。他不聽勸告，帶了受責的僕人和琴童雇船前往。路上被董僕人和船家合謀害死。琴童落水後被漁翁救起，告到官府，為其申冤，兩個船家凶徒被處以極刑。而董僕人害命圖財，反成富商。幾年後在揚子江遇盜被殺，財本一空。

《金瓶梅》第四十七、四十八回引入了這個故事，但對人名做了重大改動。將原作中的蔣天秀改為苗天秀，董僕改為苗青，琴童改為安童，兩個稍（艄）子陳、翁有了具體姓名，一個名喚陳三，一個叫翁八。原審判官包拯未出場，改為曾孝序。並將具體負責此案的周知縣改為陽穀縣糊塗縣丞狄斯彬。作者的這種改動，一方面保持了與原作的一致，起「掩體」作用，但更重要的是插入了明武宗、明世宗時的真實人物，表明了作品反映的時代。

原作中的稍（艄）子只有姓，沒有具體名字。因為在常人看來，一個船家，乃無名之輩，有名無名無所謂，或者叫陳二、陳四，也無關大妨。但《金瓶梅》的作者卻偏偏給他起名叫「陳三」，其目的主要是與史實相符。按「陳三」本是一個通名，但就是這樣的「小人物」，作者也是從《實錄》中攝取的：

> 巡按四川監察御史俞緇奏：四川自正德四年以來，盜賊群起。副都御史林俊奉命
> 剿撫，行且十月，雖累報功次，然藍五之黨尚萬餘人，勢猶猖獗。保、順州縣，

---

20 周鈞韜先生在其《金瓶梅素材來源》中還列出了《百家公案全傳》的其他兩個版本，一是《新鐫純像善本龍圖公案》，十卷，一百則故事。二是《新評龍圖神斷公案》，十卷，六十多則故事。這兩個版本實是《百家公案全傳》的刪節本。其中第五卷題「港口漁翁」。

奔竄殆盡。陳三等賊數千，隨撫隨叛。[21]

史料中的陳三是盜賊，作品中的陳三是強盜，身分相同，行為一樣。作者對這樣的人物未做任何改變，真是「實錄」而已。這正是《金瓶梅》不同於其他作品的獨特之處，在看似不經意的平淡敘述中，傳達出作者的真實意圖。

另一個人物狄斯彬是最能說明問題的，因為他在明代比較有名。《明史》卷二○九附楊允繩傳。楊允繩因嘉靖帝大事醮齋，上言極諫，三十九年竟死西市。還有一個馬從謙，也因此事獲罪，時嘉靖帝惡人言醮齋，便杖死從謙。馬從謙曾奏發中官杜泰干沒歲巨萬，給事中孫允中、御史狄斯彬劾泰如從謙言。嘉靖帝以允中、斯彬黨庇，結果是謫「邊方雜職」。狄斯彬和馬從謙是同邑人。

《明世宗實錄》中也幾次提到狄斯彬，如卷三八一等。

《金瓶梅》中兩次寫到狄斯彬「為人剛而且方，不要錢」，和史料所述相合。但又說他是「陽穀縣糊塗縣丞」，當為小說家言。

或許有人要問，你所說的「李貴」「張勝」「陳三」「周秀」等，未必就是正德、嘉靖時的真實歷史人物。但誰又能否認《金瓶梅》中的「狄斯彬」「韓邦奇」「凌雲翼」這些《明史》中有「傳」的人物不是真實的歷史人物呢？他們在作品中的身分、官職與史實是頗不相符的，譬如韓邦奇根本就沒有做過「徐州府知府」，而凌雲翼也沒有做過「兗州府知府」。作者之所以大量攝入武宗、世宗時期這些真實的歷史人物，其意圖是多方面的。但有一點可以肯定，這些人物為後世讀者判定《金瓶梅》「借宋寫明（具體年代）」提供了最為有力的證據。

21　《明武宗實錄》卷七二，校印本。

小說中的「小說」：
《金瓶梅》與其他小說關係研究（二）

筆者在〈小說中的「小說」：《金瓶梅》與其他小說關係研究(一)〉中曾就《金瓶梅》在抄引《水滸傳》時插入明代真實的歷史人物及其作用這一極為重要而又被學界所普遍忽略的問題進行了一些探討。但《金瓶梅》與《水滸傳》的關係還涉及到其他諸多方面，本文就這一問題意欲做進一步的探討。

宋江——吳月娘故事

《詞話》與《水滸傳》的重疊部分除了「武松與潘金蓮的故事」外，還有第八十四回「宋江與吳月娘的故事」。從作者增加的情節來看，顯然是將《水滸傳》中幾個故事合而為一，只是在抄錄時做了一些文字上的改動，沒有增加任何新的內容。大體「嵌入」的段落是：1、吳月娘與其兄吳大舅到泰山岱嶽廟進香時所見「廟居岱嶽，山鎮乾坤」一段韻文，抄自《水滸傳》第七十四回燕青所見嶽廟之氣象。2、吳月娘所見碧霞宮娘娘的描寫，抄自《水滸傳》第四十二回宋江夢見九天玄女娘娘仙容的一段韻文。3、殷天錫調戲吳月娘的情節，是由《水滸傳》的第五十二回「高唐州知府高廉妻弟殷天錫的故事」和第七回「林沖與高俅之子高衙內故事」兩處情節拼合改寫而成的，只是改換姓名而已。4、王英搶奪吳月娘的情節，來自《水滸傳》的第三十二回「王英搶奪清風寨知寨劉高之妻，後被宋江勸說而放歸的故事」，情節基本上相同，也只是改變姓名而已。其他還有一些片段抄借，姑不論。

綜觀這一回的大部分文字，筆者有一個深深的疑問，即作者為什麼在「整體搬遷」時沒有增加任何新的實質性內容？為什麼不像前幾回那樣在關鍵處要做些改動或增加新的明代真實人物？這確是一個值得探討的問題。雖然說第七十九回西門慶生命垂危時，吳月娘曾許下「要往泰安州頂上，與娘娘進香掛袍三年」的願望，這一回算是回應了。但作者完全沒有必要糅進宋江、燕順、王英、鄭天壽、殷天錫等與作品前後皆不關聯的

人物，這樣的插入似顯得有些「不倫不類」。從另一個角度看，除王英外[1]，其他人物在正、嘉時期都沒有相應的同名同姓人物，不符合上文談到的《詞話》選取人物的「規則」。

這一回的插入很可能只起一個掩體作用。因為《詞話》選取的是《水滸傳》「武松殺嫂」故事並以此生發開來，如果僅僅選取這一個「插曲」，而不選取《水滸傳》最重要的核心人物宋江，並攝入其一些情節，作者的「別有用意」是很容易被別人識破的，就像《詞話》寫了赤裸裸的約兩萬性文字一樣，這樣的「性掩體」，不知瞞過了多少人，才使得《詞話》這樣的具有深刻社會批判性的「黃色」小說安全、完整地流傳下來。作品中插入的「宋江——吳月娘故事」，其作用，我想也是如此。

其他引文

《詞話》引用《水滸傳》，除了上文所述兩書重疊部分外，在很多地方、有很多片段被作者改編消化後巧妙地移植於作品中，成為作品有機而不可分割的一部分。作者的這種「鑲嵌」藝術是很高的，似乎不給人以割裂生硬之感。其所抄文字甚多，筆者不便縷述，好在前輩學者在這方面已做了大量工作，讀者自可參看。這些被引入到作品中的文字，其作用是多種多樣的。大體說來，有如下三個方面：

一、**用於場景描寫。**《詞話》要描寫的場景，只要與《水滸傳》中描寫的場景相同或相類者，作者都會將原作稍做改變或直接移植過來。但需特別指出，作者的「稍做改變」是有非常明確目的的，完全切合他所要表達的主旨。現試析如下：

《詞話》第二十七回，「李瓶兒私語翡翠軒」。敘西門慶派來保、吳主管上東京為蔡太師祝壽，時值六月初一日，「天氣十分炎熱。到了那赤烏當午的時候，一輪火傘當空，無半點雲翳，真乃爍石流金之際。人口有一隻詞，單道這熱」：

> 祝融南來鞭火龍，火雲焰焰燒天紅。日輪當午凝不去，方國如在紅爐中。五嶽翠乾雲彩滅，陽侯海底愁波竭。何當一夕金風發，為我掃除天下熱。

這首詩的原作者是唐代詩人王轂，《全唐詩》卷六九四題曰〈苦熱行〉。原詩如下：

> 祝融南來鞭火龍，火旗焰焰燒天紅。日輪當午凝不去，萬國如在洪爐中。五嶽翠乾雲彩滅，陽侯海底愁波竭。何當一夕金風發，為我掃卻天下熱。

1　明武宗時，西南有一位捕盜指揮叫王英，後升為都指揮僉事，充右參將。見《明武宗實錄》卷四四、卷一○七、卷一九三。

　　《水滸傳》第十六回曾將此詩借用在「楊志押送金銀擔」的情節中，時值六月初四，此詩用來形容天氣之酷熱。但改「洪」為「紅」，改「發」為「起」，改「卻」為「除」。《詞話》寫的是六月初一日，與《水滸傳》所寫時間基本相同，同樣形容天熱，故借用此詩便顯得十分恰切。《詞話》表面借用的是《水滸傳》，說此詩從《水滸傳》抄引過來，未嘗不可，因為《詞話》接下去發表了一篇「世上三等人怕熱，三等人不怕熱」的議論，雖增加了許多內容並在文字上做了不少改動，但抄引《水滸傳》是毫無問題的。《水滸傳》引用此詩只是用來形容天氣炎熱，並無其他深意。且改動甚有不當，如改原詩「發」為「起」。王轂〈苦熱行〉是一首「古風」，前四句用平聲韻，龍，冬韻。紅、中，東韻。後四句用仄聲韻，滅、竭、熱，屑韻。發，月韻。《詞話》又把「起」改回原字「發」，甚當。但《詞話》最關鍵的改動是將原詩和《水滸傳》中「萬國」改為「方國」。「方國」是一詞語，「方明」也是一詞語，根據「詞語置換法」，「方」可以置換成「明」，「方」國即「明」國也。「方國如在紅爐中」，意味明朝就像在燒紅的火爐中一樣，很快就要「灰飛煙滅」的。

　　《詞話》第十五回，「佳人笑賞玩月樓」，敘述正月十五日元宵節李瓶兒生日，吳月娘同李嬌兒、孟玉樓、潘金蓮四人到獅子街燈市李瓶兒新買的房子為李祝壽，晚夕，臨街觀賞燈市。但見：「山石穿雙龍戲水，雲霞映獨鶴朝天。金蓮燈、玉樓燈，見一片珠璣；荷花燈、芙蓉燈，散千圍錦繡。……雖然覽不盡鰲山景，也應豐登快活年。」在這一段寫燈市的韻文中，作者描寫了近二十種不同造型的花燈。

　　《水滸傳》第三十三回，寫宋江離開清風山後，投奔清風寨武知寨花榮。時正值元宵佳節，宋江在清風鎮上觀賞花燈，但見：

> 小石穿雙龍戲水，雲霞映獨鶴朝天。金蓮燈、玉梅燈，晃一片琉璃；荷花燈、芙
> 蓉燈，散千圍錦繡。……織婦流曲，盡賀豐登大有年。

兩相比較，《詞話》移植《水滸傳》的痕跡是非常明顯的。但《詞話》描寫燈市的文字較《水滸傳》約超過五倍。所列舉的花燈造型各異：有以花為造型的，如荷花燈；有以動物為造型的，如猿猴燈；有以人為造型的，如秀才燈；有以人物故事為造型的，如和尚燈……而且，還賦予這些花燈以特有的文化意義，比如媳婦燈，寓「容德溫柔，孟姜節操」；和尚燈，寓「月明和尚度柳翠故事」，等等。而《水滸傳》所描寫的花燈造型則十分單一，且沒有任何寓意。再者，《詞話》改「玉蓮燈」為「玉樓燈」，「金蓮」「玉樓」又切合觀燈人的名字，可見作者的改動目的很明確，不是囫圇吞棗地一味搬來。如果我們結合沈德符的《萬曆野獲編》、劉侗、于奕正的《帝京景物略》和張岱的《陶庵夢憶》等著作中有關明代燈市的記載，則可看出《詞話》所寫實是明代中期元宵燈市

繁華景象的真實反映，具有鮮明的時代特徵。不過，這段素材來源較為特殊，它既來源於《水滸傳》，又來源於明代中期的社會現實生活，兩者相互交融，密不可分。

當然，這並不是說《詞話》引用《水滸傳》的文字都有深意，而是說，作者在關鍵處所做的改動是很明確的，有針對性的，與其要表達的主旨是相通一致的，這點則毋庸懷疑。《水滸傳》中有些場景文字寫得很好，作者認為與自己所要表達的比較適合恰當，移植過來就是了，這倒不是說《詞話》的作者沒有藝術創作能力，而是要盡可能地多「搬運」一些，以便在表面上與《水滸傳》保持一致。譬如第二十七回的「赤日炎炎似火燒」一詩，作者幾乎一字不改地抄襲過來。或者稍做些改動即移植過來，這樣的例子在作品中為數不少，舉凡第三十回西門慶與諸妻妾在家賞荷飲酒時描寫酒宴的「盆栽綠草」一段韻文，就抄自《水滸傳》的第十三回；第五十九回寫李瓶兒因官哥病體沉重而愁腸百結，覷著滿窗月色而離思千端時所引的「銀河耿耿，玉漏迢迢」一段韻文，即抄自《水滸傳》第二十一回；特別是第八十四回寫吳月娘到泰山岱嶽廟進香時所見岱廟氣象和路過清風山時所見清風山形勢的兩段韻文，分別抄自《水滸傳》的第七十四回和第三十二回，等等。

二、**用於人物描寫**。《詞話》在這方面的借用有兩種情況，一是與《水滸傳》描寫的對象具有共通性，移植時只是改變了人物、地點、場景而已，有的學者稱之為「同體移植」[2]；二是移植時增進明代的真實歷史人物，這是《詞話》一個非常重要的特點。茲舉兩例說明之：

《詞話》第十一回，「潘金蓮激打孫雪娥」。敘西門慶的「會中十友」在花子虛家會茶飲酒，座中「一個粉頭，兩個妓女，……在席前彈唱。端的說不盡梨園嬌豔，色藝雙全。」但見：「羅衣疊雪，寶髻堆雲。櫻桃口，杏臉桃腮，楊柳腰，蘭心蕙性。……箏排雁柱聲聲慢，板排紅牙字字新。」這段韻文抄自《水滸傳》第五十一回，本是描寫說唱藝人白秀英色藝雙絕的，但作者稍加改動，移植過來卻成為描寫妓女「色藝雙全」的文字，而且也很貼合人物的身分。

《詞話》第六十六回，「翟管家寄書致賻，黃真人煉度薦亡」。敘述李瓶兒死後，西門慶為其薦亡超度，請來黃真人，「年約三旬，儀表非常，粧束起來，午朝拜表，儼然就是個活神仙。」但見：「星冠攢玉葉，鶴氅縷金霞。……就是都仙太史臨凡世，廣惠真人降下方。」這段描寫儀表的韻文，抄自《水滸傳》第五十三回，本是描寫羅真人儀表的文字。二人有共通性，故作者信手拈來，毫無生搬硬套之感。但作者交代說，這位黃真人叫黃元白。查《明世宗實錄》，黃元白在嘉靖二十九年時官太常寺博士：

2　參見周鈞韜《金瓶梅素材來源》，鄭州：中州古籍出版社 1991 年。

選授太常寺博士黃元白、中書舍人丘預達、知縣曹禾為給事中。元白，兵科；預
達，刑科；禾，工科。[3]

黃元白是明世宗時人，又任職於太常寺。作品寫進這樣的真實歷史人物，其用意是很明
顯的。

三、抄藉故事情節，即將《水滸傳》中某些故事的框架結構移植過來，嵌入到自己
的作品之中。相對於前兩種借用形式，作者的創作成分要多一些。綜觀《詞話》一書，
被「嵌入」的《水滸傳》的文字，約有四、五十處。

非常典型的一例是《詞話》的第二十六回「來旺兒遞解徐州」的情節。作品敘述說：

也是合當有事，（來旺）剛睡下沒多大回，約一更多天氣，將人才初靜時分，只聽
得後邊一片聲叫趕賊。……（來旺）就去取床前防身稍棒，要往後邊趕賊。……來
旺兒道：「養軍千日，用在一時。豈可聽見家有賊，怎不行趕。」只見玉簫在廳
堂台上站立，大叫：「一個賊往花園中去了。」這來旺兒徑往花園中趕來。趕到
廂房中角門首，不防黑影拋出一條凳子來，把來旺兒絆倒了一交。只見咁哄一聲，
一把刀子落地，左右閃過四五個小廝，大叫捉賊，一齊向前，把來旺兒一把捉住
了。來旺兒道：「我是來旺兒，進來趕賊，如何顛倒把我拿住了。」眾人不由分
說，一步兩棍打倒廳上。……來旺兒跪在地下，說道：「小的聽見有賊，進來捉
賊，如何到把小的拿住了？」那來興兒就把刀子放在面前，與西門慶看。西門慶
大怒，罵道：「眾生好度人難度。這廝真個殺人賊。我到見你杭州來家，教你領
三百兩銀子做買賣，如何黑夜進內來殺我？不然，拿這刀子做甚麼？取過來我燈
下觀看。」……押著來旺兒往提刑院去。

以上這一大段故事的整體結構抄改自《水滸傳》第三十回（原文篇幅較長，恕不引）。這一
回寫武松醉打蔣門神，奪取快活林，蔣門神勾結張都監，設毒計陷害武松。兩相比較，
陷害的手段、方法、過程、結局都基本相同，甚而某些語言也極類似。

《詞話》與《水滸傳》情節的相似只是表面性的，實際在承襲中，作者往往會加進一
些實質性內容，或表明時代，或表明其創作主旨。茲再舉一例，看看作者的這種藝術手
法。《詞話》第十九回，「草裏蛇邏打蔣竹山」，敘述蔣竹山在西門慶遭遇政治風波時，
乘機娶了李瓶兒。待危難過後，西門慶氣不忿，伺機報復：

（西門慶）平昔在三瓦兩巷行走耍子，搗子每都認的。——那時宋時謂之搗子，今

3 《明世宗實錄》卷三六八，中央研究院歷史語言研究所校印本。

> 時俗呼為光棍是也。內中有兩個，一名草裏蛇魯華，一名過街鼠張勝，常被西門
> 慶資助，乃雞竊狗盜之徒。……

《水滸傳》第七回，花和尚魯智深到東京大相國寺看管菜園，遇到了一夥偷菜的潑皮破落
戶：

> 話說那酸棗門外三二十個潑皮破落戶中間，有兩個為頭的，一個叫做過街鼠張三，
> 一個叫做青草蛇李四。

　　學界認為，《詞話》中的過街鼠張勝是從《水滸傳》過街鼠張三演化而來，草裏蛇
魯華從青草蛇李四演化而來。因為兩書中二人的身分相類，且均為過場人物。筆者認為，
此話僅說對一半。過街鼠張勝從張三演化而來該是對的，但一個潑皮破落戶，無足輕重，
隨便稱呼可也，何必定要改為張勝？又，《詞話》中的「張勝」並非僅一個，邏打蔣竹
山的張勝，除給西門慶出了氣外，後又給夏延齡做親隨。另一個張勝，乃周秀之親隨，
這個張勝應是從話本〈志誠張主管〉中直接移植而來，且有較為完整的故事。看來，做
這樣的解釋，顯然是沒有弄清楚作者的意圖。其實，張勝是正德時的一個真實人物，其
子張英、張雄還關聯到武宗世宗時的大事件：

> 宥宣府守備右少監劉增等罪。罰守備指揮居宣、張勝俸各三月。[4]

> 升金吾右衛指揮使張英為都指揮僉事，以其父勝陣亡也。[5]

> 丙申，詔加金吾衛應襲指揮同知張雄世襲指揮使，以其父勝死賊、兄英諫武廟南
> 巡杖死故也。[6]

　　上文曾談到，《詞話》的獨特藝術手法是以一個「人名」、一個「事件名」這種類
似「新聞標題詞」的寫法，去揭示重大的歷史事件。作者之所以將《水滸傳》中的「張
三」特意改為「張勝」，其目的是很明確的。作品中的「張勝」為西門慶出力，歷史上
的張勝是在為明武宗效力，不僅他本人死於王事，其子張英為規諫武宗南巡而又被杖死，
你說「西門慶」是何許人也？
　　上兩例只就《詞話》與《水滸傳》的非重疊部分而言的，這樣的例證還可以找出若
干。而重疊部分，情節的相似程度更大一些，恕不能一一列舉。這種方式，在明代不止

---

[4]　《明武宗實錄》卷一三〇，中央研究院歷史語言研究所校印本。
[5]　《明武宗實錄》卷一三二，校印本。
[6]　《明世宗實錄》卷六四，校印本。

《詞話》一部。以我們現在的眼光來看，簡直就是抄襲，而在當時，則是相當流行的小說創作方式。就連那時的許多史學著作也是如此，似乎沒有任何不光彩之感。

得失種種

《詞話》借用《水滸傳》，有許多成功閃亮的地方（如上所述），也有不少疏忽失誤，未能臻於盡善盡美，不無遺憾地留下了一些敗筆。但其成就和成功是占主流的，作為公認的「世情小說」的開山之作，其在中國小說史上的地位，特別是對後世小說的影響，恐非《水滸傳》所能比。至於它的疏漏，情況極為複雜，我們絕不能簡單地完全歸咎於作者，多次的傳抄以及刊刻者的審校不精，可能也是很主要的原因。茲列舉數例以明之：

《詞話》第一回，「景陽崗武松打虎」。在武松打死那只虎後，作者引有〈古風〉一篇，盛讚武松：「景陽崗頭風正狂，萬里陰雲埋日光。焰焰滿川紅日赤，紛紛遍地草皆黃。……清河壯士酒未醒，忽在崗頭偶相迎。……」這首詩抄自《水滸傳》第二十三回，文字稍異。《水滸傳》中武大、武松是清河縣人，故此詩說「清河壯士」。但《詞話》在引此詩之前，已把武松的籍貫改為陽穀縣，又何來「清河壯士」？可見是明顯的失誤。但有學者估計，此詩當是《詞話》作者以外的人補入的，因為前文作者已將清河、陽穀明確互調，並且幾次敘述說武松是陽穀縣人，何況又在同一回中，相距不遠，作者疏忽的可能性很小[7]。筆者亦主此說。還有一種可能是刊刻者所為，亦不得而知。

重複引用某首詩可能也是一個問題。《詞話》第九回，「西門慶計娶潘金蓮」。潘金蓮嫁到西門府邸後，因其不「光彩」的經歷，闔家大小都不喜歡。但工於心計的潘金蓮，很快就討得了主母吳月娘的歡心，「幾次把月娘喜歡的沒入腳處，稱呼他做『六姐』，衣服首飾揀心愛的與他，吃飯吃茶和他同卓兒一處吃。」結果使李嬌兒等眾人很是不滿，認為慣壞了她。作者便引了下面這首詩：

> 前車倒了千千輛，後車倒了亦如然。分明指與平川路，錯把忠言當惡言。

此詩抄自《水滸傳》第二十三回：

> 前車倒了千千輛，後車過了亦如然。分明指與平川路，卻把忠言當惡言。

《水滸傳》原文敘述武松路過景陽崗，酒家直言忠告，要其結伴過崗，以防被大蟲所害。武松反誣酒家，以為要謀財害命。酒家道：「我是一片好心，反做惡意。倒落得你

7　馬征《金瓶梅中的懸案》，成都：四川人民出版社 1997 年。

恁地說。」《詞話》抄引此詩，用於潘金蓮等妻妾之間的爭戀。有人認為，在此處引用這首詩似不恰當。其實，眾人對吳月娘很容易上甜言蜜語者的當有意見也不無道理。後來的結果證明，西門家邸的許多事端都是由潘金蓮挑起的，愚鈍的吳月娘反不能明察。就連秋菊幾次告之潘金蓮與陳經濟有姦情時，她不僅不信，反而斥責秋菊，不做嚴密防備，結果潘金蓮生出小廝，致使家醜外揚，讓「風光」一世的西門丟盡了臉。吳月娘也確是「錯把忠言當惡言」了。

此詩又被作者抄引在第十八回和第二十回中。前者證實了第九回李嬌兒等眾人認為吳月娘「慣壞」了潘金蓮的預言。西門慶在潘金蓮「衽席」之間的軟語挑唆下，與吳月娘終於「反目為讎」。而潘金蓮則自「以為得志，每日抖擻精神，妝飾打扮，希寵市愛。」第二十回是在吳月娘追憶當初如何「苦口良言」勸說西門慶不要娶李瓶兒，而西門慶錯怪吳月娘的情形下引用此詩的。引詩與所述情節都十分合拍，似乎沒有什麼不恰當。不過，像這首極平常且藝術水準不高的小詩被作者連續抄引三次，的確讓人難於理解，或許與當時的審美觀和時尚有關，也未可知。

回首引詩與內容關聯不緊密，甚或毫不相干，是《詞話》較為突出的問題。

《詞話》第十八回，「來保上東京幹事，陳經濟花園管工」。這一回敘述西門慶因牽連進楊戩、陳洪等的政治風波裏，為保自身平安無事，便打發來保到東京疏通關節，最後居然將天大的禍事化為烏有。之後，西門慶家已停的花園工程又重新開工，叫陳經濟總管負責。這是本回的大體內容。但回首引詩卻是：

> 堪歎人生毒似蛇，誰知天眼轉如車。去年妄取東鄰物，今日還歸北舍家。無義錢財湯潑雪，倘來田地水推沙。若將奸狡為活計，恰似朝雲與暮霞。

此詩抄自《水滸傳》第五十三回引首詩，文字略有不同。首句表現了作者對社會、對人生憤疾的態度，對邪惡勢力的憤怒。次句卻突轉到人生無常的觀念上，下面幾句皆是宣揚因果報應思想。最後歸結到對「奸狡」之人的批判，含有勸戒世人的意味。兩相對照，回首引詩與所敘故事似無直接聯繫。

《詞話》第八十九回，「清明節寡婦上新墳，吳月娘誤入永福寺」。回首詩為「風拂煙籠錦旆揚，太平時節日初長。多添壯士英雄膽，善解佳人愁悶腸。三尺繞垂楊柳岸，一竿斜插杏花旁。男兒未遂平生志，且樂高歌入醉鄉。」這首詩抄自《水滸傳》第三回。敘九紋龍史進到渭州尋找他的師傅王進，在酒店巧遇魯智深，又遇打虎將李忠，三人便去潘家酒樓飲酒。這首詩完全是描寫「酒肆」及其周圍氣象的。《詞話》抄引時改動數字。如果說用來泛指清明景物，只起背景作用的話，似可。但用來寫清明節寡婦上新墳、誤入永福寺的情節，與酒樓卻毫不相干。這樣的引詩顯得有些文不對題，使人「莫名其

妙」。此詩第九十八回又重出，文字多同於《水滸傳》原文，描寫臨清大酒樓周圍的景致，甚當。

《詞話》借用《水滸傳》的失誤之處還可以找出若干，茲不一一列舉。造成這種疏漏、錯訛的原因很複雜。但有一個問題不得不提出來供大家思考。即《金瓶梅詞話》的作者對小說故事發展的全過程是胸有成竹的，他在著手創作之前，對小說的整個佈局是作了精心設計的，被公認為是一部具有多方面驚人獨創性的藝術作品[8]。而且，就小說文本中所顯示出的「博大精深」的文化意蘊，足以證明作者絕非是一個粗通文墨的中下層文人，而應該是一位具有淵博歷史知識、對中國傳統文化的各個方面、對明代當時的社會政治、經濟、朝野大事、宗教寺院、典章制度、風俗人情甚而烹調飲食、戲曲音樂、遊戲娛樂、園林建築等等都瞭若指掌的大學問家，不然，何以學界稱譽《詞話》是一部「百科全書」式的小說？若以這樣的標準來衡量作者的話，他還不至於把稍具文化知識的人都能看得懂的詩「莫名其妙」地安置在與其所敘故事毫不相干的回首，讓後人去指摘他的作品簡直是「文不對題」「不倫不類」。恐怕作者絕不是這樣的初衷。試想，一部在封建時代針對皇帝的書，一部「明顯」咒罵皇帝的小說，若不採用這種掩護方式，何以能逃脫滅頂之災？所以，我推測，這不是作者不懂，而是他故意所為。正是這些大量的「文不對題」和疏漏（包括部分性描寫），才轉移了人們的閱讀視線——不過是《水滸傳》「西門慶潘金蓮」更加淫蕩的延續故事而已，這樣的「扯淡」小說豈能有什麼深意？可見作者耍的手法是多麼的高明。也正因如此，才成就了《詞話》的偉大，使它安全地流傳了下來。不然，恐怕它早已「灰飛煙滅」了。

當然，這並不是說《詞話》沒有疏漏。因為它是第一部「世情小說」，是首創，難免存在這樣那樣的不足，我們也無須苛責。更何況，這樣的小說究竟應該怎樣寫，因為沒有前鑒，沒有樣板，很難說這在當時不是一種好的創作方式。即使中國小說發展到它的頂峰，如《儒林外史》《紅樓夢》，這樣細膩縝密的純粹文人小說，要在其文本中找出若干明顯的疏漏，那也是極容易的事。

8　「金學」專家杜維沫先生、美國漢學家浦安迪先生皆持此說，可參看其有關論著。

小說中的「小說」：
《金瓶梅》與其他小說關係研究（三）

　　據韓南、周鈞韜二先生的統計，《金瓶梅》引用前人的小說主要有：長篇小說《水滸傳》；話本小說〈刎頸鴛鴦會〉等七種；公案小說〈港口漁翁〉及文言小說《如意君傳》等[1]。《金瓶梅》與《水滸傳》的關係，《金瓶梅》在抄引話本及其他小說時改變原有人物或徑直插入的明代真實歷史人物這些問題，筆者在〈西門慶原型明武宗考〉〈試論金瓶梅詞話的創作緣起〉〈小說中的「小說」：《金瓶梅》與其他小說關係研究（一）〉中論述甚詳，此不贅[2]。本文主要探討這些被移植的「小說」在表明作者的創作主旨和意圖上的作用。

一、《金瓶梅》與話本小說

　　《金瓶梅詞話》借用話本小說的數量甚多。這方面的研究，韓南博士可謂是集大成者。根據他的統計，現列之如下：

一、〈刎頸鴛鴦會〉，見《詞話》第一回。

二、〈志誠張主管〉，見《詞話》第一、第二、第一百回。

三、〈戒指兒記〉，見《詞話》第三十四、第五十一回。

四、〈西山一窟鬼〉，可能見《詞話》第六十二回。

五、〈五戒禪師私紅蓮記〉，見《詞話》第七十三回。

六、〈楊溫攔路虎傳〉，可能參見《詞話》第九十回。

1　參見韓南〈金瓶梅探源〉，載《金瓶梅西方論文集》，上海：上海古籍出版社 1987 年；周鈞韜《金瓶梅素材來源》，鄭州：中州古籍出版社 1991 年。

2　參見拙文〈西門慶原型明武宗考〉，《河北師範大學學報》2001 年第 3 期；〈試論金瓶梅詞話的創作緣起〉，《明清小說研究》2003 年第 1 期；〈小說中的「小說」：金瓶梅與其他小說關係研究（一）〉，《河北師範大學學報》2005 年第 5 期。以上亦可參見本書。

七、〈新橋市韓五賣春情〉，見《詞話》第九十八、第九十九回，可能還有第一回[3]。

韓南先生主要指出了這七種，但實際數目還不止這些。現在有兩個最大的關鍵問題沒有解決：一是現存宋、元話本有數十種，這些話本有相同主題或相同結構的作品不單止一篇，但《詞話》的作者取此而捨彼，究竟是出於什麼原因？二是《詞話》的作者將這些話本融入到作品中去時，為什麼有的直錄不改，而有的則做重大改動，他們與《詞話》到底是何關係？如果僅僅籠統地指出這是作者創作的需要，當然不錯。但若不做具體分析，實則是於事無補的。

除去〈新橋市韓五賣春情〉外[4]，其餘六篇，我們把它們分為三類：〈刎頸鴛鴦會〉為一類；〈志誠張主管〉〈戒指兒記〉〈西山一窟鬼〉〈楊溫攔路虎傳〉為一類；〈五戒禪師私紅蓮記〉為一類。下面分別論述之：

(一)〈刎頸鴛鴦會〉

現存該小說最早見於《清平山堂話本》。故事敘浙江杭州府武林門外蔣家小女名淑珍，雖生得甚標緻，但性情淫蕩，一日趁父母他適，誘鄰家子阿巧強與之合，阿巧回家後，驚氣沖心而死。淑珍父母察覺其語言恍惚，怕做出醜事，便托王嫂作媒，嫁與鄰村某二郎為妻，又與夫家西賓有染，致使某二郎病發身故。守孝一年，便被某大郎逐回。一日，商人張二官過門，見而悅之，求為繼室。張二官販貨外出，又與對門店中朱秉中私通，被張二官發覺，遂殺死二人。

這篇故事的入話開首引有一詩一詞。其詞曰：「丈夫只手把吳鉤，欲斬萬人頭。如何鐵石，打成心性，卻為花柔？君看項籍並劉季，一以使人愁。只因撞著虞姬、戚氏，豪傑都休。」《金瓶梅詞話》第一回引進的不是這篇故事的本身，而是「丈夫只手把吳鉤」這首詞，並改「君」為「請」，改「以」為「似」，其餘同。原詞為宋人卓田所作，

3　《金瓶梅西方論文集》，上海：上海古籍出版社 1987 年。

4　〈新橋市韓五賣春情〉現存《古今小說》，其成書年代晚於《金瓶梅詞話》，故《詞話》借抄《古今小說》中的話本是絕不可能的，此話本當有宋元舊作。或作者在引用時另有所本，目前不能斷定。吳曉鈴先生認為《寶文堂書目》所載〈三夢僧記〉指的就是這一篇。但〈三夢僧記〉今已不存，具體情節我們不得其詳，故很難拿它來與《金瓶梅詞話》進行比較。又，譚正璧先生疑〈三夢僧記〉即余公仁本《燕居筆記》卷八的〈獨孤退叔記〉，或即《醒世恒言》卷二十五〈獨孤生歸途鬧夢〉，並謂與《纂異記》所載之〈張生〉，白行簡〈三夢記〉所記劉幽求事相似。可備一說。但這幾個故事的情節與〈三夢僧記〉的標題殊不符，當不是。目前「金學」界大多認為《古今小說》卷三〈新橋市韓五賣春情〉與〈三夢僧記〉名目相合，可能是一事而異名。不過，既然《金瓶梅詞話》成書在前，《古今小說》成書在後，所以，究竟是哪部小說先借用了〈三夢僧記〉的情節，是誰影響誰，似都不能斷定。為研究的審慎起見，本文不把此篇作為研究的對象。

調寄「眼兒媚」，題目是「題蘇小樓」。〈刎〉與《詞話》引用時，在文字上皆做了一些改動。對於這首引詞，韓南先生認為「意義重大，表明小說在一定程度上和故事的構思相似。」「即使像項羽、劉邦那樣的大英雄也過不了美人關」。這話看似有理，實際是沒有看透《詞話》的實質。〈刎頸鴛鴦會〉只不過是一個「男女風情故事」，雖然篇中有不少的道德勸戒，實則沒有更為深刻的意義。而《詞話》卻不同，它表面寫的雖然也是一個「男女風情故事」，但卻表現了重大的社會政治主題，即反映了一個時代。這一點，幾乎整個「金學」界都無異議。看來，雖然兩篇都引用了同一首詞，但引用的意圖卻是大不相同的。那麼，《詞話》所引究竟意圖何在，它對全書的構思有無影響？「金學」界的看法則是大相徑庭的。

臺灣學者魏子雲先生力主引詞具有諷刺的寓意，認為劉邦寵愛戚夫人的故事是用來諷諫明神宗皇帝寵幸鄭貴妃的，並以此作為神宗有廢長立幼企圖的鐵證。而大陸的「金學」研究者，多數都認為這首詞在此並無深刻含義，根本不值得大事張揚，猜測探求。對於這兩種觀點，筆者都不敢苟同。

筆者反復強調《詞話》涉及到的政治、歷史事件和真實人物都與萬曆朝毫無關係，故引首詞絕不可能用來諷諫明神宗[5]。至於說這首詞在此並無深刻含義，又與他們說《詞話》是有計劃的創作、有周密的安排，對整個佈局做了精心設計的觀點相矛盾。試想，如此「精心設計」的《詞話》，作者怎麼可能不首先考慮引首詞的寓意呢？

古代小說開篇前往往喜好引用詩詞作為引子，其作用相當於「楔子」。「楔子者，以物出物之謂也。」金聖歎的這句話，道出了長篇小說的楔子與正文之間的內在聯繫。通俗地說，就是以甲事引出乙事，達到由此及彼的目的。從長篇、短篇小說的創作實踐來看，「楔子」與正文的聯繫是多種多樣的，總之，只要有聯繫，就能達到「以物出物」的目的。雖然〈刎頸鴛鴦會〉與《詞話》引用的是同一首詞，但著眼點和意圖卻不一樣。〈刎〉看重的僅僅是「情色」傷身，女人禍水，英雄難過美人關，勸人勿近女色。而《詞話》看重的，則是人物、事件的雷同。即歷史上項羽、劉邦與明武宗、明世宗有驚人的相似。

據《史記》記載，項羽活了三十一歲（西元前 232-前 202）。《史記·項羽本紀》裴駰集解引徐廣曰：「項王以始皇十五年己巳歲生，死時年三十一。」[6]

項羽暗射明武宗，因為明武宗也活了三十一歲，歷史上竟有這樣驚人的巧合，二人

5　參見拙著《金瓶梅發微》，北京：中國社會科學出版社 2002 年；《金瓶梅人名解詁》，石家莊：河北人民出版社 2005 年。

6　司馬遷《史記》卷七，北京：中華書局簡體字本 2000 年。

又都是「皇帝」[7]。項羽的「三一」歲，加上明武宗的「三一」歲，再加上西門慶的「三三」歲，合起來恰是「九五」歲，正符合「九五之尊」。「九」是陽數的最高位，「五」是陽數的最中位，含有「至尊中正」的意思，術數家說是人君的象徵，後因以「九五」指帝位，稱為「九五之尊」。

劉邦暗射明世宗。據《史記·高祖本紀》裴駰集解引皇甫謐曰：「高祖以秦昭王五十一年生，至漢十二年，年六十二（西元前 256-前 195）。」而明世宗嘉靖活了六十歲。這樣看來，劉邦比明世宗大二歲，這是盈；明武宗比西門慶小二歲，這是虛。一盈一虛，符合《周易》的盈虛之道。《易·豐》說：「天地盈虛，與時消息。」[8]《莊子·秋水》：「消息盈虛，終則有始。」[9]西門慶的三十三歲，加上明世宗的六十歲，和項羽的三十一歲，加上劉邦的六十二歲，恰好都是九十三歲。

再從史實來看，楚漢相爭，項羽失敗，江山落入他人之手；劉邦（劉季）勝利，建立了漢王朝；明武宗朱厚照無子，帝位傳給了他的堂弟朱厚熜（明世宗），也等於失去了江山，情形和項、劉的關係是一樣的。

上面的分析似過於簡略，拙著《金瓶梅發微》第二章論之甚詳，請參看。要之，《詞話》作者選擇的這首引首詞，與正文是一種深層次的關係，巧妙而不露痕跡。其作用是用來總括全書內容的，是全書的總綱。同時也暗示了明武宗和西門慶的年齡。

另外，〈刎頸鴛鴦會〉中的張二官很可能被《詞話》的作者所借用，並給他取了一個具體名字「懋德」。《詞話》就是這樣，盡可能地借前人作品中的現成名字，然後再賦予其新的內涵，猶如借《水滸傳》中「西門慶、潘金蓮」一樣，手法是一樣的。這種掩體的確很巧妙，表面看來，我寫的是「古人古事」，而實際寫的卻是「時事」，讓人無法揪住小辮。〈刎〉中的張二官是一個商人，《詞話》就借用其名，還保持了與其相同的身分。西門慶死後，新的張二官使用了與當初西門慶同樣的途徑和手段，討得了提刑所提刑這個肥缺，然後就買花園、蓋房子、做生意、玩女人……這個「張二官」已發生了「裂變」，在他身上所體現的，分明是明代的時代氣息。

(二)這一組共四篇，包括〈志誠張主管〉〈西山一窟鬼〉〈戒指兒記〉和〈楊溫攔路虎傳〉

〈志誠張主管〉〈西山一窟鬼〉和〈楊溫攔路虎傳〉的引入目的主要是糅進明武宗正

7　項羽雖未曾登帝位，但司馬遷在《史記》中卻為他立了「本紀」，是按皇帝來對待他的。

8　《周易正義》卷六，《十三經注疏》，北京：中華書局 1980 年。

9　《莊子全譯》，貴陽：貴州人民出版社 1991 年。

德和明世宗嘉靖時的真實歷史人物，拙文〈小說中的「小說」——金瓶梅與其他小說關係研究（一）〉已作了較為詳細的分析，此不贅。

〈戒指兒記〉，最早見於《清平山堂話本》，殘。故事敘北宋丞相陳太常有獨生女名玉蘭者，才高貌美。太常為之招婿，因條件過於苛刻，青春二八，仍待字閨中。有對門富家子弟阮華阮三郎，於元宵夜邀幾個弟兄笙歌彈唱。玉蘭聞之動心，遂命丫鬟帶一金鑲寶石戒指付與阮華，希圖他能進來一見。因丞相回來，未果。阮華相思成疾，後在朋友張遠和尼姑王守常的幫助下，設計令玉蘭、阮華私會於尼庵。阮華因久病虛弱，交媾時脫陽而死。阮華之父要與陳太常理涉此事（下文殘缺）。

這個故事的原型始見於宋人洪邁的《夷堅志·支景》卷三中「西湖庵尼」條，該條只是說臨安某官，土人也，其妻為某少年所慕，在老尼的幫助下，與該婦通姦，因極度興奮而終於猝死。此篇既沒有點出姓名，又未說明官職。《清平山堂話本》在將此故事改寫成〈戒指兒記〉時，地點、姓名、官職俱全。《金瓶梅詞話》的第三十四回、第五十一回兩次引入這個故事，情節基本與〈戒指兒記〉相同。除了改變原故事中的某些人物外，另外還做了兩點重要的改動：一是改變了原作的宗旨；二是改變了故事發生的地點。

〈戒指兒記〉原作的思想傾向在於借陳、阮故事告戒後來人「男大須婚，女大須嫁」，否則將要弄出醜事。而《詞話》在抄借時卻與「貪贓」「枉法」聯繫起來，成為西門慶標榜自己、抨擊夏提刑的一個非常滑稽的「證據」，實際這是對西門慶的絕妙反諷，活靈活現地揭露了他偽善的本質。並且，作者還把它改塑成宣揚「毀僧謗佛」思想傾向的故事。這些，都不是話本〈戒指兒記〉純粹寫「男女私情」而不驚動官府的故事所能比擬的。

〈戒指兒記〉原作中男女私通的地點為「小庵」，《詞話》第三十四回、第五十一回兩處抄改均改稱「地藏庵」，這是京師北京的一個真實地名。明張爵作於嘉靖三十九年（1560）的《京師五城坊巷衚衕集》中有「地藏寺」，清朱一新《京師坊巷志稿》為「地藏庵」。這是作者怕太明顯而改易了一字，實際該是一個地方。

《金瓶梅詞話》移植〈戒指兒記〉，情節、創作思想都做了相當的加工改造，並且通過西門慶之口自然地插入到作品中，成為小說情節發展中有機的組成部分，使原話本故事失去獨立存在的意義，並且前後兩回保持了一致。這說明，它應是出於同一個人的手筆，而絕不可能是不同的說書藝人在不同的場合借用前人現成資料的結果。也與《三國演義》《水滸傳》照搬有關「三國」「水滸」故事的話本、傳說並聯綴成書的情況是有本質區別的。

(三)〈五戒禪師私紅蓮記〉

該小說現存最早見於《清平山堂話本》。故事敘宋英宗治平年間，錢塘淨慈寺有五戒禪師、明悟禪師二僧。五戒禪師本是一得道高僧，因一時「差了念頭」，私淫少女紅蓮，犯了色戒。明悟禪師點破此事，五戒遂作〈辭世頌〉坐化。明悟見後亦即圓寂。五戒投生眉州蘇家為蘇東坡，明悟托生本地謝家為謝端卿，後出家做了和尚，法名佛印。兩人相交甚厚，常吟詩作賦。後東坡盡老而終，得為大羅天仙。佛印圓寂於靈隱寺，亦得為至尊古佛。

《詞話》第七十三回薛姑子講了這個故事的大半，即只講到五戒禪師托生蘇東坡，明悟托生謝端卿止。托生後二人相交的故事，《詞話》刪除了。韓南先生認為，「這個話本在小說中沒有什麼作用。它本身是有趣的故事，也許讓薛姑子講這個故事會增加一點諷刺色彩。」國內的《金瓶梅》研究者，也只是認為這是小說情節發展的需要，似乎沒有人去探討它究竟在作品中起什麼作用。

現在的問題是，既然它在小說中沒有什麼作用，作者為什麼還要將整個故事原原本本移植到作品中去？為什麼只講到托生而捨棄其後二人相交的部分？難道作者是毫無目的、胡亂搬移？筆者認為，作者的意圖肯定不是如此。

要想弄清這個故事在作品中的作用，首先必須梳理紅蓮故事的流變過程及其在中國傳統文化中的特定內涵。高僧因美女紅蓮而敗道的故事最早發生在五代，著錄於宋代的《古今詩話》，經張邦幾《侍兒小名錄拾遺》的徵引而廣泛流傳開來。大約在明代嘉靖年間，紅蓮故事與柳翠故事、蘇軾故事和路氏女故事逐漸雜糅融合為一體。第一次將紅蓮、柳翠故事相融合的證據是田汝成的《西湖遊覽志》卷十三「南山分脈·城內勝跡」條。上引〈五戒禪師私紅蓮記〉首先將紅蓮與蘇軾故事相融合，而紅蓮故事與路氏女故事相融合的記載，僅見於《輪回醒世》卷六〈貞淫部〉，題作〈法僧投胎〉。這幾個故事相融合後得到了文人、書商的大量移錄、改編和翻印。並在其後的發展演變過程中，最終都在文化意蘊上滑向了轉世投胎的因果報應[10]。

《金瓶梅詞話》引入這個故事的最重要目的就是「投胎轉生」，它是為表達「指豬罵狗」主旨服務的。因為此時吳月娘已身懷有孕，作者反復宣揚「善有善報，惡有惡報」的生死輪回思想，「今吳月娘懷孕，不宜令僧尼宣卷，聽其生死輪回之說，後來感得一尊古佛出世，投胎奪舍，日後被其顯化而去，不得承受家緣，蓋可惜哉。」從後面的結果看，吳月娘所生之子孝哥兒十五歲時被普靜和尚「幻化」而去。「幻化」即佛教所說

10　吳光正《中國古代小說的原型與母題》，北京：社會科學文獻出版社 2002 年。

的「轉生」「生死輪迴」的意思。孝哥的「幻化」，並不是說他去當和尚，而是「轉生」「轉化了」。「轉」成了誰？轉成了明世宗朱厚熜。朱厚熜是十五歲時登基的，孝哥的「幻化」也是十五歲。作者安排孝哥這個人物並設計這樣一個年齡，目的就是用來影射嘉靖。

按《詞話》所敘，孝哥是個墓生子，西門慶死，孝哥生，一頭是嗚呼哀哉，一頭是呱呱墜地。西門慶死在宋徽宗重和元年戊戌年，即西元 1118 年，孝哥的生日當然也是這一年。戊戌年是狗年，孝哥的屬相自然是狗。孝哥通過「幻化」，「轉成」了明世宗，孝哥屬狗，明世宗也就是屬狗了。而明武宗朱厚照的屬相是豬。「豬」就是明武宗，因為他的生肖是豬；「狗」就是孝哥兒，因為他的生肖是狗，同時也就是明世宗。作品又通過「指豬罵狗」將二者聯繫起來，也即是借武宗罵世宗，這是《詞話》表達主旨的特殊方式。詳細論證可參見拙著《金瓶梅發微》第三章。

明白了「幻化」「轉生」的內涵後，我們也就明白了作者為什麼將如此長的〈五戒禪師私紅蓮記〉的話本引入作品中去的真正用意了。

二、《金瓶梅》與其他小說

《金瓶梅詞話》除了移植上述小說外，還抄改了講史話本《大宋宣和遺事》、公案小說〈港口漁翁〉及文言短篇小說《如意君傳》等。看來，《詞話》抄引的範圍非常廣，既有白話小說，又有文言小說，而且，幾乎容納了小說的各種類型。在當時，這的確是一種很獨特的創作方式。

甲、《大宋宣和遺事》。此書為講史話本，全書約七萬六千字，講述層次多為編年體結構。作者姓名已佚，書當出現於宋元之際。《宣和遺事》完全是掇拾官私史書、前人的詩文、筆記、稗編雜錄和市人小說等湊集而成，魯迅《中國小說史略》說它剽取之書有十種。本書雖雜，但卻有一個貫穿始終的統一思想，即總結宋徽宗亡國的歷史教訓。作者對宋徽宗的荒淫無度、不理朝政，對蔡京等人的一味媚君誤國，都表現出無比的痛恨和強烈的譴責。《詞話》的作者引入此書有多重目的，但作者最主要的目的是借宋徽宗來比擬、影射明世宗。

沈德符《萬曆野獲編》「金瓶梅」條云：「聞此為嘉靖間大名士手筆，指斥時事，如蔡京父子則指分宜，林靈素則指陶仲文，朱勔則指陸炳，其他各有所屬云。」既然「其他各有所屬」，這說明，沈德符心裏是清楚的，只是他不敢明言。又，嚴嵩、陶仲文、陸炳皆是嘉靖時人，則宋徽宗影射明世宗，當是確切無疑的。

我們說作者的選擇是如此的巧妙，是因為歷史上的宋徽宗和明世宗的確有驚人的相似之處：二人都崇尚道教；都好舞文弄墨；都缺乏治國能力、朝政腐敗；都有禪位於太

子的舉動和念頭；二人的帝位都是兄終弟及的。

《詞話》裏借宋徽宗罵明世宗最集中地體現在第七十一回「提刑官引奏朝議」中的一段：

> 這帝皇果生得堯眉舜目，禹背湯肩。若說這個官家，才俊過人；口工詩韻，目類群羊；善寫墨君竹，能揮薛稷書；道三教之書，曉九流之典。朝歡暮樂，依稀似劍閣孟商王；愛色貪杯，仿佛如金陵陳後主。

上引這一段文字，基本上抄自《宣和遺事》，但稍有改動。改動的關鍵是將原文的「哲宗崩，徽宗即位」改為「這帝皇果生得堯眉舜目，禹背湯肩。」這一改動，可謂「點鐵成金」，是《詞話》的主旨所在。

明世宗篤信道教，自稱是「太上大羅天仙紫極長生聖智昭靈統三元證應玉虛總掌五雷大真人玄都境萬壽帝君」。見《明史》卷三〇七「陶仲文傳」，又見《弇山堂別集》卷六、《明史紀事本末》卷五二。

「帝皇」就是「帝君」。

《爾雅·釋詁上》：「林、烝、天、帝、皇、王、后、辟、公、侯，君也。」郝懿行〈義疏〉云，「《詩》『有皇上帝』，毛傳：皇，君也。」[11]孫星衍《尚書今古文注疏》，〈呂刑〉「皇帝哀矜庶戮之不辜，報虐以威」，「疏」云：「皇者，〈釋詁〉云，君也。此皇帝，鄭以為顓頊也。」[12]

「帝皇」是「帝君」的對譯，正是對著明世宗來說的。宋徽宗自稱「教主道君皇帝」，是「皇帝」而不是「帝皇」，顛倒一下，意思全變。《詞話》是借宋徽宗來罵明世宗的，作者的這一改動實際是為讀者留下了一個非常重要的信息符號。

如果我們再結合明代的史實來看，這一點則可以得到完全的證實。明世宗統治時期，許多人都說他像宋徽宗，明世宗自己也非常清楚這種說法。嘉靖三年十月，御史藍田上疏云：給事中陳洸本是（禮部）尚書席書之黨，席書以自己資望淺，因此交結陳洸等，作為羽翼，植私市權，罪惡暴著。席書曾上疏陳時政得失，把皇上比成是梁武帝、唐玄宗、宋徽宗……

明世宗嘉靖像宋徽宗，在他登基才三、四年，人們就看出了這個問題。

嘉靖二十一年十月：

11　《爾雅義疏》卷上之一，《清人注疏十三經》，北京：中華書局1998年。
12　《尚書今古文注疏》卷二七，《清人注疏十三經》，北京：中華書局1998年。

癸未雪，百官表賀。上報曰：朕以時屬有秋，祗修大報，乃荷上天垂祐，瑞雪應期而降，朕心不勝感仰，與卿等共之。朕為民祈禱，非梁武、宋徽比。卿等宜益竭忠誠，上承帝眷，庶不負朕保民之意。[13]

這真是不打自招，欲蓋彌彰。明世宗是個宋徽宗，他自己也清楚這一點。

乙、《百家公案全傳》。這是一部講述包拯神奇破案的公案小說。現存最早的版本是《新刊京本通俗演義全像百家公案全傳》，十卷一百回，卷末題「萬曆甲午歲末朱氏與耕堂梓行」。「甲午」為萬曆二十二年（1594），其成書當在《金瓶梅詞話》之後，顯見《詞話》不可能抄引這個版本，而應該是這部公案小說的初刻本，或者是敘苗天秀故事的其他話本、筆記。但這類資料現已失傳，無從查考，故只能拿《百家公案全傳》來與《詞話》相比勘，這種比勘實在是無法之法[14]。

《百家公案全傳》第五卷題「第五十回公案：琴童代主人伸冤」，故事敘揚州富人蔣奇，表字天秀，平素樂善好施。一日，有老僧來其家化緣，警告他不久將有大難降臨，並囑咐千萬別出遠門。時值花期，天秀與妻子在後花園遊賞，撞見董僕人與使女調情，天秀便將僕人責罵，僕人遂對他懷恨在心。一月之後，他的表兄黃美來信，邀他到東京作客。他不聽勸告，帶了受責的僕人和琴童雇船前往。路上被董僕人和船家合謀害死。琴童落水後被漁翁救起，告到官府，為其伸冤，兩個船家凶徒被處以死刑。而董僕人害命圖財，反成富商。幾年後在揚子江遇盜被殺，財本一空。

《金瓶梅詞話》第四十七、四十八回引入了這個故事，但作了如下重要改動：

1. 改動董僕人謀害主人的起因。原作中是因為董家人與蔣天秀使女調情而被責，《詞話》改為苗青與苗天秀寵妾刁氏調情，被主人痛打而懷恨在心。這一改動當比原作顯得更為符合情理。

2. 原作僅僅是一則公案故事，主要是頌揚包拯斷案如神。《詞話》則將描寫重心轉向西門慶的貪贓枉法。因苗青賄賂西門慶一千兩銀子，西門慶便轉托蔡御史並說服宋御史把已從揚州押回的苗青私行釋放，遂使苗天秀的命案終不得昭雪。而主持公道的巡按曾孝序反被「鍛煉成獄，竄於嶺表」。作者的這種改動，使小說對統治者官官相護、貪贓枉法的揭露和批判，達到了相當的高度。

丙、文言色情短篇小說《如意君傳》。

13　《明世宗實錄》卷二六七，中央研究院歷史語言研究所校印本。

14　以上參考了周鈞韜先生《金瓶梅素材來源》中的有關論述。另，周先生還列出了《百家公案全傳》的其他兩個版本，一是《新鐫純像善本龍圖公案》，十卷，一百則故事。二是《新評龍圖神斷公案》，十卷，六十多則故事。這兩個版本實則是《百家公案全傳》的刪節本。其中第五卷題「港口漁翁」。

《如意君傳》是一篇文言小說，撰者不詳，卷首題《閫娛情傳》。故事主要敘武則天與男寵薛敖曹的淫蕩之事，全篇充斥著大量的赤裸裸的性行為描寫。我們從欣欣子〈金瓶梅詞話序〉中「吾嘗觀前代騷人，如盧景暉之《剪燈新話》……其後《如意傳》《于湖記》……」來看，《詞話》受《如意君傳》的影響當屬無疑。

《金瓶梅詞話》第二十七回、二十八回、二十九回、三十八回以及第七十九回中的許多色情描寫都來源於《如意君傳》。因這些淫穢描寫不堪入目，故本文不便於抄錄。現在的問題是，作為反映重大社會政治主題的《金瓶梅》，為什麼要寫入這樣的文字？這些性描寫在作品中究竟有何意義，這是首先必須要解決的問題。

性對人類不僅有生理上的意義，同時也是文學藝術永恆的審美對象。如此看來，性及性欲，作為一種文化範疇，理應占有一席之地。如果我們作進一步探討的話，就會發現，《金瓶梅》中的性描寫，在實質上已表現出與傳統性文化大異其趣的意向。首先，它肯定了世俗男女自然情欲的不可抗拒，並加以謳歌、禮贊，這本身就是對「存天理滅人欲」的深刻反動。因為按照傳統的觀點，凡是描寫色欲的、尤其是赤裸裸描寫的，一律被斥為糟粕而嚴加禁止。而描寫愛情的、特別是納入到禮教規範中的，則一律被視為精華，這種機械的倫理評判標準，實際上造成了愛情與色欲的截然對立。蘭陵笑笑生的大膽之處，在於他肯定了人類的天性——欲，如同情一樣本身是無罪的。

其次，《金瓶梅》的性描寫，是對傳統文化、特別是家庭倫理觀念的激烈否定。傳統性文化最根本的目的在於生殖，在於延續子嗣，從而保證種族的繁衍與家族的興旺。而《金瓶梅》中的男女主人公，除吳月娘外，很少有人把生殖看得那麼重要，他（她）們始終是把性享樂、性滿足作為原則的。這是否意味著性已超越了「廣家族、繁子孫」的傳統倫理義務和社會責任呢？

由於《金瓶梅》的性描寫超越了傳統的「性文化」，所以，它在價值的取向上便具有了審美意義。這樣，《金瓶梅》的性描寫就並非可有可無，而是小說整體的有機而不可分割的組成部分。除了一些韻文著意渲染，屬於贅疣似可刪汰外，大部分的性欲文字對於刻畫人物性格、推進故事情節、揭示人物內心世界和展示時代的社會心理，都有不可或缺的重要作用。拙著《金瓶梅新解》論之甚詳[15]，茲不贅。

另外，《金瓶梅詞話》中約二萬字的性描寫（不只抄自《如意君傳》），如上文所述，起到了很好的「掩體」作用。因為照常理看來，這樣的「黃色」小說，只能作為茶餘飯後的無聊閒書而已，豈能有什麼重大意義？所以，一般讀者也就不再去深究了。或許正因如此，才使得它「安全無恙」地流傳下來，得以成為中國小說史上最偉大的作品之一。

15　參見拙著《金瓶梅新解》，石家莊：河北教育出版社1999年。

《金瓶梅詞話》中劇曲的功用和意圖

（一）

　　美籍華裔學者夏志清先生在其《中國古典小說導論》中雖對《金瓶梅》的評價有失偏頗，但其一句深有意味的話卻道出《金瓶梅》在文體上的一個非常重要的特徵──「從某種意義而言，這部小說差不多是一部納入一種敘事結構中的詞曲選。」[1]較之《金瓶梅》引入的「小說」，它引入的戲曲數量更多，分佈更為廣泛，幾乎充斥《金瓶梅》的每一回。甚至有些回目中的內容，差不多完全由戲曲組成。

　　《金瓶梅詞話》到底引入了多少戲曲，已故的馮沅君先生、美國的韓南博士以及今人蔡敦勇先生、周鈞韜先生都下過不小的功夫，做過專門的統計，但由於各家標準不一和一些還未能找出明確出處，很難在數目上列出準確答案。現以蔡敦勇先生所作的結論為據，《金瓶梅》收錄或部分采引的劇曲共二十一套，錄出全文的七套，僅錄曲牌或首句的十套，錄出兩支曲子的有三套，斷斷續續錄了部分曲文的一套。

　　而在引入的二十多套劇曲中涉及到的劇目有《韓湘子升仙記》《西廂記》《王月英元夜留鞋記》《韓湘子度陳半街升仙會雜劇》《韋皋玉簫女兩世姻緣玉環記》《劉致遠紅袍記》《裴晉公還帶記》《小天香半夜朝元》《四節記》《雙忠記》《北西廂記》《兩世姻緣》《風雲會》《抱妝盒》《倩女離魂》《流紅葉》《月下老定世間配偶》《子母冤家》《林招得》《唐伯亨因禍得福》《琵琶記》《寶劍記》《殺狗記》《香囊記》《彩樓記》等，約有二十五個劇目。在這些劇目中，有元、明雜劇，宋、元南戲以及明代傳奇。其中作為劇曲清唱的和作為戲曲搬演的大致各占一半。

　　《金瓶梅》引入的這些劇曲內容豐富多彩，形式靈活多樣，演唱人物眾多，演出場所無孔不入，等等，這已是不爭的事實。本文的主要目的在於指出上述劇目在《金瓶梅》中的作用，著重要探討的是作者為何要引入這些劇曲，其引用的特殊目的是什麼？而不在於梳理它們究竟被引用了多少，故不對這些劇目一一考證。

　　探究歸納起來，作者安排這些劇目的意圖很明確，在作品中具有多種多樣的作用。

1　夏志清《中國古典小說導論》，合肥：安徽文藝出版社 1988 年。

一、揭示人物性格

《金瓶梅》從生活真實出發，精心地運用了種種藝術手法，既塑造了不同類型的人物，又展示了人物性格的複雜多樣，克服了前此小說中人物性格單一的不足。其中一個很有趣的現象是，作者通過書中人物扮演的劇目，起著揭示人物性格的作用。不同的劇目，就可以把不同人物的性格特點更好地揭示出來，甚而將戲曲中的人物與小說中的人物進行比擬。可以說，在中國小說史上，這種別具一格的藝術方法，《金瓶梅》首開其端，到《紅樓夢》達到頂峰。

《金瓶梅》第六十三回「親朋祭奠開筵宴，西門慶觀戲感李瓶」。敘李瓶兒亡故後首七期間，西門慶叫了一班海鹽子弟搬演戲文。搬演的是「韋皋、玉簫女兩世姻緣」《玉環記》。

《玉環記》，明代傳奇劇目，全名《韋皋玉簫女兩世姻緣玉環記》，全劇共三十四齣。故事大意是說唐代世家子弟韋皋上京赴試，因在考場與試官爭辯被趕出考場。因心中不快，被友人包知水引入妓院，遇到美貌聰明又非常想從良的妓女玉簫。兩人一見鍾情，並訂下終身大事。韋皋因金銀已用盡，無法為玉簫贖身，被老鴇趕出妓院。臨別前，韋將祖傳的一對玉環送玉簫一枚。後韋皋娶了張延賞的女兒，而玉簫久盼韋皋不歸，終因思念過度含玉環而死。韋皋經過種種的磨難，終為國家立下大功，被皇帝封為四川節度使。十五年後，玉簫再世姜家，口含玉環而生，嫁給韋皋為次妻。韋皋封忠武王，二妻同封為夫人。此劇情節較曲折，是明代傳奇劇中寫男女悲歡離合作品中較好的一種。另，元人喬吉《玉簫女兩世姻緣》雜劇，也是寫玉簫女轉世投胎與韋皋兩世結為夫妻的故事。但《金瓶梅》搬演的是傳奇而不是雜劇。

在《金瓶梅》中，敘及到搬演戲曲者有十多處，搬演的雜劇、南戲、傳奇標出名目者有十部左右，但既標出名目又略述情節的，當只《玉環記》一部而已。這本戲曲同小說有著非同尋常的關係。

《金瓶梅》抄引《玉環記》約有兩種情況，一是抄借曲辭，如妓女李桂姐在第十一回唱的《駐雲飛》「舉止從容」，出自《玉環記》第六齣，等等；二是搬演《玉環記》時敘及情節，本回即是如此。

作者抄引的高明處在於把《玉環記》中的文字巧妙地嵌入到他所敘述的小說情節發展之中，成為其有機而不可分割的一部分。在貼旦扮玉簫唱了一回，又唱到「今生難會，因此上寄丹青」一句時，書中有這樣的一段描述：

（西門慶）忽想起李瓶兒病時模樣，不覺心中感觸起來，止不住眼中淚落，袖中不

住取汗巾兒搭拭。又早被潘金蓮在簾內冷眼看見，指與月娘瞧，說道：「大娘，你看他，好個沒來頭的行貨子。如何吃著酒，看見扮戲的哭起來？」孟玉樓道：「你聰明一場，這些兒就不知道了。樂有悲歡離合，想必看見那一段兒，觸著他心，他覷物思人，見鞍思馬，才落淚來。」[2]

在《金瓶梅》中，西門慶是個一味飄風戲月、欺壓和玩弄婦女的大淫棍，人稱他是「打老婆的班頭，坑婦女的領袖」，對他來說，找女人只不過為了滿足本能性欲，哪有感情可言。但他為什麼獨對李瓶兒如此鍾情，而在觀戲時又為之落淚呢？

很多人認為，是因為李瓶兒嫁給西門慶時給他帶來了一大批財產，使他從此「家道營盛，外莊內宅煥然一新。」所以，當李瓶兒亡故後，西門慶痛不欲生、大哭李瓶兒的舉動也被視為一種虛偽的表現，是疼錢，而不是疼人。其實根本不是如此。因為李瓶兒已經死了，但她帶來的錢還在西門慶家裏，並沒有隨著李瓶兒的死亡而消失，西門慶何疼之有呢？顯然，這個結論是不能自圓其說的。

西門慶對別的女人固然無情無義，但人的性格並非純然單一，並非一成不變，而是有其複雜多變的一面。因為在西門慶的所有女人中，惟有李瓶兒對其一往情深，是李的真情、深情感動了他，特別是在李瓶兒臨終前，身體已虛弱到不堪的地步，連聲都哭不出來，但仍用她那瘦得「銀條似」的胳膊摟抱著西門慶，無限眷戀著這個「冤家」：

趁奴不閉眼，我和你說幾句話兒：你家事大，孤身無靠，又沒幫手，凡事斟酌，休要那一沖性兒。……你又居著個官，今後也少要往那裏去吃酒，早些兒來家，你家事要緊。比不的有奴在，還早晚勸你。奴若死了，誰肯只顧的苦口說你？

她多麼希望能和西門慶再多廝守些日子，即使不能，死後也要托夢給西門慶，囑其「切記休貪夜飲，早早回家。」西門慶聽了，兩淚交流，如刀剜心肝相似，放聲大哭道：「我的姐姐，你所言我知道，你休掛慮我了。我西門慶那世裏絕緣短幸，今日裏與你夫妻不到頭。疼殺我也。天殺我也。」從這裏，我們可以看到西門慶的人性並沒有完全泯滅，也可以瞭解西門慶為什麼觀戲而動深悲，所揭示的是他性格的另一個層面。或許《金瓶梅》點演全本的《玉環記》還有更為深層的含意，是否西門慶還想與這個生生死死眷戀著他的六妾李瓶兒再結兩世姻緣呢。

《金瓶梅》抄入《玉環記》只一句，其他並未徵引，但這一句所引起觀戲人的不同反響，作品則作了較詳細的描寫。將西門慶之悲情、吳月娘之疏淡、潘金蓮之冷酷、孟玉

2　蘭陵笑笑生《金瓶梅詞話》，北京：人民文學出版社 2000 年。以下引文版本同。

樓之老成等人的情態都惟妙惟肖地反映了出來。由此我們可以得出這樣的結論：《金瓶梅》所抄引的戲曲，選擇的目的很明確，主要是為小說塑造人物服務的。

　　尤為值得我們注意的是，《金瓶梅》在抄借《玉環記》時，將劇中人物與小說中的人物比擬起來，這是一個非常獨特的奇趣現象：

> 下邊鼓樂響動，關目上來，生扮韋皋，淨扮包知水，同到拘欄裏玉簫家來。那媽兒出來迎接，包知水道：「你去叫那姐兒出來。」媽云：「包官人，你好不著人，俺女兒等閒不便出來。說不的一個『請』字兒，你如何說叫他出來？」

上引是小說搬演《玉環記》中的文字。《玉環記》第六齣「韋皋嫖院」，原文如下：

> 〔淨〕也罷，叫他出來見我。〔丑〕包官人，你好輕人。我女兒麗春園逼邪氣鶯鶯花賽壓眾芳。美嬌嬌活豔豔的觀世音菩薩，等閒不便出來。你說不得一個請字，你到說叫他出來。

作品並未將包知水和媽兒的對話抄完，就切入到評價小說中的人物，轉換得極為自然：

> 那李桂姐向席上笑道：「這個姓包的，就和應花子一般，就是個不知趣的寒味兒。」伯爵道：「小淫婦，我不知趣，你家媽兒喜歡我。」桂姐道：「他喜歡你過一邊兒。」西門慶道：「且看戲罷，且說甚麼。再言語罰一大杯酒。」那伯爵才不言語了。那戲子又做了一回，並下。

應伯爵和包知水有共性，都是替人拉皮條，為人找妓女，李桂姐本人就是幹這一行當的。故作品的比擬十分貼切。又，吳月娘的丫頭叫玉簫，與《玉環記》的女主角玉簫名字一模一樣。從這一獨特手法來看，《金瓶梅》的作者當是一個很有藝術修養的才學之士，恐非下層文人和藝人所能為。

二、推動小說故事情節的發展

　　戲劇演唱是西門府邸日常生活必不可少的內容之一，因而它也就成為以描寫家庭生活為主的小說情節的一部分，只要戲曲劇目安排恰當，則有助於引起人物與人物之間的矛盾衝突，推動故事情節的發展。《金瓶梅》中這類例子是很多的。

　　第二十回，「孟玉樓義勸吳月娘，西門慶大鬧麗春院」。敘西門慶新娶了李瓶兒之後，於八月二十五日在家中吃會親酒。應伯爵等「會中十友」、吳二舅等眾親朋會聚西門府，看樂人雜要，搬演戲劇。應伯爵強請李瓶兒出來拜見眾人，其餘妻妾則在廳後觀

戲：

> 卻說孟玉樓、潘金蓮、李嬌兒簇擁著月娘，都在大廳軟壁後聽覷。聽見唱「喜得功名遂」，唱到「天之配合一對兒，如鸞似鳳夫共妻」，直到「笑吟吟慶喜，高擎著鳳凰杯。象板銀箏間玉笛，列杯盤水陸排佳會」，直到「永團圓世世夫妻」根前，金蓮向月娘說道：「大姐姐，你聽唱的。小老婆今日不該唱這一套。他做了一對魚水團圓，世世夫妻，把姐姐放到那裏？」那月娘雖故好性兒，聽了這幾句，未免有幾分動意，惱在心中。又見應伯爵、謝希大這夥人，見李瓶兒出來上拜，恨不的生出幾個口來誇獎奉承，說道：「我這嫂子，端的寰中少有，蓋世無雙。休說德性溫良，舉止沉重，自這一表人物，普天之下也尋不出來。……」吳月娘眾人聽了，罵扯淡輕嘴的囚根子不絕。

上文所引「喜得功名遂」，見《雍熙樂府》卷十六南曲〈合笙〉的首句，原注「合家歡樂」。《盛世新聲》亦載之。《南九宮十三調譜》引有此套曲中的二曲〈道和〉〈梅花酒〉，均注《彩樓記》。《彩樓記》為傳奇劇目，南戲《破窯記》的明代改編本。有清抄本。

極具諷刺意味的是，原曲是「合家歡樂」，而西門慶的妻妾在聽這出戲後，卻變得「合家不歡樂」。此後的種種矛盾皆由聽戲引起。先是潘金蓮挑撥吳月娘，促使其醋意大發，並當著眾人的面罵不絕口，將原先的「溫良好性兒」一掃而盡，使原本與西門慶的矛盾更加尖銳。接著，潘金蓮又挑唆吳月娘與李瓶兒合氣。對著李瓶兒，又說月娘許多不是，說月娘容不的人，輕易地就騙取了李瓶兒對她的信任等等。這次聽戲風波，對其後故事情節的演進發生著不小的影響，不斷引發人物與人物之間的矛盾和衝突，推動情節步步向前發展。乃至日後有吳月娘「掃雪烹茶」的把戲，潘金蓮與李瓶兒的明爭暗鬥等等情節，都因此處埋下了伏筆和鋪墊。

三、點染環境氛圍

《金瓶梅》很重視環境的渲染，因為小說中人物的活動總是在一定的環境中進行的，所以，作者在引入戲曲時，往往把外在的「景」「境」的描寫，同小說描寫的「景」「境」統一起來，起著點染環境、映照人物的作用。

《金瓶梅》第七十六回「孟玉樓解慍吳月娘，西門慶斥逐溫葵軒」。敘西門慶在家聽了一天戲，還不過癮，送走侯巡撫、宋御史並眾官員後，接著又聽唱《四節記》：

西門慶送了回來，打發樂工散了，因見天色尚早，分付把桌席休動，教廚役上來攢整菜蔬肴饌，一面使小廝請吳大舅來，並溫秀才、應伯爵、傅夥計、甘夥計、賁地傳、陳經濟來坐，聽唱。拿下兩桌酒饌肴品，打發海鹽子弟吃了。等的人來，教他唱《四節記》——冬景：《韓熙〔載〕夜宴》。抬出梅花來，放在兩邊桌上，賞梅飲酒。

吳大舅……來到前邊，安排上酒來飲酒。當下吳大舅、二舅、應伯爵、溫秀才上坐，西門慶主位，傅夥計、甘夥計、賁地傳、陳經濟兩邊打橫，共五張桌兒。下邊戲子鑼鼓響動，搬演《韓熙〔載〕夜宴》「郵亭住遇」。……當日唱了「郵亭」兩折，約有一更時分。

《四節記》一名《四遊記》。明沈采作。呂天成《曲品・舊傳奇》著錄。《八能奏錦》題作《四遊記》。《明清傳奇鉤沉》輯有佚曲一支。此記以春夏秋冬四景分別配一名人故事。其冬景為《陶秀實郵亭記》，述宋學士陶穀出使南唐，南唐大臣韓熙載冬夜設宴招待，名妓秦弱蘭服侍，陶穀以〈風光好〉詞贈之。此《記》中的冬景，正好與《金瓶梅》本回所寫的「臘月初一」前夕時令相合，故西門慶與吳大舅等「抬出梅花來，放在兩邊桌上，賞梅、飲酒」，可謂「應景」；點唱《四節記》「韓熙〔載〕夜宴」，又與《金瓶梅》「一更時分」相合，可謂「應時」；《四節記》是有關文人學士的故事，而聽戲的是應伯爵、溫秀才這一幫「附庸風雅」的人，也正相宜。可見作者並不是隨意雜湊，而是為配合小說情節的發展精心選擇的。

當然，作者寫這次戲曲演出，並非僅僅為了點染環境氛圍，更重要的則是藉以映照人物。雖然這節戲的上演使西門慶、溫秀才等人的臉上增添了一些斯文書卷氣，但極具諷刺意味的是，戲正演在熱鬧處，喬親家便使了僕人喬通送來「援例銀子三十兩，另外五兩與吏房使用。」這種「銅臭氣」與文人雅士的「高潔」是格格不入的。緊接著下文就發生了溫秀才雞姦畫童被西門慶斥逐之事。該戲為揭示這些表面斯文而實際骯髒起到了很好的鋪墊作用。與第四十九回西門慶、蔡御史的假借謝安石的「東山之遊」，而實則狎妓有同工異曲之妙。

四、真實客觀反映時代風氣

《金瓶梅》中大量戲曲音樂的插入，這是當時社會風氣的真實客觀反映。

沈德符《萬曆野獲編》卷二十五：

嘉、隆間乃興〔鬧五更〕〔寄生草〕〔羅江怨〕……比年以來，又有〔打棗竿〕〔掛枝兒〕二曲，其腔調約略相似，則不問南北，不問男女，不問老幼良賤，人人習之，亦人人喜聽之。以至刊佈成帙，舉世傳誦，沁人心腑。[3]

　　從《金瓶梅》的具體描寫來看，不只西門府邸、也不只西門慶及其妻妾喜好戲曲。唱曲者還有藝人、妓女、丫鬟、尼姑等等；而且舉凡生活中的方方面面，如結婚、生子、慶壽、會親、舉喪時要唱它；賀節、賞花時要唱它；調侃鬥趣、互通情愫時要唱它，甚至店鋪開張時也要唱幾支曲子，……真是無時不在唱，無人不會歌，似乎已成為當時人們多姿多彩生活必不可少的組成部分。

　　唱曲的場面在《金瓶梅》中比比皆是，如果不是社會風氣使然，《金瓶梅》中也就不會有如此多的唱曲場面的描寫。古人評論《金瓶梅》以曲勝，《紅樓夢》以詩勝，良然。

3　沈德符《萬曆野獲編》卷二十五，北京：中華書局 1959 年。

《金瓶梅詞話》中劇曲的功用和意圖
（二）

　　《金瓶梅詞話》「文備眾體」，其引入的劇曲分佈廣泛[1]，具有多種功用和意圖[2]。筆者在〈《金瓶梅詞話》中劇曲的功用和意圖（一）〉中已做過一些探討，本文就這一問題意欲做進一步的討論。

一

　　作者在《金瓶梅詞話》中安排這些劇目的意圖很明確，在作品中具有多種多樣的作用，大體說來，一是揭示人物性格；二是推動小說故事情節的發展；三是點染環境氛圍；四是真實客觀反映了時代風氣[3]。《詞話》引入、抄改《寶劍記》《陳琳抱妝盒》中的一些片段，除了具有上述作用外，還具有其他劇曲所不具備的特殊作用。

　　《金瓶梅詞話》引入、抄改《寶劍記》的片段，較之其他劇曲，數量要多，前人列之甚詳。例如《詞話》第六十一回「我做太醫姓趙」十八句七言，見《寶劍記》第二十八齣；第六十七回〈駐馬聽〉「寒夜無茶」「四野彤霞」二曲，見第三十三齣以及第六十八回、七十回、七十四回、七十九回、九十二回等，都有與《寶劍記》相同或相似的片段。這些片段的引入，大體上也具有上述所說的作用，但某些片段卻具有特殊的意義，在諧謔中透示出真實的信息，告知我們《金瓶梅》故事的地理背景是京師北京而不是其他地方。試分析如下：

　　《詞話》第六十一回寫李瓶兒身體非常虛弱，身上流血不止，一陣眩暈，撞倒在地上，半日不醒人事。等吳月娘把情況告訴給西門慶後，西門慶慌了手腳，便請來任醫官來看

1　　參見劉輝、楊揚《金瓶梅之謎》，北京：書目文獻出版社 1989 年。

2　　參見周鈞韜《周鈞韜金瓶梅研究文集》，長春：吉林人民出版社 2010 年。

3　　參見拙文〈《金瓶梅詞話》中劇曲的功用和意圖（一）〉，《燕趙學術》2012 年「秋之卷」，成都：四川辭書出版社 2012 年，亦可參見本書。

病，吃下藥後，反而加重。又請大街口胡太醫來瞧，結果也無濟於事。無奈何，再請醫生，何老人來了，趙太醫也來了。這個趙太醫名喚趙龍崗，外號有名的趙搗鬼。他上場時的自報「家門」，的確是非常滑稽的：

> 我做太醫姓趙，門前常有人叫。只會賣杖搖鈴，那有真材實料。行醫不按良方，看脈全憑嘴調。撮藥治病無能，下手取積兒妙。頭痛須用繩箍，害眼全憑艾醮。心疼定敢刀剜，耳聾宜將針套。得錢一味胡醫，圖利不圖見效。尋我的少吉多凶，到人家有哭無笑。[4]

對人物出場作這種「自報家門」式的介紹，確是小說借鑒了傳統戲曲的手法。《金瓶梅》引入的這段文字，並非出自作者自創，而是抄改自《寶劍記》的第二十八齣。

《寶劍記》，明李開先撰。開先，山東章丘人，生於弘治十四年（1510），卒於隆慶二年（1568）。現存《寶劍記》最早的本子是明代嘉靖二十八年（1549）原刻本。此劇本亦取材於《水滸傳》而情節有所變動。故事敘林沖因上本彈劾童貫、高俅，遭高俅陷害而被逼上梁山。後林沖帶兵攻打京城，皇帝將高俅父子送至梁山軍前處死，最後以梁山受招安為結。

《金瓶梅》中沒有提到《寶劍記》的劇名，然而它與小說有著與眾不同的關係，比別的戲曲更為重要。因為都是借自《水滸傳》中某些人物的故事，以此生發開來，演繹成新的篇章，並表達對現實社會的感受和對現實政治黑暗的批判，在這一點上，兩者是相通的。另外，就《金瓶梅》取自前人作品來看，很顯然，《寶劍記》是最近的來源。

而在所有引入《寶劍記》的片段中，第六十一回引入的趙太醫尤為重要。

《寶劍記》第二十八齣「趙太醫」是個泛稱，作品並未交代其具體姓名、籍貫以及家世情況。《金瓶梅》在抄引時，卻敘述得清清楚楚：

> 伯爵道：「在下姓應。敢問先生高姓，尊寓何處，治何生理？」其人（趙龍崗）答道：「不敢。在下小子，家居東門外頭條巷二郎廟三轉橋四眼井住的，有名趙搗鬼便是。平生以醫為業，家祖見為太醫院院判，家父見為汝府良醫，祖傳三輩，習學醫術。每日攻習王叔和，東垣勿聽子，《藥性賦》《黃帝素問》《難經》《活人書》《丹溪纂要》《丹溪心法》《潔古老脈訣》《加減十三方》《千金奇效良方》《壽域神方》《海上方》，無書不讀，無書不看。」

表面看來，這是一種遊戲文字，極為詼諧滑稽，不過增加趣味罷了，殊不知這是紀實的

4 　《金瓶梅詞話》，臺灣：天一出版社影印明萬曆丁巳刻本，以下引文版本同，不再另注。

文字。作者寓莊於諧，藏真於假，看後令人捧腹，讀罷忘其所以。這正是《金瓶梅》手法的高明處。作者選了一個「趙搗鬼」，一個扯淡的人物。但恰恰就是這位讀者不經意的扯淡人物，作者才選取他並讓他透露真實信息的。

《金瓶梅詞話》表面寫的「清河縣」「陽穀縣」，在明代是兩個小縣，街巷只有幾條。像「頭條巷」「二郎廟」這樣極普通常見的名稱，清河、陽穀那裏或有之，但卻沒有「半邊街」這種特有的稱呼。「頭條巷二郎廟三轉橋四眼井」四個名稱齊備，除了京師北京，別的地方是沒有的，記載北京地理情況的《京師五城坊巷衚衕集》和《京師坊巷志稿》兩部「方志」可證。《金瓶梅》是圓形網絡結構，這個圓內所涉及到的內容，彼此互有關聯，相互可以界定[5]。譬如西門慶號「四泉」，他自我解釋道：「因小莊有四眼井之說」，這和趙搗鬼說的「四眼井」完全是一個意思，是北京特有的稱呼，「小莊」也是「大都」的反語。

蔡京的義子蔡蘊號一泉，四川成都府推官尚柳塘之子尚小塘號兩泉，招宣府王逸軒之子王寀號三泉，一泉、二泉、三泉，再加上西門慶的四泉，也正是北京一至四眼井的對譯。這樣，北京有一至四眼井，作品中就有一至四泉，小說的地理背景是北京，不僅是暗喻，簡直是在明說了。

從傳統文化來看，封建時代的文人、官員在名字之外，一般都有別號。據馬來西亞學者蕭天遙先生《中國人名研究》一書的分類來看，古人的號異彩紛陳，大都表達一定

5　筆者按：《金瓶梅》圓形網絡結構的最大特點是它的內容，包括歷史事件、人名、地名等，前後皆互有關聯，相互可以界定。也就是說，作品中的某一點，若單獨拈出來而不顧及與其他內容的聯繫，似乎都可說通。如「頭條巷」這個極普通常見的地名，與《金瓶梅》地理背景相關聯的大運河沿岸的某個地方可能有，但卻沒有「二郎廟三轉橋四眼井」都齊備的地名。「五里店」也是如此。尤使我們注意的是，即使大運河沿岸的某個地方有「五里店」，只要那裏沒有「皇木廠」，即可斷定不是《金瓶梅》中所指稱的「五里店」。因為劉太監的兄弟劉百戶是偷盜「皇木」在「五里店」蓋房的。而有「皇木廠」，又有「五里店」的，惟通州一處而已。《金瓶梅》地理背景之所以眾說紛紜，其原因皆緣於此。比方還有一種自認為很正確的地理背景「紹興」說，其實是犯了整體性的方向錯誤。因為《金瓶梅》第六十一回中幾次說到讓韓道國到「南邊」搞買賣：「就是後生小郎看著，到明日就到南邊去，也知財主和你我親厚，比別人不同。」「到明日等賣下銀子，這遭打發他和來保起身，亦發留他長遠在南邊立莊，做個買手。」「韓夥計打南邊來，見我沒了孩子……」我們知道，韓道國搞買賣到過揚州、湖州、杭州等，如果說《金瓶梅》的地理背景是紹興的話，應該說到「北邊」才是，因為紹興在湖州、杭州南邊，怎麼能說「南邊」呢？還有，作品中有多處「在江南」「前往江南投親」「前往江南尋父母去」等，從這種表述口吻判斷，一定是江北人才這樣說，江南人無論如何也不能說到「江南」去。再者，紹興也沒有「磚廠」「皇木廠」，也沒有任何史料說那裏生活著大量「太監」，等等，這些都沒有，主人公西門慶也就失去了賴以活動的空間。顯見《金瓶梅》的地理背景絕對不是紹興，這點毋庸置疑。

的志趣。如果從別號的外型來分，有以身分自號的，如布衣、病夫；有以百業自號的，如釣徒、樵夫；有以居處自號的，典型者如陶淵明號「五柳先生」，是因其「宅邊有五柳樹」，等等。所以，對西門慶的號「四泉」，不應做過度的闡釋，「四泉」是以其居處有「四眼井」而自號的，並不是因其「酒色財氣」樣樣俱全（泉之諧音），才起這樣的號。也不是像某些學者解釋為「死於權」的意思。不然的話，上邊一泉、二泉、三泉又做何種解釋呢？

趙龍崗說他的父親是「汝府良醫」，那麼，這個「汝府」指的是誰的府第？查《明史‧諸王世表》，明憲宗朱見深十四子，除孝宗外，悼恭太子及他皇子俱未名殤。得封者十王：興獻王朱祐杬、……汝安王朱祐梈、……。「汝府」就是朱祐梈的府第。汝安王朱祐梈是明憲宗庶十一子，弘治四年封，十四年就藩衛輝府。嘉靖二十年死，無子，封除。王世貞《弇山堂別集》卷六十七「各府祿米」條：「汝府：汝王歲支本色祿米一萬石。」明時的王府設良醫所，良醫正一人，正八品；副一人，從八品。

趙搗鬼又說其祖父為太醫院院判。太醫院設院使一人，正五品；院判二人，正六品。其屬，御醫四人，正八品；吏目一人，從九品。明朝的太醫院，是專門為皇帝及后妃服務的醫療機構。一般大臣、王爺甚而內閣首輔都無權使用太醫院太醫，更別說平民百姓了。除非皇帝特批，那是格外的一種恩典。譬如楊廷和雖為宰相，其父有疾，只有在武宗允許的情況下，太醫才能前往診視。《明史》卷七十四「太醫院」，「王府請醫，本院奉旨遣官或醫士往。文武大臣及外國君長有疾，亦奉旨往視。」《明世宗實錄》也記載說是「特恩」。從趙龍崗的家世及他對傳統醫書的熟悉程度來看，他的身分應為太醫院太醫，而不是民間對醫生的尊稱。他及其他的諸多太醫都為「西門慶」家服務，西門慶的身分則可想而知了。

傳統戲曲中的太醫，是人們對醫生的尊稱。但從實際描寫來看，幾乎都是庸醫，上場時都要做一番滑稽的自我介紹，就連著名悲劇《竇娥冤》中的賽盧醫也是如此。但沒有哪一部戲曲的太醫能像《金瓶梅》中趙龍崗那樣將自己的籍貫、家世介紹得如此詳細。由此我們可以作出這樣的判斷：《金瓶梅》借《寶劍記》中的趙太醫，猶如借《水滸傳》中的西門慶一樣，只是借其名，並未寫其實。

二

《金瓶梅詞話》第三十一回引入的《陳琳抱妝盒》則揭示了西門慶原型明武宗的身世之謎。這一回寫西門慶生子加官後，請薛、劉二內相、周守備、夏提刑等人吃喜酒。李銘、吳惠兩個小優兒上來彈唱。席間，周守備先請二位太監點節目，彼此謙讓後，由劉

太監先點。他點唱的是「歎浮生有如一夢裏」。這是元呂止庵的散套，出自《雍熙樂府》卷十四〈商調·集賢賓〉，原注「歎世」。《盛世新聲》《詞林摘豔》亦載之，後者注「呂止庵『歎世』」。中心意思是看破紅塵，悲觀厭世，躲避是非。故周守備說：「老太監，此是歸隱歎世之詞，今日西門大人喜事，又是華誕，唱不的。」接著，劉太監又點唱「雖不是八位中紫綬臣，管領的六宮中金釵女。」周守備道：「此是《陳琳抱妝盒》雜記（劇），今日慶賀，唱不的。」

上引「雖不是八位中紫綬臣，管領的六宮中金釵女」，出自元雜劇《金水橋陳琳抱妝盒》第二折〈南呂·一枝花〉，但文字有所改動。《盛世新聲》《詞林摘豔》《雍熙樂府》皆載有此曲。後二者原注「抱妝盒」。劉太監為什麼要點這個劇目，作者如此安排的真實用意是什麼？

該劇寫的是內使陳琳與宮人寇承御忠心救太子故事。宋真宗朝，西宮李美人生太子，劉皇后嫉妒，欲害之，密遣宮人寇承御，誆出太子，要殺死棄金水橋河內。寇欲救無計，適逢陳琳抱妝盒到御園摘新果。二人共謀，將太子藏在妝盒，由陳琳送至南清宮八大王處。事過十年，八大王帶太子朝真宗，劉皇后見太子貌似李妃，痛拷寇承御，寇抵死不肯招認，觸階身亡。又十年後，太子接位為仁宗，因聞妝盒之事，密詢陳琳，陳琳實告，真相大白。仁宗褒獎陳琳、寇承御，奉李美人為太后。今京劇《狸貓換太子》故事本此。

沈德符《萬曆野獲編》卷三「鄭旺妖言」條云：

> 當弘治末年，孝康皇后張氏擅寵，六宮俱不得進御。且自武宗生後，正位東宮，再舉蔚悼王薨後，更無支子。京師遂有浮言：太子非真中宮出者。時有武城尉軍餘鄭旺，有女入高通政家進內，因結內侍劉山，宣言：其女今名鄭金蓮，現在聖慈仁壽太皇太后周氏宮中，實東宮生母也。……此當時目擊其事者所紀，較國史更確。其所謂有所受者，指孝康皇后也；旺罪魁不加刑者，指孝宗知旺之冤也；閔珪意有在者，謂孝宗為中宮所制，其意實不欲殺旺也。[6]

明陳洪謨《治世餘聞》下篇卷之四所記與此同。就連《明武宗實錄》對此也不避諱。由此看來，明武宗的身世與宋仁宗極相類，都是皇帝為皇后所制，與其她女人生皇子後只得寄養它處，待若干年後，皇子即皇帝位後，真正的身世才能公佈於眾。當然，這兩件事的結局是不完全相同的，作者只是取其相似而已。因為有關太子的身世，是一個非常敏感的話題。表面上看，薛太監絕不該在萬歲爺（西門慶）生子（太子）這樣的喜慶場合點唱《抱妝盒》雜劇，那會使人很容易由宋仁宗聯想到明武宗的。作者特意安排這樣

6　沈德符《萬曆野獲編》卷三，北京：中華書局 1959 年。

的劇目，其真實用意就在於此。

這次宴席點唱的節目，作者的安排是很有層次的。接下來，薛太監又點了〈普天樂〉「想人生最苦是離別」。這與西門慶「慶壽生子」的氛圍是很不相襯的。故夏提刑大笑道：「老太監。此是離別之詞，越發使不的。」薛太監道：「俺每內官的營生，只曉的答應萬歲爺，不曉的詞曲中滋味，憑他每唱罷。」這話是反說。別說太監在宮中多年的薰陶，是很有文化水準甚而有些太監是很有學問的[7]，即使目不識丁的平民百姓也懂得「離別」是什麼意思，也知道不該在這樣的場合點唱這種不吉祥的曲子。劉、薛兩個太監一而再、再而三地點唱這種使人掃興的曲子，難道就不怕西門慶責怪？實際上，兩位太監是很懂得「詞曲中滋味」的。因為「離別」不僅對青年男女、對一般家庭，即使對皇帝而言，也是人生的一大痛苦。試想，明武宗果真是鄭金蓮所生（事實上恐正是如此），被太后、皇太后「收養」，不得與其生母相認，即位後又不得追封其生母，這種「離別」才是人生最痛苦的。最後，夏提刑吩咐唱〈三十腔〉。此曲見《盛世新聲·南曲》。《雍熙樂府》卷十六亦載之，其首曲為「喜遇吉人」，原注「慶壽」。這是套吉祥慶壽之曲，其內容與小說所描寫的氛圍是十分吻合的。

這段點唱的情節，表面上看似滑稽，實際是「寓莊於諧」。作者正是在這種「諧謔」的不經意的敘述中透露真實信息的。

三

《金瓶梅》中描寫西門慶愛聽戲曲音樂，這既是當時社會風氣的反映，同時也暗射了明武宗對戲曲的愛好。

沈德符《萬曆野獲編》卷二十五：

> 嘉、隆間乃興〔鬧五更〕〔寄生草〕〔羅江怨〕……比年以來，又有〔打棗竿〕〔掛枝兒〕二曲，其腔調約略相似，則不問南北，不問男女，不問老幼良賤，人人習之，亦人人喜聽之。以至刊佈成帙，舉世傳誦，沁人心腑。[8]

從《金瓶梅》的具體描寫來看，不只西門府邸、也不只西門慶及其妻妾喜好戲曲。

7　明末太監劉若愚謂：「皇城中內相學問，讀《四書》《書經》《詩經》，看《性理》《通鑒節要》《千家詩》《唐賢三體詩》……十分聰明有志者，看《大學衍義》《貞觀政要》《聖學心法》《綱目》，盡之矣。」劉若愚《明宮史》，北京：古籍出版社 1982 年。

8　沈德符《萬曆野獲編》卷二十五，北京：中華書局 1959 年。

唱曲者還有藝人、妓女、丫鬟、尼姑等等，真可謂人人會唱，個個愛聽。如果不是社會風氣使然，《金瓶梅》中也就不會有如此多的唱曲場面的描寫。古人評論《金瓶梅》以曲勝，《紅樓夢》以詩勝，良然。

西門慶的這一戲曲愛好也是明武宗形象的再現。

《明武宗實錄》中多次記載正德帝所到之處都要「備諸戲劇」：

> 上迎春於宣府，備諸戲劇。又飭大車數十輛，令僧與婦女數百共載，婦女各執圓毬，車既馳，交擊僧頭，或相觸而墮，上視之大笑，以為樂。[9]

> 丁酉，立春。上迎春於南京，備諸戲劇，如宣府之為者。[10]

> 給事中顧濟言：邇者聖體愆和，中外憂懼。……陛下慎擇近臣，更番入直，以適下情。其餘淫巧雜劇之伎，傷生敗德之事，一切屏去，則保養有道，聖躬不患不安矣。[11]

王世貞《弇山堂別集》也提到明武宗「備諸戲劇」這一情況。

明武宗不僅愛好「戲劇、雜劇」，而且對音樂還頗有點造詣：

> 武宗皇帝深解音律，親制《殺邊樂》，南京教坊皆傳習。余嘗聞之，有笙有笛有鼓，歇落吹打，聲極洪爽，頗類吉利樂。[12]

假如明武宗並不愛好「戲劇」、音律，所到之處嚴禁「戲曲」搬演，那我們說西門慶的這一愛好影射明武宗，就完全是無稽之談了。換句話說，既然明武宗每到一處即「備諸戲劇」，宮中常有「戲曲」演出則可想而知。

9　《明武宗實錄》卷一五七，中央研究院歷史語言研究所校印本。

10　《明武宗實錄》卷一二八，校印本。

11　《明武宗實錄》卷一九五，校印本。

12　李詡《戒庵老人漫筆》卷一，北京：中華書局 1982 年。

《金瓶梅詞話》中散曲的功用和意圖

　　本文主要探討《金瓶梅》與散曲的關係。那麼，《金瓶梅》到底引入了多少散曲？筆者以蔡敦勇先生所作的結論為據：《金瓶梅》收錄的散曲為二十七套，其中收錄曲文比較全的有十四套，僅錄曲牌首句的有十三套。能夠確定是散曲，或者能找到出處的小令有一百二十六支，其中絕大多數都收錄了全曲，僅有少數的幾支錄下了曲子的首句。這數以百計的散曲，並非出自《金瓶梅》的作者之手。其中既有元代關漢卿、張小山、杜善夫、盧摯、湯式、呂止庵、張鳴善、劉百亭等人的作品，也有明代朱有燉、唐以初、陳鐸、曹夢修、張善夫等人的作品。而且，這些作品大都收集在明代刊刻的散曲集中，如《太和正音譜》《盛世新聲》《詞林摘豔》《雍熙樂府》《群音類選》等。其中尤以《詞林摘豔》《雍熙樂府》中為最多[1]。

　　《金瓶梅》中引入的散曲（套數、小令、時調小曲）較之劇曲數量要多得多，分佈也更為廣泛，形式更加靈活多樣。其內容，有直抒情懷的，有寫景狀物的，有鋪陳敘事的等等。舉凡生活中的方方面面，如結婚、生子、慶壽、會親、舉喪時要唱它；賀節、賞花時要唱它；調侃鬥趣、互通情愫時要唱它，甚至店鋪開張時也要唱幾支曲子，……真是無時不在唱，無人不會歌，似乎已成為當時人們多姿多彩生活的必不可少的組成部分。那麼，作者為何要引入大量的散曲，其引用的目的和意圖是什麼？探究歸納起來，其作用主要有三個方面：

　　1.《金瓶梅》之所以大量引用這些曲子，除了受當時時代風氣影響外，作者最基本的意圖是充分利用曲的抒情性來刻畫人物的心理，表現人物的內在情感，使小說敘事與抒情達到水乳交融的完美境界。

　　以曲來抒發人物的內在情感、刻畫人物的潛在心理，《金瓶梅》採用了靈活多樣的抒情方式。首先是自我吟唱的方式，這在作品中運用得最多，最普遍。第一回，潘金蓮在嫁給「三寸丁」武大後，對這椿婚姻極為不滿，她常常這樣抱怨：「普天世界斷生了男子，何故將奴嫁與這樣個貨？每日牽著不走，打著倒腿的。……奴端的那世裏悔氣，卻嫁了他，是好苦也。」在無人處，常彈個〔山坡羊〕為證：

1　　劉輝、楊揚《金瓶梅之謎》，北京：書目文獻出版社 1989 年。

想當初，姻緣錯配奴，把他當男兒漢看覷。不是奴自己誇獎，他烏鴉怎配鸞鳳對。奴真金子埋在土裏，他是塊高號銅，怎與俺金色比。他本是塊頑石，有甚福抱著我羊脂玉體，好似糞土上長出靈芝。奈何？隨他怎樣，倒底奴心不美。聽知，奴是塊金磚，怎比泥土基。[2]

《金瓶梅詞話》第一回係改寫《水滸傳》第二十四回而成，但《水滸傳》對潘金蓮與武大的「姻緣錯配」只引有一首詩，並無此曲。此曲又未見其來源，故當為作者自創無疑。潘金蓮高歌自己是「鸞鳳、靈芝、金磚」，而把武大貶斥為「烏鴉、頑石、糞土」，這既表現了她內心的極度苦楚，也表現了她朦朧的自我肯定意識和追求婚姻「相配」的合理要求。對這椿婚姻，連作者也感慨道：「自古佳人才子相湊合的少，買金偏撞不著賣金的」，這多少表達了對自己所塑造的新的潘金蓮形象的同情。

第八回，「潘金蓮永夜盼西門慶」。敘西門慶在勾搭潘金蓮的同時又新娶了孟玉樓，約一個多月未往潘家去。潘氏望眼欲穿，心煩意亂，罵了幾句負心賊，用紅繡鞋打了一個相思卦，有〔山坡羊〕為證：

凌波羅襪，天然生下。……他，不念咱；咱，想念他。

想著門兒私下，簾兒悄呀。……他，辜負咱；咱，念戀他。

此〔山坡羊〕抄自《雍熙樂府》卷二十〔山坡裏羊〕，原注「思情」，文字有所改動。作者抄改這支曲子用於描寫潘金蓮此時的內心活動。因西門慶新娶孟玉樓而「辜負」了她，但她卻依然思戀西門慶，此曲與小說的情節進程完全入扣，於情於理都十分合拍。而像「空教奴被兒裏叫著他那名兒罵（原作被兒裏惦著咱名兒罵）」「他辜負（原作欺負）咱，咱念戀他」等詞句，也非常切合潘金蓮一貫的心理性格和此時特定的心境。

以自我吟唱的方式抒發內心情感的最精彩的例子莫過於第三十八回「潘金蓮雪夜弄琵琶」。因西門慶又包占了王六兒，多時不進她房門。一日，潘金蓮把角門開著，在房內銀燈高點，彈弄琵琶。等到二三更，使春梅出去瞧了數次，仍不見西門慶的動靜。睡又睡不著，取過琵琶，以四支〔二犯江兒水〕淋漓盡致地抒發了其「翡翠衾寒，芙蓉帳冷」的苦悶。此曲將小說的敘事、抒情、寫景貫穿起來，在潘金蓮的自彈自唱過程中得到了完美、和諧的統一：

「悶把幃屏來靠，和衣強睡倒。」猛聽的房檐上鐵馬兒一片聲響，只道西門慶來到，敲的門環兒響，連忙使春梅去瞧。他回頭：「娘錯了，是外邊風起落雪了。」婦

2　蘭陵笑笑生《金瓶梅詞話》，北京：人民文學出版社 2000 年。

人於是彈唱道：「聽風聲嘹亮，雪灑窗寮，任冰花片片飄。」一回兒燈昏香盡，心裏欲待去剔續，見西門慶不來，又意兒懶的動旦了。唱道：「懶把寶燈挑，慵將香篆燒。（只是捱一日似三秋，盼一夜如半夏）捱過今宵，怕到明朝。細尋思，這煩惱何日是了？（暗想負心賊當初說的話兒，心中由不的我傷情兒）」……

及至西門慶半夜歸來後，又徑往李瓶兒房中一起飲酒：

這裏兩個吃酒，潘金蓮在那邊屋裏冷清清，獨自一個兒坐在床上，懷抱著琵琶，桌上燈昏燭暗。待要睡了，又恐怕西門慶一時來；待要不睡，又是那眠困，又是寒冷。……又唱道……那春梅走去，良久回來，說道：「娘還認爹沒來哩，爹來家不耐煩了，在六娘屋裏吃酒的不是。」這婦人不聽罷了，聽了如同心上戳上幾把刀子一般，罵了幾句負心賊，由不得撲簌簌眼中流下淚來。一徑把那琵琶兒放得高高的，口中又唱道：「論殺人好恕，情理難饒，負心的天鑒表（好教我題起來，又是那疼他，又是那恨他。）……」

這四首〔二犯江兒水〕，出自《詞林摘豔》卷一，原題為「閨怨，無名氏小令」。《金瓶梅》在抄改時，幾用了半回的篇幅，詳盡地敘寫了潘金蓮雪夜弄琵琶「以遣其悶」的過程。充分揭示了她內心的哀怨、焦慮、悔恨、愛之不能的種種複雜的感情心緒，這與作品中以娛樂性的唱曲有很大的不同，唱曲已完全融入到小說故事情節的敘事之中，而且，將描寫性文字與所引的曲詞以間雜的形式出現，並加進了很多獨白性的文字，成為小說描寫潘金蓮心理的有機組成部分。

其次，用兩人對唱的方式來交流情緒。《金瓶梅》第二十回敘西門慶在包占了李桂姐後，卻發現老鴇又讓李桂姐暗中接客，便把李家打得不像模樣，並指著李鴇罵道，有〔滿庭芳〕為證：

虔婆你不良，迎新送舊，靠色為娼。巧言詞將咱誑，說短論長。我在你家使勾有黃金千兩，怎禁賣狗懸羊？我罵你句真伎倆媚人狐黨，衝（衒？）一片假心腸。
虔婆亦答道：「官人聽知：你若不來，我接下別的，一家兒指望他為活計。吃飯穿衣，全憑他供柴糶米。沒來由暴叫如雷，你怪俺全無意。不思量自己，不是你憑媒娶的妻。」

《金瓶梅》第七十九回，西門慶在彌留之際與吳月娘對唱的〔駐馬聽〕〈賢妻休悲〉〈多謝兒夫〉二曲，也是採用的這種方式。

再次，通過小說中的人物，如樂妓、樂工等演唱來表現情懷的。如第二十回引入的

《彩樓記》中的〈喜得功名遂〉一曲，充分表達了西門慶對「財、色」兩全的李瓶兒的十分寵愛；第七十三回兩個小優兒唱的〈憶吹簫〉套曲，寄託了西門慶對李瓶兒的懷念之情。這樣的例子在作品中很多，茲不一一縷述了。

2.《金瓶梅》中的曲子，還用於作品的景物描寫；或用來詠物。

《金瓶梅》第四十二回，「豪家攔門玩煙火」，寫的是第六年（政和七年丁酉，西元1117年）正月間的事。重點寫正月十五日——既是李瓶兒生日，又是傳統的元宵節，西門府邸吃酒、唱戲、燃放煙火、觀賞燈市的活動。西門慶與應伯爵、謝希大等重篩美酒、再設珍羞，教李銘、吳惠席前唱了一套燈詞〔雙調·新水令〕：

> 鳳城佳節賞元宵，繞鰲山瑞雲籠罩。見銀河星皎潔，看天塹月輪高。動一派簫韶，開玳宴盡歡樂。
>
> 〔川撥掉〕花燈兒兩邊挑，更那堪一天星月皎。……
>
> 〔七弟兄〕一壁廂舞著，唱著共彈著，驚人的這百戲其實妙。……
>
> 〔梅花酒〕呀，一壁廂舞鮑老。仕女每打扮的清標，有萬種妖嬈，更百媚千嬌。……
>
> 〔喜江南〕呀，今日喜孜孜開宴賞元宵，玉纖慢撥紫檀槽，燈光明月兩相耀。照樓台殿閣，今日個開懷沉醉樂淘淘。

此曲《盛世新聲》《詞林摘豔》《雍熙樂府》皆收錄，《詞林摘豔》題為「元宵」，而《雍熙樂府》則題為「燈詞」。在唱曲非常盛行的明代，民間每逢喜慶佳節，常以唱曲助興。社會活動的需要，又促進了曲創作的空前繁榮，出現了大量的專題性的曲作，如有慶元宵的、慶端陽的、重陽的以及慶壽誕的，等等。只要這些專題性的曲子，其內容與小說所寫的時令、場景完全相同，作者稍加改動就移植過來。這樣的移植用於作品中就顯得十分合拍，毫無生搬硬套之感。這套曲子更值得我們注意的是，它本是描寫京城燈市熱鬧景象的，作者未做多大改動即用來描繪「清河縣」的燈市，實際暗示了「清河」就是北京[3]。因為「清河」在宋、明兩代都是小縣，人口很少，據《嘉靖廣平府志》《嘉靖清河縣誌》記載，嘉靖二十七年，清河縣不足六千人，縣城的人數肯定不會多，甚至連條像樣的街道都沒有，何來觀看的人「挨肩擦膀，不知其數」呢？作者不會疏忽到用寫京城景象的壯觀文字去描寫一個偏僻小縣城的「燈市」，那簡直是不倫不類了。若再看下文描寫煙火的一段駢文，可以看出這座煙火的結構十分複雜，不僅煙火的名目很多，連所起名字都很有詩意，分明是一派「皇家氣象」，而絕非小小的「清河縣」所能為。

3　參見拙著《金瓶梅發微》，北京：中國社會科學出版社2002年。

這樣的例子在作品中很多，如第五十八回的〔商調·集賢賓〕〈暑才消〉：「暑才消大火即漸西，斗柄往坎宮移。……金盆內種五生，瓊樓上設筵席。」此曲原載《盛世新聲》，又見《詞林摘豔》卷七「商調」部，《雍熙樂府》卷十四「商調」部，後兩者原題皆為「慶七夕」。全曲寫的是夏末秋初的景物，「七夕」又是牛郎織女相會的日子，與本回所寫西門慶的生日——七月二十八日時令相合。而此曲是潘金蓮讓吳銀兒、李桂姐唱的，或許暗含著她對西門慶的相思之情吧？

以曲詠物在《金瓶梅》中數量也不少，這些曲子大多屬作者自撰，往往語含雙關，頗多滑稽韻味。如第四回「淫婦背武大偷姦」。敘西門慶到王婆家，要潘金蓮來會。王婆推借瓢到武大家探看。作品寫道，有詞單道這雙關二意為證：

> 這瓢是瓢，口兒小，身子兒大。……他怎肯守定顏回，甘貧樂道？專一趁東風，水上漂。有疾被他撞倒，無情被他掛著，到底被他纏住拿著。……如今弄的許由也不要，赤道黑洞洞葫蘆中賣的甚麼藥？

作者已明說這支曲有「雙關二意」，表面寫的是瓢，因葫蘆瓢質軟體輕，故能水上漂浮，隨風而行，風停即止。而實際暗喻水性揚花的女人，專一攀龍附鳳，趨炎附勢，哪能像顏回那樣「甘守清貧」呢？這首曲表面是泛指，作品中卻是專喻潘金蓮。她讓王婆將瓢「一任拿去」，實是心甘情願地做西門慶的姘婦。作者在看似滑稽的比喻中，暗喻了對潘金蓮的嘲諷。

第八十六回，「王婆售利嫁金蓮」。敘潘金蓮被吳月娘趕出家門後，在王婆家待嫁。不久，卻和王婆之子王潮「刮拉上了」，晚上搖的床一片聲響。王婆醒來聽見，問是什麼響動？王潮回答說是「櫃底下貓捕的老鼠響」。作品寫道：「有幾句雙關，說得這老鼠好」：

> 你身軀兒小，膽兒大，嘴兒尖，忒潑皮。見了人藏藏躲躲，耳邊廂叫叫唧唧，攪混人半夜三更不睡。不行正人倫，偏好鑽穴隙。更有一樁兒不老實，到底改不了偷讒抹嘴。

這支曲明寫老鼠，實則是暗有所指。「不行正人倫」「到底改不了偷讒抹嘴」等語句，在具體的語境中，讀者很容易想到指的是潘金蓮「惡習不改」。

3.《金瓶梅》中的曲子，除了上述功能外，還有敘述功能，即「以曲代言」，這是作者強烈的「戲曲意識」在作品中的具體體現。

「以曲代言」，本是戲曲藝術的基本表現手段，但《金瓶梅》的作者卻以唱曲來代替小說的敘事，這樣的例子在作品中可謂屢見不鮮。但這不能作為《金瓶梅》原本是一部

說唱話本的依據。因為中國的傳統戲曲既有唱又有白，而有些人物的說白往往就是以詞曲的形式出現的。《金瓶梅》的「以曲代言」，當是受了戲曲的影響並將這一手法運用到小說中去的。在作者看來，戲曲和小說的表現手段完全可以互相借用。

最典型的例子當屬第九十三回陳經濟被吳月娘趕出家門後，打了官司，又變賣了房產，只落得一貧如洗。不得已，只好與「花子」為伍，替人巡更，受盡了折磨。不想一夜做了一夢，從夢中醒來對眾人訴說其經歷，有〔粉蝶兒〕為證：

> 九臘深冬，雪漫天涼然冰凍。更搖天撼地狂風。凍得我體僵麻，心膽戰，災難扎掙。……
>
> 〔耍孩兒一煞〕不覺撞昏鐘，昏鐘人初定。是誰人叫我，原來是總甲張成。……趁今宵誰肯與我支更？也是我一時僥倖，他先遞與我幾個燒餅。
>
> 〔二煞〕多承總甲憐咱冷，教我敲梆守守更。……
>
> 〔三煞〕坐一回腳手麻，立一回肚裏冷……下夜的兵牌叫點燈，歪踢弄。與了他四十文，方才得買一個姑容。
>
> 〔四煞〕到五更雞打鳴，大街上人漸行，眾人各去都不等。只見病花子倘在牆根下，教我煨著他，不暫停。……
>
> 〔五煞〕花子說你哭怎的？我從頭兒訴始終：我家積祖根基兒重。……我祖耶耶曾把淮鹽種，我父親專結交勢耀，生下我吃酒行兇。
>
> 〔六煞〕先亡了打我的爺，後亡了我父親。我娘疼，專隨縱。……娶了親就遭官事，丈人家躲重投輕。
>
> 〔七煞〕我也曾在西門家做女婿，調風月把丈母淫。……毆打妻兒病死了，死了時他家告狀。使了許多錢，方得頭輕。
>
> 〔八煞〕賣大房，買小房。贖小房，又倒騰。……饑寒苦惱妾成病，死在房簷不許停。……
>
> 〔九煞〕掇不的輕，負不的重。做不的傭，務不的農。……狗性子生鐵般硬，惡盡了十親九眷，凍餓死有那個憐憫。
>
> 〔十煞〕討房錢不住催，他料我也住不成。……凍骨淋皮無處存，不免冷鋪將身奔。但得個時通運轉，我那其間忘不了恩人。

筆者不憚其煩地引述上面文字，是想把問題闡述得更清楚一些。這十支曲子，先從陳經濟目前的遭遇敘起，又追憶了其父親的官司，母親的溺愛，在西門家的種種風流，被吳月娘趕出後的家庭變故，以及對自己的定性評價，等等。最後，敘說到目前在「冷鋪存身」，又與開頭合。除了後文陳經濟得到王宣（杏庵居士）的救助，在晏公廟做道士，

後與春梅假認親並住進守備府、娶親等故事外,這十支曲子,實際是陳經濟大半生的「簡略自傳」。

又如《金瓶梅》第八回,當潘金蓮聽說西門慶拋閃了她而新娶了孟玉樓時,便以《山坡羊》曲對玳安說道:

> 喬才心邪,不來一月。奴繡鴛衾曠了三十夜。他俏心兒別,俺癡心兒呆。不合將人十分熱。常言道容易得來容易捨。興,過也;緣,分也。

這支曲子在小說中是作為人物語言出現的,曲辭的內容就是小說中人物講話的內容,亦即上文所說的「以曲代言」。還有小說中以曲來描寫人物外貌的,或以曲作為男女傳遞信柬的,等等,這些地方的「曲」,都擔當著敘事功能。

對西門慶家族模式的文化審視

一

自《金瓶梅》問世後，破解此書寓意的，歷代都不乏其人。如《詞話》本欣欣子〈序〉云：「寄意於時俗，蓋有謂也。」弄珠客〈序〉亦曰：「作者亦自有意。」廿公〈跋〉謂之：「蓋有所刺也。」崇禎本的評注者一再規勸讀者對這部「奇書」的關鍵處「莫作閒話」看待，最權威的評點家張竹坡亦不厭其煩地提醒人們不要被《金瓶梅》文本的表面文字「瞞過」。紫髯狂客在《豆棚閒話》的卷末總評中也說，像《金瓶梅》這類書，要從「夾縫」中體會其高妙。看來，《金瓶梅》確有深刻的寓意，如作者對西門氏家族模式的設計，即是對封建傳統倫理道德的一種全面反動。

《金瓶梅》開篇伊始，作者就為西門氏家族設計了一個全然不同於傳統的新的家族模式，這個家庭上無老，下無小（李瓶兒有一子，僅活了一年零兩個月；遺腹子孝哥出家；西門大姐自殺）。「《金瓶梅》何以必寫西門慶孤身一人，無一著己親哉？」[1]作者為何以西門氏竟無可資接續的族譜作為全書的開端？不能不謂作者用心之良苦。

我們知道，中國封建社會的全部倫理道德是在基本的綱常倫理，即「三綱五常」基礎上展開的。「三綱」中有兩項規範著家庭內部關係（「君為臣綱」是「父為子綱」的強化），而「五常」實際也是家庭倫理的擴張。「父為子綱」的實質即家長權，在家庭中擁有至高無上的權力，父子之間（出仕則轉化為君臣之間）存在著嚴格的等級界線，這反映了傳統家庭的專制性質。按照宋明理學的觀念，「三綱五常」就是封建社會的「宗」，就是天理，永恆不變。但《金瓶梅》所描寫的西門氏家族的情形卻恰恰與此相反。西門慶曾對王婆說：「我的爹娘俱已沒了，我自主張，誰敢說個不字！」（第三回）主人公西門慶既然無親可奉，便可絕孝而行，《金瓶梅》所欲構造的，正是這樣一個無根柢的家，它的

1　張竹坡〈金瓶梅讀法〉，見《金瓶梅》，濟南：齊魯書社 1991 年。

叛逆姿態,不僅外化為對某種傳統文學程式的漠視[2],更重要的是對傳統文化——家庭結構（家禮規定）的深刻內省。

這「我自主張」確已甩脫了歷史的孝梯重負,因此,這個家庭才有可能恣意地發展起來。西門氏家族與傳統的封建家族模式相比,已從「以血緣親屬為根基的長幼尊卑的家長制」發展到「以金錢財富為軸心的主從貴賤的利益關係」,無疑,這是一個社會基本圖式的超越。

「我的爹娘俱已沒了」,「父為子綱」也就失去了它存在的基礎;「我自主張」,便可以「我」為中心率性而為,失去的「自我」又恢復了「我」的自在;「誰敢說個不字」,就可完全按照我自己的意志行事。這在程朱理學侈談人性只是「天理」的衍化,完全抹殺人的主體作用和人自身價值的時代,《金瓶梅》的作者以驚世駭俗的膽量設計出西門氏這樣的家庭,無疑具有深刻的叛逆意義。但問題在於,這原本甩脫歷史孝梯重負的「自我」,卻並沒有引發出對人的個性的充分尊重和自由發展,使人格完善與人性昇華,相反,卻成為以「自我」為中心的胡作非為者的藉口,成為迅速崛起的商業資本的奴隸,金錢又把人性徹底扭曲和異化了。我們看,作為主子的西門慶,為聚斂錢財,不惜傷天害理,幹絕了壞事,結果三十三歲一命嗚呼,最終落得個「斷子絕孫」的下場。而他一死,從妻妾到奴僕,從夥計到朋友,捲財外逃的,翻臉不認帳的,挖牆角的,落井下石的,等等,真是形形色色,無奇不有,人與人之間的關係,變成了單純的赤裸裸的金錢關係,傳統的倫理道德在西門氏家族已喪失殆盡了。所以,作者筆下的人物,主子不正,妻妾不賢,朋友不忠,奴僕不義,《金瓶梅》所描寫的,就是建立在這種財勢關係上的人情世態。

二

中國封建社會是非常重視倫理道德的,《大學》首章就曾強調:「古之欲明明德於天下者,先治其國;欲治其國者,先齊其家;欲齊其家者,先修其身;欲修其身者,先正其心;欲正其心者,先誠其意;欲誠其意者,先致其知;致知在格物。格物而後知至,知至而後意誠。意誠而後心正,心正而後身修,身修而後家齊,家齊而後國治,國治而後天下平。」很顯然,它是以「自我」為軸心,以圓周式順序逐步向外擴張的,最終達到國家大治、天下太平的目的。由此看來,「治國」的關鍵在於「齊家」,而「齊家」

2　中國古代小說由於源自史傳文學並受其影響,對主人公的出身往往作不厭其煩的族譜式的介紹,唐人傳奇、話本小說,章回小說莫不如此。

的關鍵則在於「心正」。雖然，從文字表面看，「心正」並不處在上述程式的首端，但它卻是儒家修身理想的關鍵所在。正因為西門慶「不正其心」，他的修身理想也就無從談起，西門氏家族的種種敗行、惡德的出現則是不可避免的。有的學者指出，《金瓶梅》的寓意在於「不修其身不齊其家」[3]，這是很有見地的。

「家反宅亂」是這個家族最顯著的特徵，其主要責任應歸咎於西門慶。西門慶是一個地地道道的「富而多詐奸邪輩，壓善欺良酒色徒」，致使這個家族的家庭倫常，諸如長幼、尊卑、男女等關係出現了嚴重的「混亂」，而在所有的「混亂」中，「亂倫」是西門宅邸最突出的問題。

小說開始即介紹，西門慶有妻有妾。然而，他並不滿足，「一個月倒在媒人家去二十餘遍」，一旦得手，便隨意擺佈，稍有忤逆，輕則訓斥打罵，重則剝光衣服，用鞭子抽打，直到徹底向他屈服，甚至被打轉賣出去。凡列入他姦淫圈內的婦女，他都要想方設法弄到手。除他的妻妾外，他陸續姦淫了不少婢女與家人奴僕的妻子。據清代張竹坡在〈雜錄小引〉中的統計，共十九人之多。同時，潘金蓮在偷琴童，僕人來旺在偷他的妾孫雪娥，書童在偷玉簫，來興兒與如意兒有姦，玳安不僅與小玉有姦，而且還偷他主子的情人賁四嫂。西門慶死後，來保膽敢公開調戲主母吳月娘，而陳經濟竟公然要娶小丈母潘金蓮，等等，諸如此類，不一而足。作者不無感歎地說：「如人家主子行苟且之事，家中使的奴僕輩皆效尤而行。」（第七十八回）看來是有感而發。

尤其值得我們注意的是，作者煞費苦心設計的一些表面看似平淡而實際隱含深刻蘊意的情節，往往被粗心的讀者忽略過去了。譬如西門慶之玩弄妓女，在封建社會，本是等閒之事，殊不知，妓女李桂姐、吳銀兒已拜西門慶為乾爹，與他在倫理上已具有父女關係。對於西門慶與李桂姐、吳銀兒的苟合，就不僅是一般的嫖客與妓女的關係，作者的弦外之音、象外之旨是說，西門慶與她們的「偷情」，實質上已具有了亂倫的性質。

三

作者對西門氏家族模式設計的深刻蘊意還在於，它觸及到了傳統倫理道德的基點——孝的問題。從第三十回潘金蓮與西門慶商討買趙寡婦家莊子和地的對話中可以看出，西門慶花幾百兩銀子在家墳隔壁買地、買莊子的目的，不是真心在那裏祭奠祖宗的陰德，而是為了擴建供他和妻妾們遊樂的場所。或許有人說，西門慶「父母俱亡」，哪裏還談得上行孝這個問題？其實不然。事孝的對象，不僅僅是健在的家長，還包括已亡

3　　浦安迪《中國敘事學》，北京：北京大學出版社 1996 年。

化的祖宗陰魂。所以，在世俗的眼光看來，一個家庭的興旺發達，乃是祖宗陰靈保佑的結果。「信八字望走好運，信風水望墳山貫氣」，則成為當時社會的普遍心理，以至於祭祖成為一個家族最隆重、最莊嚴的大事。《金瓶梅》產生的時代，傳統的倫理道德已呈崩潰之勢，「孝」的問題，在人們的心目中似乎已漸漸被淡漠遺忘了。西門慶也只是在加官、生子、進財時，才想起了「到墳前與祖宗磕個頭兒去！」（第四十八回）然而，就在「青松鬱鬱，翠柏森森」，「土山環抱，林樹交枝」這樣莊嚴的祖墳面前，卻幹起了「接著妓者在此頑耍的勾當」。而潘金蓮、陳經濟也在這祖墳面前，調牙鬥嘴，「戲謔做一處」。很顯然，「孝」在西門氏這裏已不具有什麼實際的意義，只是徒具形式而已。

西門氏家族對健在的家長也同樣未能盡孝，潘金蓮不是經常罵她的老母嗎？有氣就撒到老母身上，甚而還動手差點把潘母推倒。這種種的細節描寫，我們是不難體會出作者的良苦用心的。

按照儒家「家」「國」同質同構的邏輯，如果一個人在家能夠孝順父母，那麼，出仕一定能做忠臣。照此推理，西門慶於家不孝，他出仕一定也不會是一個奉公守法、嚴於律己的好臣子。從作品的具體描寫看，西門慶這個既無才、又不孝，既無文韜，又乏武略的流氓無賴，竟然全靠金錢買來一個五品高官，而且在任上，幹了一系列假公濟私，徇情枉法，「損下益上」的壞事。作為一名提刑官，他的「治其國」的「大業」，顯然是一塌糊塗。

在諸多不孝中，「無後」被世人看作是最大的不孝。西門慶一生風流，妻妾成群，可到頭來卻落得個「斷子絕孫」的下場。「上以事宗廟，下以繼後世」[4]是中國傳統婚姻觀，而《金瓶梅》卻表現出了與傳統婚姻文化觀念完全悖忤的意向。在西門慶和他的一妻五妾中（吳月娘除外），很少有人把生殖看得那麼重要，他（她）們始終是把性享樂、性滿足作為首要。雖然吳月娘和潘金蓮都做過生殖的努力，那只不過是出於更穩地把攔住漢子，是為了爭寵，生殖只是手段而非目的，尤其潘金蓮更是如此。至於西門慶，在他一生的風流史上，始終是把性快樂放在首位的，他的妻妾皆無所出，但也不以「不孝有三，無後為大」為恥，竟把整個家業托之於婿，「我……無兒靠婿」。在《金瓶梅》中，除西門氏家族外，其他的家庭，幾乎都是絕後的。如李瓶兒前夫花子虛、蔣竹山家；潘金蓮前夫武大及潘姥姥家；孟玉樓前夫楊某某以及陳經濟家等等，無一不是如此。由此看來，《金瓶梅》設計了那麼多無子嗣的絕後家庭，是否意味著性已超越了「廣家族、繁子孫」的傳統倫理關係和社會責任呢？讀者自然可以體會其中的況味。

4　《禮記》卷六十一，《十三經注疏》本，北京：中華書局1980年。

四

在西門慶這個「父母雙亡，兄弟俱無」的獨生家庭裏，由於上無老，下無小，因而，這個家族中的成員基本上是同輩人，具有一種特有的較平等的關係，宅邸的女主人公基本上是率性而為。更有意思的是，她們並沒有低眉順眼地服侍丈夫，反而在很多方面，西門慶還要受到她們的控制。比如《詞話》第十三回寫西門慶與李瓶兒偷情，被潘金蓮發現後，她便向西門慶提出了三個苛刻條件，西門慶卻是滿口答應，說道：「這個不打緊處，都依你便了。」雖然西門慶並非如實地按三個條件去做，但從這裏可以看出，在西門宅邸中，丈夫和妻子之間的關係已起了些微變化。潘金蓮倒像一個名正言順地發號施令的主人，她常用「你過來，我問你」「你過來，我吩咐你」「我對你說」一類顯然不屬柔順妻子使用的無禮貌的言詞來指揮西門慶。更有甚者，在潘金蓮用專意馴養的一隻貓害死了他惟一的兒子官哥，斷絕了他西門家族香火的大事上，他卻無意也沒有試圖去查明事情的真相，僅僅是把貓摔死。有的學者認為，這「可能是在暗示西門慶現在太瞭解潘金蓮的力量而不欲向她挑戰」，當西門慶「聽到金蓮喃喃吶吶的咒罵聲，竟匆匆離去，不敢反駁一句」[5]。

在西門氏家族裏，女性被賦予了更多的自主權力。我們看小說中所描寫的眾多婦女形象，她們都有改嫁的自由，不僅她們本人，而且整個社會輿論，對婦女改嫁、失去貞操不再認為是奇恥大辱，而是極為平平常常的事。即使封建思想還很嚴重的西門慶也不以婦女的改嫁、失去貞節為恥。在他所收的一妻五妾中（吳月娘、孫雪娥除外），都是改嫁來的，有的已不止一次改嫁。《金瓶梅》中婦女改嫁之普遍，次數之頻繁，真到了驚人的地步。

上述情節的設計是頗有深刻意味的。在那個「男不自專娶，女不自專嫁，必由父母，須用媒妁」的禮教社會裏[6]，特別是明代的統治者把婦女的貞操強調到與帝國命運攸關的高度的時代，作者有意識地把附加在婚姻、「性」上的倫理關係徹底剝落，把它還原為純粹的個人色彩和天然的男女兩性愉悅，這對禮教禁欲主義是一個不小的衝擊和否定，在當時的社會條件下，確實具有相當的歷史和文化意義。但是，由於西門氏家族過分追求金錢物欲，作品過多展示了人的「生物本能」，使人的價值降低到與普通動物相同的層次，使人性非人化，從而也徹底失落了「人性」。因此，它也並未比「存天理，滅人欲」的傳統道德更為進步。如果說，傳統的倫理道德扼殺了人的自然天性，是對人本性

5　夏志清《中國古典小說導論》，合肥：安徽文藝出版社 1988 年。

6　《孔子家語·嫁娶》，《四庫存目叢書》，濟南：齊魯書社 1994 年影印本。

的異化，那麼，《金瓶梅》過分強調人的原始本能，實質是對人本性的另一種異化，結果導致了人性的更加墮落。作者可能意識到了這一點，並設計了一系列縱欲過度而死亡的情節，看來，這該是作者對後人最重要的啟示了。

《金瓶梅》性描寫的超越與失誤

　　《金瓶梅詞話》裏確實有大量的性描寫，這是毋庸諱飾的。據有人統計，全書寫兩性行為的達一百零五處之多，其中詳描詳繪者三十六處，小描小繪者亦近七十處，其實不止這些。若以作者點明指數算，竟得一百五十次上下。

　　在中國乃至世界文學史上，性描寫一直是客觀存在的現象。我們應當正視這個事實，而不必回避它。至於《金瓶梅》為什麼會有如此不堪的性描寫，這恐怕與當時的整個社會風氣、也與文學自身的傳統有關。對這些性文字，我們應從寬泛的文化視野，而不是從道德的角度對其客觀評價，則不失為一種有效的研究方法。

　　性和性愛是人類最基本的內容之一，它維繫著人類和人類文化的生存和發展。因而，華夏的古先民們，不但不認為兩性關係是什麼醜惡的事，反而認為它符合宇宙自然之道。例如，儒家的祖師爺孔夫子就講過，「飲、食、男、女，人之大欲存焉。」《周禮·地官》也寫到，在上古時代，「仲春之月，令會男女，於是時也，奔者不禁。」應該說，在人類的初始階段，對性欲情感並不怎麼忌諱，一切都顯得自然、單純、明淨和健康。

　　然而，很遺憾，中國社會隨著文化「維新」運動的推進，反而逐漸走上了禁欲主義道路。儒家就建構了以制欲、壓制情欲為中心的一套性的倫理觀念，並把它納入到禮的規範之中。儘管儒家提倡節欲而不是完全禁欲，但實際上，在禮制的規範中，卻沒有性及情愛的位置。而為了壓制人們的自然情欲，又生發出許多清規戒律來。特別是隨著儒家取得獨尊地位以後，更恥於談性，尤其是到了程朱理學時代，性欲的禁忌則更為嚴酷。

　　程朱理學最重要的一個命題是「存天理，滅人欲」，其實質是對人的自然本性的異化，是對人性的壓抑，既違反人的本性，又違反社會發展規律，實際上是行不通的。宋及宋以後的王朝，都崇尚理學，把禁欲主義推向了滅絕人性的地步。

　　然而，當歷史發展到明代中葉時，隨著資本主義生產關係的萌芽，性在社會生活中，從皇帝、大臣到士大夫，從鉅商大賈到百工雜居的市井小巷，卻成為一個時髦的公開談論的話題。文人們不僅親身參與到這性放縱的行列，而且還作為一種風流韻事，形諸筆墨並加以歌頌。要言之，傳統的禁欲大堤被這股縱欲放蕩的洪流徹底衝垮了。

　　那麼，《金瓶梅》赤裸裸的性描寫，如果我們作進一步深入探討的話，就會發現，其實質上已表現出了超越傳統性文化的意向。

　　首先，它肯定了世俗男女自然情欲的不可遏制，並加以謳歌、禮贊，這本身就是對「存天理，滅人欲」的深刻反動。按照傳統的觀點，凡是描寫色欲的、尤其是赤裸裸描寫的，一律被斥為糟粕而嚴加禁止。而描寫愛情的、特別是納入到禮教規範中的，則一律被視為精華，這種機械的倫理評判標準，實際上造成了愛情與色欲的完全對立。蘭陵笑笑生的大膽之處，就在於他肯定了人類的天性——欲，如同情一樣，本身是無罪的。在《金瓶梅》中，我們可以看到，性成為幾乎所有人行動的內驅力，不僅小說中的次要人物，如王六兒、林太太等性交易的目的很明確，而且它的主要人物，性本身就是終極目的。他（她）們是以追求性享樂、性滿足為行為準則的。他們是以最原始的本能欲望、以病態的、或者說以一種扭曲的形式去沖決禁欲主義的樊籬。雖然這是一種過正的矯枉，但這場縱欲洪流的背後所蘊藏的真正價值——人欲的不可抗拒，則是不可低估的。

　　其次，《金瓶梅》的性描寫，是對傳統文化、特別是家庭倫理觀念的激烈否定。中國的禁欲主義不同於西方，並不是絕對禁欲，例如「夫妻」就被列為「五倫」之一。而另一方面，又將兩性關係納入到禮教倫常之中，使之服從於家世利益，即是說，傳統婚姻最根本的目的在於生殖，在於延續子嗣，從而保證種族的繁衍與家族的興旺。所以，婚姻並不是當事者個人的事，而是整個家族的事。由此看來，「生殖」已成為一種超神聖的性義務，而不再是男女之間的兩情愉悅。因此，凡是與生殖無關的「性」，都將被視為「淫」而嚴加禁止。

　　《金瓶梅》的性描寫，卻表現出了與傳統性文化完全悖忤的意向。西門慶及其妻妾們，除吳月娘外，很少有人把生殖看得那麼重要，他（她）們始終是把性享樂、性滿足作為原則的。西門慶在他一生的風流史上，始終是把性快樂放在首位的，他的縱欲很少考慮子息問題，妻妾皆無所出，但他也不以「不孝有三，無後為大」為恥。而且，《金瓶梅》還設計了那麼多無子嗣的絕後家庭，這是否意味著性已超越了「廣家族，繁子孫」的傳統倫理義務和社會責任呢？

　　從以上的分析可以看出，作者的心靈深處是在有意識地把加在「性」外部的種種禁忌、特別是附加在「性」上的倫理關係徹底剝落，把它還原為純粹的個人色彩和天然的男女兩性愉悅，這在一定意義上肯定了情（欲）的正當性和不可抑制性，強調了人的自然天性是不可抗拒的，無疑地，這對禮教禁欲主義是一個不小的衝擊和否定，對打破婚姻的種種桎梏，提高男女在婚姻中的主體地位，打破傳統婚姻文化的規範，都具有相當的歷史和文化意義。

　　再次，由於《金瓶梅》的性描寫超越了傳統「性文化」關於兩性的倫理、道德、社會的義務和責任，所以，它在價值的趨向上便有了審美意義。這樣，《金瓶梅》的性描寫就並非可有可無，而是小說整體的有機而不可分割的組成部分。除了部分韻文游離主

題，屬於文人無聊的陳詞濫套，似可刪汰外，大部分性欲文字，對於刻畫人物形象，塑造人物性格，揭示人物的深層心理，深化主題，推進情節的發展，展示作者的心態和時代的社會心理，都有不可或缺的重要作用。

《金瓶梅》的性描寫，雖然說在沖決傳統禁欲主義的桎梏、否定倫理綱常以及在文學價值等方面有積極的進步意義，但由於受時代頹風的影響和作者主觀意識的態度，它的赤裸裸的性描寫使它不可避免地產生了種種問題和偏差，降低了它的美學品格。大致說來，有如下幾個方面：

第一，小說中有不少性描寫，完全是出於為寫性而寫性，全然游離了作品的主題，對刻畫人物形象等，絲毫沒有任何作用，純粹是屬於文人的無聊和為了迎合小市民低級欣賞趣味的需要。而在所有這些性描寫的文字中，最不堪者是直接性行為（性交具體過程）的細描細摹和對這種性行為的極度渲染（當然，不是說這些描寫都無意義），這是它始終背著「淫書之最」的惡名和當今學者批評它最為激烈的原因。如果把這部分刪去，對小說的美學品位完全無損。

第二，《金瓶梅》的性描寫，雖然超越了傳統「性文化」關於兩性的生殖、道德和社會義務，但並未由此引發出精神上的昇華和人格的完善，相反，卻過多地展示了人的「生物本能」，使人的價值降到與普通動物相等的層次，使「性」非人化，從而也徹底使人性失落。因此，它也並未比「存天理，滅人欲」的傳統道德更為進步。如果說，傳統的禮教禁欲主義扼殺了人的自然天性，這是對人的本性異化；那麼《金瓶梅》過分強調人的原始本能，實質是對人本性的另一種異化。因此，它只能導致人性的更加墮落，似乎「性」成為一切社會罪惡和人之性格弱點的淵源，這種畸變的性意識恰是《金瓶梅》性描寫失誤和偏差的根本要害。

第三，《金瓶梅》的性描寫，幾乎全部是以男性作為性主體，而往往把女性置於被侮辱、被玩弄的位置，而且還成為被聲討的對象。西門慶不僅四處漁色，還是一個殘酷的性虐待狂，百般蹂躪女人，以使女人的痛苦求饒來滿足他的占有欲。有的學者用佛洛伊德理論來解釋這種現象，認為男女在燕好之際，雙方要互予對方的，往往也要摻雜痛苦。此說雖不無道理，但西門慶卻從來沒有讓任何一個女人用「摻雜痛苦」的方式向自己表示這種「燕好」，可見這種說法不能解釋清楚。實質上，這是以男性作為性體驗中心的結果。

《金瓶梅》性描寫的種種失誤和偏差，不可避免地給它的思想和藝術都帶來了相當大的損害，從而也削弱了它的積極價值。當然，不能僅憑這一點，就否定《金瓶梅》巨大的思想意義和高超的藝術價值。《金瓶梅》不是淫書，不應當加以禁止，這點則是肯定無疑的。

《金瓶梅》：一部準文人小說

　　《金瓶梅》似乎是一代怪才恃才而作的奇書，它留給後人的疑問太多了，有些學者已列出《金瓶梅》之謎一百種，每一種下面又分為幾個小目，這樣看來，《金瓶梅》之謎何止數百種。有人戲稱，《金瓶梅》渾身是謎，的是確論。

　　即以它的成書方式而言，它究竟是個人創作，還是世代累積型集體創作，至今兩種意見相持不下，難於統一。主張集體創作的人，認為《金瓶梅》像許多中國古典小說，如《三國演義》《水滸傳》和《西遊記》那樣，先有故事在民間流傳，再經說書藝人的編撰，最後由文人寫定，它屬於世代累積型的集體創作。這種意見最初由潘開沛提出，徐朔方先生又作了一系列的補充論證，趙景深、蔡國梁諸先生也如是說。另一種意見則認為，《金瓶梅》完全是「有計劃的個人創作」，它是中國小說史上第一部由文人獨立創作的反映家庭生活的長篇世情小說。徐夢湘、甯宗一、李時人諸先生及幾部文學史的編撰者都持這種意見。這個問題的爭論是頗有意義的，它對我們認識中國古典長篇小說創作、發展、演變過程大有裨益。

　　其實，上述兩種說法都是有所偏頗的。因為，對立雙方在駁論和立論的過程中，都明顯地露出了各自的漏洞。

　　我們這樣來假設：如果說它是世代累積型的集體創作，為什麼在《金瓶梅》一書出現之前，它的故事不曾在社會流傳和演唱過？為什麼在正式或非正式的史料中找不到一點依據，哪怕是隻言片語的記載[1]？但如果說它是有計劃的個人獨立創作，那為什麼在行文中會出現大量的文字疏漏、矛盾和結構上的凌亂？如果把這僅僅說成是「其創作又是很倉猝的，缺乏必要的加工錘煉」[2]，似乎也是一種很牽強的解釋。其實，《金瓶梅》自有它特殊成書方式。我以為，它的成書方式既不同於《三國演義》《水滸傳》，也不同於《儒林外史》和《紅樓夢》，而是介於這兩者之間。換句話說，它既不是世代累積型創作，又不是純粹的文人創作，它是一部「準文人小說」，是由世代累積型集體創作向

1　參見盧興基〈中國十六世紀的社會與《金瓶梅》的悲劇主題──論《金瓶梅》之二〉，載《金瓶梅研究》第一輯，南京：江蘇古籍出版社 1990 年。

2　李時人《金瓶梅新論》，上海：學林出版社 1991 年。

純粹文人獨立創作的過渡。

如果將《金瓶梅》與世代累積型集體創作的小說，如《三國演義》等和完全由文人獨立創作的小說，如《儒林外史》等相比，其成書方式的不同則是很明顯的。

世代累積型集體創作的小說在最後寫定之前，都有多種不同體裁形式的前導性作品在社會流傳了很長時間。以《三國演義》為例：魏晉六朝時的筆記小說就出現了不少以三國人、事為描寫對象的故事。到了唐代，講述的三國故事亦不少，譬如杜甫現存的詩集裏，竟有二十多首詩提到了諸葛亮。而從李商隱的〈驕兒詩〉「或謔張飛胡，或笑鄧艾吃」來看，至遲在晚唐時三國故事已在民間流傳。宋代的三國故事已有了長足的發展，北宋時已出現了專以「說三分」而聞名的藝人霍四究。金元時期，「三國」故事又被搬上戲曲舞台，演出的劇目至少有《三戰呂布》《隔江鬥智》等三十多種。今存最早的也是唯一的一部以三國故事為題材的平話小說《三國志平話》，在元代至治年間即已刊刻發行，從它的內容和結構看，已粗具《三國演義》的規模。由此可以看出，各階層的人士都不同程度地參與了《三國演義》的創作。羅貫中就是在此基礎上，又結合他豐富的生活經驗，從而寫定了這部影響深遠的《三國志通俗演義》。《水滸傳》和《西遊記》的成書方式大體類此。

《金瓶梅》則不然，它的出現是很突兀的。我們現在看不到任何材料能夠證明，它在成書之前有前導性的作品存在。顯而易見，《金瓶梅》的整體故事的確沒有依傍於歷史、民間傳說和各種說唱藝術形式，這點則是肯定無疑的。

按我的理解，《金瓶梅》最根本的創作主旨是反映中晚明資本主義萌芽時期大官僚（包括皇室成員和皇帝在內）如何積聚和瘋狂掠奪錢財這一過程，作品的主人公西門慶是有現實模特兒的，是一個綜合體。在他的身上，既有四品以上的大官僚，也有皇帝，特別是有明武宗的影子。《金瓶梅》的深刻寓意，就在於用形象的文字，描述了中國資本主義萌芽產生的特殊方式，以及中國官僚商人是如何進行原始積累的；中國資本主義為什麼從一開始就走向發展官僚資本的道路，以及官僚資本家在賺錢以後的金錢用途和由此而帶來的價值觀念和價值選擇的畸變等等。總之，《金瓶梅》是中晚明資本主義萌芽這一歷史巨變過程發生、發展以至最後夭亡的形象反映[3]。很顯然，《金瓶梅》成書之前的任何時代和任何人，都不可能演說只有在中晚明這特定時期才能產生資本主義萌芽這種特定的故事內容，這又如何能把《金瓶梅》的成書方式說成是世代累積型呢？

但如果說《金瓶梅》是第一部「有計劃的完全由文人獨立創作的長篇小說」，顯然

3　參見拙文〈西門慶形象新探〉，《明清小說研究》1998 年第 1 期；〈對西門慶悲劇形象意蘊的深層透視〉，《河北師院學報》1995 年第 4 期。以上亦可參見本書。

也不恰當。因為，它在行文中出現了大量的文字疏漏，情節上的矛盾和結構上的凌亂，僅僅以「其創作又是很倉猝的，缺乏必要的加工錘煉」作解釋，也不能說明問題。按吳組緗先生的看法，他認為《儒林外史》是中國小說史上完全由一人獨立創作的第一部長篇小說，這是非常有見地的。我們不能說《外史》在文字上就沒有一點疏漏，例如第十九回寫樂清縣某大戶使女叫荷花，二十六回寫胡氏之丫頭也叫荷花，用了相同的名字，應該說，這是作者的疏漏。至於情節的安排，未免也有輕率的地方。但這畢竟是極少極少的。總之，《外史》的整個故事情節、人物、時間等等的安排，是比較縝密的，可挑剔的地方不多。

《金瓶梅》卻不是這樣。除了思想傾向十分龐雜，前後不一致外（可謂之軟傷，因為可作多重解釋）[4]，內容上的矛盾和粗疏，結構上的凌亂（可謂之硬傷，但刊刻錯誤除外）[5]，則是隨處可見的，這樣的例子可以舉出上百條。夏志清在《中國古典小說導論》中說：「一部文學作品（指《金瓶梅》）在結構上顯得如此凌亂，」「因此……是至今為止我們所討論的小說中最令人失望的一部。」話說得雖然有些偏激，卻也不無道理。

下面，我們對《金瓶梅》的粗漏將分門別類地擇其大端而言之。

4　典型的例子是《金瓶梅詞話》第一百回寫西門慶死後的兩個歸向。一個歸向是西門慶托生為孝哥兒，並且讓他「項帶沉枷，腰繫鐵索」；另一個歸向則是被超度而「托生富戶沈通為次子」。一般人多認為這是矛盾的。但甯宗一先生卻不這樣認為。他解釋說：西門慶死後的兩個歸向並不是作者行文的疏漏，這是因為兩處文字相隔不遠，作者不會粗心到這種地步，況且後來的重要刻本，例如崇禎繡像本、張竹坡評點第一奇書本等，都沒有對這兩處文字作任何改動，從而說明作者有意這樣寫而後人也不以為怪。因此，只能這樣說：西門慶今生之因導出他來世兩種不同歸向之果的二律背反，實際上是西門慶形象自身的二律背反，也就是笑笑生價值取向的二律背反。參見甯宗一編《金瓶梅對小說美學的貢獻》。

5　典型的例子是孟銳究竟是孟玉樓的二哥還是她的兄弟，因為書中所寫前後是不一樣的。第六十五回寫李瓶兒之喪，「第二日，先是門外韓姨夫來上祭，那時孟玉樓兄弟，外而做買賣去了，五六年沒來家，昨至是來家，見他姐姐嫂子這邊有喪事，跟隨韓姨夫那邊來上祭。」又第六十七回寫孟銳到西門慶家來辭行，「只見孟玉樓走入房內，說他兄弟孟銳，在韓姨夫那裏，如今不久又起身，往川廣販雜貨去，今來辭辭他爹，在我屋裏坐著哩。」這兩處都說孟銳是孟玉樓的兄弟，可是到第九十二回寫孟玉樓三嫁李拱璧後，陳經濟假冒孟二舅之名去見孟玉樓，「孟玉樓正在房中坐的，只聽小門子進來，報說：『孟二舅來了。』玉樓道：『一二年不曾回家，再有那個孟舅？莫不是我二哥孟銳來家了，千山萬水來看我？』」在這裏，孟銳又成了「二哥」了，顯然是寫錯了。因為接著寫下去，孟銳又成了「兄弟」，「只見衙內讓進來，玉樓在簾內觀看，可霎作怪，不是他兄弟，卻是陳姐夫。」見朱一玄編《古典小說版本資料選編》，太原：山西人民出版社1986年。

一、人物安排

1. 來安——書中有三個人物的名字都叫「來安」。第十五回寫正月十五日西門慶的妻妾吳月娘、李嬌兒、孟玉樓和潘金蓮到獅子街李瓶兒處看燈，已有來興、來安、玳安、畫童四個小廝跟隨，到第二十回寫西門慶娶瓶兒後「又買了兩個小廝，一名來安兒，一名棋童兒。」又，第六十八回寫黃四之男僕也叫「來安」，和西門慶家的「來安」姓名相同。

2. 琴童——孟玉樓在原夫楊家時的男僕，後隨孟玉樓到西門慶家。第七回曾敘述道：「蘭香、小鸞兩個丫頭都跟了來，鋪牀疊被。小廝琴童方年十五歲，亦帶過來伏侍。」潘金蓮與之私通的正是這個「琴童」。又，第二十回寫西門慶娶李瓶兒後，「把李瓶兒帶來小廝天福兒，改名琴童。」

3. 另外，《金瓶梅》中有兩個「姚二郎」；兩個「張勝」；三個「安童」；三個「來定」；兩個「周義」；兩個「蘭花」；兩個「王婆」和兩個「金兒」等等。

二、人物年齡

根據《金瓶梅》第三、第三十九回、第四十六回等回來看，表示歲數均用虛歲計算，即把出生的那一年算作一歲。但作者在行文中敘述人物的年歲時，卻並未完全按此原則處理，有時用虛歲，有時用周歲，有時兩邊都不對，以致出現了許多不相符合的地方。如潘金蓮生於宋哲宗元祐三年戊辰（西曆 1088 年），屬龍，第一回寫她虛歲是 25（西曆 1112年），可第三回（西曆 1114 年）她還是 25 歲，實際她應是 27 歲[6]。

又如李瓶兒，她生於宋哲宗元祐六年辛未（西曆 1091 年），屬羊。第十三回她自敘道：「奴屬羊的，今年二十三歲。」這裏卻使用周歲紀年，第十七回寫她的年齡時也是如此。但第四十六回（政和七年丁酉，西曆 1117 年），李瓶兒 27 歲。使用的又是虛歲紀年，與之年齡正相符合。《金瓶梅》中類似這種周歲、虛歲交互使用的情況很多。其他人物，如西門慶、孟玉樓、吳月娘等均存在這種混亂情況。

三、內容情節

1. 小說的第十回敘述西門慶結交十兄弟時寫到：「西門慶是個大哥，第二個姓應，

6　參見朱一玄編《古典小說版本資料選編》，太原：山西人民出版社 1986 年。

雙名伯爵，……共十個朋友。」第十一回又復敘一次：「那西門慶立了一夥，結識了十個人做朋友，每月會茶飲酒。」像這樣的情節，如果是出自一人之手，絕不會讓西門慶結交兩次的。

2. 第四十八回，巡按山東監察御史曾孝序上本彈劾西門慶和夏提刑。西門慶差來保、夏壽上東京送禮，「只六日就趕到東京城內。」而來保從京城回來後對西門慶說：「俺每一去時，晝夜馬上行去，只五日就趕到京中，可知在他頭裏。」

3. 第五十四回結尾，西門慶已差玳安送任醫官回家，並且從他那裏取走了藥。第五十五回開頭卻說任醫官還在西門慶家看脈談話。

4. 第八十七回寫周守備的「大娘子一目失明，吃長齋念佛，不管閒事。」第八十八回卻說她「雙目不明，吃長齋，不管事。」

5. 第七十回寫西門慶由清河起身赴京的時間是「十一月十二日」，路上約走了半個月，在京城逗留了七天，再加上返回時路途行程，無論如何該是十二月中旬了。但第七十一回寫西門慶由東京起身返回清河的紀日，竟還是「十一月十一日。」

6. 第九十一回寫孟玉樓改嫁李衙內時，「月娘就把潘金蓮房那張瓔鈿床陪了他」，而第九十六回吳月娘卻說：「也是家中沒盤纏，擡出去交人賣了。」並告訴春梅說，只賣了三十五兩銀子。

諸如此類的漏洞是隨處可見的。限於篇幅本文不再一一舉例。

據此推斷，《金瓶梅》的成書方式既不同於《三國演義》《水滸傳》這種世代累積型的集體創作，也不同於《儒林外史》和《紅樓夢》這種完全由個人獨立創作的小說。如果用一句話來作定性話，它只能屬於一部「準文人小說」。

我推測，《金瓶梅》的整個故事和框架結構是由一人擬定的，但在創作的過程中，又絕非一個人單獨完成，而是由一個創作集團共同完成的。在草創完成之後，刻本問世以前，亦即以手抄本的形式在流傳過程中，又有一些文人根據自己的美學觀點和對作品的理解，或增補、或刪節、或改竄了部分內容，最後也沒有經過一人詳細審定，所以，才造成了思想傾向十分龐雜，結構上的凌亂，內容上的矛盾和粗漏。

《金瓶梅》由許多文人在同一時期或不同時期共同創作完成的，如果說這也是「集體創作」的活，那麼這「集體創作」與《三國演義》《水滸傳》那種世代累積型集體創作是有本質區別的。因為《三國演義》《水滸傳》這種世代累積型的集體創作最後寫定者是在前導性作品的基礎上綜合加工而成。而《金瓶梅》的故事則沒有這些前導性作品，亦即沒有藍本可依。雖然眾多作者都參與了它的創作，但每一位作者在創作他自己的那一部分時，則無法依傍於歷史、民間故事傳說和各種說唱藝術形式，完全靠自己的想像虛構創作而來，所以說，這兩類作品在成書方式上是有本質區別的。

王世貞作《金瓶梅》新證

　　《金瓶梅》的作者問題，是一個最使人困惑難解的謎，卻又有著極大的吸引力。有人戲稱，它是中國古典小說研究中的「哥德巴赫猜想」。截止到目前，已提出的作者候選人有六、七十個，幾乎把嘉靖、萬曆時期較著名的文人都給拈了出來。但遺憾的是，仍然沒有得出一個令人心服口服的一致結論，這在中外文學史上恐怕是獨一無二的現象。更何況，目前《金瓶梅》作者候選人的數目還呈現出一種繼續擴大的趨勢。雖然說，這不是一件壞事，但如果我們不徹底走出思維的誤區，不徹底扭轉考證的方法和態度的話，其考證的結論，也只能離真理越來越遠，別說已考證出 60 多人，就是再考證出 60 人來，恐怕也不能解決根本問題。

　　一位「金學」研究專家指出：「《金瓶梅》的作者是誰，當時自然應該有人知道。」[1]這話說得很對。作為中國文學史上第一部長篇世情小說，雖然作者採用了非常高超的藝術手法，託名「蘭陵笑笑生」而隱去了真身，但作者卻又不願意永遠隱姓埋名，所以，他才有意識地使用極端隱晦的手法，將自己的真實身分隱匿在卷首的〈序〉中，讓有心的後人去破譯。筆者經過長期的思索和認真的探究，認定「蘭陵笑笑生」還是王世貞。

―

　　我們先從《詞話》的〈序〉說起。傳世《金瓶梅》最早刊本是萬曆丁巳（西曆 1617）刊《金瓶梅詞話》，海內外學者都認定這是一個不爭的事實。在《詞話》卷首正文前有「序」「跋」三篇，依次排列順序是：欣欣子〈序〉、廿公〈跋〉和弄珠客〈序〉。欣欣子的〈序〉首次提到該書的作者是「蘭陵笑笑生」。多少年來，研究者始終認定「蘭陵」是一個地名，它是化名「笑笑生」自我標榜的籍貫。於是不少學者絞盡腦汁、千方百計地從「蘭陵」這個古地名的歷史沿革入手，將某人的籍貫與「蘭陵」掛上鉤，然後對號入座，以此確定《金瓶梅》的作者為某人。「蘭陵」作為古地名是不錯的，歷史上有北

1　李時人〈賈三近作《金瓶梅》說不能成立──兼談我們應該注意考證的態度和方法問題〉，《徐州師院學報》1983 年第 4 期。

蘭陵和南蘭陵之分，但作者寫「蘭陵」的真實用意卻不在於此。筆者認為，如果把「蘭陵」作為一個地名來加以考察，那就上了作者的當，辜負了作者的苦心，已陷入了一種思維誤區，考證的結論無異於南轅北轍。其實，「蘭陵」在此不是一個地名，而是一個人名，他就是北齊時的蘭陵王。

據《北齊書》卷十一記載：「蘭陵武王長恭，一名孝瓘，文襄第四子也。累遷並州刺史。突厥入晉陽，長恭盡力擊之。芒山之敗，長恭為中軍，率五百騎再入周軍，遂至金墉之下，被圍甚急，城上人弗識，長恭免冑示之面，乃下弩手救之，於是大捷。武士共歌謠之，為〈蘭陵王入陣曲〉是也。」[2]因功高被猜忌，終被後主鴆死。

由於蘭陵王勇武善戰，「貌柔心壯，音容兼美」，[3]再加上樂舞〈蘭陵王入陣曲〉和作為詞牌名〔蘭陵王〕的廣泛流傳，所以蘭陵王這一名字在歷史上是非常響亮的，尤其在文人圈內則更為眾人所熟知。

作者採用了藏詞的修辭手法，將「蘭陵王」的「王」字藏去，只剩下「蘭陵」兩個字。為明晰起見，茲把藏詞修辭手法簡述如下：

何謂藏詞？簡言之，就是「要用的詞已見於熟悉的成語或語句，便把本詞藏了，單將成語或語句的別一部分用在話中來替代本詞，這樣的修辭手法，叫做藏詞。」[4]藏詞可分為三種形式：藏頭、藏腰、藏尾。「藏尾」就是把本詞藏在一句話的末尾，例如「一欣侍溫顏，再喜見友于。」[5]此處是用「友于」代「兄弟」，《尚書·君陳》載：「友于兄弟」，用「友于」代「兄弟」，就是使用了藏尾這種修辭手法。

顯而易見，藏詞就是「將一句現成的話，藏去一部分，說出其另一部分來代替藏去的部分，講出的部分詞語不表意，真正的意思是藏去的詞意。」[6]

由此我們可以推斷出，欣欣子〈序〉所說的「蘭陵笑笑生」，實際上是運用藏詞的藝術手法，將「蘭陵王」的「王」字藏去（藏尾），隱含《詞話》的作者姓「王」，託名「笑笑生」，而說出的「蘭陵」不是地名，它不表示任何意思。可見運用藏詞這種修辭手法，語意確實非常含蓄，發人深思，令人聯想。

再看「笑笑生」。「笑」是「孝」的諧音，「生」，讀書人的通稱，和「子」同義，「欣欣」又和「笑笑」同義，「欣欣子」等同於「笑笑生」，翻譯成現代漢語就是「王孝

---

2 《北齊書》卷十一，北京：中華書局簡體字本 2000 年。

3 《北齊書》卷十一，同前註。

4 黃民裕《辭格彙編》，長沙：湖南人民出版社 1984 年。

5 陶淵明〈庚子歲五月中從都還阻風於規林二首〉，見王瑤《陶淵明集》，北京：人民文學出版社 1956 年。

6 同註 4。

子」[7]。這位王孝子即為王世貞。

那麼，這位「王孝子（世貞）」為什麼要寫《金瓶梅》呢？他創作的動機和根本目的又是什麼呢？筆者從對弄珠客〈序〉的破解中找出了答案。

這篇〈序〉署名為「弄珠客」，顯然這不是一個真實的名字。「弄珠」究竟是什麼意思，隱含有什麼寓意的密碼符號，學術界的看法分歧很大。姚靈犀在《金瓶小札》中談到「金瓶梅版本之異同」時，曾懷疑他是馮夢龍的化名。1962 年日本平凡社翻譯《金瓶梅》為日文，附有小野忍寫的一篇解說，亦主此說，可惜都未能舉出證據和理由，只是猜測而已。近年來臺灣學者魏子雲先生從「弄珠」與「龍」的關係，舉了一些例證，以此證明「弄珠客」就是馮夢龍[8]。筆者對此不敢苟同。

「弄珠」二字的含義，絕不是如魏先生所言指《韓詩外傳》中漢皋二女事，也不是《洞冥記》中的鮫人泣珠之事。這裏的「弄」即「弄猢猻」（沈德符語）的「弄」，是「戲弄」「嘲弄」之意。「珠」也不是「珍珠」之「珠」，而是一個析字格。

按：析字格有「衍義」一種，它是利用漢字多義的條件，通過代換、牽連、演化等手段，演變字義。古代最典型的是《世說新語·捷悟》篇所載楊修對「黃絹幼婦、外孫齏臼」八字的破解，它是運用析字格最成功的範例。

那麼，我們可以把「珠」字先化形作「朱王」二字，再衍義為「姓朱的天子」，因為「王」在古代是「天子」的稱號，又，「王」通「皇」，明代皇帝又姓朱，所以說，「朱王」者，「朱明王朝」也。「弄珠」顯然是戲弄姓朱的皇帝的意思。弄珠客者，嘲弄朱明王朝之人也。

對「弄珠」二字的破譯，與筆者對《金瓶梅》創作主旨的看法，恰好又是一致的。筆者一直深信：《金瓶梅》的表層故事背後，定有更為深層的意蘊。筆者認為作品主人公西門慶的原型是明武宗（當然，西門慶是一個以明武宗為主要模特，又廣泛吸取權豪勢要、一般流氓、地痞、惡霸、淫棍的特點，經過藝術加工而成的內涵極為豐富的整合形象）。從表面上看，作者在罵明武宗，但這不是作者的真實用意。作者的根本目的是借明武宗罵明世宗，亦即辱罵當今皇上。應該說，這才是《金瓶梅》創作的最根本主旨[9]。

綜上所述，我們可以得出如下的結論：欣欣子〈序〉是一位姓王的孝子（即王世貞，詳後）所作。他寫好後，因為書還未刊刻，故一直秘而不宣。推測當時的情景，他在臨

7　鄭振鐸〈談《金瓶梅詞話》〉，《論金瓶梅》，北京：文化藝術出版社 1984 年。

8　魏子雲〈馮夢龍與《金瓶梅》〉，《金瓶梅藝術世界》，長春：吉林大學出版社 1991 年。

9　參見拙著《金瓶梅新解》，石家莊：河北教育出版社 1999 年；拙文〈數字網絡結構：金瓶梅最大的謎底〉，《河北工人報》2000 年 5 月 30 日。

死前，才把這篇〈序〉交給一位非常可靠的人——他的子弟，或是他的門生。直到萬曆丁巳（1617）《金瓶梅詞話》刊刻時，才把〈序〉附刻上去的。由於《金瓶梅》的創作主旨是辱罵當今皇帝的緣故，這在封建時代會招來殺身滅族之禍的，故作者只能採用這種極端隱晦的手法。至於弄珠客的〈序〉，該是一位深知《金瓶梅》創作過程的圈內人所寫，究竟是誰，現在還不能坐實。

二

之所以說《詞話》的作者是王世貞，除了上述理由外，還可以從他的家世和《詞話》的文本中找到一些對應的內證。

王世貞在《金瓶梅》裏拐彎抹角、想盡一切辦法辱罵諷刺當今皇上明世宗[10]，以此發洩他對嘉靖帝的憤怒，與他的父親王忬被殺有直接的關係。從這一點看，任何其他的《金瓶梅》作者候選人都不具備這個條件。

王世貞的父親王忬（1507-1560）因被嚴嵩父子構陷，被嘉靖帝批准而死於非命的。王世貞和弟弟王世懋對此一直耿耿於懷，想盡一切辦法為父親平反昭雪。到明穆宗時，宮闕訟冤，才提追復官爵。當初王忬「論死繫獄」後，世貞兄弟二人為救父命，曾向嚴嵩求告：「世貞解官奔赴，與弟世懋日蒲伏嵩門，涕泣求貸。嵩陰持忬獄，而時為謾語以寬之。」[11]兄弟二人又向達官貴人乞救，無奈眾人畏嚴嵩之勢，竟不敢出一言以救之。世態之炎涼，對王世貞的刺激太大了。

王忬之死，後人都認為是嚴嵩陷害的結果，其實不儘然。按忬之罪，本不至於死。御史方輅彈劾王忬時，認為其「失策者三，可罪者四。」[12]刑部初議忬之罪，也只不過是戍邊，但嘉靖帝卻不同意，親下御旨曰：「諸將皆斬，主軍令者顧得附輕典耶？」[13]刑部不敢抗旨，只好改判死罪，結果於嘉靖三十九年冬終被斬於西市。由此看來，王忬之死的真正罪魁禍首應是嘉靖帝而非嚴嵩，王世貞對此該是非常清楚的。

對王世貞來說，殺父之仇，對他的打擊太大了。王忬死後，世貞、世懋「兄弟哀號欲絕，持喪歸，蔬食三年，不入內寢。既除服，猶卻冠帶，苴履葛巾，不赴宴會。」[14]從這些記載來看，王世貞真正稱得上是「王孝子」了。筆者一直深信，《詞話》的主旨就

---

10 參見拙著《金瓶梅發微》，北京：中國社會科學出版社 2002 年。

11 《明史》卷二八七，北京：中華書局簡體字本 2000 年。

12 《明史》卷二〇四，同前註。

13 《明史》卷二〇四，同前註。

14 《明史》卷二八七，同前註。

是借武宗罵世宗，作者和嘉靖帝朱厚熜有著不共戴天之仇，而朱又是「今上」，在那個嚴刑峻法的時代，誰敢直接去罵皇上呢？所以，作者才採取了這種極其隱晦的手法，寫成了這部著作。但是，作者還是留下了信息密碼，讓後人研究破譯。

當然，如果把王世貞作《金瓶梅》僅僅說成是為父報仇，顯然是不夠的，是看低了《金瓶梅》的重大社會意義。但王世貞借《金瓶梅》以泄胸中的怨憤，以揭露專制社會的腐敗，以表達對世態炎涼的看法，這種結論，恐怕無人會提出異議。退一步說，就是把王世貞作《金瓶梅》的目的，說成是罵嘉靖皇帝，那麼，在專制社會，敢罵皇帝的作品，其歷史和文化意義，我們也絕對不能低估的。

另外，我們還可從《詞話》寫到的明代三個真實人物中找到一些相應的內證。這三個人物是凌雲翼（第六十五回）、韓邦奇（第六十五、七十七回）、狄斯彬（第四十八、六十五回），前人的論述已提到過，但都沒有搞清楚作者寫這三個人物的真實意圖。

凌雲翼，《明史》卷二二二有傳。他和王世貞都是江蘇太倉人，又都是嘉靖二十六年進士，相繼任鄖陽巡撫，又一同在南京做官，凌做尚書，王為應天府尹。看來作者把凌雲翼寫進書中，就是一個很明顯的暗示。

韓邦奇，《明史》卷二〇一有傳。正德三年進士，後進兵部尚書，參贊機務，嘉靖三十四年死於地震。邦奇性嗜學，著述甚豐，與弟邦靖情深意篤。邦奇有病，一年多不能起床，邦靖「藥必分嘗，食飲皆手進。」[15]後邦靖病重，邦奇又日夜伺候，經常哭泣，三個月都未解衣。邦靖死後，邦奇「衰経蔬食，終喪弗懈。」[16]鄉人感其情，為之立孝悌碑。王世貞與弟弟的關係，大體類此。世懋死後，世貞悲不自勝，常常大哭。很顯然，作者把韓邦奇寫進作品，其寓意是引為同類，兄弟情深，弟先兄死，都是孝悌之人。

狄斯彬，《明史》卷二〇九附楊允繩傳。楊允繩因斥言嘉靖醮齋之用，嘉靖三十九年竟死於西市（與王世貞的父親王忬被殺死是同時同地）。馬從謙亦因此獲罪。時嘉靖帝朱厚熜惡人言醮齋，從謙為言，故杖死從謙。御史狄斯彬與馬同邑，為馬辯護，結果被「謫邊方雜職」。《明史》的編撰者評論說：世宗時，「重者顯戮，次乃長繫，最幸者得貶斥，未有苟全者。」[17]專制的統治，能不引起人們的憤慨嗎？王世貞寫狄斯彬一是暗示了明世宗的殘暴統治，二是引起連鎖聯想，想到父親的冤死，借這一信息載體來寄託自己的哀思。

通過以上的分析，我們得出《金瓶梅詞話》的作者就是王世貞，它的創作主旨是罵明世宗嘉靖皇帝，這個結論，想必該是符合作品實際的。

15　《明史》卷二〇一，同前註。

16　《明史》卷二〇一，同前註。

17　《明史》卷二〇九，同前註。

論吳晗《金瓶梅》作者研究的貢獻與失誤

一

長篇世情小說《金瓶梅》問世後，關於其作者「蘭陵笑笑生」真實身分問題，成為《金瓶梅》研究史上最使人困惑難解而又最具吸引力的謎，有人戲稱，它是中國古典小說研究中的「哥德巴赫猜想」。自明至今，已提出的作者候選人有六十多個，但令人遺憾的是，仍然沒有得出一個令人心服口服的一致結論，這在中外文學史上恐怕是獨一無二的現象。

在所有《金瓶梅》作者「候選人」的龐大隊伍中，王世貞作《金瓶梅》一說是影響較大的一種。但已故的吳晗先生卻持極力否定態度。吳晗先生是著名的明史專家，他以史學家的身分介入《金瓶梅》的研究，以豐富的歷史知識和嚴謹的史學考證方法，結合《金瓶梅》小說文本所涉及的歷史事件，又查閱了正史、野史，筆記等，以較為豐富翔實的史料，對《金瓶梅》的有關問題進行了系統梳理，歸納起來，其主要結論有三：一是徹底否定《金瓶梅》作者王世貞說；二是《金瓶梅》成書於萬曆中期；三是認為《金瓶梅》是一部現實主義小說，它所寫的是萬曆中期的社會情形。它抓住社會的一角，以批判的筆法，暴露當時新興的結合官僚勢力的商人階級的醜惡生活[1]。

吳晗先生的主要觀點，幾十年來似乎已成為學術界的定論，可見其影響很大。但現在看來，隨著新的史料的發現和研究的深入，吳晗先生的許多結論都是大可商榷甚至是根本不能成立的。限於文章篇幅，本文只談吳晗關於《金瓶梅》作者王世貞問題。

吳晗先生對《金瓶梅》作者研究的主要貢獻之一，是他對有關王世貞作《金瓶梅》的種種傳說和附會進行了一次全面系統的梳理工作。他所涉及到的筆記、史料有：《寒花盦隨筆》、劉廷璣《在園雜誌》《缺名筆記》、顧公燮《銷夏閑記》、徐樹丕《識小

1　吳晗〈《金瓶梅》的著作時代及其社會背景〉，文載《文學季刊》創刊號，1934年1月。

錄》、梁章鉅《浪跡叢談》等。這些筆記、史料雖然說法各異，但歸納起來主要是：(1)
王世貞父子與嚴世蕃父子結仇的原因是由於名畫《清明上河圖》；(2)唐荊川識破《清明
上河圖》為偽畫，以致王忬被殺，世貞為報父仇，著《金瓶梅》並置毒以殺之。

　　按，王世貞的父親王忬被殺，《明史》卷二○四〈王忬傳〉和王世貞《弇州山人四
部稿》卷一二三〈上太傅李公書〉都記載得很清楚，主要原因是：(1)忬為總督時，由於
數次失敗，漸漸失去皇上的信任，嘉靖帝認為王忬怠於軍事，辜負了自己；(2)嚴嵩「雅
不悅忬」，而忬子世貞又因說話不慎積怨於嚴世蕃；(3)還涉及到楊繼盛、沈煉和徐階的
一些事情。吳晗先生依據的正是上述史料，他在經過周密詳盡的考證後，得出三條結論：

　　一、王忬的被殺與《清明上河圖》無關。

　　二、《清明上河圖》的流傳、收藏均與王家無關。

　　三、唐荊川死於嘉靖三十九年春，比王世貞的父親王忬被殺還早半年。因此，根本
不存在種種傳說中王忬死後，忬子世貞先行派人去刺殺唐荊川不遂，後荊川向其索書，
遂撰《金瓶梅》以毒殺之的事實。

　　可以說，吳晗先生對種種的附會和傳說所進行的梳理工作是應該肯定的，而且說得
很對。但是，即使否定了這些傳說（傳說本身就不可靠），也不能否定王世貞作《金瓶梅》，
因為它們之間沒有直接的因果關係。

二

　　大凡古人的野史、筆記，雖有「捕風捉影」之嫌，但也絕不都是「無中生有」，與
歷史事實總是存在著多多少少的某方面的聯繫。唐荊川（順之）與王世貞作《金瓶梅》之
間的關係被後世文人描寫得繪聲繪色，其中事出有因。

　　《寒花盦隨筆》：

> 「世傳《金瓶梅》一書為王弇州先生手筆，用以譏嚴世蕃者……」「或又謂此書為
> 一孝子所作，用以復其父仇者。蓋孝子所識一巨公，實殺孝子父，圖報累累皆不
> 濟。後忽偵知巨公觀書時，必以指染沫，翻其書葉。孝子乃以三年之力，經營此
> 書。書成黏毒藥於紙角。覷巨公出時，使人持書叫賣於市，曰『天下第一奇書』。
> 巨公於車中聞之，即索觀，車行及其第，書已觀訖，嘖嘖歎賞，呼賣者問其值。
> 賣者竟不見。巨公頓悟為人所算，急自營救已不及，毒發遂死。今按二說皆是。
> 孝子即鳳洲也。巨公為唐荊川。鳳洲之父忬死於嚴氏，實荊川譖之也。姚平仲《綱
> 鑒挈要》載殺巡撫王忬事，注謂：「忬有古畫，嚴嵩索之。忬不與，易以摹本。

有識畫者為辨其贋。嵩怒，誣以失誤軍機殺之。」但未記識畫人姓名。有知其事者，謂識畫人即荊川。古畫者，《清明上河圖》也。[2]

唐荊川（順之）之所以被拉扯進《金瓶梅》這樁公案中，筆者推測，主要原因有二：
一是唐荊川對王忬的事蹟調查得很細，並有疏參劾王忬，王忬之死他負有不可推卸的責任。關於這一點，《明世宗實錄》記載得很詳細：

（嘉靖三十七年七月）遣兵部職方司郎中唐順之查理薊鎮兵馬。[3]

九月庚寅。兵部職方司署郎中唐順之奉命閱視薊鎮兩關鎮區馬步官軍，原額九萬一千有奇，見卒五萬七千有奇，逃亡三萬三千有奇。因還奏言：……古北、燕河兩區，巡撫標下民兵，射手數百人之外，皆羸兵德馬，朽甲鈍戈，徒糜廩餉，不濟緩急之用。故往年庚戌虜變及近日寬佃河流之寇、土牆之寇，至於近燉宣遼，遠微（征）延固以禦之，甲胄蟣虱於道途，忬（杼）軸匱竭於轉輸，蓋積弊之極，其勢不得不出於此。……總督王忬、總兵歐陽安、巡撫馬珮及諸將領袁正等，俱宜坐曠職誤事之罰。

疏入，得旨：該鎮缺兵至三萬不補，一卒不練，督撫官所理何事？兵部從實參看以聞。兵科都給事中王文炳等因言：有兵則有糧，今多缺伍而糧無減額，乞並清查，以懲欺冒。章亦下兵部。於是部擬王忬等三臣當降罰，……

上曰：薊鎮兵馬缺弱已極，而督撫不問，殊為負恩。馬珮已革職，王忬、歐陽安姑降俸二級留用。[4]

由上可見，唐荊川的奏疏，直接導致了王忬被降二級使用，且為後來嚴嵩參劾王忬提供了許多「證據」，最終導致王忬被殺。
二是唐荊川的為人是很不光明磊落的。通過趙文華巴結、獻媚於嚴氏父子：

順之，直隸長州府武進人。嘉靖己丑舉禮闈（闈）第一人，賜進士出身，改庶吉士，授兵部主事，調吏部，改翰林編修。未幾，上疏乞養病，詔以吏部主事致仕。居數年，召為右春坊右司諫兼翰林院編修。明年，與贊善羅拱（洪）先、校書郎趙時春，上定國本疏，忤旨，黜為民。順之初欲獵奇致聲譽，不意遂廢，屏居十餘年。上方摧抑浮名無實之士，言者屢薦之，終不見用。會東南有倭患，工部侍

2　黃霖《金瓶梅資料彙編》，北京：中華書局 1987 年。

3　《明世宗實錄》卷四六一，中央研究院歷史語言研究所校印本。

4　同前註，卷四六四。

郎趙文華視師江南，順之以策干文華，因之交驩嚴嵩子世蕃，起為南京兵部主事，尋升職方員外郎、郎中。奉命查勘薊鎮邊務，復視師浙直。總督胡宗憲薦其有功，遷太僕寺少卿，通政司右通政。……晚乃由趙文華進得交嚴氏父子，覬因以取功名起家。不二年，開府淮楊（揚），然竟靡所建立以卒。[5]

趙文華乃嚴氏父子之走狗。唐荊川又依附之，可見其人格之卑下。王世貞自然鄙其為人，再加上唐荊川查勘王忬的事由，後人自然而然地才將這兩件事聯繫起來，附會出王世貞作《金瓶梅》置毒以殺之的傳聞。由此可見，古人的筆記、野史並不都是憑空捏造的，所述必有一定的歷史事實根據，不然的話，與唐順之同時的其他許多有很高官位的著名文人，為什麼就沒被扯進《金瓶梅》這椿公案中？

清人宋起鳳在《稗說·王弇洲（州）著作》條中明確地指出了《金瓶梅》的作者就是王世貞：

世知《四部稿》為弇洲先生平生著作，而不知《金瓶梅》一書，亦先生中年筆也。……按弇洲《四部稿》有三變……是一手猶有初中晚之殊，中多倩筆，斯誠門客所為也。若夫《金瓶梅》全出一手，始終無懈氣浪筆與牽強補湊之跡，行所當行，止所當止，奇巧幻變，媸妍、善惡、邪正、炎涼情態，至矣！盡矣！殆《四部稿》中最化最神文字，前乎此與後乎此誰耶？謂之一代才子，洵然！世但目為穢書，豈穢書比乎？亦楚《檮杌》類歟！聞弇洲尚有《玉（嬌）麗》一書，與《金瓶梅》埒，係抄本，書之多寡亦同。[6]

另外，無名氏《玉嬌梨·緣起》也表達了同樣的觀點。據學術界考證，《玉嬌梨》的成書約在明末清初，帶有序的刊本至晚在清康熙年間就出現了。而這兩條極為重要的材料，吳晗先生在二十世紀三十年代著文時並未看到。

明·沈德符《野獲編補遺》卷二〈偽畫致禍〉條記載了嚴王兩家結仇始自偽畫，即《清明上河圖》，肯定是弄錯了，吳晗先生已駁之甚詳。但「偽畫致禍」卻又是不容否認的歷史事實。《明史紀事本末》卷五十四〈嚴嵩用事〉篇云：

嚴世蕃嘗求古畫於忬，忬有臨幅類真者以獻。世蕃知之，益怒。會灤河之警，鄢懋卿乃以嵩意為草，授御史方輅，令劾忬。嵩即擬旨逮繫，爰書具，刑部尚書鄭

5　同前註，卷四八三。

6　《明史資料叢刊》第二輯《稗說》卷三，南京：江蘇人民出版社 1982 年。

曉擬謫戍，奏上，竟以邊吏陷城律棄市。[7]

周鈞韜先生曾注意到這一點，他認為「偽畫致禍」（並不是名畫《清明上河圖》）應與王世貞著《金瓶梅詞話》以報父仇，抨擊諷刺嚴嵩嚴世蕃父子，顯然有不少直接的內在聯繫。[8]這些，都是吳晗先生不曾論述到的。換句話說，即使全部肅清野史、筆記中一切有關《金瓶梅》的種種附會和傳說，也不能從根本上否定王世貞為報父仇而作《金瓶梅》，因為二者之間沒有必然的邏輯關係。

三

吳晗先生在其論文中有一節標題為「《金瓶梅》非王世貞所作」，其主要觀點有四：

第一，「嚴世蕃是正法死的，並未被毒」，「嚴氏之敗是由世貞賄修工爛世蕃腳使不能入直致然的，此說亦屬無稽」；「順之出為淮揚巡撫，兵敗力疾過焦山，（嘉靖）三十九年卒。」「王忬死在是年十月，順之比王忬早死半年，世貞何能預寫《金瓶梅》報仇？世貞以先一年冬從山東棄官省父於京獄，時順之已出官淮揚，二人何能相見於朝房？」又何能先行遣人行刺於順之？這些都是歷史事實，足以證明清人的某些傳說是無稽之談。但不能證明《金瓶梅》非王世貞作，亦不能證明王世貞作《金瓶梅》不是為報父之仇，也就是說，還不能駁倒「報仇」說。退一步講，在嚴世蕃、唐荊川死後，王世貞作《金瓶梅》辱罵、譏刺他們，發洩心中天大的冤恨，雖不能誅，但以筆代伐，替父雪冤，不也是很正常的嗎？

第二，關於「嘉靖間大名士」問題。明沈德符《萬曆野獲編》卷二十五「金瓶梅」條說：「聞此為嘉靖間大名士手筆。指斥時事：如蔡京父子則指分宜，林靈素則指陶仲文，朱勔則指陸炳，其他各有所屬云。」沈德符這段話是有來歷的，他的祖父與王世貞家本係世交，他又和王世貞的兒子王士騏是好友，故對王世貞的「家底」最清楚，他所說的「指斥時事」完全是實際情況，「嘉靖間大名士」指的就是王世貞。王世貞與李攀龍是「後七子」領袖，「攀龍歿，（世貞）獨操柄二十年。才最高、地望最顯。聲華意氣，籠蓋海內。」[9]「弇州博洽第一」（沈德符語）「大名士」，王世貞是當之無愧的。但吳晗先生卻認為「『嘉靖間大名士』是一句空洞的話，假使可以把它牽就為王世貞，那麼，又為什麼不能把它歸到曾著有雜劇四種的天都外臣汪道昆？為什麼不是以雜劇和文采著

7　谷應泰《明史紀事本末》，見《歷代紀事本末》，北京：中華書局 1997 年。
8　參見周鈞韜《金瓶梅探謎與藝術賞析》，長春：吉林文史出版社 1990 年。
9　張廷玉《明史》，北京：中華書局簡體字本 2000 年。

名的屠赤水王百穀或張鳳翼？那時的名士很多，又為什麼不是所謂前七子廣五子後五子
續五子以及其他的山人墨客？」吳晗先生的話是沒有道理的，「嘉靖間大名士」並非是
一句空話，而是一句實實在在的話，只不過沈德符未明言，故弄玄虛，使用「迷人障眼
法」罷了。同時，吳晗先生還忽略了一個基本的事實，那就是「嘉靖間大名士」固然很
多，但並非這些「大名士」都與嚴嵩父子結仇，都能與《金瓶梅》掛上鉤，很顯然，這
樣的推論是根本不能說明問題的。

第三，吳晗先生在其論文中是這樣假設的：王世貞有作《金瓶梅》的可能（自然他不
是不能作）。但王世貞是江蘇太倉人，又是土著，有什麼保證可以斷定他不「時作吳語」？
《金瓶梅》中用了大量的明顯的山東方言，雖然王世貞在山東做過三年青州兵備，但沒有
證據證明他在這三年中學會了地道的山東土語，這又如何能證明王世貞就是《金瓶梅》
的作者呢？從這些斷語中顯見吳晗先生對《金瓶梅詞話》中的語言並沒有做過認真的研
究。其實《金瓶梅》的語言是十分複雜的，不僅有山東土話，而且時時作吳語，南北兼
有。單憑這一點，絕不能作為否定王世貞作《金瓶梅》的根據。

最後，吳晗先生引用了清禮親王昭槤斷定王世貞絕不是《金瓶梅》的作者的一段話，
「以宋明二代官名屬亂其間，最屬可笑，……弇州山人何至謭陋若此。」[10]吳晗先生以此
推斷有史識史才、畢生從事著述，卷帙甚富的王世貞絕不會寫出連基本的歷史常識都搞
錯的作品來。吳晗先生顯然沒有看透《金瓶梅》的根本主旨。其實，昭槤所說的「最屬
可笑」「謭陋」的地方，恰恰是《金瓶梅》最高明、最隱晦且最富深刻蘊意的地方，作
者不是不清楚，而是瞭若指掌，他是在故弄玄虛，借宋罵明，又不讓讀者輕易看透罷了，
這是《金瓶梅》最為獨特高超的藝術手法。不然的話，那性命還能保得住嗎？

順便指出，吳晗先生所梳理的基本上都是傳說、筆記，既然他不相信這些傳說和筆
記，而為什麼又偏偏引用同樣屬於筆記性質的昭槤的話來作為否定王世貞的根據呢？豈
不是前後矛盾？況且，清人筆記明確斷定《金瓶梅》的作者就是王世貞的材料，如宋起
鳳的《稗說》等，吳晗先生限於當時的條件，他是未能看到的。

《金瓶梅》的作者肯定是大名士，而絕不是中下層那些粗通文墨的書會才人之類。根
據筆者多年的探討研究，認定《金瓶梅》的作者非王世貞莫屬[11]。

10　昭槤《嘯亭續錄》卷二「小說」條，《說庫》叢書本。
11　參見拙作〈王世貞作金瓶梅新證〉，《商丘師範學院學報》2001 年第 5 期。

《金瓶梅詞話》地理背景考

　　《金瓶梅詞話》借宋寫明，已成定論。小說中主要人物活動的地方是「山東省清河縣」，但查《宋史》和《明史》，宋、明兩代，清河從未隸屬過山東。宋時的清河，屬河北東路，而明時的清河則屬於北直隸廣平府。所謂山東省清河縣顯然是小說家言，根本不是史實，是作者在故意混淆概念。

　　按筆者多年的研究，既然西門慶的原型是明武宗[1]，而明朝的都城又在北京，從邏輯推理上說，西門慶活動的中心自然該在北京。但邏輯推理畢竟不能徹底解決問題，還需要提供大量的實證，這樣才能令人信服。筆者經過多年的深入研究，終於找到了「清河」就是北京的確鑿證據。

一、「清河」之同名互易的奧秘

　　《金瓶梅詞話》節取了《水滸傳》中「武松殺嫂」的一個插曲，以此來展開故事情節。《水滸傳》第二十三回曾敘述說武松、潘金蓮都是清河縣人，而西門慶則是「陽穀縣一個破落戶財主」，但《詞話》的第一回卻將兩者的籍貫互調。韓南先生在其《金瓶梅探源》中不知作者為什麼做如此重大的改動[2]，實際上，如果作者不做這樣的根本改動，就無法切入到他所要表達的故事上。這裏作者已「明顯」地暗示讀者，我寫的「清河」根本不是《水滸傳》上的「清河」，紫石街可以搬家，為什麼清河縣就不能搬家？多少年來，許多「金學」研究者都被作者的這一「陽謀」弄得不知西東，難辨北南。《金瓶梅》是小說，又不是地理著作，你硬要去「按圖索驥」，最終必定陷於泥淖而不能自拔。其實作者的真正目的還是想讓讀者明白他寫的真實地理背景，特意將兩個地方對調，好讓你有思索的線索。另外的原因是，製造一種假象，欺騙統治者，避免凶事發生。根據這兩點，我們看看作者造假的具體寫法，再看看在假象中又是如何給讀者提供了真實的信息。

1　　參見拙著《金瓶梅新解》，石家莊：河北教育出版社 1999 年；拙文〈西門慶原型明武宗考〉，《河北師範大學學報》2001 年第 3 期，亦可參見本書。

2　　〈金瓶梅探源〉，《金瓶梅西方論文集》，上海：上海古籍出版社 1987 年。

清河既是地名，也是河名。作為地名來說，又有北清河和南清河之分。

北清河是漢郡國名，漢高帝時置郡，後屢改為國，漢元帝永光後又為郡。治清陽（今清河東南）。元帝以後轄境相當今河北清河及棗強、南宮各一部分，山東臨清、夏津、武城及高唐、平原各一部分地。東漢桓帝建和二年改為國，移治甘陵（今臨清東）。晉以後轄境縮小，北魏時仍為郡。北齊移治武城（今清河西北）。隋開皇初改置清河縣。隋大業及唐天寶、至德時又曾改貝州為清河郡。隋大業七年（611），蓚人高士達和鄃人張金稱起義於此。

現在的河北省清河縣屬邢台市，在南運河的西岸，鄰接山東省。原是漢信成、清陽兩縣地，北齊時為武成縣，隋初改為清河縣。

有關北清河的變遷，可參閱《漢書·地理志》《後漢書·郡國志》及《讀史方輿紀要》等書。

南清河縣，南宋咸淳九年（1273）始置，本泗州清河口地，治今江蘇淮陰西南。元改為清河縣。因河決城毀，治所屢有變遷。明時屬淮安府。清乾隆時移治清江浦，即今淮陰市。西元1914年改名淮陰縣，屬江蘇省。南清河的歷史，可參閱《寰宇通志》。

清河又是河名。

古清河的名稱比較複雜，我們這裏沒有考證的必要。戰國時期齊宋之間的清河，今已湮沒，《戰國策》上屢見清河這一名稱。《漢書·地理志》《水經注》中關於古清河河水的情況都有敘述。

明時的清河，在遼東半島上有一條，這當然和我們的研究無關。但北京有一條小小的清河，對我們的研究來說，至關重要，有關《金瓶梅》的地理背景問題就是從這條小河得到啟發，然後才找到根據的。

清河作為地名，《金瓶梅》中所說西門慶的活動環境當然是在北清河，因為它靠近臨清。但和南清河也有一定的關係，因為明武宗南巡時曾到過淮安府，這在作品中是有所反映的。

北京昌平縣有一條小河叫清河，流向東南，入大運河，見清顧祖禹《讀史方輿紀要》。《明史·地理志》載，宛平有沙河、高梁河、清河。京師順天府也有兩個地名叫清河（店）、沙河（嘉靖十九年築為鞏華城）。《明武宗實錄》《明世宗實錄》中多次提到清河、沙河這兩個名稱。

《詞話》的作者採取了借代的修辭手法。借代有旁代、對代等方式。在對代中又有全體與部分互代、普通與特定互代、抽象與具體互代、原因與結果互代等不同情況。如魯迅先生的詩句「吟罷低眉無寫處，月光如水照緇衣」，就是以「眉」代「頭」，借部分代全體。

小說中以清河（有水有陸、水陸俱全）來代指北京，借部分代全體，以小見大，以偏概全，然後再通過「同名互易法」，將代北京的「清河」換成了京師（北直隸）廣平府的「清河」。這樣一來，再把廣平府的清河縣和比較臨近的山東臨清連在一起，又攙雜上山東的其他一些地方，弄得「不倫不類」，使人難以分辨清楚。由此可見，作者在《詞話》中採用的是偷換概念、移花接木的藝術手法，寫的根本不是北直隸廣平府的清河縣。

解決地理背景問題和西門慶的原型問題密切相關，西門慶的原型搞不清楚，你就是把地理背景認定是北京，西門慶還僅僅是一個豪商，這樣，人物形象和環境還是有點分離不協調。西門慶是一個「皇帝」，環境又是北京，典型環境中的典型性格，這才是一流的藝術作品。

如果把《詞話》中的地理環境認定是廣平府的清河縣或是山東的某個地方，那麼作品中的人物、情節等各方面就顯得格格不入。最簡單地說，西門慶接觸那麼多的皇親貴戚、高級官僚，一個小小的清河縣哪有這樣的條件？譬如第六十五回「宋御史結豪請六黃」，黃太尉「人馬過東平府，進清河縣」，山東「東昌府、東平府、兗州府、徐州府、濟南府、青州府、登州府、萊州府」等「八府官」行廳參之禮。明時的山東只有六府而不是八府。所說徐州府，宋時只稱州，屬京東西路，領縣五、監二。明時屬南京，為直隸州，領縣四，可見徐州明以前無「府」之名。東平，宋時稱府，明時曾稱府，後降為州。《詞話》是古今雜糅、有真有假，真中有假，假中又有真。所謂真，即「八府」，但這八府不是山東的，而是指明時的京師（北直隸），因為它才是八府。作者在這裏暗示「八府」是京師的，所寫「清河」也就是北京，這是《詞話》地理背景重要的信息密碼。

二、清河實指北京

有三部「方志」完全可以證實小說中的「清河」就是北京。一部是《析津志輯佚》，一部是《京師五城坊巷衚衕集》，一部是《京師坊巷志稿》。

《析津志》，元末熊夢祥著，是最早記述北京及北京地區歷史的一部專門志書，但大約到明末以前就亡佚了。1981 年北京圖書館善本組有輯佚。

《京師五城坊巷衚衕集》是明朝張爵寫的書，作於嘉靖三十九年（1560）。這部書記述了明代北京中城、東城、西城、南城、北城三十三坊的名稱、方位及各坊的衚衕。同時還附載了京師八景、古跡、山川、公署、學校、苑囿、倉場、寺觀、祠廟、關梁等名稱。

《京師坊巷志稿》是清光緒年間朱一新寫的一本關於明清兩代北京坊巷衚衕名稱變化及掌故傳說的書。《辭海》評介說，「徵引舊籍中有關的瑣聞佚事和前朝故實、詩篇，

豐富詳贍。」

我們把《詞話》中有關清河的主要街道、寺觀等名稱列出來，和上述三部著作比勘對照，一可證所謂的「清河」實際指的就是北京。

(一)街巷

紫石街　半邊街　獅子街　豬市街　十字街　牛虎街　大街安慶坊　同仁橋牌坊
二條巷　四條巷　手帕巷　細米巷　蝴蝶巷　王家巷　牛皮巷　臭水巷　石橋兒巷
平康巷　青水巷　扁食巷　燈市　菜市口　頭條巷　二郎廟　三轉橋　四眼井

(二)寺廟

嶽廟　玉皇廟　土地廟　城隍廟　文廟　東嶽廟　真武廟　永福寺　地藏寺　慈惠
寺　觀音寺　廣成寺　報恩寺　弘化寺　水月寺　石佛寺　寶慶寺　王姑子庵　法
華庵　觀音庵　蓮花庵　姑姑庵　五嶽觀　玄明觀　伽藍殿　觀音堂

現再把《析津志輯佚》《京師五城坊巷衚衕集》《京師坊巷志稿》中所列的主要街
巷、寺廟等摘出來，與《詞話》所列地名相對照，《金瓶梅》的地理背景問題就完全可
以得到解決。

(一)街巷

1.《析津志輯佚》

街制　自南以至於北，謂之經；自東至西，謂之緯。大街二十四步闊，小街十二步
闊。三百八十四火巷，二十九衚通。

長街　千步廊街　丁字街　十字街　鐘樓街　半邊街　棋盤街　五門街　三叉街
（此二街在南城）崇仁橋　菜市

2.《京師五城坊巷衚衕集》

半邊街（三見）　鐵獅子胡同（二見）　豬市胡同　牛房胡同　牌房　西虎房　虎房
橋　安福坊　集慶坊　頭條胡同　二條胡同　三條胡同　四條胡同　五條胡同　一
二三四五六七八九十條胡同　手帕胡同　細米營　王家胡同　牛角胡同　牛血胡同
牛肉胡同　臭溝胡同　小石橋　大橋胡同　燈市　菜市口　三轉橋　二眼井　四眼
井（二見）　夾道東安門　張皇親街　勾闌胡同　西院勾闌胡同　綿花胡同　焦狗頭
胡同　扁擔巷　打狗巷　豆腐巷　喇叭胡同　打劫巷　鬼門關　豹房胡同　菜市大
街　府學胡同　鬧市口　羊市口　豬市口　煤市口　柴市口　米市口

3.《京師坊巷志稿》

光錄寺東西夾道（「夾道」一詞，多次出現） 棋盤街 燈市口大街 細米巷 伽藍殿
胡同 千佛寺胡同 姑姑寺胡同 黑塔寺胡同 玉皇閣胡同（原注：明建） 四眼井
胡同 報恩寺胡同 觀音寺胡同 繩匠胡同 南北半截胡同 金魚胡同 盆兒胡同
爛麵胡同 翅膀胡同 蠟燭心胡同 三轉橋 四眼井（京師地方，有井一就叫一眼井，
有井二就叫二眼井，依此類推。後來變成固定名稱，四眼井處也只有井一。）

(三)寺廟

1.《析津志輯佚》

永福寺 報恩寺 觀音寺 姑姑寺 石佛寺 弘法寺 崇玄觀 昭明觀 五嶽觀
紫虛觀 嶽廟 白塔 黑塔 青塔

2.《京師五城坊巷衚衕集》

報恩寺 觀音寺 水月寺 大石佛寺 小石佛寺 地藏寺 法華寺 竹林寺 千佛
寺 相國寺 崇國寺（隆善寺） 般若寺 禮拜寺 弘法寺 弘善寺 廣濟寺 白塔
寺 青塔寺 二郎廟 東嶽廟 土地廟 城隍廟 文廟 真武廟 五道廟 三官廟
娘娘廟 靈官廟 閻王廟 三聖廟 五聖廟 天仙廟 關王廟 火神廟 淨妙庵
抬頭庵 延壽庵 三角庵 五嶽觀 崇真觀 曹老虎觀 神樂觀 觀音堂

3.《京師房巷志稿》

廣慧寺（原注：慧今作惠） 蓮花寺 廣化寺 慈慧寺 黑塔寺 永福禪寺 五道廟
玉皇廟 地藏庵 法華庵 觀音庵 蓮華庵

地名有延續性，幾年、幾十年、幾百年、甚至幾千年都相延不變。從以上所列街巷、
寺廟來看，《金瓶梅詞話》中的名稱和上述三部書中的名稱基本上是一樣的。所寫的「清
河」實際指的就是北京。

《詞話》第七回提到「半邊街」這一名稱，前面還特意加上「北邊」二字，這是一種
暗示。這個半邊街是「北邊」的，在清河縣北邊的北京，可不在清河縣這裏。

第六十一回，李瓶兒有病，請了一個太醫趙龍崗，外號叫趙搗鬼，他自稱是「家居
東門外頭條巷二郎廟三轉橋四眼井」。乍一看，這是遊戲、詼諧筆墨，只不過增加趣味
罷了。殊不知這是紀實的文字。寓莊於諧，藏真於假，看後令人捧腹，讀罷忘其所以。
《金瓶梅》手法的高明就在這裏。作者選了一個「趙搗鬼」，一個扯淡的人物，但恰恰就
是這位讀者不經意的扯淡人物，作者才選取他並讓他透露真實信息的。如果我們稍一疏
忽，便會辜負作者的良苦用心。

一個「半邊街」，一個「頭條巷二郎廟三轉橋四眼井」就足以證明小說的地理背景
是北京。清河沒有這樣的名稱，其他各地也沒有這樣四者俱全的名稱。退一步說，即使

其他地方有這樣的名稱,小說的地理背景也只能是北京,因為西門慶的原型就是明武宗,明朝的都城在北京,別的地方是沒有這種「資格」的,南京也不過是「留都」。

作者選擇的街巷、寺廟名稱,既有「共性」,也有「個性」。如土地廟、城隍廟等,全國各地都有;東街、西街、南門外等,這不是專名詞,因為,任何地方的街道都有東西南北的區別,都有大街、小巷之分。找不到小說地名中的「個性」,就永遠解決不了作品的地理背景。

作者寫的「清河縣」的街巷、寺廟等名稱,經過分析,大約是這樣的:有的是當時真實的名稱;有的是借用前代的;有的是經過改變的;有的是作者編造的。

我們將《詞話》中的名稱和北京的名稱對照一下,或許看得更為清楚。

獅子街:鐵獅子胡同去了「鐵」。安慶坊:安福坊、積慶坊各取一字。同仁橋:崇仁橋更換了一字。牛皮巷:牛血巷、牛肉巷各換一字。作品中的街巷名稱和北京相同的很多,前邊我們已經作了比較細緻的分析,此不贅。

紫石街是《水滸傳》中原來就有的,《詞話》的作者將它從陽穀縣搬到了清河縣。北京沒有這個名稱,這是一個「掩體」,在它的掩護下,作者運用「偷襲戰術」,將京師北京搬到了「廣平府的清河縣」,結果弄得人暈頭轉向,不知所云。

弘化寺:弘法寺、弘善寺改一字。廣成寺:廣濟寺改一字,濟,成也。玄明觀:《析津志》中有崇玄觀、昭明觀,各取中間一字成玄明觀。由上可知,作者對地名的處理,猶如《金瓶梅》書名一樣,很多是拼聯而成的。

蝴蝶巷、扁食巷是作者的杜撰。

作者關於地理背景的處理,既注意了「一般」,又注意了「個別」,寫一般,叫你搞不清具體的環境,寫個別,又透露了真實的信息。我們說作者真是一位雕龍繡虎的「聖手」,信哉。

三、《詞話》其他地名考證

上邊我們主要就作品中清河縣的街巷、寺廟庵觀作了考證,證明寫清河縣就是在寫北京。下面我們就其他一些相關的專有名稱作進一步的探討考證,發現所寫地方都是指北京,使「清河」就是北京這一問題,得到了無可置辨的證實。

(一)夾道

《詞話》第二十六回、第七十八回內有「夾道」一詞,都在西門慶家裏。

「夾道」是什麼意思?兩壁間的狹窄小道就叫夾道。這個詞在《詞話》中出現過數次,

如第二十六回，畫童道：「那日小的聽見鈸安跟了爹馬來家，在夾道內，嫂子問他，他走了口，……」明代北京城這一稱呼非常普遍，在《京師坊巷志稿》中列了許多，如：城隍廟夾道、王府夾道、東安門外北夾道等等。《志稿》中雖然指的是清代，但它是延用了前代的稱呼，「京師坊巷，大氐襲元明之舊。」（朱一新語）

西門慶的家，實際上就是明皇宮。家是國的微小形態，而國則是家的擴大形態。夾道一詞用在西門慶的家中，也暗示了作品的地理背景在北京。

(二)土山、五里原

《詞話》第四十八回寫西門慶清明節去南門外墳上祭祖，「墳內正面土山環抱，林樹交枝。」這裏出現了「土山」一詞，點明了他的祖墳的地理環境。土山，本來這不是一個專名詞，哪裏沒有？作者為什麼這樣寫，現實根據是什麼？這也是有來源的。《京師五城坊巷衚衕集》中寫到：「土城，燕城古薊門，今只存二土阜，林木蒼翠，為京師八景之一，曰薊門煙樹。」明時的北京城分為五城，中城、東城、西城、南城、北城。「薊門煙樹」在北城。明武宗的祖墳在天壽山，也就是現在常說的明十三陵。天壽山在北京的西北，明皇帝死後發喪，「百官俱衰服，步送至德勝門土城外。」[3]德勝門是北京北城門之一，那裏確實有土城，土阜就是土山的意思。這裏說北，小說中說南，是南門外，使用的是「正話反說法」，這正是《金瓶梅》常用的藝術手法。這裏的「林木蒼翠」與《詞話》中的「林樹交枝」，所使用的詞語及含義都是一樣的。小說的作者就是以京城的實際情況加以綜合後來寫的，不過採取了「迷人障眼法」，故意寫成是「南門外」。另外值得注意的是，天壽山原名就叫黃土山，這不正是西門慶祖墳的環境嗎？黃土山也就是土山，黃色是五色之一，本來是土地之色。小說寫西門慶的祖墳是「土山環抱」，「土山」這個詞的用意實在是太明顯不過了。可以肯定地說，別的地方的土山絕能與此對上號。

「五里原」是西門慶祖塋所在地，作品中不止一次地提到過，其位置在南門外。據《京師五城坊巷衚衕集》和《京師坊巷志稿》載，北京南城有二里莊、三里河、六里屯、七里渠、八里莊、十里鋪這樣的地名，「五里原」應是在此基礎上起的一個名字。北京外城南城有一條「三里河大街」，去通州五十里，舊無河源，正統間修城壕，始有三里河名，水淺河窄，兩岸多廬墓。另有「露澤園」，明張爵加注曰「藏暴屍」，還有埋馬墳、黃土墳等處，看來南城確有墳塋之處。這裏還有一個「棺材尚家衚衕」，不禁使人想到《詞話》中尚柳塘、尚小塘父子，家有棺材板，李瓶兒和西門慶死後都用過。「尚家」開

3　《明武宗實錄》卷五，中央研究院歷史語言研究所校印本。

棺材鋪出了名，所以才會有「棺材尚家衚衕」的名稱。由此可見作者安排西門慶的墳塋之地在「南門外五里原」，還不是作者的完全杜撰，它是有一定的現實依據的。但作者惟恐讀者誤會，又特意在「五里原」和祭桌前加上「山頭」二字。這「山頭」暗指的正是天壽山，西門慶的「真正祖塋」就在這裏。

(三)磚廠

磚廠是個很普通的名詞，凡是燒制磚的地方就叫磚廠。這個詞在《金瓶梅》中出現過多次。問題是，作品中的磚廠究竟是指臨清的磚廠還是指北京的磚廠？

小說中寫管理磚廠的劉太監經常去西門慶家喝酒，清河是個小縣城，查史料，那裏從未燒制過「皇磚」，顯然這個「清河」不是河北的清河。磚廠在臨清嗎？也不是。臨清在明時確有磚廠，可西門慶不在臨清，而在「清河」。這本來是一個比較簡單的問題，既然清河縣沒有「御用」磚廠，既然西門慶不在臨清，作品的說法顯然是假話，是另有所指的。

劉太監管的磚廠，根本不在清河縣，也不在臨清，這個磚廠就在北京。

《明史·食貨志》：「燒造之事，在外臨清磚廠，京師琉璃、黑窯廠，皆造磚瓦，以供營繕。」嘉靖朝，「是時營建最繁，近京及蘇州皆有磚廠。」[4]《京師坊巷志稿》「黑陰溝」條：「東有三聖庵。迤南有火神廟。又南里許曰黑窯廠，明工部五大廠之一也，亦曰南廠。……《舊聞考》：黑窯廠，明時製造磚瓦之地。」《京師五城坊巷衚衕集》中也有琉璃廠、黑窯廠這兩個地方。

磚廠在北京，劉太監又管磚廠，所以才能經常去西門慶家赴宴。只有這樣理解，才是既合情又合理的。

(四)碧霞宮

《詞話》第八十四回「吳月娘大鬧碧霞宮」，作者用了整整一回來鋪敘吳月娘到泰安州頂上朝拜岱嶽廟碧霞宮這一情節，好像煞有介事地真有這麼回事，其實不然。

碧霞宮也就是碧霞元君祠、碧霞元君廟。山東泰山的確有碧霞元君祠。《明武宗實錄》說：「東嶽泰山有碧霞元君祠。鎮守太監黎鑒請收香錢，以時修理。許之。工科給事中石天柱等言，祀奠惟東嶽泰山之神，無所謂碧霞元君者，淫祀非禮，可更崇重之乎？況收香錢，耗民財，虧國典，啟貪盜，崇邪慢，請毀之便。疏入，付所司知之。」[5]

4　《明史》卷八十二，北京：中華書局簡體字本 2000 年。
5　《明武宗實錄》卷一三九，校印本。

北京城內也有碧霞元君祠。

《明史·禮志》四有「京師九廟」條:「京師所祭者九廟。……東嶽泰山廟,在朝陽門外,祭以三月二十八日。」[6]泰山為五嶽之首,祭祀是必須的,但離京城遠,所以在京城建廟,祭祀就方便得多。而作為道教女神的碧霞元君在京師建廟,理屬自然。《京師坊巷志稿》「三里河大街」條載:「有橋曰三里河橋。西隸中城,東隸南城。井一。……又東為蒜市,井一。瓜市,井一。南有泰山行宮,祀碧霞元君,明天順間建。」

由上可知,吳月娘祭碧霞元君女神,根本就沒有出北京城,作者故意讓她兜了一個大圈子,把藝術的真實性和現實的真實性巧妙地結合在了一起。這啟示人們:我寫的是正、嘉時期的事情,因為「實錄」中有碧霞元君祠的說明;我寫的地理背景是北京,因為北京也有碧霞元君祠。

(五)顧銀匠店鋪

清河指的就是北京,在《詞話》中最為清楚直露的表白,莫過於顧銀匠店鋪的地址。顧銀匠是一位手工業者,作品共有四個回目寫到了他,西門慶及其妻妾的金銀首飾,大多由他打造。顧銀匠第一次出場是第十七回,那日周守備生日,西門慶去拜壽:

> 玳安接了衣裳回馬來家,到日西時分又騎馬接去。走到西街口上,撞上馮媽媽,問道:「馮媽媽,那裡去?」馮媽媽道:「你二娘使我來請你爹來。顧銀匠整理頭面完備,今日拿盒送來,請你爹那裡瞧去,你二娘還和你爹說話哩。」

由此可知,顧銀匠的店鋪就在清河縣城,離西門府邸不遠。

第二十回,「良久,西門慶進房來,回他顧銀匠家打造生活」;第七十七回,「西門慶使陳經濟看著裁貂鼠,就走到家中來。只見王經向顧銀鋪內取了赤金虎,又是四對金頭銀簪兒,交與西門慶。」從上面三個回目來看,顧銀鋪都在清河縣城。直到第九十回,作者才揭開謎底:

> 來旺兒道:「我離了爹門,到原籍徐州,家裏閑著沒營生,投跟了個老爹上京來做官。不想到半路裏,他老爺兒死了,丁憂家去了。我便投在城內顧銀鋪,學會了此銀行手藝,……這兩日行市遲,顧銀鋪教我挑副擔兒出來,街上發賣些零碎。看見娘們在門首,不敢來相認,……雪娥道:「原來教我只顧認了半日,白想不起。既是舊女兒,怕怎的!」

6　《明史》卷五〇,北京:中華書局簡體字本 2000 年。

這裏已清清楚楚地告訴讀者，來旺到京城後投到了顧銀鋪家，挑著擔子到西門慶府前發賣，見到了他的舊情人孫雪娥。很顯然，顧銀鋪在京城，西門府也在京城。那「清河」指的就是北京，這還有什麼可置疑的呢！

《金瓶梅》的手法之高明就在這裏。前有伏筆，後有揭謎，稍一疏忽，便差之千里。若用一句老百姓的口頭禪來說，這叫做「明糊弄人」。

四、武宗南巡與臨清等地之關係

《金瓶梅詞話》中還寫到了臨清、徐州、淮安、揚州等地，作品之所以涉及到這些地名，是與西門慶的原型明武宗南巡有直接的關係。

寫臨清比較容易解釋，因為作者表面上寫的是「清河縣」，而臨清和清河縣相距不遠，在明代又是一個「襟喉」重地，寫臨清這是很自然的事。不過作者在寫臨清時，一些地名也是按照北京來寫的。

明武宗嬉遊無度，一生當中主要是上西北、下江南。王世貞《弇山堂別集》第六十六卷「巡幸考」，闢有一卷，記述較詳。他說，「高皇慎舉動，惜煩費，自即位後，以天下大計，嘗一幸汴梁，再幸中都。自是深居法宮，無都外之蹕。文皇定鼎幽都，北巡者三。世宗相定顯陵，南巡者一。然不過傍覽形勢，行遊較獵。獨武廟輕離，六師馳騁，八駿不無祈招之歎焉。」明武宗在這方面是很典型的。

明武宗上西北，主要是在宣府、大同等地，把宣府稱為「家裏」。《詞話》中沒有涉及這些地方，是因為這些地方和清河不沾邊。作者寫臨清，又寫徐州、淮安、揚州等地，這些地方都在大運河沿岸。明時的大運河是漕運的主河道，又是南北商貿的主幹線，西門慶的商業活動和這條主幹線有密切的關聯。明武宗的南巡大約就是順著這條線路來走的。

明武宗的南巡在《明武宗實錄》中記載得很詳細，因為《實錄》是按照年、月、日來記事的，所以武宗的巡幸路線非常清楚，茲縷述如下：

正德十四年六月，甯王朱宸濠反，明武宗假借親征名義，下令南征，實際上是為了嬉游淫樂。八月癸未，武宗發自京師，丁亥至涿州，九月壬辰朔，駐蹕保定府，戊戌，至臨清，山東鎮巡官皆從。癸丑，武宗自臨清北還，至張家灣，載劉氏（劉娘娘）而南。十一月丙申至徐州。乙巳，至淮安清江浦，幸太監張陽第，集漁人捕魚為樂。又遣官校四出，索民家鷹犬珍寶古器。甲寅，至淮安。己未，至寶應縣，漁氾光湖。十二月辛酉朔，至揚州府。太監吳經等「矯上旨刷處女寡婦」。戊寅，大閱諸妓女於揚州。乙酉，渡江，丙戌，至南京。十五年春正月丁酉，迎春於南京，備諸戲劇如宣府。六月丁巳朔，

後數日幸牛首山。閏八月癸巳，受江西俘。丁酉，旋蹕，發龍江，辛丑，至儀真，壬寅，漁於江口。次日，如瓜州，夕宿望江樓。癸卯，自瓜州濟江，登金山，遂如鎮江。癸丑，至揚州。庚申，至寶應，復漁於汜光湖。辛酉，駐蹕淮安。丙寅，至清江浦。武宗自泛小舟，漁於積水池，舟覆，溺水，左右掖之而出，自是遂不豫。丙子，至東昌。戊寅，至臨清。十月庚寅，至天津。庚戌，至通州。十二月甲午，武宗還京，文武百官迎於正陽橋南，朱厚照戎服乘馬，立正陽門下，閱視良久乃入。

正德十六年三月丙寅（三月十四日），明武宗朱厚照死於豹房。

明武宗南巡，去時經臨清、徐州、淮安、揚州、駐蹕於南京，返京時又經揚州、淮安、臨清，在通州停留一個多月，然後才回到京城。西門慶就是明武宗，所以作者寫這些地方就是按照武宗的行蹤來寫的，武宗往返於臨清幾次，寫臨清的筆墨也就較多。作者是南方人，對南方的地理環境很熟悉，寫起來得心應手，多寫南方的一些風情，這也是理所當然的事。

至於有人認為《金瓶梅》的地理背景寫的是臨清或南方的某個地方，那是沒有吃透《金瓶梅》的實質而得出的錯誤結論。《金瓶梅》的地理背景是北京，這是毋庸置疑的。但因西門慶的原型是明武宗，武宗又去過臨清和南方很多地方，故也涉及到了除北京之外的其他一些地方。總之，作者寫哪裏不寫哪裏，都有非常明確的目的，都和表現主要人物的活動有密切關係。

附　錄

一、霍現俊小傳

　　男，1961 年 4 月 27 日生，河北省邯鄲磁縣人。1990 年畢業於河北師範學院中文系，獲碩士學位。2004 年畢業於首都師範大學文學院，獲博士學位。現為河北師範大學文學學院教授，博士研究生導師，河北省高校中青年骨幹教師。主要學術兼職為「中國金瓶梅研究會」副會長兼副秘書長、河北省元曲研究會副會長等。主要研究方向為中國古代戲曲小說、元明清文學。出版學術著作有《金瓶梅新解》《金瓶梅發微》《金瓶梅人名解詁》《金瓶梅藝術論要》《笠翁傳奇十種校注》等。發表學術論文近 60 篇。參與《中國古代小說專題》《中國古代戲曲專題》等全國統編教材的編寫。參與校點整理《全元曲》等多部古籍。先後承擔國家社科基金、全國古籍整理「十二五」重點項目、河北省社科基金等項目多項。

二、霍現俊《金瓶梅》研究專著、論文目錄

（一）專著

1. 《金瓶梅新解》，石家莊：河北教育出版社 1999 年。
2. 《金瓶梅發微》，北京：中國社會科學出版社 2002 年。
3. 《金瓶梅人名解詁》，石家莊：河北人民出版社 2005 年。
4. 《金瓶梅藝術論要》，天津：天津古籍出版社 2010 年。

（二）論文

1. 對西門慶形象悲劇意蘊的深層透視
   河北師院學報，1995 年第 4 期。
2. 西門慶形象新探
   明清小說研究，1998 年第 1 期。
3. 金瓶梅：一部準文人小說
   天津外國語學院學報，1999 年第 3 期。
4. 對西門慶家族模式的文化審視
   河北師範大學學報，2000 年第 4 期。
5. 數字網絡結構：金瓶梅最大的謎底
   河北工人報，2000 年 5 月 30 日
6. 西門慶原型明武宗考
   河北師範大學學報，2001 年第 3 期。
7. 王世貞作金瓶梅新證
   商丘師範學院學報，2001 年第 5 期。
8. 論金瓶梅詞話中的「陳四箴」時代
   商丘師範學院學報，2003 年第 1 期。
9. 試論金瓶梅詞話的創作緣起
   明清小說研究，2003 年第 1 期。
10. 金瓶梅詞話的主旨及其表達的特殊方式
    文藝研究，2003 年第 2 期。
11. 金瓶梅詞話中可以破解出來的明代歷史人物
    錦州師範學院學報，2003 年第 3 期。
12. 西門慶原型明武宗新考

唐山師範學院學報，2003 年第 1 期。

13. 金瓶梅詞話中「立東宮」時代探考
    河南教育學院學報，2003 年第 1 期。

14. 金瓶梅性描寫的超越與失誤
    古典文學知識，2003 年第 5 期。

15. 金瓶梅詞話地理背景考
    中國文學研究，2004 年第 4 期。

16. 小說中的「小說」：金瓶梅與其他小說關係研究（一）
    河北師範大學學報，2005 年第 5 期。

17. 從明代歷史人物看金瓶梅詞話所反映的時代
    金瓶梅研究，第八輯，北京：中國文史出版社 2005 年。

18. 20 世紀金瓶梅研究史長編析讀
    徐州工程學院學報，2007 年第 3 期。

19. 金瓶梅詞話中明代同名同姓人物考
    金瓶梅文化研究，第五輯，北京：群言出版社 2007 年。

20. 金瓶梅詞話中「南河南徙」時代考
    燕趙學術，2007 年春之卷，成都：四川辭書出版社 2007 年。

21. 論金瓶梅語言的多層寓意
    商丘師範學院學報，2007 年第 10 期。

22. 金瓶梅詞話中宋明同名同姓人物考
    金瓶梅與臨清——第六屆國際金瓶梅學術討論會論文集，濟南：齊魯書社 2008 年。

23. 金瓶梅詞話中「借支馬價銀」時代考
    河北師範大學學報，2008 年第 4 期。

24. 小說中的「小說」：金瓶梅與其他小說關係研究（二）
    河北師範大學學報，2009 年第 3 期。

25. 金瓶梅詞話中散曲的功用和意圖
    燕趙學術，2010 年春之卷，成都：四川辭書出版社 2010 年。

26. 金瓶梅借宋寫明的獨特敘事藝術
    金瓶梅與清河，第七屆國際《金瓶梅》學術討論會論文集，長春：吉林大學出版社
    2010 年。

27. 金瓶梅和清河
    金瓶梅與清河，第七屆國際《金瓶梅》學術討論會論文集，長春：吉林大學出版社

2010 年。

28. 第七屆國際（清河）金瓶梅研討會綜述
    明清小說研究，2010 年第 4 期。

29. 論吳晗《金瓶梅》作者研究的貢獻與失誤
    河北師範大學學報，2012 年第 5 期。

30. 第八屆國際（臺灣）金瓶梅研討會綜述
    中國文學研究，第二十輯，上海：復旦大學出版社 2013 年。

31. 金瓶梅詞話中劇曲的功用和意圖
    燕趙學術，2012 年秋之卷，成都：四川辭書出版社 2012 年。

32. 於諧謔處透示真信息：《金瓶梅詞話》引入《寶劍記》《抱妝盒》意圖新探
    2012 金瓶梅國際學術研討會論文集，臺北：里仁書局 2013 年。

33. 第九屆（五蓮）國際金瓶梅研討會綜述
    明清小說研究，2013 年第 3 期。

後　記

　　承蒙臺灣學生書局和吳敢、胡衍南教授美意，拙作得以入選《金瓶梅研究叢書》第二輯。這套叢書的規劃、編纂，我雖忝列其中，但主要是吳、胡兩位先生，而叢書出版的過程、意義及價值，吳敢先生的〈前言〉已述之甚明，此不贅言。至於拙作及我的《金瓶梅》研究，則有幾點需要說明。

　　回想我20餘載的《金瓶梅》研究，其中有很多甘苦和值得總結的經驗教訓，最主要的——我以為就是古代文學研究如何在前人基礎上突破的問題。應該說，我最早產生研究《金瓶梅》的想法是1988年，那時我正在河北師範學院讀碩士研究生，師從著名學者王學奇、常林炎教授。當時學界對《金瓶梅》的探討已經很熱鬧了，但因為之前它是禁書，能夠看到全本的人並不是很多。所以帶著好奇心向常先生借書並認真閱讀。後來，我的碩士論文題目選的就是《金瓶梅》。1990年碩士畢業後留校任教，主要任務是搞好教學。我的《金瓶梅》研究也就時斷時續，雖說不時有些新的體會，但未能進入深入研究狀態。後來，我將研究成果整理成書，1999年由河北教育出版社出版了我的第一本專書《金瓶梅新解》，但我自己對這本書還不是很滿意，有些問題還有待進一步深入。或者說，這本書還沒有形成我自己獨特的學術個性。不過還好，大凡總結20世紀《金瓶梅》研究史的專著和論文差不多都會提到這本書並給以較高評價。對我而言，這是很大的欣慰和鼓勵。

　　一個很偶然的機會，使我對《金瓶梅》又大發興趣。我的家鄉——河北省邯鄲市磁縣，那可是著名的磁州窯所在地。縣城有一個館藏很豐富的博物館，該館收藏了不少明代燒制的各式各樣的貓，奇怪的是，這些貓都是白色的。據該館的一位專家介紹說，那是受明世宗嘉靖帝特別寵愛貓，在宮中大量養貓的流風所致。我知道，明代史料中就有不少關於嘉靖時宮中養貓的記載。這位專家並不知道我在搞《金瓶梅》，他說的無心，我倒聽的有意。由此我想到了《金瓶梅》中潘金蓮馴養的「雪獅子」是否也與宮中養貓有關呢？帶著這樣的疑問，我又開始大量翻檢明代的有關史料。因《金瓶梅新解》中已論述到西門慶的原型就是明武宗，我何不翻翻《明武宗實錄》，看是否能找到新的突破口。開始只是看看它的體例，也不是太認真。更不曾想到它與《金瓶梅》有什麼關係。但當我看到卷三一，正德二年十月的一條材料時，使我大吃一驚。那是關於明武宗朱厚

照身世的一條材料，說他的生母是鄭旺之女鄭金蓮，並非如《明史》所言是張皇后所生。因我對《金瓶梅》比較熟悉，我聯想到作品中的來旺（本姓鄭，即鄭旺），宋惠蓮（原名金蓮）；又想到明世宗嘉靖二十一年「宮闈之變」時的宮女張金蓮，還有《水滸傳》中的潘金蓮，等等。我隱隱感覺到大有文章可做，可能會尋找到新的突破口。於是，我下定決心，不管花多少時間和精力，一定要把《明實錄》認真看看。大約十年的苦讀還算沒有白費，果然從中發現了不少與《金瓶梅》相關的材料，於是一發不可收拾，先後又出版了《金瓶梅發微》（中國社會科學出版社 2002 年）、《金瓶梅人名解詁》（河北人民出版社 2005 年）和《金瓶梅藝術論要》（天津古籍出版社 2010 年）三部專著並在《文藝研究》等刊物上發表相關論文近 30 篇，涉及到「金學」領域的諸多方面，這些研究，構建了我自己較為完整獨特的體系，其中心大體可歸結為以下六點主要結論：

一、《金瓶梅》中主人公西門慶的原型就是明武宗，這是一個「整合形象」。

二、《金瓶梅》的主旨是辱罵嘲諷明世宗嘉靖，借明武宗、宋徽宗罵明世宗是其主要手段。

三、《金瓶梅》的地理背景是京師北京，但也涉及到了臨清、淮安、徐州、揚州等地，基本上是按武宗南巡路線安排的。

四、《金瓶梅》反映的時代是正德、嘉靖而絕不是萬曆，與萬曆朝完全無涉。其反映史實的方式是採用「新聞標題詞」式的手法而不是對事件的完整敘述。

五、《金瓶梅》插入正德、嘉靖時 85 位真實的歷史人物，這應是一個很準確的數字，但同時採用「詞語置換法」將正德、嘉靖時許多歷史人物糅進作品之內，這是《金瓶梅》最為獨特的藝術手法。另外，同名同姓人物的插入也是其藝術特色之一。

六、《金瓶梅》是一部「準文人小說」，其成書方式既不同於世代累積型小說，也不同於文人獨立創作的小說，而是介於二者之間，屬於過渡性作品。它的主要作者為王世貞。

這幾點結論，學界可能有不同看法。但有幾點幾乎是不可置疑的。比如《金瓶梅》中的宋徽宗究竟影射比附嘉靖還是萬曆，學界爭執不一。但《明世宗實錄》中有四條材料可以得到確切的證明，不僅許多大臣私下說明世宗嘉靖像宋徽宗，連明世宗本人都承認這一點，作為證據，我想這是最具說服力的。另外，作品插入正德、嘉靖時 85 個真實歷史人物以及嘉靖四十五年間共向太僕寺借支了 10 次馬價銀、正德十六年間借支了 3 次，這些都是準確無疑的。從這個角度逆向推理，我深信，其他結論也應能夠成立。

基於此，那麼，該《精選集》中的文章主要就是圍繞上述六個方面選定的。此其一。

其二、收入《精選集》中的文章分為兩種情況，一部分未曾公開發表過，而另一部分曾以單篇論文的形式發表在不同時期的不同刊物上，對曾公開發表過的論文，這次收

入時儘量保持原刊文章的面貌，一般不做大的改動。而有些重大的關鍵問題，由於當年發表時受刊物字數等因素的限制，一些很重要的內容被刪除縮減，這次收入時則做了一定程度的補充、修改和完善，使之更為嚴密。要之，如有與原拙著結論不相符合的地方，請以《精選集》為準。

　　最後需要說明的是，編委會對入選的《精選集》都有一定的字數要求，有鑒於此，為節省篇幅，嚴格遵照標準，不得不忍痛割愛，一些地方只好注明參見拙著某書或某文，這也是沒有辦法的辦法，客觀上造成了閱讀的不便，敬請讀者諒解。

霍現俊

2014 年 3 月 26 日於河北師範大學

國家圖書館出版品預行編目資料

霍現俊《金瓶梅》研究精選集

霍現俊著. – 初版. – 臺北市：臺灣學生，2015.06
面；公分（金學叢書第 2 輯；第 25 冊）

ISBN 978-957-15-1674-5 (精裝)

1. 金瓶梅　2. 研究考訂

857.48　　　　　　　　　　　　　　　　104008103

霍現俊《金瓶梅》研究精選集

著　作　者：霍　　　　現　　　　俊
主　　　編：吳　敢　、　胡　衍　南　、　霍　現　俊
出　版　者：臺　灣　學　生　書　局　有　限　公　司
發　行　人：楊　　　　雲　　　　龍
發　行　所：臺　灣　學　生　書　局　有　限　公　司
　　　　　　臺北市和平東路一段七十五巷十一號
　　　　　　郵 政 劃 撥 帳 號 ： 0 0 0 2 4 6 6 8
　　　　　　電　話 ： （ 0 2 ） 2 3 9 2 8 1 8 5
　　　　　　傳　眞 ： （ 0 2 ） 2 3 9 2 8 1 0 5
　　　　　　E-mail：student.book@msa.hinet.net
　　　　　　http://www.studentbook.com.tw

定價：精裝 30 冊不分售
　　　新臺幣 45000 元

二 ○ 一 五 年 六 月 初 版

金學叢書 第二輯